约会小说

北乔 著

文化艺术出版社
Culture and Art Publishing House

国家社会科学基金重大项目
10&ZD099资助课题
《中国现代文学馆馆藏珍品的
发掘、整理、研究与出版》成果

中国现代文学馆研究丛书

主　编　陈建功　吴义勤

『中国现代文学馆研究丛书』总序

陈建功　吴义勤

中国现代文学馆是在巴金先生倡议和一大批著名作家的响应下,经国家有关部门批准,于1985年正式成立的国家级文学馆,也是目前世界上规模最大的文学博物馆。中国现代文学馆的主要任务是收集、保管、整理、研究中国现当代文学书籍、期刊以及中国现当代作家的著作、手稿、译本、书信、日记、录音、录像、照片、文物等文学档案资料,为文化的薪传和文学史的建构与研究提供服务。建馆20多年以来,经过一代代文学馆人的共同努力,中国现代文学馆的事业不断发展壮大,现已成为集文学展览馆、文学图书馆、文学档案馆以及文学理论研究、文学交流功能于一身的综合性文学博物馆,并正朝着建成具有国际影响的中国现当代文学资料中心、展览中心、交流中心和研究中心的目标迈进。

但是,长期以来由于对文学博物馆功能的定位和认识的误区以及研究人员和研究经费的不足,对这些宝贵资料的发掘、整理、研究与出版工作还做得很不够,对这些资料背后潜藏的人文价值与精神价值还缺乏有效的总结与提炼，如何让这些宝贵的资料在当代社会人文建设中发挥更大的作用也缺乏深刻的思考与认识。其实，这些年来关于博物馆的功能学术界有过很多有益的探讨，文物如果只是保管在库房里，"藏在深闺人未识"，它对人类文明的贡献就不能够得到有效的体现，只有对它进行不断的研究、推广、介绍，文物才会不断地得到"增值"，文物的生命力才会延续下去。

正是出于强化文学馆研究功能与研究能力的考虑，近年来，中国现代文学馆在大量引进中国现当代文学专业的博士、硕士等高级专门研究人才的同时，还先后成立了研究部、学术委员会和中国当代文学年鉴中心等学术机构，并面向海内外聘请客座研究员进行合作研究，力求不断拓展和提升文学馆的学术内涵，不断推出有影响的学术成果。2010 年，中国现代文学馆申请到了国家社科基金重大项目"中国现代文学馆馆藏珍品的挖掘、整理、研究与出版"，正组织全馆的研究力量并联合相关高校和研究机构的专家学者对馆藏文物进行专门的研究。在继续推出"中国现代文学馆馆藏珍品大系"、"中国现代文学馆钩沉丛书"、"中国现代文学馆展览丛书"的基础上，我们此次又正式推出"中国现代文学馆研究丛书"。我们希望通过这套丛书全面展示中国现代文学馆的研究力量与研究成果，以高水平的学术研究回报社会对中国现代文学馆的支持与厚爱。

是为序。

2012 年春于北京

目　录

长篇广场

中短篇花园

他和她的风景

岁月有痕

长篇广场

曹文轩《红瓦》、《草房子》：成长的风景

印 象

阅读曹文轩是近一年的事——很惭愧，也很庆幸。去年京城的秋季书市，人实在是多，书实在是多，偏偏仅此一本的《红瓦》① 和我相遇了。我想，除了缘分，任何理由都是苍白的。

近几年，我的阅读日趋粗糙或半途而废。可《红瓦》，我是一气儿看下来的，并在其后的日子里细读了四遍，这在我的阅读纪录中是从未有过的。

《红瓦》的内容可以用其内容提要中的一句话概括："作家站在成年人的角度，以'我'的整个中学时代的成长经历及心理变化为主线，表现了一个纯真少年对成人世界的苦苦探索，流露出鲜明的思辨的智慧与人性的光辉，同时也刻画出一系列怦然心动的艺术形象。"故事的精彩、叙述的精到、语言的精美，使这部小说好看。笔者以为，小说好看，犹如打开了一扇可让人自由进入的门。屋子里再有奇珍异宝，光怪陆离，也得让人进得去才行啊！《红瓦》的创作手法是与现代小说形态背道而驰的古典。作品以"我"（林冰）6 年的中学生活和成长为主线，串起了乔桉、马水清、白麻子等众多的晶莹剔透珍珠似的人物。每一个人物都有自己独特的故事，每一个故事都是悬念重重，一波三折。曹文轩充当了一位老到而又神秘的诱惑精灵，笔者的思维不由自主而又心甘情愿地交由他驾驭。诚实厚道而又不失优美机智的叙述，有学者的风范，更有与小说中人物与现实中读者面对面诉说的温馨，源

---

① 曹文轩：《红瓦》，北京十月文艺出版社 1998 年版。

源的美感让人心荡神摇。

剥离故事这层表皮，一个少年在成长时所能经历的感觉的内核赫然凸显。这个少年不单单是“我”，而是我们每一个人在少年期的生存状态，透视的是人在那个特定生长期的生命感觉。所以，曹文轩有资格如是说：“今天的孩子，其基本欲望、基本情感和基本的行为方式，甚至是基本的生存处境，都一如从前；这一切的‘基本’是造物主对人的最底部的结构的预设，因而是永恒的；我们所看到的一切变化，实际上，都只不过是具体形状和具体方式的改变而已。”①

这以后，我以少有的热情关注曹文轩的作品。只可惜，他的作品我极难觅到。但我不急躁，我相信机缘。这不，《草房子》、《山羊不吃天堂草》，同样是我在不经意间碰到的。其阅读激情和快感更与《红瓦》一脉相承。

《草房子》写于《红瓦》前，在我看来，这两部作品该是一体的。从形式到内容，从内容到感觉，从感觉到内涵，都是无从分割的。两部作品合二为一，是一个少年从小学一年级到高中三年级的成长史诗。我更愿意将《山羊不吃天堂草》缀于其后，虽然它诞生得最早。桑桑—我—明子，恰好是6岁到18岁，一个完整的少年生长期——什么都知道什么又都不知道的混沌而明晰的生长期。童年是浪漫无邪的，青年以后是困惑无奈的，而少年最刻骨铭心，最终生难忘，是生命的重镇，是一个最具破坏性、最具抗争性的生命历程。

曹文轩以自己的小说传达了少年时代这个人生最重要的阶段的生命感觉，他用个体的生命感觉诠释了人类共有的生命感觉。如此一来，归属于儿童文学的作品顺理成章地成为成人读物。是的，我们每一个人都该读读《草房子》、《红瓦》、《山羊不吃天堂草》，尽管我们有着各自与众不同的评判好小说的标准，尽管它们有浓郁的乡土味、有醇厚的古典味，还有不太让人适应的悲悯气息。其理由是，我们或在少年，或曾在少年，或既曾在少年现又有儿女在少年。曹文轩的小说很好读，能让你一路畅快淋漓，但读后的滋味

---

① 曹文轩：《草房子》，代跋“追随永恒”，江苏少年儿童出版社2000年版。

不太好受。它让你回望到了自己的那段也许久已尘封却无法忘却的痛，一种生命在孤独、悲怆、挣扎……挤压下成长的痛。推而言之，这何尝又不是人一生中无从躲闪的痛。事件、方式、过程不尽相同，可痛的感觉是相同的。因为痛的存在，人的生命才有了真正的意义。能感觉到痛，有时是一种幸福。读曹文轩的小说需要勇气和豁达——那种将伤口看成一朵美丽的花一样的勇气和豁达。

当然，首先得有重回古典的兴趣。走进去，你便会发现古典并非老古董，它有着鲜活的一个层面。在我们读多了标榜为西方现代主义的作品时，突兀之间，走进一座古典的园林，确有些新鲜，正像吃多了生猛海鲜后，偶尔品一品家乡小菜的感觉一样。然而，古典并非文学大宴里的小菜，它有其独特的审美趣味和永不凋谢的地位。古典来自中国生生不息的大地，是中国小说的血脉，只要美还在人间，古典小说的独特美感和魅力必将源源不断。从某种程度上讲，一旦古典的美离我们而去，我们中国人生命质量中最本性的东西也将随之消亡。作为学者，作为作家的曹文轩显然是意识到了这一点，于是他带着现代主义的身躯徜徉在古典美学的河流里，自觉地肩负起坚守和承接古典美学精神的重任。

由曹文轩的作品，我感觉中的曹文轩是：

一、潜在人性的深处，善于体味生命成长中的痛。

二、甘愿远离喧嚣，在孤独中操守小说的唯美和情感的古典。

故而我相信曹文轩的话："我在理性上是个现代主义者，而在情感与美学趣味上却是个古典主义者。"①

成长是一种痛

初读《红瓦》这部小说是在一个温暖的春天的一个温暖的夜晚。

这是我有意而为之的。春天，是万物生长的季节，是生命勃发的高潮。

---

① 曹文轩：《红瓦》，代后记"永远的古典"，北京十月文艺出版社1998年版。

选择这样一个阅读时间，是因为我想重温我的成长，时光已剥蚀了一切的不愉快，那些曾经撕心裂肺的痛已结成厚厚的痂瘢。然而我错了，我的眼睛在字里行间游动，耳边却听到了静夜下小草的拔节声——疼与痛并存的生长。

在阅读中，“挤压”和“疼痛”这两个词像一双拳头捶击着我的灵魂。我战栗、痉挛、孤独，泪珠是那样的混浊而又清亮。这个温暖的春夜让我无比的寒冷，肉体如同屋檐下的冰凌。很多年了，没有如此的文学让我如此的投入、如此地震撼、如此地欲罢不能。

这部小说通过“我”（即林冰）和他的同学们的成长故事，表现了成长的艰难与坎坷，悲悯情怀中充盈的是成长的痛。

小说的开篇就将林冰置入新的成长阶段的起跑线上：

跟着父亲，我走到了油麻地中学的大门下。

他看了一眼门里的一条铺着煤渣的白杨夹道，将我的身子扳动了一下，以使我的后背对着他。在我感觉到本来抓在他手里的铺盖已转移到我的背上时，我听到了他的声音——“自己走进去吧”。

那条道很宽，很长，两行白杨拔地而起，青森森地直指天空，让人觉得有一条深不见底的隧道，要通向另一个陌生而不可把握的世界。

这里的“铺盖”和“道路”无疑是再明不过的意象，父亲的那“自己走进去”的话，将是林冰步入新的世界永远不会清晰的背景。上小学时，父亲是校长，而现在所到的中学将是一个全新而陌生的世界，这意味着与原先成长的环境断奶。人生就是这样，在看似平常的生活中，环境的细小变化总是引起心灵的巨大震荡。这种震荡的外在表现有时十分的明显，有时却如同一杯红酒，效力是慢慢挥发的。新的空间里，总是塞满了欲望诱惑和力图撕碎这些欲望诱惑的东西。人就是在不断地抗争中艰难地行走，无论是引吭高歌，还是小唱低吟，其中都少不了痛的旋律。也就是从这时起，林冰真切地感受到成长是痛的。

林冰到校的第一天，乔桉无缘无故地占了他的床铺，虽说后来在马水清等人的拔刀相助下，赶走了乔桉，但乔桉那双“怨毒”的眼从此定格在林冰心灵深处，挥之不去；无意中撞到了白麻子与施乔纨间的秘事，“为了这次无意的窥视，我将在整整一个春季受白麻子的冷落和为难”；在大串连中，与其他人走散后，林冰陷入了极度的孤独与恐慌中……中学六年，林冰不断地遭遇到无故而又合情合理的伤害。这些伤害的来源是多方面的，是一个人在少年成长期不可躲闪的。我们总是在不断地接受伤害和防御伤害中成长，并渐渐地增强生活的勇气和能力。

在一个人的少年成长期，外在的因素是不可忽视的。当然，也正是这些外在因素与少年的心灵发生相容或相抵，引发了少年的愉悦或痛苦，有时后者甚于前者。我们注意到，在林冰周围的人们，无论是年长的还是同龄的，无论是同性的还是异性的，都有一股挤压林冰并使他觉得痛的力量，而他的应和或反击仍旧少不了痛。起初，他对白麻子的事只是一味地忍让，心中是无尽的苦闷和压抑。后来，他迎面而上，公开与白麻子较量，将自己看到的秘密作为武器反击，并趾高气扬地命令白麻子做一些事。表面看，他赢了，但心中对人世的厌恶又生出了另一个痛。这也许就是中国人生存境遇之所以艰难的原因。

老校长王儒安被赶下台后，以生命守护着他一手建起的油麻地中学，他的不幸让林冰从侧面感知了痛，“整整一个春季，我们总能在夜间听到从河岸边茅屋里传来王儒安的呻吟。那苍老而痛苦的声音，让我们感到不安和难受”。在林冰眼里心里，王儒安是个慈祥宽厚的“又瘦又小的老头”，出于一种敬意和怜悯，林冰多次帮过他。而当王儒安平反昭雪重新掌权后，他对汪奇涵的报复，又将人的丑恶几乎发挥至极致，林冰想不通，更多的是失落。这种失落，谁能说不是一种痛？

赵一亮的长相穿着使林冰“有种无名的压抑”。林冰从 8 岁开始练胡琴，这让他到中学后有了那么一点资本，但赵一亮的出现，又使他低人一等了，而且赵一亮处处以此来打击孤立他。林冰暗自喜欢陶卉，但却有一个杜高阳横在他面前，让他自惭形秽。

当然，林冰与他的几个同学比，也许还算是幸福的，人生之路并无大的起伏，比如傅绍全、马水清等。

傅绍全家有个祖上传下的铜匠铺，傅绍全精通铜匠手艺。他早年丧父，母亲耐不住寂寞常常与霍长仁在阁楼上公然幽会，这注定了他的命运不太平常。因为不满母亲的作为，又惧怕霍长仁，傅绍全便迷上了玩鸽子，最终荒废了手艺，败落了家。

赵一亮是染坊之子，人长得不俗，是镇上有头面的人物，可他先是在运动中被挤出了黑瓦房，后又因为一场大火，使炫耀一时的大染坊化为灰烬，至末他成了一个比平常庄稼人形象还次的庄稼人。

马水清，有爷爷疼他，上海的爸爸给他钱花，是林冰这帮同学中最有钱最舍得花钱的一个，再者，还有两个女孩争着爱他。照理，他的生活应该很滋润，可他缺少母爱，渴望母爱，因而内心无比地煎熬。

……

生、死、爱被称为文学的三大主题，而我以为，文学的主题只有一个，这就是成长，生是起点，爱是终结，情是追寻，这一切都被成长囊括了，它们是成长的标记，是成长的外在表现。当然，这种成长不单是生命的行走——在情的浸淫下从生到死的过程，还有灵魂的追问，也许后者比前者更为重要。

少年时代的成长期之于人的一生是极其重要的。少年的灵魂是一块柔软非常的橡皮泥，生活中的任何指印只要在上头轻轻一摁，便会留下指纹。这些指纹如同胎记一样伴随着一生，抹是抹不掉的。一个人在这段时期内就已定型了，剩下的只是发展，只是实现。好似炼出炉的钢，它在本质上已无法改变，能变化的只是它的形状、用途。

可以这样说，曹文轩将少年成长的那种痛演绎到了极致，但又没有夸张痛苦，因而《红瓦》呈现给我们的无尽的悲悯情怀，我们完全将此可以推及至人的整个成长历程。虽然不同的生命阶段，成长的形式不同，痛的外化各有其表，可去尽表层之后裸露的核是同一个。

人是在痛的伴随下成长的，没有痛，就没有成长，因此我们并不会因为怕痛而拒绝成长。回忆是对生命的过滤，是重新上路的准备，所以《红瓦》

有了这样的结尾："黄昏时，我已背起铺盖卷，走上了静寂的白杨夹道。在我的身后，是红瓦房和黑瓦房，是永远的红瓦房和永远的黑瓦房。"

乡村人物风景

在《红瓦》和《草房子》中，林冰与桑桑周围的人不是作为一种背景存在的，他们有自己的个性和命运，曹文轩赋予了他们一定的深度。这一群生活在乡村里的人物是那样的灵动，是那样的极具人格光彩。走近他们，是一件令人惬意的事情。

在《草房子》里，秃鹤是第一个登场的人物。"秃鹤应该叫陆鹤，但因为他是个十足的小秃子，油麻地的孩子，就都叫他为秃鹤。"起先，秃鹤并不认为自己是个小秃子而与别人有所不同，甚至以让别人摸他的秃头来换取一些东西。然而到了三年级，他开始在意自己的秃头了。也就是从这时起，他长大了。为此，他不愿去上学了。后来，他又用偏方治疗。失败之后，他只得戴一顶薄帽。他是在自己骗自己。在一次摘帽子风波后，他索性不戴帽子，摆出了一副我就是秃子又怎么样的架势，这非勇气使然，而是无奈之下只得对抗的结果。这种无奈是痛苦的，对抗是满怀仇恨的。在一次五个学校会操时，他在油麻地小学稳操胜券（油麻地小学所有的人对会操拿第一都是充满信心和十分看重的）时，抛出了帽子，引起了全场轰动，打碎了油麻地小学师生的希望。"就这样，秃鹤以他特有的方式，报复了他人对他的轻慢与侮辱。"他是一个秃子，算得上身有残疾，但他与正常人一样有着自己的尊严，一种需竭力维护容不得他人践踏的尊严。从不在意到操守的过程，是他成长的过程，也是他学会对抗的过程。这让人心酸，但又使人由衷的同情和理解。我们不得不承认，人的灵魂有时就是这样被迫地接受雕刻。

蒋一轮与白雀（《草房子》）间既热烈又苍白、既忧伤又美丽的爱情，镌刻着他们挣扎和屈服的足迹；秦大奶奶（《草房子》）对土地的依恋和沉迷，对人间的大恨与大爱，都是那样的灿烂；丁玫（《红瓦》）这个典型的乡姑对爱的追求，既真挚又有些心计；施乔纨（《红瓦》）对性的欲求，惨淡之中有欢乐……在这里有两个人是值得特别关注的，一个是丁韶广，一个是艾雯（均为《红瓦》中的人物）。先说丁韶广，这是一个几乎没有出现却比任何露面者都有形象的人物，这说明有时藏起来的人物更能给人留下深刻的印象，正如许多时候无法用文字表述的东西更值得玩味一样。丁韶广是丁黄氏和丁杨氏生命中挥之不去、魅力永驻的爱人，他们之间的一切是和床分不开的。在这里，床是他们三人交流的天地。两位女人迷醉于丁韶广讲故事，听他说话，生出了乡野里少有的浪漫。丁韶广死后，两个女人视床如命，成天生活在追忆之中。心中有大美身边的一切苦难都已微不足道了。这种大美，是男人对女人最易做到又最难做到的交流和细腻。相信每一个感知到丁韶广的此种清新、雅致的爱的人，都会自愧弗如的。一个男人和两个女人的命运是悲剧性的，但又是极善极美的。也许从悲剧中诞生的美更富有冲击力。

在严格意义上说，艾雯不是乡村人物，只是一个外来人，这很容易使人想起卡夫卡《美国》中的卡尔。对于艾雯来说，乡村是不属于她的，尽管她再努力，乡村也是无法真正地接受她的。我以为，这里的乡村是个意象。人与人，人与社会，都在乡村意象的笼罩之下。艾雯和乡人是融不到一块儿去的，这不是因为她丑，而缘于她从城里来。这种进入的结果，只能是离开。在她与两个和她一样是外来的男人的爱情成为灰烬时，她走了。曹文轩把艾雯定位于“丑必怪”的角色，不知道是不是试图以此表明艾雯与乡人不和的原因。但我们看到，艾雯人丑心美心善。问题出在“怪”上，怪不是丑的产物，而是两种文化相煎使然。也就是说，艾雯的一切遭遇是因为她身上被乡人视为怪的文化身影。此种情况下，相互守望是美好的，相互靠近是盈满激情的，但相互融合是困难的，是几乎不可能的。想一想，我们不都或多或少地有过艾雯相似的经历。从这一点上来说，是我们共同的理念凝冻成了艾雯。

《草房子》和《红瓦》中，如此有活力的人物还有不少，比如《草房子》中的纸月、杜小康、细马，比如《红瓦》里的乔桉、白麻子、秋、傅绍全、秦启昌、赵一亮、许一龙、汤文甫，等等，这些人物构成了一幅巨大的层次丰富的乡村人物风景画。曹文轩极睿智地截取了人物最为闪光、生命中最具代表性的片段，道出了他们的性格和因此而来的命运。一连串若断若续的故事，把人物置于矛盾斗争之中，提示其性格特征和命运变化。人物有型，故事玄妙。一个人物是一个故事，一个人物是一首歌。人生的大是大非、大起大落，聚合在小小的空间，产生的效果却不同凡响。曹文轩的智慧在于，他没有就乡村人物写乡村人物，而是力图寻找所有作为人共有的固有的那个精灵。很难说他是否成功了，但他的努力和成绩是有目共睹的，是值得称道的。再者，曹文轩对乡村人物进行的不是俯视而是面对面心与心、进入和回望的姿势，都是一个作家不可失去的心性。之于笔下的人物，他倾注了大爱的情感，充分地理解他们的渴求和欲望的合理性，而对人性的关怀又是那么的执着，那么深沉，那么值得品味。这也正是他的小说古典而温暖之处。这些很重要，因为这不是每个作家都愿做或都能做到的。

2000 年 10 月 26 日

黄国荣《乡谣》：乡村歌谣

苦难与欢乐同在

作为社会底层人物的农民，他们的生存状态是怎样的呢？黄国荣的长篇小说《乡谣》① 为我们提供了一个蓝本。不是唯一的，却极富特色，并接近本质。

《乡谣》讲述的是汪二祥这个农民大半生的生活，从故事层面来看，并无多少新意，甚至与余华的《活着》有许多相似之处。本来在生命的过程中，就有许多轮廓上雷同的东西，而故事的背面却向我们展示了一个集“痴憨与精明、软弱与坚强、欢乐与痛苦于一身的具有国民性本质”的农民形象。汪二祥和他周围的人做着人类共有的事：活着。苦难、悲惨、绝望、幸福、企盼、快乐……这一切都有，尤其是活得艰难、苦涩、无奈，黄国荣铺陈得并不少，也很有分量，但我们不能不认同这样一个事实，黄国荣的笔下立起了汪二祥这样一个有别于经典农民形象的人物。

在我的阅读过程中，汪二祥与“阿 Q”、福贵（余华《活着》）总是同时游荡在我的脑海里，我分明看到了他们各自的人生之路。

阿 Q 是个倒霉透顶的人物，陷入了人类几乎所有的困境里，基本生存欲不能满足的生的困恼、无家可归的惶惑、面对死亡的恐惧，一切的努力挣扎无济于事，他只能活在“精神胜利法”制造的虚幻中，成为国民劣根性的形象代言人。

---

① 黄国荣：《乡谣》，人民文学出版社 2000 年版。

福贵是个苦难重重的人物，承受着无尽的重压。他没有理想，有的只是如同小动物一样活下去的念头。生活之于他是被动的，其抗争也是被动的。在他的身上，我们只能看到人类迎战苦难的韧性。

现在，我们再来看看汪二祥。

汪二祥也是个依仗土地生活的农民，属于人们常说的弱势群体中的一员。命运多舛，黄连般的生活像一条蛇缠了他一生。父亲的去世，带来家庭的没落；时政的变幻，让他沉沉浮浮；妻儿的失去，似一把把刀刺得他心痛；人情的冷漠，使他的生活空间总少不了冰霜……可以说，阿 Q、福贵所遭受的天灾人祸，汪二祥无一幸免。这也是人类生存的一个永恒话题。

然而汪二祥毕竟不是阿 Q 或福贵，他的生活中有两条河，一条是苦难，一条是欢乐，它们相互撕咬、相互交融，呈时而此强彼弱时而彼强此弱的态势。这得归功于汪二祥不甘被苦难击败、善于在苦难中寻找发现欢乐的人生法则和生活策略。

> 一扭头，他后悔刚才自己起得太快，刚才他坐着吃饭的地方有一个半截烟那么长的烟屁股。他很想把他捡起来，试了一下，这腰弯不下来，要是硬弯，很可能会挤破肠子。可那个烟屁股太诱人了，饭后一支烟，快活如神仙，他太需要它了。二祥还是不怕丢脸，双膝跪到地上把烟屁股捡了起来。二祥再站起来时，骂了自己一句，狗日的，太没出息了。骂完以后，他很开心地笑了笑，好像刚才他是痛快地骂了别人。

这是汪二祥在“文革”期间没饭吃时，听说进城造反可以填饱肚子，在县城招待所吃足白饭后的一个细节。我以为，这充分刻画了汪二祥这一人物的性格，只要一有机会，他就要想尽办法让自己舒心一下。这不单纯是一种低级的物质刺激，它可以对苦难进行有效的消解。汪二祥对待生活如同战士对待战斗一样，该防御则防御，有了战机必定反击。

作品中多次描写了汪二祥的梦境，这当是一种暗示，没有梦的生活，将没有快乐。当然只停留在做梦，也会与真实的快乐无缘，因而每一次的梦都是汪二祥突破困境的预兆。梦对于汪二祥来说，不再是一种虚幻的精神寄托，一种逃避现实的自我欺骗。事实上也是如此，他在最艰难时，心中总有对明天的美好向往以及种种实际性的行动。由此一来，汪二祥的人生不再是苦难一路狂号，而是总有欢乐高歌。

显然，汪二祥的命运与阿 Q、福贵截然不同，尽管他们遭遇的苦难不相上下。

我以为，《乡谣》的意义不仅在于为我们传递了一个新意的人物信息，更重要的是打破了一种神话、一种对弱势人群惯有的评介。长期以来，我们中间相当一部分的人认为，弱势群体的生活是不幸的，痛苦是他们一生的唯一色调。其实不然，无论生活在何种境况下的人，都有欢乐的一面，我们切不可以以自己的幸福标准去看待评估他人的生活质量，这当是黄国荣通过《乡谣》对我们的警示和忠告。

饮食男女

在我看来，《乡谣》阐释了一个亘古不变的人生命题：食色，性也。

千百年来，农民最渴望的莫过于“饱食终餐”。毕竟千百年来，他们被饿怕了。汪大吉、汪三富泯灭兄弟血肉亲情，处处算计汪二祥，是为了多吃多占；丁腊月与汪二祥做夫妻，是为了养活儿子和婆婆，一旦丁腊月意识到汪二祥无力承担时，她又另找了一个男人；汪二祥不事农活，在老丈人这棵大树倒了后，生活上陷入了困境，只得劝其妻云梦到上海那花花世界去当奶娘，不放心，丢祖宗的脸，都没有比能吃上饭重要了。后来，云梦成了别人的老婆，二祥想得最多的也是多要点钱，养活自己和儿子，钱到手了，“他有一种胜利凯旋的感觉”；“文革”时，汪二祥本不想随造反运动的大流，但听说造反可以弄个“铁饭碗”，从此不愁吃时，他表现得尤为积极。正所谓活着不是为了吃饭，活着不吃饭不行。当菜花吃不饱时，她心中只有一个念头，这就是“吃”。这个念头使得她与许茂法有了一笔食与性的交易。“菜花专心致志变换着各种角度啃骨头上的肉，任许茂法摸她的身子”，“许茂法猪似的完了事，菜花的骨头还没啃完，也没有啃够，她的裤子拖在地上，她也不管，她仍躺在小条桌上，也不坐起来，继续啃骨头”。这个场面令人震撼，却无法让人唾弃。“民以食为天”在此处得到了最好的注解。在此，黄国荣写得干净、直白，用得最多的动词是“啃”，没有过多的渲染，没有对话，没有场景，只是一个活生生的画面。这个画面会像根钉子似的揳进读者的心里，即便有一天忘记了《乡谣》的故事人物，但这根钉子恐怕也难以从心上拔出。这根钉子最好的名字就是“饮食男女”。

吃只是生活的一部分，还有一部分就是性了。汪二祥在为其父守灵时，面对刚有夫妻之实的云梦，欲火灼烧，他的想法很简单，“他（汪二祥的爹）要生气就让他生一回吧，我憋不住了”。也正基于这种想法，当他看到父亲“五七”“化库”时，没有纸做的女人，他宁愿刻上活着的三姆妈和沈姨，偷偷地做了两个纸女人写上了她俩的名字。他知道爹喜欢这俩女人，他认为这样做是对爹最大的孝心。

在他的一生中似乎只愁两件事，一是吃，二是女人。如此一来，他与云梦结婚，最原始的想法就是尝尝女人味，而后对韩秋月数十年的追求，是因为牢牢记住了当年许茂荣摸韩秋月的奶子的那一幕。汪二祥对韩秋月求爱时说道：“我打光棍十几年了，我憋得没法过了。”这可能是世间最直白也最坦荡的求爱语言了。汪二祥替许许多多备受性压抑的人狮吼了一声，撼天地，泣鬼神，让我们为之动容、为之揪心，更钦佩他的勇气和真诚。

许多作品把人特别是农民这样底层人物对性的渴求和性行为写得像粪坑里的砖头，又臭又硬，比动物之间的性活动还肮脏还野蛮，打的却是极人道的旗号，自然难还生活的原始面目。黄国荣是理性的，又是质朴的，在这理性和质朴之中，显现的是人性之中对于性的赤裸而又本能的层面。这种写法是智慧的，这种力量是巨大的。

黄国荣唱出的《乡谣》，其旋律就是食与性。在这里，人们为了活下去，动尽了一切脑筋，抛弃了许多做人的尊严，就是为了能填饱肚子。不能说他们没有信仰，没有人伦，因为他们面临的首要问题是活下来。事实也是如此，生命的所有的一切，都必须建立在活的基础上。这不崇高，甚至有些低下，但却是最为现实的。在这里，性不是形而上的，而是形而下的，不与一切有关联，包括延续香火，只是作为人的最基本的生理需求。活在《乡谣》里的这群人，我们难以判断他们是好人还是坏人。有一点可以肯定，他们代表了人的原生态。因而《乡谣》引导我们潜进了人最本质的那一隅，不管是好是坏，是对是错，它是真实存在的。

饮食男女也好，食色性也好，之于生命，之于人生，是客观存在的，是每一个健康的人都无法回避的最基本的生理需求。这是生命行走不可缺少的两条轨道，少了，生命将会颤颤悠悠，更是不完整的。食与性本是清洁的、明亮的，受到丑恶的染指，并非食与性的过错。有一句话说得好，世上本无丑恶，只是出现在不该出现的地方，才让人觉得丑恶。

如此一来，《乡谣》已非纯粹的乡土小说，而是一面袒露人性之本的镜子。

过日子的程式

黄国荣的《兵谣》不同于所谓的“农家军歌”，最大的特点是充盈着浓郁的兵味。而读《乡谣》，扑面而来的是古朴、清雅、亲切、美感丰腴的乡情风俗，荡漾着浓醇厚实的乡土味。

“十里不同风，百里不同俗”，乡土小说重墨浓绘民俗风情的定式由来已久。鲁迅通过社戏写故乡儿童的欢乐，而《故乡》、《阿Q正传》算得上是集民俗之大成。这以后的沈从文对湘西民俗的精到描写、“山药蛋派”着墨于新旧民俗的变化、“荷花淀派”的田园牧歌、汪曾祺坚守民间立场从民俗中揭示美……可以说，民俗风情是乡土文学赖以生存的土壤。然而我们也应看到，同为乡土文学，民俗风情在不同作者笔下的含量和审美作用差别是巨大的。

固然，《乡谣》中的民俗风情占有很大成分，不失对乡间文化的显现、艺术品位的渲染和生活美的倾诉，但引起我们兴趣和关注的是——对乡人来说，民俗风情不是（或不仅仅是）风花雪月，而是过日子的程式，并没有过多形而上的东西。我以为，这回到了民俗风情的现实面目，回到了民间生活的本源。

习俗习俗，就是约定成俗的生活模式，如同二祥第一次吃“鸡子汤”一样。“按这里的风俗，媒人和新女婿上门下聘送帖子，女家招待客人的头一道礼仪是吃‘鸡子汤’。‘鸡子汤’就是吃荷包蛋，有甜咸两种，甜的就是红枣白糖荷包蛋汤，咸的是粉丝肉丸荷包蛋汤。不同的客人打不同数量的荷包蛋。新女婿上门，一般要打六只，一般的客人打三只。”是的，小小的“鸡子汤”是有讲究的，追溯其来历，必然与一种神秘文化相联系。但到了现实生活中，就平淡了许多。有新女婿上门，就得生火烧汤；新女婿进门，就得吃“鸡子汤”，这是生活的组成部分，就如同早上要起床走路要迈脚一样。一切的文化已退至幕后，一切的审美已无关紧要，过日子就是这样，日子就得这样过。

诚然，所有的民情风俗的产生都与一种文化的象征有关联，其中蕴藏着丰富的民族化的与人类生命息息相关的信息。随着人类生命的进程，原先的神话成分已大大减弱和消解，更多的是与生命融为一体的原始心理。是的，迄今人们对许多的习俗的成因和遵循的目的依然有根有据，也即民间所谓的“说法”。然而人们许多时候并不问为什么，只是顺其自然地在习俗的庇护和笼罩下生活。在人们的理念中，这就是生活，如果没有这些习俗，如果不按此程式，这日子就不算过过。

显然，黄国荣这位乡村之子体察到了民俗风情对于人们生活意义的另一面，并极敏锐地把握住了这一点，因而他之于民俗风情的描述，话语是平实朴素的，甚至有些平淡。他以乡人的目光和心理去面对，用现实的笔法应和了乡人一天又一天一年又一年世世代代承袭不变的生活状态，并与他们看待围绕在身边的种种习俗的态度保持尽可能的一致。在我们耳熟能详的乡土小说中，扑面而来的民俗风情，或探寻民间文化之根，或倾洒乡土文化之大美，或营造人物之性……黄国荣则不然，他以一种崭新的姿态走进乡村走进生活在那里的父老乡亲。

《乡谣》对江南的民俗风情进行了全方位的详尽展示，页面上流动着浓郁的吴越文化，种种“礼”跃然纸上。比如吃“鸡子汤”，迎娶中的“铺床”、“媳妇进门”，小孩的游戏“打铜盘”、“放风筝”，丧事中的“五七”“举重”……在一曲浑然天成的乡谣中，我们看到了那里的人们是如何过日子的。汪涵虚的殡葬仪式在《乡谣》中泼墨较多，从中我们可以不难体味黄国荣的创作理想。这一天，汪涵虚的亲人披麻戴孝，“寿器”、“子孙凳”、“哭丧棒”……代替了他们的锄头铁锹，放鞭炮、放声大哭、磕头、“暖坑”、“吃利酒”……成了他们一天生活的内容。不为别的，这一天就该这么过，就像庄稼熟了该收割、肚子饿了该吃饭一个样。作者的叙述是外化的、平面的，着力于场景再现，不求情绪的氛围和人物的心理，只是把它吟成了一首乡土味、百姓味浓的歌谣。

不错，在乡土文学历史脉络里，我们可以觅到此类的踪迹，但如此极端化而又韵味化处理的，好像没有，至少无出黄国荣之右者。基于此，即便不能说《乡谣》横空出世耀眼夺目，但在乡土文学中能够占有一席之地，是当下乡土文学的一大亮点，应该当之无愧。

2000 年 12 月 29 日

裘山山《我在天堂等你》：来自天堂的声音

天堂壮歌

半个世纪前，一群正值花样年华的女兵踏上了进藏之路……再现的历史，鲜为人知的队伍，神秘的雪域，这样的故事总是裹挟着无法抗拒的诱惑力。当然，还有这蛊惑人心的书名——《我在天堂等你》①。起初吸引我的就是这书名。裘山山说：“一个人写一本书或许会有多种原因，对我来说，被诱惑是原因之一。”我同样要说，一个人读一本书或许会有多种原因，就我而言，读《我在天堂等你》，是因为我经不住这书名的诱惑。我—在天堂—等—你，多么富有意味，多么让人心动，多么令人渴望！

> 我们30多个女兵组成了一支运输队，年龄最小的13岁，最大的也不过22岁。我们都是刚出校门不久的女生。我们赶着从未见过的庞大的牦牛群，驮着前线急需的物资和粮食，和大部队一起跨越千山万水，忍饥挨饿，风餐露宿，从甘孜走到昌都，又从昌都走到了拉萨，行程3000里，历时一年零两个月……

裘山山的叙述是平和的、亲切的，但这并未影响故事的撼人动魄。叙述的单纯如同泉水一样清冽，似乎没有技巧可言。相信她找到了契合点，作家与笔下人物、当代女军人与过去女兵之间情感的绿色通道。因而这部小说中

① 裘山山：《我在天堂等你》，解放军文艺出版社1999年版。

有许多东西是无法诉说的，你只有全身心地融入到这群女兵西征的队伍里，走进她们的内心，才能感知这群女兵行走在天堂之路的美丽，才能触及她们与众不同的心路。

我起程了，带着我的情感和灵魂跟随当代女军人裘山山的叙述，去寻找那在天堂等我的神灵。

这群女兵以她们那个年代最为激昂的形式——宣誓、唱歌道出了心中的热情和向往。她们在高亢激越的歌声中，“一步步走进西藏，走进那神秘与苦难交织的高原，走进了生命的炼狱和灵魂的天堂，走出了一段永恒的英雄传说”。想想啊，纯洁的心灵、花般的容貌、柔弱的身躯和那鲜嫩的脚板，全交给了那个让人无法自制的信仰，这该是怎样的一种神圣。今天的我们可以不去想象，但绝不可麻木，更不能亵渎。

向心中的圣地进发，她们没有像红军长征那样后有追兵上有飞机前有堵截，但却遭遇了与红军相同的艰辛，恶劣的地形路途是她们最大的敌人。

在这个世上真正可怕的不是人，而是老天。毛泽东说：“人和天斗，其乐无穷。”我以为，这种快感可以从胜利的狂欢中获得，在磨难、痛苦的煎熬中，同样可以拥有。许多时候，后者似乎远比前者更能体现生命的价值更能勃发人性的魅力。在某种程度上可以说，没有苦难的人生，总是有些缺憾的。然而我们年轻的女兵所承受的一切已远远超过了她们作为人作为女人的极限。对现今的人来说，她们身负重物，吃不饱，穿不暖，却跨越万水千山，涉过冰峰雪岭，真是一个难以揣摩的神话。

她们在天堂之路上奏响一曲人类永恒的壮歌。

白雪梅作为其中的一员，是亲历者和见证人。她很小的时候，父亲就病故了，从此与母亲相依为命。母亲是个虔诚的教徒，她却投身了革命。在报名去西藏体检时，她的体重不够，与女友作弊设骗局，终于成了运输队的一员，她真是高兴得要命；后来在又一次检查中，心脏不好的毛病露馅时，她百般地狡辩求情。她的想法十分干净，想尽一切法子要实现去西藏的梦想。

为了实现这梦想，她付出得太多太多。大悲苦、大磨难……从一开始就与她结为一体。因为高原反应，睡觉都能睡过去。那么睡觉也得保持警觉，

“必须两个人睡一起，一头一脚，半夜互相踢一踢喊一喊”。

这以后，她遇见的每个人都成了她生命中的一部分，终于一生无法忘却。一颗年轻的心灵不得不终日与死神擦肩而过，不得不常常看着一个个同样年轻的生命随风而去。看看她和她的战友一周的口粮吧，两斤八两代食粉，14 根蛋黄蜡，“这两样东西的成分差不多，都是由玉米、黄豆以及鸡蛋粉加上盐合成的。代食粉成粉状，蛋黄蜡则是压缩成了蜡烛的样子”。就是这样的口粮，也不是想吃就能吃的，背在自己肩上，要吃得听从统一的命令。在那个月圆的中秋，每四个女兵领到了一个黑面饼里包着一点白糖的所谓月饼，等待“预备——吃”的口令响起。

她们是军人，她们是女性，战争可以不让女人走开，但走进军人行列的女性，牺牲会更大更凄美。23 岁的苏玉英是运输队的队长，以母性的博大胸怀和柔美的爱心关爱着每一个女兵，至纯至真至美，如天堂一般温馨洁醇。可对自己的亲生儿子，她倒失去了作为母亲该有的责任和母爱，她在向心中的天堂走去，却把儿子留在了藏民家中，这不是人性的泯灭，而是信仰的自然升华。她奉献了爱心、美丽、健康直至大善的生命，躯体被皑皑白雪覆盖，灵魂飞向了一生追寻的天堂。

读了这部小说，我仍然在想，到底什么是让活下来的女兵在日后的岁月里无从割舍对西征、对西藏的那份化作血液的恋情？我知道我终究不能体味。这种从生命出发，最终游离生命而独立存在的情感，我再沉湎于字里行间再迷恋这种超然的叙述，也只有咀嚼感动，而不会有消化顿悟。毕竟我没有那种经历，那种对生命和灵魂的洗涤方式。但我还是把小说读了一遍又一遍，这是因为除了情感，我真正读懂了什么叫信仰，什么叫人生的原动力。

真想说，在如今这个物欲横流的时代，我们每一个人都应读一读裘山山的长篇小说《我在天堂等你》，这并不仅仅是因为我们需要信仰。天堂啊！物质的、精神的天堂，我们谁不渴望拥有？

守望家园

前一段时间，有这么一个60年代出生的人撰文说，不和70年代的人交朋友。我只是听说，并没有看这篇文章，更没有参与这场原本十分无聊的争论。在这里我想说的是，一个时代的人有属于那个时代的特质，但作为整个人类来说，还是有许多相通承继之处的。这方面，《我在天堂等你》为我们提供了一个可以佐证的文本。

裘山山在内容提要中说："半个世纪的时空交错，三代人生存环境和观念的巨大落差……"的确，作为军旅长篇小说，裘山山的叙述姿势有其新颖独特的一面，她将今天和50年前拧成了一股叙述的力量，随着一种情绪恣意跨越，铺展的是一幅三代人的生活画卷。这画卷虽然只是一个横剖面，可给我们的感觉是立体的、全视角的，而又充分人性化的。

然而，我对"落差"一词的出现不以为然。我以为，所谓的落差只是外化的浅层次的。

小说中，欧战军的六个子女和一个孙子的职业极具时代和社会的代表性——军人、企业管理者、下岗职工、个体户、医生和编辑。走近他们，我们能够发现许多熟悉而陌生的东西。

那就走近他们吧。

木兰是医生，情感细腻，不善外露，淡淡的忧郁成天缠着她。她有医生的冷静和冷漠，也有一颗火热的心和浓稠的情感，这似乎是冷面孔热心肠一类人的摹本。这是一个坚强的女性，被欧战军看成"最省心的女儿"。从她的身上，我们不难发现一种行动竭力与周围的一切抗拒抵触，精神上却努力寻求沟通相容的渴望。这种渴望是隐而不显的，又是那样的强烈和迫切。她是多么盼望栖息于她那个大家庭的精神家园里。

身为编辑的木槿就不同了，敢于追求时代性的生命质量，当她发现丈夫在性上不能给她带来幸福时，毅然选择了离婚。这在大家庭里无疑掀起了轩然大波，与欧战军要对得起老战友的做人宗旨不同的是，她得先对得起自己。我以为，这二者在本质上并无区别。我们常常会被某些光芒所迷惑，因为我们太相信自己的眼睛，而将心灵的触角弃之一旁。木槿所做的一切，究其原动力而言，是觅探激发人生价值的切入点。我们不能说这与欧战军白雪梅当年投身革命舍身向心中的天堂奔赴是背道而驰的。

同样逆父亲意志行事的商人木鑫，在商海中摸爬滚打，也有自己的行为准则。他在与曹行长的交往中，没有因为急着贷到款顺水推舟地投入曹行长的怀抱。虽然父亲给他的印象是极度讨厌他做生意，但他还是想有所作为，让父亲为之骄傲。木鑫有浪迹生活游戏人生的外衣，然而他的那份操守与父辈仍处在同一条弹道上，几乎没有任何的偏离。

木棉是位下岗工人，可她人下岗，精神不下岗，为了生计，一人身兼三份工作，她不和兄弟姐妹们攀比，一心去做自己认为有意义的事。

他们四人的出生环境、知识结构和成长历程大不一样，可内心都有为了自己的理想苦苦奋斗的信念。正是这种信念支撑着他们的精神世界。这信念和欧战军他们那一代人的看似大相径庭，但内核是同一个：以人性的崇高去实现人生的价值。如果说有什么异样的话，那就是时代变化了，时代的需要变了，衡量人生价值的标准随之发生了变化。这不是落差，而是进步。我以为是。

欧战军、木军、木凯和小峰是三代西藏军人的形象，他们有不同的年代背景、不同的军装和不同的追求，但同为军人，又有一样的信仰色彩。

大儿子木军是从西藏回内地的转业干部，“从没有想到过自己会离开部队。他以为自己天生是个军人，更具体地说天生是个西藏军人。从15岁当兵起，他在西藏一口气干了25年，一生中能有几个25年呢？他原打算一直干下去，像父亲那样，干到退休为止。可有一天他忽然发现，自己已经不适应部队了，部队不需要自己了。他的那种失落感难以形容”。初看起来是因为部队高科技发展的需要，他才不得已转业的，实质上是因为他跟不上时代的脚步，从而成为时代的弃儿。他的形象和境遇已远远走出了军人走出了营区，不是吗？面对此种打击，他一度在迷恋过去中迷失了自己。后来，他清醒了，重新找到了人生新的坐标，走上了被企业和行家认可的星光电子厂党委书记的位置。这其中，父亲欧战军的当头一击起到了关键性的作用，而此种作用的基础是他具备了一种精神。

木凯在西藏从军，由于妻子的不理解而离婚，他无怨无悔，他无比热爱自己的工作。小峰可算是新一代的西藏军人，他与叔叔木凯的一番话道出了三代西藏军人乃至中国三代军人的差异和同性同质。

> “爷爷做军人，靠的是勇敢，坚强，无所畏惧。可他缺少政治谋略，我说的这种谋略不是对哪一场战役而言，而是对整个军队整个国家的思考。爸爸（木军）呢，特别忠诚，特别能吃苦耐劳，但在今天的军队中，他缺少知识，缺少现代意识，所以会被淘汰。至于你，叔，你比他俩都强。但我想我会超过你。”
>
> 木凯听了微微一笑，我基本上同意你的分析。可是我想作一点重要补充，无论是你爷爷还是你爸爸，他们有一点是非常可贵的，那就是他们始终有坚定的信仰。
>
> 小峰想了想，说：“我同意。可是叔，你不能说我没有，我也有。”

从战争年代到和平时期，从战火纷飞到商潮骚涌，从欧战军到小峰，从军人到百姓，一切真是变化得太多太快，可终究还是有没被异化的东西，这就是我们人类共有的应有的永远不能遗失的精神家园。

我相信，信仰、信念，诸如此类的词语在我们唇边出现的频率有渐少之势，但在我们每个人的心里并没有枯萎。它的外形可能是条变色龙，可其血一样的颜色和针般的锐利依然营养着我们的生命。

我们把《我在天堂等你》当成一部军旅小说在品读，其主体框架是一群女兵悲壮凄美的信仰之歌，这并没有错。但如果我们让自己的思维自由飞翔，用心体味三代人的心灵史，也许有别样的收获。

有一种真情叫感动

读《我在天堂等你》，真是有种真情四溢的感觉。生死相依的战友情、美丽忧伤的爱情，更有不是亲情却胜过血缘亲情的大情感。圣洁、高贵、伟大……在感动之余，我只能仰视膜拜。

王新田患上了因长期缺少维生素而引发的特殊脚气病，这种病“先是脚肿，然后是腿肿，就这样一点点地绝望地肿上来，一直肿到胸口，然后人开始喘不过气，最终被活活憋死”。在这种情况下，他为了不让老战友欧战军难受，忍着巨大的痛楚艰难地喘一口气嚼一口发了芽的青稞。出了门，欧战军这位身经百战豪气盖天的铁人却像孩子一样掉眼泪。我体会过战友情，读过形形色色流动着战友情的文本，但如此朴素却又极富感染力的战友情，仍旧像子弹一样击中了我。我相信，这种抵进人性光辉顶点的情感，仅是战友的关系是无法达到的，必定与这两个男人这两个在枪林弹雨中穿行的军人曾一同走过天堂之路大有干系。

说到友情，我不得不提到欧家最年轻的军人小峰。他在叔叔木军让他到团部见面上街时，想到的第一件事就是替战友“捎电话”。每打一个电话，都是儿子的角色和口吻，说家常话谈家里事，是那样的自然亲切，这恐怕是对“战友战友，亲如兄弟”的最好印证了。

战友情属友情一类，想想，我们的身边，如此的友情能有几何？

我必须承认，我放下了《我在天堂等你》这本书，但放不下书中的情感。我知道，有一个细节已像钉子一样楔进我的生命里。每当我翻到那一页，不，只要我想到这个细节，总是无法控制自己。五个月大的木兰在米拉山顶严重缺氧，没有任何药物可治，唯一的方法就是在半小时内下山到氧气充足的地方。在这里，我愿意摘抄下这一段搅我心神的文字——

你们的父亲听了二话没说，抱起孩子就往山下冲。道路泥泞不堪，他跌跌撞撞的，又生怕把孩子摔着，这使他跑起来的样子有些奇怪。那些修路的战士愣怔着，一时不明白这位首长怎么了。这时有人大喊一声：各连注意了，传我的口令，以最快的速度把孩子传到山下去！

发口令的是负责修路的一位连长。

一个战士听到口令，丢掉手中的铁锹，飞快地迎上去从你们父亲的怀里接过孩子朝山下跑去，几步之后他就被另一个战士接上了。我靠在崖壁上，看见襄褓里的木兰从一个战士的手中传到另一个战士的手中，我看见战士们的脚下泥浆四溅，头顶雪花纷飞。我看见一双手和另一双手组成了一条生命之链……

如果说这部小说里的情感世界有个天堂的话，我以为这就是。他们在天堂之路上在天堂里演绎了一曲人类情感的圣歌。我要说，这并不是因为他们是军人。军人，首先是人，而后才是军人。人类本来就有此种情感，人类生来就需要这样的情感作为生命和灵魂的营养。只是在如今的社会里，拥有得太多太多的人们，往往忽略了最本质最不可或缺的东西。这时，我想到了戴厚英那部长篇小说的书名——《人啊，人》。

白雪梅生下六个孩子，只成活了三个，但她还是有了六个孩子。在西藏时，她的前两个孩子都先后夭折了，直到木兰，她才有了一个女儿，欧战军为女儿取了一个藏族名字：希维，汉语的意思是“和平”。而将“希维”改为“木兰”，是因为木军的缘故。

苏玉英、王新田夫妇的孩子叫虎子，因为行军的需要，被留在了藏民拉姆家中。后来，拉姆一路辗转到了成都，她寄宿于一家旅社打杂，有点吃的全给了虎子，自己常常捞潲水吃。再后来，她把虎子送到了十八军留守处，悄然而去。因为不懂汉语的拉姆只反复说“十八军”三个字，保育院的同志就给虎子取名叫“木军”。白雪梅如梦一般找到虎子（木军）后，就给希维改了名。白雪梅带走了木军，却把木兰留在了保育院。

拉姆的爱心，欧战军夫妇小小的改名，简简单单的一个留，向我们诉说了一种人间真情。这以后，欧战军夫妇又收养了战友辛明木、藏民槿尼玛的孩子。他们在收养的孩子身上倾注了最真最浓的亲情，却欠下了亲生子女一大笔情债。

在这里，欧战军这个严父的形象值得我们关注，可以在引起我们浓厚兴趣的同时，进行有意味的思考。他一生为伍，也算得上高级将领了，但他身上折射出我们身边众多父亲的内涵。在子女面前，他和在兵们面前一样有绝对的权威，这也是他所需要也绝不放弃的。对待子女，他是以冷峻的表情、硬生的语气和说一不二的自信出现的。面对这样的父亲，子女自然不理解，在敬畏的同时，产生距离是情理之中的事。在我们的生活中，有一个如此的父亲或谈及此样的父亲，也是畏多爱少的，我们更多的是盼望有一个如同慈母一般的父亲。可就是这样的父亲，内心却掩藏着巨大的丰满的细致入微的爱。这也许就是我们常说的父爱无形无言吧。

子女们认为父亲不了解他们，不注意他们的精神世界，直至欧战军的遗书公开，对他们作了最为贴切充满爱的评价后，他们才真正读懂了父亲的那份一生享用不尽的深沉博大的爱。可以说，这是人间父爱的聚焦再现。虽然我们不太喜欢这样的父爱，但必须向这如山间金矿样深沉丰富的爱而高歌。

我们不能否认，我们对军人的内心世界并没有真正细致的了解。许多人都认为军人操枪弄炮、冲锋陷阵是一把好手，是顶天立地大写的男儿，但一旦涉及情感特别是爱情，军人似乎成了不解风情不懂爱情的代名词。造成这种原因的因素是多方面的，这其中有两点是不容忽视的，一是人们走近军人的机会太少；二是我们文学作品中的军人总是那样一副僵硬有余浪漫不足的形象。裘山山作为一名女性作家，一名女性的军旅作家，显然充分意识到了这一点并主动地发挥自己独特的优势，呈现了军人情感世界里常人的又别具一格的一面。白雪梅起初暗恋的是辛明，对组织上的那种指令婚姻极度反感。然而在与欧战军的相处中，她发现了这位骁勇善战的军人可爱的一面，由反感拒绝到倾心迷恋。欧战军对白雪梅是一见钟情，可他示爱的方式融合了常人与军人最佳的一点。每次到师里开会才能见上白雪梅一面，而这样的一次，单程要走五天，中间还要翻越一架大雪山。见了面，他不停地说自己打仗的事，说士兵的事……看似无任何浪漫温馨可言，却暗藏着一个男人最幸福的感觉。平常他把自己仅有的一块牛肉干带给白雪梅，因为他知道在那样困苦艰难之中，白雪梅最需要的是什么。通信员从白雪梅那儿回来后，欧战军像新兵一样问这问那，得知她平平安安时，笑得开心极了。我以为，这是一个真正懂得爱的男人军人对爱的最好的诠释。

还有苏玉英夫妇间的爱情，苦涩、煎熬，但总有温暖在彼此的血液里涌动。我们时常仰天长叹，问世间，情为何物？而他们总能在爱河中幸福地畅流，这留给我们的是种种的不解。

因为有了爱，他们的生命是那样的灿烂；因为有了爱，他们走进了天堂。

真要感谢裘山山，是她让我们走进了军人真正的心空。

2001 年 1 月 1 日

张炜《外省书》:《外省书》,内省书

我们为什么忆旧

纯属巧合。在读《外省书》① 前,我刚重温了梭罗的《瓦尔登湖》。美轮美奂的瓦尔登湖,是静心养神的好去处。面对那蓝蓝的湖水,污浊的心也会纯净起来。秀美的景色,温存的大自然,淘洗着我们的灵魂。史珂从京城回到故乡浅山市的海滨,本意也是要找个清静之地,有着挣脱往事纠缠的企图,这算得上是一种逃离的行为。我们不能不承认,人的一生,前行的脚步中有相当一部分是逃离某种境况或者心绪。搬到海滨住,是因为他想与世隔绝,与过去的一切割裂。只可惜他所在的海滨已没有瓦尔登湖的孤寂,现实中的人们和现代文明时时紧逼着他。因而史珂的逃离是不成功的,至多将一座城市化为了心中的背景,刻在心底的那些东西,丝毫没有淡去,或许还在不同程度上浓稠了。

从京城到浅山市侄儿史东宾家,从市里到海滨,史珂在狂逃,过去在猛追。作为在京城生活的印记,他的京腔总是变不成乡音。40年前进京时,他竭力遗弃乡音,是为了融入新的世界,而今的忘却,也是为了再一次融入。两次失败使他永远是异类,这是人生的一大痛苦。岂止是史珂,我们每个人都有如此的窘境,因而史珂映射着整个人类的生存遭遇。

史珂的逃离,遭受着现实与过去的双重夹击。他来到海滨,京城的影子也尾随他而来——师辉标准的京腔便是一种暗示。侄媳妇马莎对史珂无微不

① 张炜:《外省书》,作家出版社2000年版。

至的关心，其里塞满了强权的意味，我们看到了现实对人的强大穿透力，而人只能无奈地叹息。如果说马莎代表着外在的力量，那么吴娇娇的出现则意味史珂的私人空间将不复存在。看似是让史珂开始新生活，其真正的结果是推搡他折身回望过去。现实成了一杆枪，威逼史珂重回过去。

与史东宾、马莎、吴娇娇等人不同，师麟属于温和派，表面上对史东宾并不构成什么伤害。而当我们细细探问后才发现，师麟之于史珂有着任何人都无法达到的侵袭力。在他面前的师麟，总潜在往事里，这让他在不经意间就走入了逝去的时空。师麟十分乐意在他面前回忆自己的过去，爽朗开怀的笑声、滔滔不绝的话语，对他形成了巨大的回推力。

在现实面前，史珂意识到现实与历史并不是一条河的两岸，历史是昨天的现实，今天的现实脱胎于历史，是一页页的历史装订成了现实。

当然，现实只是史珂陷入往事泥潭的外在原因，尽管力量不可抗拒。史珂面临的最大难题在于，往事是条疯狗，从来都是紧咬他不放。

应该说，史珂的忆旧是有来由的。他是一个知识分子，“四十年置身于一个显赫的学术机构”，苦苦奋斗了40年，虽作出了不少贡献，却无什么成就可言。如今年老人衰，不得不离开工作岗位，原先的角色被剥离，有节奏的生活化为乌有，人生不可避免的失落劈头盖脸向他砸来。事业上没有可以咀嚼的甘果，生活也有些凄惨，无儿无女，妻子先他而去。这下可好了，失落加孤独，怎不让他有针刺般的痛？他怀念妻子肖紫薇，却又有元吉良像块尖石硌心。元吉良是他的好友，但对肖紫薇一往情深，即便在他们婚后，元吉良也没有放弃对肖紫薇的追求和关爱，而肖紫薇似乎并不愿意彻底割裂这份情感。如此说不清道不明的感情，史珂是最大的受害者。除此之外，肖紫薇还曾经被造反小头目“小胡子”所霸占，满腹耻辱，一腔怒气，可又无从反抗。一个老人在孤寂的时候想念爱人当是幸福之事，而史珂倒想得愈加痛苦。不思不行，越思越痛，越痛越思，史珂跌入了忆旧的悬崖。

史珂有过选择，但他只是从一种痛苦选择到了另一种痛苦。其实何尝是史珂，何尝是史珂这样的知识分子，我们每个人都走不出忆旧的怪圈，只要我们生命尚在，就会被它所囚禁。往事的碎片连缀成生命，我们可以向前看，可以认为过去是属于死亡，然而我们从历史中走来，把一个个现实踏成往事，这些往事就像胎记一样印在我们的记忆里。

我思，故我在；我思，故我痛。因此，我们与史珂一样，无论在什么外省的外省，总无能逃逸，总要坠入忆旧的沼泽中。这就是人类的苦痛，人生的苦痛。

有意味的外号

记得贾平凹曾说过，每个人生存在地球上或多或少都寄托了某种动物，可以仔细观察身边的人，都或多或少地长得像某种动物。的确，人本就是一种动物，虽有思维、思想等人之所以为人才有的东西，但人身上的动物本能还是不少的。贾平凹《高老庄》中的人物名，总是与某种动物有关。而张炜则更进了一步，干脆借“鲈鱼”师麟这个人，为一干人等均用动物名取了外号。在此，张炜没有隐讳，也不走隐喻那一套，几个主要人物外号对应的动物，都醒目地道出了该动物的本性。以我的阅读经历，如此堂而皇之又极其用心的命名，好像张炜是第一人。

> 这次一进门，“鲈鱼”就手捧一册图谱迎上来，拍打着：“看看吧，你的外号有了。琢磨这事儿可不是个轻松的活计啊。”史珂见又是一条鱼，一条何其漂亮的鱼！“鲈鱼”指点文字部分念道：“真鲷，体高而侧扁。红色，有淡蓝色斑点。头大口小，栖于沙砾海底……一种上等食用鱼。”他大叫：“啊哈，真是像你啊！‘头大口小，体高而侧扁’——你看多像啊！还有，它的模样总像在庄重地思考，实际上不过是一道美餐。瞧这多像你们啊！”

“一条何其漂亮的鱼”，这是史珂对自己外号关心的重点，这就是史珂。他历经坎坷，心中无论有怎样的痛，活得再难，也得活得体面。也就是说，他太注重自己的外在形象了，一种出现在别人眼里的神气。生存理念、原则以及拼命操守的全在一个“漂亮”，史珂就是如此活着的。正如张炜在《柏慧》中所说：“人为了追求高贵，可以贫困，可以死亡。”固守一份清洁，至少是外表上的清洁。史珂在认同之中，无意泄露了心机。

师麟喜爱用动物名为自己和他人取外号，他曾对动物进行过研究，发现了“人与动物的神气是完全一样的”，因此他所取的外号可谓形神俱备。事实上，这才是他们的第二次见面，双方还没有过于深入的交谈，但师麟却一眼把史珂看透了。头大，是指有知识；口小，是说惯于慎言；体高，除了外形，似乎还暗示有身份；侧扁，当然是说厚度不够，没有多大承受力。至于最后的两句，更是将史珂的人生命运一语道破，其直指要害的精确和力度，令人叫绝。的确，史珂的人生之路，充斥其中的多是思考，或者说只有反抗之心，而无反抗之力之举。

师麟在为自己取外号时有过考虑，“他喜欢深海中的最大动物：蓝鲸。伟大的生物，雄奇的历史。不过，他有自知之明，不敢去做这样的比附”，最后“他在模样体面、体量适中、多在河口游动、常常要吞食一些小鱼小虾的鲈鱼跟前停住了”。而在他死后，史珂把他看成了蓝鲸——

> 蓝鲸，座头鲸，露脊鲸，一同喷射出壮观的水柱。须鲸的上颚长着排须，宛若智慧老人。独角鲸的长戟啊，抹香鲸的大头啊。伟大的水族。蓝鲸作为它们当中的巨人，风度优雅。它们一直生活在那个不为人知的世界。它们当中的一个如果尝试着上岸做人，大概会好色。

这里有史珂对师麟泛爱、好色的宽容。他以重新为师麟取外号的方式，对其一生做了公正的、富人情味和人性美的评价。而这种评价是在师麟死后，史珂独守自语的。不面对任何人，不让任何人得知，此种情形下对一个死者的评价当是出自内心的，是真诚的。与此同时，师麟没敢要的外号被史珂送上了，表明师麟这样一个洞察人情世事的智者，到头来对自己并不真正了解。

在《外省书》中，没有动物名外号的人物很少，恍恍惚惚之时，会有不见人只见动物的幻觉。经商的史东宾的外号是“扬子鳄”，一市之长的外号是“光滑干净、瘦小机灵，就是没有良心”的石鸡……一个又一个的动物名取代了人名，让人不太舒服。我的阅读在人与动物间游走，而作品中的人似乎也在人与动物间摇摆。他们有的有动物的本能，却全部被理性的锐器剁成碎片，随风飘尽，不留丝毫。这是否在说，社会的强势和工业文明的重压，将活生生的人锻造成了铁质的机器？而另外一些人任由动物性恣意狂奔，全无人性或者说动物性远远大于人性。看来如何将动物性与人性合理搭配是人生的一大难题。我以为，这可能是张炜煞费苦心抛出如此多外号的要旨所在。

生命的回声

在读《外省书》时，我分明听到了两条河流水的“哗哗”声，它们最终交汇了，并将走向同一个终点。然而它们又是两条完全不同的河，永远不可能混为一条河。是的，史珂与师麟，他们有着自己的生命之河，流动的态势、发出的声响和水面下的一切都证明了这一点。值得注意的是，他们二人步入人生黄昏之时，对往事的追忆和反思，依然大相径庭。

史珂和师麟，一个是知识分子，一个是军人，身份各异，人生遭遇的根结都归为一个“情”字。史珂深爱妻子肖紫薇，只求实实在在真真正正地拥有这份爱。应该说，这样的要求不过分，可是命运之神却冷酷地剥夺了他的权利。有一个家，却挡不住风雨，任何人都可以破门而入：好友元吉良一生追踪、钟爱肖紫薇；造反小头目“小胡子”霸占肖紫薇。这是两股不同的力量，元吉良是史珂最倾心的朋友，代表着人际关系层；小胡子自然是权力的代言人。

师麟为情所累的情形恰恰与史珂相反。史珂是被动挨打，师麟则主动出击，见一个爱一个，十足的“革命的情种”。一生屡次因此而遭受磨难，却痴心不改。

走到生命的暮期，他们都选择了孤独和寂寞。待在嘈杂的世界里太久，他们都嫌吵了。接下来的就是他们各自对人生的回望。史珂暗地里与师麟比了比："都进入了老年，不过自己比对方年轻一点——这也许是极重要的一段光阴；都独居市郊丛林，我有收音机，他没有；不过，他有一个懵懵懂懂的黄狗'老憨'"，师麟有个女儿，而史珂无儿无女，史珂的比较是极细致的，就连他比师麟少了个外号都算上了。他的书生气上来了，"像赌气似的，他最后冲着黑洞洞的窗户吐出一句：'我比你多了一个干干净净的人生！'"显然他的意义是指师麟多次犯与性有关的错误，可谓污点斑斑，而自己从未做过对不起别人的事，清清白白。

问题的焦点就在这儿。史珂一生清清白白，在晚年叩击生命时，那声音却是由沉闷、郁悒、苦痛合奏而成的。他在沉重中反思人生，逝去的种种景象如同一根绳子勒得他喘不过气来。师麟呢，人生多坎坷，在常人看来，红色被淹没了，他的人生是灰色的。可他总带着爽朗的笑声遥想往事，有不快和沉思，但忏悔好像少得很。他本该要忏悔的，与史珂相比，他才是要反思并沉于痛苦涡流中的那种人。再者，史珂一直是在反思中度过的，今天只是反思的时空；而师麟是在过好今天的前提下溯流而上。

同样，对我们来说，思考这两个问题也是极为痛苦的。作者张炜常为知识分子的命运把脉，倡导知识分子的清洁精神。在《柏慧》中，张炜就表达了追思与自洁的立场。我们无法判断这种追思与自洁之于人生的现实意义，只感觉到了知识分子如此这般的困惑和痛苦。在《柏慧》中，张炜没能解决这一矛盾，到了《外省书》，这个矛盾还是存在。

史珂是在逃避的情况下追思的，抱着个人的法则让每天为追思而存在，我们没有看到清洁的精神，却目睹了他的痛苦。是不是可以这样说，史珂式的追思耗去了无数个今天，获取了无数的苦痛，唯独不见任何的现实意义。可叹的是，史珂绝没有意识到这一点，虽然他曾对自己说："是的，许多人一生都在沉默，那堆积得如同山峦一般的冥思苦想啊，又有什么用？它们甚至没有痕迹。"师麟求得师香帮助了结一生后，"史珂明白为什么今夜要写这本书：一个一个都走了，留下他来写；这本书的不同，在于它没有那么多豪志；不是留给未来，而只是为了呼应旧友——这就够了"，看来，史珂还是要继续活在昨天。

其实《外省书》该是内省书才对。我们应当自省、反省，听一听生命的回声，但我们必须知道这样做的准则和目的。

2001年3月27日

项小米《英雄无语》：英雄，一地碎片

我的阅读大多凭感觉和机缘，从不随波逐流，但《英雄无语》① 是个例外。曾在书店与它照面，可只是对视片刻而已；去年，席殊书店搬迁甩卖的最后一天，我去淘书，出于二折的诱惑，从杂乱的书堆中取下唯一的一本《英雄无语》，也顾不上它“衣衫褴褛”了。只可惜冲出重围付款时，它却像条鱼一样不知滑到什么地方去了。无缘，也罢！怎知前几日，某报刊发《英雄无语》被改编为电影的消息，其中的几句话刺中了我的心：“为送情报，自己打掉四颗门牙装乞丐；为惩叛徒，在上海大街上苦守三个月……”我决计要读一读它。整整一夜，我浸泡在《英雄无语》里。天大亮，我合上了书，望着窗外白不白灰不灰的天空，默默无语。

一

“英雄”是一个闪亮的称呼，一笔一画写出的是传奇、神话。可以说，中国的战争文学，其主线就是一部英雄史。近二十年来，文学中的英雄形象从神性的樊篱中冲出，还原了英雄作为人的人性和悲剧色彩。可以说，英雄的审美取向越来越真实可信。然而项小米所塑造的“我爷爷”这个英雄仍然让我震撼，甚至有丝许怀疑，他是英雄吗？

“我爷爷”，当然是英雄。

他从封闭的大山走出投奔革命，在危险度最高的“特科”中担任地下工作者，一生总是与传奇紧紧联系在一起。精心策划的营救彭湃等四志士的计

---

① 项小米：《英雄无语》，解放军文艺出版社2001年版。

划，因为小小的意外而失手；为了惩处叛徒白鑫，他们极有耐心地等待了三个多月，最后在白鑫第一次走出门时将其枪杀……事实上，在白区，在敌人的眼皮底下，别说执行党的任务，就是保存自身也非易事。“我爷爷”凭着对党的忠诚和一身虎胆，承受着巨大的精神压力与敌人周旋，一次又一次完成了任务。

那次送情报当是他的一次壮举。这份情报关系到八万红军的性命，在一定程度上也可以说事关中国革命的成功与否，从后来的情况看，如果没有这份情报，中国的历史将会改写。“从德安送到瑞金，中间要经过多少道关卡？对瑞金的封锁实际上已经开始实施，几次‘围剿’中与红军杀来杀去的白军杀红军早已杀红了眼，只要有一点破绽露出马脚就将必死无疑。”面对一去几同赴死的任务，“我爷爷”竭力争取。经过一路上的种种历险，他为了万无一失，用砖头砸掉了四颗门牙，扮成一个“蓬头垢面，衣衫破碎，面门歪斜青肿，嘴流血涎，丑陋不堪”的乞丐。读到这儿，我总是挥之不去这样一个画面：密林深处，一个人拿起砖头，向自己的面门砸去，鲜血迸溅，地上有四颗门牙。

“我爷爷”失去了四颗牙，换来的是“八万中央红军赶在敌军‘铁桶围剿’包围态势完成前撤离了江西根据地大步向西，踏上两万五千里漫漫征途”。谁能说这不是英雄的壮举？谁能说“我爷爷”比战场上冲锋陷阵的英雄逊色？

我注意到，项小米的叙述着意滤去了我们习以为常的激情，在一种冷静、平和甚至是低潮中诉说着“我爷爷”的英雄行为。不做过多环境和动作化的渲染，用常规的叙述定式加以煽情；几乎没有人物的心理描写，不走“展示人物内心冲突，细腻描绘情感，从而传达人物心灵深处的思想光辉和崇高精神”的套路，当然，那些豪言壮语更是不见踪迹。就是这一次险情重重的送情报，也只用了两个细节，并没有大肆铺陈，可是我面前的“我爷爷”的英雄形象并没有因此而淡化，相反，愈加光彩照人。

“我爷爷”这位老党员好像从不爱说话。一方面，这可能由于他的工作性质所决定；另一方面，他默默地做着自己认为该做的事，不事张扬，不求回报。

这样的英雄或许会让我们更容易走近。新中国成立以后，因为他是在白区工作的，与那些在战场或苏区的战士相比，没有实权，没有地位，还受尽了怀疑和打击。即使在这种情况下，他也没有露出半句怨言，而是更加努力地工作。他的一生总是处于无语状态。新中国成立前，工作的业绩不能说；新中国成立后，因没有解密还是不能说。如此一来，他那些出生入死、屡建奇功的传奇只能由沉默保管。“我爷爷”年近八十千里迢迢找到老战友莫雄时，虽说两人有同样的辉煌和同样的不公命运，按照常人的想象，他们应该抱头痛哭，然而“他们不但没哭，甚至连话都没有说。他们像当年那样，无须语言，无须动作，只需互相望一眼就足够了。他们一言不发，只是默默相对而坐”。

英雄无语，无语的英雄。

面对无语的英雄，我不能依靠往日的阅读经验来感受他。除了为数不多的几个算是有分量的细节，“我爷爷”真是太平凡了，一种外在的平凡。没有一个又一个扣人心弦的故事，让我与英雄一同品味惨烈、悲壮，哪怕是刺激的快感。我明白了，要认识“我爷爷”这样的英雄，唯有让身心沉入他所处的环境，调动想象的力量，才能完成一个英雄形象的定格。项小米提供了一个互动的文本，使我的阅读变得有趣的，随之而来的愉悦，是众多英雄题材的作品所不具备的。

《英雄无语》是“三线并进、重组时空”式的结构，“我”当下的生活和“我”与申健、乔纳对一首古老的客家歌谣的解读与祖辈的命运交织在一起。“我”的当下生活为追忆和反思祖辈的历程立起了支点，打开了一个新颖的进入视角，这有助于对英雄的全方位再现和观照。而贯穿始终的释解歌谣的行为，实质上是为“我爷爷”这样的英雄耕种了源远流长的文化背景和精神领地。项小米力图寻找到英雄的理想主义的吸聚方式，借以传达这样一种信息：并非只有时代才能造就英雄，或者说英雄不能仅靠时代才能产生，他真正的产床当是一种文化哺育中人的伟大精神的飞扬。这样的信息之于当今是有益的，能给我们意想不到的启示，这就是任何时代，英雄都能横空出世，重要的是我们不能放弃甚至背叛自己的传统文化和传统文化之下的人格精神。

二

如果说只是这样一个英雄形象或者项小米笔下的英雄较之其他的有了上述的一点变化，《英雄无语》并不能称之为佳作。项小米的独到之处是彻底打碎了英雄的神话，将英雄拽到了凡间。请注意，在这里，我用的是“打碎”，而非“颠覆”。事实上，在此之前，许多作家在刻画英雄形象时已有了从人的基点出发的自觉性，对英雄形象审美价值进行了理性的调整和丰盈，使英雄本该有的七情六欲和人性得以回归。然而如此的掘进在纵深和广度上还有许多值得探索之处。我以为项小米的《英雄无语》拓宽了我们的视野。

爷爷尽管睿智英武，一表人才，但他基本上还是一个农民，一个大山的儿子。大山给了他勇猛、顽强、粗犷，同时给了他愚昧、粗暴和简单。他的后天教养极其匮乏，和他的英俊外表如此不般配，这使得他作为一个人在精神上的发育极不完全。在他身上好像有两个人，这两个人是那样的截然不同，面对组织和面对女人时，这两个人轮流出现：面对组织，他是那样的忠诚英勇，信守诺言，从不讲任何代价与条件，即使组织叫他赴死，他也绝不会皱一下眉头。在组织面前，他是一只驯顺的羊。而面对女人，他是一个不折不扣的暴君，简单粗暴，毫无信义，不讲道德，心硬如铁。

这是“我”对“我爷爷”一生概略式的评价，应该说，是与“我爷爷”的表现相吻合的。“我爷爷”走出大山，就对“我奶奶”冷漠了，在大上海找了个“二奶奶”。如果说出于见识的增加，“我爷爷”对“我奶奶”的这种情感转移还有可托之词的话，那么他将“我奶奶”接到上海新家以及当着她的面与“二奶奶”行夫妻之事，就无从辩白了。更有甚者，当他从白区到苏区后，愣是撇下“我奶奶”和“二奶奶”，一点也不顾她们和孩子的死活。“爷爷以包办婚姻为由堂而皇之地斩断了与奶奶的关系”，对他来说：“二奶奶作为一个人，一个爷爷曾经的配偶，在历史上根本就不曾存在过”。“就在奶奶和二奶奶为了爷爷共同拼死捍卫她们的尊严和贞操的时候”，“爷爷正在优哉游哉地和我的第三个奶奶结婚”，并“共同憧憬和规划着他们的未来”。

这以后，“我奶奶”和“二奶奶”带着孩子艰难地生活着，“我爷爷”从未过问，而新中国成立后，当他孤身一人时，他又回到了“我奶奶”身边，为的是找一栖息之地，最终被“我奶奶”赶出了家门。

这是生活的一面，在工作中，“我爷爷”的某些做法也让人不解或痛心。特务头子谢也夫抓来一个女共产党员，百般凌辱，使尽了种种令人发指的折磨手段，为的是探查有共党嫌疑的“我爷爷”及其他人。“我爷爷”等人在女党员的惨叫声中喝酒，打牌一整夜，居然没出错一张牌。面对此情此景，作为后来人的“我”质问道：“爷爷他们，能救没有救，这合乎逻辑吗？是党性允许的吗？或者，是人性能容忍的吗？是一个正常人所能承受的吗？”一连四个问号，英雄的结构被无情地肢解，英雄的神话被打碎，“我爷爷”这样的英雄似乎并不是真正的英雄，至少与我们熟识的英雄发生了强烈对撞。

当然，如此的质问有着许多片面性或因时代变迁而带来的变形。“我的最聪明的小侄女对着太爷爷的照片端详良久后突然说：我觉得太爷爷虽然聪明但是也有限，为什么一定要敲掉四颗门牙呢？要是我就敲一颗，顶多两颗。而且，决不敲门牙。”可以说，在内质上，“我”的质问与“小侄女”的想法十分相通，这当是一种警示。时代变了，人的价值观念出现了大幅度、多方向的嬗变，多元化的文化在我们四周咆哮，咬嚼着在我们脉管里流淌了几千年的血液。我们渴望见到英雄，但遥望英雄的背景，又有些陌生，甚至冒出许多疑问。我要说，英雄的精神没有变，变的是我们的眼睛和心灵。

英雄的时代和他的处境有其特性，一旦游移了这一特性，我们无法去解读英雄。“我爷爷”是个英雄，但也是个凡人，在那样的年代，儿女情长，瞻前顾后，哪能挺身而出？地下工作的心理压力可以说大得常人难以想象，在那样的境地中，孤独、寂寞是一道难以逾越的高墙。他选择了一种符合自己心理但不人道的放松方式，让人很难说些什么。我们没有领受他的重负，就不可能读懂他的艰难。况且“我爷爷”一生都没能找到一个他喜欢对方也喜欢他的女人，“表面上他的女人走马灯地更换，而实际上他的感情生活终生枯竭，内心充满孤独”。作为单纯个体的人而言，“我爷爷”的人生没有喧闹，没有爱的滋润，不能不是大悲之事。谁又能说，坐在牌桌旁的“我爷爷”等人，脸上在笑，心里不在流血？这不是光靠定性之类的理智能够做到的，是“苦其心智”的非人煎熬。事实也证明，要是没有“我爷爷”等人的超常之举，我们党遭受的损失将会更大。在紧要关头，任何的闪失，包括情感上的柔弱，都将可能付出成千上百倍的代价。

一种血腥的加入让我们更加理解了英雄，也使英雄的形象更加饱满。这实质是在向后人告白，英雄就是英雄，并不是什么人都能成为英雄的。英雄必须有常人所没有的勇气，有常人所没有的坚强。我以为这正是项小米写作的智慧所在，在激愤的质问中让英雄形象变得立体化和人性化。

三

人们常说，一个英雄的背后总站着一位伟大的女性。可是在《英雄无语》中，似乎没有这样的女性存在。照理，“我奶奶”应该在“我爷爷”的英雄形象映照下跳动伟大的光辉。她从小当了童养媳，本有着向往革命的因子，但她与革命的关系连若即若离也没做到。战争年代如此，革命成功后，她依然如故。她眼中的战争、革命让我目瞪口呆，“红兵来了杀人，白兵来了也杀人，红兵来了杀地主，白兵来了也杀过地主的人，杀人杀得天昏地暗！那个时候我们老家就像这样”，“不管谁来，我都烧饭给他们吃”。天哪！一位在英雄身边的女人，一位受到革命恩泽的女人，居然这样说？而她还要为地主辩护：“哪个说地主都是剥削？地主都是会吃苦会做田，辛辛苦苦才积下一点地的人。”

其实在《英雄无语》中，如此让人心惊肉跳的“一种教科书之外的真实”的历史并不鲜见。“我”渴望了解“我爷爷”，追寻“我爷爷”生命的足迹和他参与的那段历史，但我们循着“我”的视角望去，掀开面纱的历史竟然让我们感到十分的陌生和震惊。

“三叔公”在一次战斗中负了伤，加之过度劳累睡在了芋地里。同一个村的罗圈子见到了佯装不认识，还把想救人的老婆大骂一通，最后为赏金告了密。他得了银子，而“三叔公”这位“参加过北伐，参加过大小战斗二百多次，负过十四次伤的”红军营长，最后死在了敌人的刀下，活生生地被大卸八块。在游街示众时，“三叔公”还在气宇轩昂地向老百姓宣传红军、宣传革命，“早晚有一天天下是红军的，是咱们老百姓自己的”，殊不知，他的死正是因为百姓中的一员“罗圈子”的出卖。

女党员周大夫新中国成立后在一份回忆材料中这样写道：“30 年代初我有一次因有事要去常州，他（指‘我爷爷’）劝我这个星期不要出门。不久，报纸上就披露了由南京开往上海的火车在镇江被颠覆、死伤不少人的消息。事后我曾到他家谈过此事，他说，据说蒋介石原定乘这趟列车去上海，临时改期了。我猜测这是他们策动的一次刺杀事件，但当时我的确很震惊，因为我觉得即使是为了刺杀蒋介石而误伤了这许多无辜的生命，不也实在与黑社会势力无异，实在太残忍了吗？”

面对这些历史，“我”在思考——

历史正是这样像水一样地流过去了，从容而迅捷，无言而残酷。多少故事都是这样随着一代代人的逝去而销声匿迹，那些曾经发生过的事情、事件的真相，那些制造和参与这些事件的人物的真实面目，也许永远也辨认不清了。我们现在听到和看到的历史究竟有多少是真的，有多少是被人演绎过的？多少在当时就被掩盖和谋杀了？多少事在刚刚发生过一个小时后就永远不可能有人说清，何况那些已经过了十年、二十年、半个世纪的事件？

“我”的思考进入我的思想，还原历史是必要的，但问题是我们如何看待这些震惊和可怕的历史。

也许这些只是历史中少得可怜的碎片，不成为主流，但我们不可漠视它的存在，更不能出于意识形态或某种功利性的需要将其抹杀。我的意思是，历史应该是有人性的，以人性去识知历史，让历史显影人性，还历史一个本来面目，或者尽可能再现真实的历史，如此这般，我们才能以史为鉴，才能真切地眺望未来。

罗圈子的见利忘义当然是个别现象，但就是这种个别现象让我们鲜明地认识到革命的成功的的确确来之不易。也就是说，在以往的文学中，对于革命的残酷性和革命者付出的代价尚未充分表露出来。项小米并不是一个以揭历史伤疤为快感的失去良知的作家，而是站在一个全新的角度审视历史。罗圈子是一个反衬，一个人性恶的人物出场，使英雄更加壮美。

同样，“我奶奶”的立场在人性的角度倒无多少可指责之处，更何况她一生的命运是被“我爷爷”抛弃的过程。在“我爷爷”那个年代，并不是谁都对革命怀有敬重向往之心的，革命者的鲜血也不能将所有人的眼睛和心灵擦亮。正因为如此，“我爷爷”的忠诚和义无反顾显得高大起来。

周大夫这位老党员在回忆材料中提出的质问虽有道理，但不足以对革命的方法和目的构成侵害。“革命不是请客吃饭”，革命的过程就是一个牺牲的过程，只有付出必要的代价，才能换取更大的成功。严酷和残忍是革命久唱不衰的旋律，这是个不争的事实。

一个非常的年代，一个非常的革命，人的非人性的涌动，是英雄必须参透的现实。同时由于战争的非人性，采取相应的非常手段是必要的。我们不能在一个正常的时代以正常的思维去审视非常时期下的非常举动，一味地把目的和手段分出高下，否则一切都将万劫不复。

《英雄无语》中，“我爷爷”先是无语，后失语，而“我奶奶”、“我”等人却无休止地言语。英雄的神圣被打垮，在种种的言语面前显得有些苍白。但是我分明感觉到，无语的英雄在忍耐，而他人喋喋不休的话语正说出了英雄心中的痛。英雄的诞生有一种撕心裂肺的阵痛。

从愚昧、不解的目光中走出；从一个相左的生活里走出，无神话的英雄拥有了神性与人性的完美结合。是的，“我爷爷”这样的英雄，身上的光环和迷雾是一样的多，早已走出我们有关英雄的范式，使我们不能一眼看出他是一个顶天立地的英雄。那些散落一地的碎片，有些是人性的大美，有些是人性的卑微恶，有些闪烁着神性的光芒。项小米给了我们一个碎片式的英雄，消解了我们仰望和膜拜英雄的姿势与心态，那一连串的质询、考问和反省的呼唤，使得我们带着平视和敬重的心情去体验英雄的心路历程。

当我们看到了历史的正反面，触摸到了它的伤痛之处时，一个真实可信的英雄从历史深处向我们走来。

"英雄情结"是人类所共有的，"英雄形象"是文学的一大母题，项小米在纸上花园雕刻的"我爷爷"这样的英雄能让我们对文学、对生活滋生不凡的思索。

2001年3月30日

刘震云《一腔废话》：废话、梦呓与理想

在一个丧失幻想的年代，人们一旦坠入梦幻将是怎样一种情形？在一个惜语如金、懒得多言的社会，人们突然有了唠唠叨叨的冲动是怎样一种状况？当人们步入梦境自由言说时，这个年代这个社会又将变成何样？刘震云以《一腔废话》① 给了我们一个意外但可值得信任的答案。

五十街西里是社会最为普通的群落，而那些修鞋的、搓澡的、卖杂碎汤的、当三陪的、捡破烂的等又是此地最低层的人，那么《一腔废话》就把我们带到了社会最边缘群落中最下层人的生存状态中。在这些所谓的低贱的人物身上，有着他们独特的或许还能称得上高贵的理想。我们中的许多人不知道是粗心还是不屑一顾，总是忽略许多人的存在，看不上这些人嘴里所说的心中所想的，简单地认为所谓的弱势群体一切都呈弱势——他们的生命、生存、文化、精神、心灵与理想。刘震云给我们展示的是小人物的梦境和他们内心最为丰盈的世界，这其中有作家最浓厚的人性关怀和无处不在的精神碎片。

五十街西里的人原本生活在被人遗忘的角落里，过着不被人注视的生活，而现在他们走上了生活的最前沿——众人仰视关注的舞台。卖肉的老杜当上了五十街西里的领袖人物，修鞋的老马担负起寻找疯傻原因的重任，捡破烂的老侯成了辩论的主席和裁判，卖白菜的小白成扮演模仿秀的主角……最灰暗的人干着最闪亮的事，最下层的人过起了最时尚的生活。

废话是他们的梦呓，梦幻是他们的理想，他们不甘庸常的生活，开始了对生活的改造和创新。然而在某一天早晨醒来时，他们又对自己的废话和梦

① 刘震云：《一腔废话》，中国工人出版社 2002 年版。

幻吓傻了惹疯了。为了回到从前，他们在废话和梦境寻找历史，寻找曾经的过去。寻找成了他们的另一种生活，他们在不停地想，不停地说，不停地折腾，在被他人愚弄的同时奚落着他人。

如此一来，五十街西里成了一个人人是演员、人人是观众的大舞台。让人感兴趣和需要思考的是，这些小人物说着我们并不在意的边缘人物所说的话所做的事，我们是如此地耳熟能详，而且正是我们这个社会那种所谓的上层人物或先锋人群所说的话和在做的事。这让我们看到了刘震云的用心所在：再不起眼的人物也有越过现实头顶的向往和美好的理想；那些处于社会浪尖所谓的时代骄子，在本质上他们与五十街西里的人有相同之处；五十街西里是整个社会的微缩景观，这个时代这个社会在五十街西里投下了真实的影子。这么看，刘震云在警醒我们的同时也在嘲讽我们。一腔废话显示了废话不该有或本不具备的力量，那么废话的背后实质上是刘震云痛苦的思考和带血的呐喊。显然刘震云意识到，在这个时代，他的心灵倾诉不管如何如何地真诚、撕心裂肺，最终还是有些人不以为然，还是认为刘震云所说的一切是废话。当然，这不是刘震云的悲哀和不自信所造成的，是我们这个时代的正在日益生长的毒瘤使然。

五十街西里的人真是太狂热了，太不可思议了。他们放弃了赖以生存的工作，蜂拥地挤上寻找疯与傻的征途。他们说着与自己生活无关的话，做着毫无现实功利的事件，一切只为了发现疯与傻的原因和根治的疗方。他们恐慌了，因为他们偏离了原来的生活轨道，远离了曾经习以为常的生活方式。他们的寻找看似是因为他们渴望回到从前，但事实上他们是在开辟另一种生活。他们的迷茫在于一切都乱了，已经分不清什么是正常什么是反常什么是现实什么是历史。这就决定了他们的寻找是荒唐的，是得不到任何回报的。他们对此十分地清醒，但他们满腔悲壮而又充满激情地行走在寻找的路上。想想，现在我们之中又有多少人只为了心中一种非物欲性企望，说一些纯精神性的话，做一些非功利性的事。与五十街西里的人相比，我们现实了许多，功利了许多。也正因为如此，我们总是处在或僵硬或浮躁的只有物质而无精神的日子。我们以为我们很充实，其实很虚无。

在寻找的过程中，五十街西里的人遇到的只是幻象，却不住地发现自己丢失的东西。也就是说，如果他们没有寻找的行为，并会少去许多对往事的追忆和对失去的伤感。更何况他们寻找没有结果，有的话，那结果只是新一轮寻找又开始了。因而当我们在读《一腔废话》时，很可能耻笑五十街西里的人们过于愚蠢、疯狂、痴傻，他们不是在享受生活，而是在胡闹。但五十街西里的人并不是我们所感受的这样，他们因此而快乐而痛苦，有了快乐和痛苦，他们的生活丰富起来。这么说来是我们错了，我们的所谓人生价值、追求和生活内容迷失了，迷失在我们所谓的乐园里。

刘震云在一片喧哗和骚动中呼喊嘶号，尽管他知道他的付出可能无所回报，但仍然要清醒并不遗余力地发出警告。这就是一个优秀作家的良知和精神。现今文学似乎被抛到了社会的边缘，在微弱的声音中苟延残喘地挣扎。原因固然是多方面的，但无法否认作家有着不可推卸的责任。作家被所谓的现实、存在和生活所围困，要么无意，要么无力突围，写作在表层徘徊游走，根本进入不了内心。因而沉迷于所谓的实在和细节，想象的翅膀萎缩了，沉重了。

刘震云以满嘴废话的姿态，营造了一个无所顾忌的梦境，写作从现实中逃离出来，义无反顾而又坦荡自然地进入想象的大河。刘震云真正进入了主观性想象性的写作，他彻底抛弃了一切的写作枷锁，进入了思维思想极度狂欢的状态。张扬想象，膨胀主观，现实成了一个时间空间不停变换的戏剧舞台，刘震云自信地让人物粉墨登场，让他们胡思乱想、异想天开，喷吐无穷无尽无边无际无轻无重的话语，也就是废话了。人物的言行、场景的切换、情节的推动净在作者的掌控之中。一切的叙述动力均来自作者的想象——从现实出发的智慧性的想象。刘震云的自由给了人物充分的自由，更给了文本淋漓尽致的自由。应该说，刘震云在给了五十街西里人畅通无阻的自由后，才有了他写作的无限自由和想象的无所羁绊。刘震云纵情的想象性写作所带来的震撼力让我们始料不及，当代中国作家居然还有如此充沛的想象力，我们评价的词语资源匮乏了，只能说《一腔废话》的写作是超现实的、是荒诞的。更为震惊的是，当我们走进文本之中，又真切地触摸到了现实。所以我们有理由说，刘震云的《一腔废话》是对当下写作的一种挑战、颠覆和超脱，也许还有着里程碑的意义。

因而我的判断是，《一腔废话》让我们意识到这个时代需要梦呓和理想，领悟到了作家该有梦呓与理想。

2002 年 1 月 12 日

李洱《花腔》:《花腔》中的花腔

一

《花腔》① 是一部多文本互动的作品，可称得上是李洱一次花腔式的写作。如果从复制、拼贴的后现代写作技法的角度去看待李洱的这一次出击，并无多少可圈点之处，甚至有步人后尘仿制之嫌。将口述实录、谈话笔录、媒体报道、文章摘抄、史料剪辑等名目繁多的文本片段连缀成一部作品的创作手法，我们已不陌生，只是李洱的兴趣不在此，他在意的是以多样文本拼贴的方式，最大限度地活跃语言的灵动和丰富性。在一部作品里，让所有的人物真正地以自己的声音和性情开口说话，讲述自己目所见心所思的人和事，《花腔》应该是最彻底、最出色的。倘若仅仅如此，《花腔》还只能是好作品，离上乘之作尚有较大距离。

我们在感受《花腔》中语言多样化的愉悦过程中，李洱已神不知鬼不觉别有用心地擦除了历史与现实、虚构与真实原本清晰可见不易逾越的界线。

李洱神气活现地操纵着历史与现实的遥控器，旁若无人地切换时空频道，我们心甘情愿而又无所察觉地来回穿梭。这其中最防不胜防的当是那些事后的口述，口述之人无法也不愿重回历史的现场，而是以当下之经纬言昨日之事，将时空揉碎，让历史与现实搅和成一摊糨糊，我们在衔接的流畅和转换的悄无声息中迷失了。范继槐的口述时间是在2000年6月28日至29日，一切早已尘埃落定，一切已被历史封存，当他打开历史的封条与往事拥

① 李洱:《花腔》，人民文学出版社2002年版。

抱时，他并没有从现实中完全抽身，而是在逝去的几十年中随意行走，说古带今，古今相容，让现实与历史在其舌尖上共时舞蹈。本来今天的现实就是明天的历史，现实只是一瞬，历史才能永恒，但李洱意不在此。他是想说，时间可以消损许多历史的真实，但对人性却奈何不得。是的，讲述人是在以自己的方式和方法复原一段历史，但深入其里我们不难发现，讲述人最终折射的是他们的人性。记忆是人性蛰居的安全之隅，打开记忆之门，人性不可能不曝光。时光流逝了，人性却如往日般踯躅，在历史与现实的胶粘中有如星星闪烁。在人性的把持下，这世上有许多人和事永不消失，历史将会时时重演。这是人性的悲哀，也是人类的凄怆。那么现实与历史就无须鲜明的界线了，照一照历史之镜，便能看清所谓的现实，这似乎才是李洱的用心良苦所在。

李洱怂恿人物无所顾忌地大要花腔，就可以在众人的掩护之下编造一段貌似真实实际上谎言无边的历史。他在《卷首语》中说："他们（白圣韬等人）不光见证了葛任的历史，参与了历史的创造，而且讲述了这段历史。读者很快就会发现，他们讲故事的能力足以和最优秀的侦探小说家相比。他们的讲述构成了本书的正文部分。"在三个正文部分的开头，他都煞有介事地标明了时间、地点、讲述者、听众和记录者（或录音者），使三份讲述罩上了规范、真实的光环，似乎比最严肃的审讯笔录还更具真实性。同样，在副本部分，大量的引文和言谈，李洱一概注清出处，可与最严谨的论文媲美。李洱尚不满足于此，他让虚构的人物与历史中真正存在过的人物，可称得风云人物——频频亲密接触，让他们成为一些著名事件中的一员，叙述得有头有脸，无懈可击。李洱运用这一切，意图表明作品中的历史是何等的可信，简直是对众多历史片段的毫发不损的移植或挪用。在他的精心策划和动作下，虚构和真实混入了同一条河流。在这里，真实的可能是虚构的影子，虚构的也可能成了毫无破绽的真实。随着李洱的精心编织，为真实清理门户、还真实一个清白、让虚构露出尾巴的企图已离我们而去。我们落入了一个圈套，却无心撕破它，更无意走出，因为我们看到了虚构中流动的真情和颠扑不破的真理。这与其说是李洱的高明，毋宁说是我们心中存有让虚构与真实不分家的渴望和冲动。

当然，能让我们忘记小说满纸谎言的本质，以为翻开了一页又一页曾经发生过的历史，的确是一种不可多得的写作智慧。

二

李洱为我们讲述了一个并不复杂的故事，来自不同势力群体的人都在寻找一个叫葛任的人，引得我们跟随着寻找的足迹探觅葛任的生死之谜。葛任是革命队伍中的一名智（识）分子，在二里岗对日战斗后，其生死成为国共两党一致关注的焦点。在此种情况下，国共分别派人前去打探。我军希望葛任已经阵亡了，如若还活着，将会出于顾及所谓的大局杀害他；国民党的目的是劝降不成便灭口。葛任是个人的谐音，这是一种暗示，他的命运已不能由他做主，将会随着社会的动荡而上下起伏，被他人牢牢地捏在手心里。白圣韬、赵耀庆和范继槐作为亲历者，担负着立场的使命，但相同的是他们均与葛任有情感浓厚的私交，掺杂了个人情感的行为，平添了许多的顾虑和私心，但使命是不能违背的。他们就是在情感与政治这两条船上跑来颠去，最终还是不能摆脱注定的选择。作为故事本身，葛任短短一生的生活境遇、政治追求、爱情经历和在政治动荡中的命运已使我们的阅读兴趣大增。然而李洱并没有满足于常见的叙述手段，尽管他完全可以构建出一个可读性和艺术性相得益彰的小说世界。李洱当了召集者，动员起许多人参与一个故事的讲述。正文部分是三位性情迥异、身份不同的当事人的口述，就连口述的时间也分别处在特定的历史阶段。

第一个出场的白圣韬是位医生，也是革命的叛变者。在抗战硝烟散去后，他向他的主子汇报他执行寻找葛任任务的经历。白圣韬执行的是我军的一项秘密使命，表面上是寻找解救葛任，实际是杀人毁迹。这是特定时期某些灵魂歪曲者对革命同道下毒手的一种卑劣行径，看似是从革命大局出发，其本质是对生命的践踏、对人性的蹂躏。白圣韬是投降国民党不久向军统中将招供的，因而他总是往自己脸上贴金，抛弃那些对自己不利的细节。同时为了表明自己的立场，赢得主子的欢心，他又竭力透露一些鲜为人知的秘密。他的口头禅是“有甚说甚”，这也是其处心积虑要取得的效果。

其后出场的赵耀庆是潜入军统的地下党，在“文革”时期向革命小将供述一段尘封已久的往事。赵耀庆是位粗犷之人，不乏粗俗的言辞，言不由衷的表达。也许是因为长期从事地下工作练就了随机应变的习惯，他擅长结合形势讲话，在一帮“红小将”面前，他于一切的言语中均有意地嵌入了“文革时期”最时髦的语录和腔调，就连已埋头进历史的人物也被他赋上了“文革”的印记，调侃、嘲讽跃然纸上，黑色幽默闪烁不定。“俺这样讲，行吗?”听起来是一种征询，实质上是对往日岁月的怀恋，还多少有些炫耀，毕竟他总以为与这帮“红小将”相比，自己算得上是老革命了。时光如筛，有了怀恋涌动，出口的话已滤去了不少不愿留存的成分；有了炫耀作祟，他嘴里的历史变味是理所当然的了。

最后讲述的是范继槐，原是国民党军统中将，现今成了共和国的政协委员，在暮年之时，向写自传者披露谜底。作者对范继槐的角色定位颇有意思，德高望重，却有些好色，这使他在讲述中时不时冒出些令人玩味的作料。他是葛任最后结局的见证者，更是结束葛任生命的策划者和实施者。在他的腔调中沾染了当下的语气和某些价值标准。他的身份和地位决定了他的讲述带有更多的选择性和辩护性，常常不动声色地对历史进行纠正、补充和梳理，以对自己有利为最高准则。“历史是由胜利者书写的”，范继槐对此深谙其道，并发挥得淋漓尽致。

三个人物在三种时态下的讲述显现了时代性极强、个性十分清晰的腔调，这使得小说的艺术性得到了极度张扬，然而李洱并没有仅满足于此。本书的另一重要部分是“副本”，说重要不单单是因为它占去了全书将近一半的篇幅，更在于它对正文部分的补充、延伸和拓展。在副本中，作者以引文的形式，使更多的人物出场言语，有史事性的记录，有严谨的书面叙述，还有原汁原味的谈话笔录。如此一来，《花腔》成了众多人物腔调的汇总。这些人物的腔调自然也和他们所处的时代脱不了干系，我们可以在其中听到从三四十年代一直至当今的形形色色的人物在开口说话，话语间处处闪烁着人物的个性和时代的政治、文化特性。

走进《花腔》，我们如同在历史的舞台上超越时空地行走，感受着语言的奇妙和魅力，体味着不同习性和不同立场的人物的不同腔调。这样一来，原本由李洱一人讲述的故事演变成各式人等共同担任了叙述任务，一个又一个人物粉墨登场，按自己的方式和口气围绕故事核心自由言说。谢冰莹女士、宗布先生、安东尼先生、川井先生、毕尔牧师……他们来自不同的国度、阶层，拥有不同的立场、姿态，承赋不同的文化、个性，站立不同的历史轴线上，这使得他们的腔调异彩纷呈、各具特色，从他们口中流出了别样的情调。这么一来，说《花腔》这部小说营造了一个世界，似乎并不为过。

三

历史的真实是客观存在的，但任何再现真实的历史的企图可能都是徒劳的，也许历史就是那“行走的影子”，飘忽不定，时时都在变幻之中。《花腔》正是如此告诉我们的。

我们有理由相信，葛任的人生定有其固定的轨迹，其生活的真实性是不容置疑的，是连缀整部历史不可或缺的一个部分。不管他的命运是如何多舛复杂，但最后形成的轨迹总会如直线般流畅、如照片般清晰，在历史的长河中飞溅着无法抹去的浪花。当由一个人来讲述他的历史时，我们会说有其偏颇之处，那么让众多的人从不同的角度来讲述呢？《花腔》为我们提供了一个答案，真实的历史湮灭在唾液和记忆之中，取而代之的是一个又一个看似真实可信实质上却荒诞不经的历史片段。我们不知道有多少真实因此而流失了，又有多少披着真实这块羊皮的虚假滋生了。正如胡适所说“历史就像个小姑娘，你把她打扮成什么样子，她就是什么样子”。

白圣韬、赵耀庆和范继槐三人对在葛任一个人身上发生的同一段故事的讲述，处处闪现出矛盾甚至是相互消解的细节。这固然与他们的视角、叙述水平大有关系，但更大的差别来自于他们所持态度和不为人知的用心形成的落差。

范继槐既是白圣韬投降后的主子，又是葛任一事的知情人，那么白圣韬在讲述时必定少不了一方面表明自己是如何如何的忠诚，另一方面又想方设法地为自己辩护，因而在他“有甚说甚”的招牌下，假话谎话曲语隐语自然不可能少。应该说，面对参与者来讲述，给他造成了巨大的压力和挥之不去的顾虑，更何况他无从知晓身为军统的范继槐心中的底线。口口声声“有甚说甚”，心里却总在担心一不留神让范继槐嗅出破绽揪到小辫子。这样的讲述，心理上的障碍显而易见。所以，白圣韬好在范继槐不知道的人和事上不厌其烦地大讲特讲无限度地夸夸其谈，对范继槐获悉或可能略知一二的则要么躲躲闪闪，要么一带而过。他这样做是有苦衷的，是明哲保身不得已而为之的。基于此，我们又怎能够要求白圣韬如实地再现那一段历史呢？

赵耀庆“向毛主席保证，俺的每句话都是实话”，但他的讲述似乎是最不真实的，这从腔调和言辞的表面上就可听出，他动不动就让“文革”那特定时期的语言滑入了历史，过去的人物有了“文革”的思想和腔调，吐出了是一派胡言。但谁又能说他没有展示历史某些真实的片段？只不过他是在故意掩饰、混淆罢了，可以说，赵耀庆是在用另一种让历史浮出水面的方式，这就需要我们有“拨开云雾见天日”的良知、勇气和智慧。如果我们具备了此种阅读期待，那么也许我们会挖掘出更多令人惊奇的真实。

正如范继槐所说“白圣韬死了，赵耀庆死了，冰莹死了，田汗也死了，有关的人都死了，就留下我老范。我若咬紧牙关不吭声，这段历史就随我进八宝山了”，他是那段历史的最后一个知情者，这使得他的讲述具有某种权威性和颠覆性。OK 是范继槐讲述中的高频词，这本身就透出了他盖棺定论的心态。我们应该看到，范继槐作为最后一个知情者的特殊身份，为他的讲述又提供了极大的随意性。

仔细梳理他们三人的讲述，我们会惊讶其中的巨大差异，引发了我们对历史的所谓真实的质疑和恐惧。

他们三人都是代表不同的党派，以不同的身份，运用不同的手段寻找葛任下落并采取相应行动的执行者。在他们的讲述中，葛任在二里岗战斗没死是一事实，最后被害于大荒山也是事实，其他的就难以统一了，同一个人物同一件事在他们的舌头下长出的却是截然相迥的枝节。他们以真实为掩护，恣意歪曲涂抹细节、以个人喜好变换叙述角度、以个人的立场取舍历史碎片，殚精竭虑地为自己辩解。更有甚者，动不动就跳出叙述脉络心安理得地表明自己的观点。说这些观点是当时所想，其实已与当下的形势和立场进行了对接。有些作者以副本的形式向我们作了或辨别或说明或考证或暗示，更多了留给我们去甄别。看来作者是在告诉我们，历史就是一部“花腔”，个中的真腔实味真是难辨难品。

对葛任参加革命后的经历及生活，不单是白圣韬、赵耀庆和范继槐三人进行了穷尽本人所知的口述，作者还以副本的形式运用了大量相关人物的文章及谈话进行了必要的富有意味的充实和扩展。李洱俨然假借一副历史研究者的严谨缜密的姿态，抛出了自成体系的所谓历史资料，好像已到了无一遗漏的地步。表面上看，它使我们对葛任的一生有了立体化的透视和多角度的剖析，然究其实质，又产生了纷繁的多义性和可疑性。面对层出不穷、无从考察的排他性和一人一张嘴一人一个真相，我们陷入了迷惘的沼泽无力自拔，只能仰天长叹，真实的历史到底隐匿在何处？谁能为我们提供历史的真实？李洱把我们诱入历史的迷宫，这迷宫远比博尔赫斯所布下的语言迷宫更难走出。谁又能说，当我们探进历史深处抚摸其肌理时，总能透过脂粉明其真容，没有掉进迷宫的焦灼和彷徨的感觉呢？或许这就是历史的魅力所在，这就是某些人对历史津津乐道的缘故吧！

2002 年 2 月 3 日

艾伟《越野赛跑》：一场不知道通往何处的越野赛跑

题目是从威廉·福克纳的一句话中移植来的，艾伟放在扉页，并将此理念和哲思嵌进了他的第一部长篇小说《越野赛跑》[1] 里。人生无疑是“一场不知道通往何处的越野赛跑”，这话足以让我们大惊失色，茫然无措。当然，我们在生活中对这句话并不太在意，只把它当成了川流不息大道上众多路牌中的一个，随随便便地瞟上一眼，很少往心里去。当下的文学创作同样是在赛跑，不少的作家同样不知道写作究竟是通往何处的越野赛跑，这似乎是个颇伤脑筋的问题。

赛跑的人们

的确，艾伟讲述了一个赛跑的故事，其中的人们时而一路狂奔，时而碎步小跑，好像一时半刻都不能歇个脚喘口气。说他们劳于奔波并不确切，因为脚下的回声并不乏快乐和幸福。当心里有阳光时，疲惫的阴影自会消失的。他们在和世上的一切赛跑，连自己也成了自己的对手，有时他们根本就没有或不需要对手。有人说，人生下来的第一声啼哭，是恐惧的表现，因为等待他的将是一生的艰辛行走。是的，人注定要在或平坦或泥泞或坎坷或险情重重或生死攸关的路上奔走猛跑。在动感中饱览风景人情、获取精神和物质财富、觅寻追问人生的价值和意义。

步年自小就与他人不一样，比如不爱说话，不愿多与他人接触，只与一

① 艾伟：《越野赛跑》，人民文学出版社2001年版。

些怪人奇人来往。他是村里的天才，“懂得许多东西。别人感到为难的他一学就会”，但他对周围发生的一切并不像他人那么热心，有种不问世事、不愿进入某一特定群体的心态。意外地有了一匹马后，他只与马朝夕相处、相依为命。照着自己的想法和方式去生活，是他的心愿。或者说，他渴望过一种悠悠然漫步的生存状态。人的一生总会被某种东西或力量推着顶着，脚步加快了，欲望增多了，既是身不由己，又是心甘情愿乐此不疲。步年自然也不可能逃脱此种钳制，便在不知不觉中奔上了人生大道。被称作“破鞋”的小荷花原是他孪生哥哥的对象，在他的心里没留什么好印象，每次和她一块儿，都是想方设法地挖苦，有时甚至到了羞辱谩骂的地步，最后两人因此而大动干戈。二人都被打成“五类分子”后，随着对小荷花的批斗越来越白热化，他的同情心冲淡了厌恶感。当小荷花告诉他自己常常被守仁单独批斗时，他感到了小荷花已身处险境，“认为小荷花应该赶快结婚，否则就会被守仁糟蹋”，萌生了替小荷花找个人嫁了的想法，最终因为没有合适的人选而想到了自己。这样，他就和小荷花结婚了，困难不小，但他动脑筋解决了。因为去了奇异的天柱，他们婚后的一段生活相当的精彩快乐，并有了一个可爱而与常人不同的女孩。在女儿意外丧生、小荷花悲伤得昏迷不醒后，步年回到了村子里，开始为治好小荷花的病疾跑。“一匹小马出生了；马儿慢慢地长大；他用一匹马把复员军人常华带回村；常华发动了‘文革’；他被打成了一匹马；他和小荷花在天柱过着美好的生活；女儿被一枪打死；小荷花成了一匹马；他从外地带回一个昆虫学家，一个村子成为一座城镇；他开发昆虫食品发了财；他背着小荷花在这个国家奔波；他收养了一个女儿，她却与步青结了婚；他用马儿赌博……他回忆的时候，他觉得他这辈子好像还没停下来过，一直在马不停蹄地奔波”……步年看似知道自己要通往何处，却常常跑着跑着就迷失了方向、迷失了自己。迷失作为人生不可或缺的一种状态，让人类无法绕过，也让人类体验了人生的某种诡秘和某种乐趣。

如果说步年的越野赛跑是生活所迫，那么常华则是完全出于对仕途的迷狂。常华是一名退伍军人，对政治的高度敏感，使他在那个动乱的年代有了赛跑取胜的资本，他同样不知道要通往何处，却对如何去赛跑心知肚明智谋非凡。风光了一阵子，常华下台成了一个整天黑着脸钓鱼的孤独者。粗看他是跑累了，以钓鱼的方式让自己歇歇脚，实际上他的思想还在天马行空，他对步年所说的“所有的人都应该去坐牢”的话就是最好的印证。

其实村里的人都在进行着越野赛跑，姿势、速度不一样，但相同的是他们都不知道自己到底要往哪儿跑，那些看似清晰的目标转眼就会因模糊而逝去。他们的身后是一行行凌乱的足迹和繁杂的影子，闪耀着人类所有的智慧、愚蠢、欲望、激情和创造力。他们因此而痛苦与快乐同在，活得有声有色有滋有味。

“人生是一场不知道通往何处的赛跑”，许多时候并不是人们不想知道，而是不可预料无以左右。小荷花比步年起跑得早，像个满场撒野的小骡子疯颠疯跑，跑出的天地也比步年宽阔，使得生活堆积了更多的欢笑和泪水。她的一度昏迷不醒，该是暂时休息积蓄力量意图展开新一轮更激烈的赛跑的举动。当她醒来后，她比马还能跑，跑得让人们以为她疯了。她知道为什么要跑，却看不清摸不透前方的路，道路已被人预设，规则握在他人手里，因而就不可能知道自己将会通往何处。人类必须要赛跑，不管前方将遇到什么，不管结局如何，因为命运就是在赛跑中生成的，赛跑的姿势，是命运唯一的身影。

人类不能不跑，不得不跑，尽管身心俱累，却很少有人甘愿停留脚步。很少并不是没有，七十多岁的高德就是其中之一。“他们村里的人认为高德是个高人，他有料事如神的本事。这个结论村里人当然是经过几十年的观察才得出来的。开始，村里人认为高德老头是个疯子。……这以后，村里人认为他是个预言家。”高德是在村里人不解的目光中绝食而去的，留给步年的忠告是：多看看报纸多听听广播。高德的高明就在于他知道了自己的越野赛跑将通往何处，这种高明使他不愿再跑下去了。一个人突然醒悟过来，坐在本是新的起点的终点，让人们从他身边闪过去，自己不再跑了，跑动的人们认为他是个怪人，他却心安理得，个中的滋味就有意思了。

只可惜我们不能静下心来想一想，因为我们的心思全用在了迈动双腿上了。

关于一匹马

动物是人类亲密的朋友。在动物之中，马因灵性十足，颇通人性，备受人类的喜爱和赞赏。马的英姿是流动的美，奔跑疾驰是首豪迈的歌，野性中蕴含着温柔的性情，使它高贵典雅而亲切平和。在艾伟的长篇小说《越野赛跑》中有一匹马，一匹白色的马。《越野赛跑》中，时时可见白马奔跑的画面——在地上，在空中。有关“马”或“马儿”的字眼更多得好像晒场的麦粒。说它是一匹神马并不为过，因为它有着太多的神奇之处。当然，也因了它的神奇，《越野赛跑》才处处可见想象的无限张力。读这篇小说，我们无法拒绝那风情万种的嘶叫、激荡心魂的蹄声和一路飞翔的美感快意。马儿远去了，身影和脚印召唤我们走进需无尽地冥思参悟的广袤世界。

原本平静如水的村子，来了一匹马，一切便变化甚至是变革起来。“这匹马从城里带回了常华，结果我们村里发动了‘文革’，闹得天翻地覆；这匹马从外乡带了个昆虫学家回来，结果我们这个村子就变成了一座镇子。”在人生的长河中总会有一些意想不到的事发生，起因总是某人某物的出现，有时是必然，有时是机缘，有时是大自然本身的力量所致。力量离不开某种载体的依附，艾伟选择了一匹马，马进入了村子，进入了村人的视线，影响了村人的思维，改变着他们的生活。马在奔跑，人们便跟着奔跑，生活同样因此而奔跑。

为了看马，步年第一次踏进了天柱，一个总有些奇异事情发生的地方，一个村人从不敢涉足的神秘古怪之地。步年成为马唯一的合法的饲养者，便像马一样开始了无休止的越野赛跑，生活中有了马的加入，失去了往日的宁静和淡泊。人们不一定看到自己在赛跑，却迷恋于马的奔跑。其实他们并不知道，在马的眼里，他们就是一群奔跑的动物。村里的每一个人都希望能骑一回马，体验一下所谓飞翔的感觉。步年是了解村人所想的，这成了他的生财之道，让人与马越野赛跑。有人性趣味的马，“步年的马和人赛跑，实际上同传说中的兔子和乌龟赛跑差不多，要使比赛有趣，要使比赛有故事可讲，那必须和兔子打打瞌睡，步年的马儿好像知道这个道理，它懂逗人玩。

它总是和人保持不相上下的速度，有时候比人跑得还慢”，但最后输的还是人，这就让人们有了比赛的信心，有了吹嘘的资本，心甘情愿地把钱往步年怀抱里送。在人的一生中，与马赛跑只是一个小小的插曲。艾伟却让时间放慢了脚步，不惜笔墨地描写人们是如何地与马赛跑，如何地穷想赢过马的方法。人们的欲望和比赛的场景被艾伟别有用心地放大了，几次人与马的赛跑——可能说是马与人的赛跑，更为确切——让我们的心灵为之震撼。人们哪是在与马赛跑，分明是借马与世上的一切连同自己在赛跑。奔跑让他们兴奋，让他自己确信了自身的存在，让他们有了一个难得的追逐目标，让他们似乎知道了自己的越野赛跑通往何处。人们为了赢得比赛，各尽所长，生出许多奇思妙想，这里有智慧、计谋、愚蠢，也有欲望旗帜下的快感、贪婪和痛苦……比赛的过程浓缩了人的一生和社会的一个剖面，不全面，却很精细生动。在众人的眼里，守仁的双胞胎女儿和马一起赛跑时，成了两只兔子。这一幻觉来自人的本能，一旦抛开欲望，人不就成了普通的动物。这是不幸的，同时又是不可能的，那么只能是幻觉了。

卡夫卡的《变形记》里，人变成了甲壳虫，玛丽·达里厄塞克的笔下有漂亮的母猪女郎……这些是外形的变形，一种彻底的变形，艾伟让步年像马一样地走路，仅此而已。步年像马一样走路，表现一些与马相似的动作和叫声，是出于让村人以为他没对抗力，从而使自己不受伤害。也正因为他成了这副模样，他才能与小荷花结婚，才会到天柱过上一段人间无法达到的幸福生活。甲壳虫和母猪女郎因变形而痛苦不堪，马一样的步年却拥有了一份超然的快乐。在这里，马看似是联系着现实世界和想象世界，为小说染上奇特的色彩，但裹于其里的寓意却是，在一个疯狂的年代，人如果能像马一样活着，会又活得很美。

颇有意味的是，马到了改革开放的年代才第一次发情，离它该发情的时期已有了不少岁月。稍稍玩味一下，答案就显然了。动乱的年代，人性被压制到临界点，就连马这无知的动物也深受其害。生活开放了，人性的各种层面的东西纷纷显露出来，人们的生活也充满了各种各样的幻想，欲望无处不在，社会生活其实更具有神话性。那么，马儿也就完全可以发发情了。

我们不得不承认这一匹马载负着太多的内涵，给予了我们太多的思绪。

天柱，是个什么样的地方

在《越野赛跑》里出现了一个叫天柱的地方，就在一个实实在在的村子附近。因为有着具象的实在，人们从没有把它看成太虚幻境。飞舞着各式各样的虫子，长着原始时期的草木和植被，总是要发生一些古怪的事情，因而人们认为天柱是个古怪的地方。正如作者所言：“天柱这个地方总是会发生神奇的事情，那是我们心灵深处的景观，是一切奇迹的源头，也是灵魂的自由栖息之地。”很少会有人走进天柱，更别说生活在其中。人的生活和思维常常喜欢与惯性连接在一起。天柱不是普通的村庄，因了不普通，人们对它产生了畏惧和恐慌，守望的目光中既有仰慕又有惊悚，这是人类乐于陷入的怪圈。

步年与小荷花结婚后，村里只让他们在天柱生活，谁都明白，这是一种驱逐。然而，正因为有了驱逐，步年与小荷花才有了一段幸福荡漾的时光。这时的天柱，就是伊甸园。不，与伊甸园有着许多不同之处。在这里，两人离得远时，在对方眼里，人变成了虫子；这里没有时常意义上的时间概念，“时间不是由太阳显现的，而是由那些古老的树木，神奇的昆虫和看上去极为原始的植被显现的”。植物和昆虫是有生命的，也就是说天柱里的时间是由生命体控制的，暗示着天柱是块人性化之地。在天柱，步年与小荷花无忧无虑毫无节制地欢爱。我们从他们性爱的场地变化和毫无遮掩的叫声中看到了人性的欢畅，看到了人与大自然亲和的醉迷。而这时的村庄是一片混乱，因为“文革”，人性被压抑被扭曲了，处处是变形的灵魂和景象。天柱因此而纯净空灵。

村里暗无天日，处处狂躁鼓噪，但没有人愿意离开。冯友灿等“五类分子”的灵魂在天柱里飞扬漫游，留在村庄里的只是行尸走肉般的肉身。他们并没有完全地离开村庄这块是非之地。他们比普通村民多了一些见识，多了一些慧眼，尚且如此，村民又能如何？天堂般的圣地，是人类所向往的，但又有多少人能摆脱世俗的诱惑，卸下那一份份早已厌恶的负重轻飞起来？人类总是生存于两难之中，进退之间塞满了困惑。

小荷花生下了一个女儿，这小女孩喜欢满山遍野地跑，喜欢生吃天柱里的虫子。小女孩是在天柱孕育成长的，该是属于天柱的。事实也是如此，当她有一天走出天柱时，竟被村人当作怪物一枪打死了。那么天柱与陶渊明笔下的世外桃源就大不一样了。人们可以进入天柱，却无法容忍属于天柱的人走进他们的生活领地。天柱与村庄是两个对立的世界，终究不能融合成一个整体。小女孩倒下了，人类心中的一根天柱也随之倒下了，不幸的是人们沉入了不该有的快慰之中，没有体味到自己所制造的伤痛。

当人们走出那黑暗混乱的年代后，天柱却荒凉了。作者在后记中说："我发现在'文革'那样的政治年代，社会生活虽然无秩序，但思想上却非常有秩序，人性非常压抑，所以，那个人性化的天柱只能独立于现实存在。但在改革开放部分，由于生活的开放，人性的各个层面的东西纷纷显露，人们的生活也充满了各种各样的幻想，社会生活其实更具有神话性。因此，天柱和现实的村庄就可能合二为一。"我以为这似乎是作者的一厢情愿。天柱因有"天然昆虫博物馆"之称，而成为村里的摇钱树。越来越多的人踏上了天柱这个神奇的地方，最终，天柱"成了一座光秃秃的山脉，根本没有那种茎部细小的而叶子像大象耳朵般粗大的植物，也没有一草一木，当然也没有了成千上万种昆虫"。天柱在人类的肆意闯入后，走向了败落，成了比村庄还粗俗的地方。在这里，天柱负载着人类的文化文明，操守着纯洁童贞，是人类精神的天堂。只是，人类无休止的欲望总是在有意或无意地践踏蹂躏，自毁依恋的精神家园。这当是人类的最大悲哀之一。更大的悲哀在于，人类总是不能自觉地甚至受强制地意识到这种悲哀。当天柱成为废墟时，昭示着人类的精神世界又多了一片沙漠，悲伤地注视人类。

可以说，天柱是上苍赐予人类的，人类却毁灭了这种恩赐。天柱离我们远去，我们只有哀叹，只有无助无奈地目送其越走越远。

2002年2月9日

贾平凹《病相报告》：苦难中的爱之舞

这一次，贾平凹的《病相报告》① 给我们报告的是一个凄美的爱情故事。平实的笔墨，流出的是人生的苍凉和走不出的苦难，其中的爱虽悲苦、艰辛、苍凉，催人泪下，却十分的鲜活，并因此唤起了我们心灵深处的许多东西。应当说，如今能读到如此矢志不渝的爱情，该是一件奢侈之事。

胡方的一生坎坷无数，磨难如丛生的杂草。在穿越一个又一个病态的时代时，他心中却潜藏着一份纯真至美的爱。在他最痛苦和孤独时，凭着对这份爱的想象和追忆，就催生了的力量和快意。他与江岚相识相爱于延安，在那个只要革命不要爱情的年代，他们心心相印、情意膨胀，却又不得不百般地自我扼杀激情。过度地压抑，使得他们总想寻找释放的机会和途径，而当现实出现了此种缝隙时，他们又慌了手脚，留下了算得上是终生的遗憾。胡方去了陕南游击大队后不久，江岚等来的是他牺牲的消息。与胡方、江岚同为好友的韩文帮助江岚渡过了一个又一个难关，江岚好像又找到了爱的归宿。到了东北地区后，江岚与韩文结为夫妻。这以后，不知江岚下落的胡方总是在非难的夹缝中苦苦地生活着，第一次的婚姻是家人为他换取性命的工具，他虽有过短时间的认同，但最终还是采取离家出走的方式逃脱了；第二次的婚姻，陪他走过了一生，饱受了煎熬，现实中却再也走不出了。

可是无论人世多少沧桑事，胡方和江岚彼此的牵挂却愈久弥坚，并成为他们的生命之舟。这种深爱让他们咀嚼幸福的同时，也品味着无尽的辛酸，酿出了别样的苦难。是苦难生长了他们的爱，还是他们的爱滋长了苦难，有时我们真的是说不清。他们的肉身和心灵同在苦难中挣扎，爱却在轻盈地飞

① 贾平凹：《病相报告》，上海文艺出版社2002年版。

翔起舞，并因此而有了相同质地的思念。这种超脱是极为有限的，甚至有些苦涩，但并不影响他们舞姿的适度忘我。新中国成立后，他们在一次偶然的机会中知道对方依然真实存在着。然而，同样因为特定时代的缘故，他们仍然相隔，只是在思念中多了些真实的幻象和可以守望的明天罢了。而当胡方迈出实质性的一步时，也就跨入了死亡。江岚说她把胡方丢掉了，终于解脱了。看起来，他们的爱随着胡方命归黄泉画上了句号，但终究会在江岚持续的生命里以另一种形式存在。即便江岚也离开了这个世界，这个撼人心魂的爱情故事以及其中放射的情感还会在人世烙下印迹。

有意味的是，《病相报告》是多个叙述人记忆碎片的整合，通篇的第一人称叙述既是对流水时序、戏剧化情节结构等某些传统创作原则进行了肢解，与胡方相关的人大都在说话，唯独胡方和韩文没有言说。第一人称叙述的基本功能是让读者相信虚构的真实，缺陷是无法全知。在这里，贾平凹很好地解决了这一问题。没有时空的正常运转，没有完整的故事，只是一个又一个片段和闪烁的细节。因而，显现的只是胡方最具人性的人生碎片。一面是纷纷扬扬的碎片，一面是沉默的胡方，我们在一片宁静之中抚摩人性之物。胡方的不参与，给了我们自由判断的可能和自由，也似乎多了一份接近真实的希望。

他人的叙述，拼凑的是一个处在平面的胡方，他的内在情感和心思，人们无从得知，这又让我们与胡方的人性间隔上了一道膜。

那个递枣和吃枣的镜头，流溢着胡方与江岚间生长于苦难之中爱之花的芳香。然而，我们只看到了胡方的外在动作。他们在延安时，有过一次难得的亲吻，江岚把嘴里噙着的枣顶给了胡方。从此，看到枣或枣林，她的心头都会甜蜜地泛起这一幕。“文革”期间，江岚千里迢迢把枣从北京带到成都，“我们马上就要扑到一起了，更多的警察却跑过来再一次将他扭住。他咆哮着如一头狮子，还是向我扑，扑过来，以至于连那一伙警察也带着过来。有警察就用腿钩过了身边的树，他被牵制住了，而同时腿弯处挨了一脚踢，扑通跪倒在地上。我迅速地将一颗枣塞给他，他的手还在身后，嘴就伸过来将枣噙住了。立即，警察从他嘴里掏枣，掏不出来，捏他的腮帮，卡他的脖子，他把头竭力往回缩，扳也扳不直，如一根弯头的铁棍，翻过来头是弯的，翻过去头还是弯的。最后他被高高地抬起来往警车里塞。他的一双泥腿蹬在了车门口，还是回过头来看我，嘴里仍还噙着枣，喊不出话来。接着我看见了他伸直了脖子，脖颈凸起一个小包，他最终将枣囫囵吞下肚。”这是一组动作性极强的画面，没有表情，没有言语，有的只是挣扎，这是对胡方和江岚爱情遭遇的高度浓缩和生动提炼。他们的人生，就是在病态的泥沼中跋涉、抗争，苦难的藤蔓捆住了他们的肉身，种种的病态侵蚀着他们的心灵。历经风雨无所失，他们将苦难化为了营养，爱之树倒出人意料地健康、茁壮地生长着，激情始终长久不衰，时间印证了他们爱的纯金之质。胡方以想象往昔的情意充填岁月，痴痴地写下了一篇又一篇情书，不求江岚看到，只是以默默地倾诉为幸福。这份纯真，这份浓郁、真诚的爱，我们读来只能汗颜。当然这一切对我们已足够了，无须再进入胡方的内心了。有时，没有沟通，只有注视，虽多了不少神秘，但更具有穿透力。

一个叫三婶的老女人，掌柜的娶她时，她是城里药铺熬药的丫头，只有16岁，掌柜领回她时给了她一对金耳环就算是结婚了。掌柜死后，三婶就被赶出了门，几十年来一直保存着那副金耳环。人们都把三婶当疯婆子，不愿接近。胡方得知这一切后，专门去看她，塞给她五个菜团子。在胡方的心里，三婶和他有着一样的情结，一种被世人嗤之为疯病的情结。那对死死攥在手心的耳环和他埋入肉中的戒子，有着同一份痴恋。这是经由景川嘴中说出的，我们见到的也只是胡方塞菜包的动作。

胡方是用文字叙述过一件事，觉着卖水盆羊肉店里的那个女的很像江岚，因而，他每天省下一包烟钱中午去吃水盆羊肉，前后持续了近一年，那女人被自家丈夫打，胡方看不过上去保护。虽是胡方自己的叙说，却仍然少有心理活动，好像是在讲着别人的故事。

如此的叙述腔调，因为表象而具有了特殊的内质。胡方的内心是不需要他人知晓的，他只在独自地品味因爱而来的那份滋润。爱，是私人空间的。胡方把持着，坚守着。而这一切，又让我们觉得真实可信起来。

胡方留下的是四幅画和背后的文字，作为胡方忘年交的訾林，在阅读这四篇文章时，作者对訾林看到江岚烧信和发现四篇文章的过程运用了重复的手法，刺激着我们的阅读。多年来，江岚和胡方写下了一封又一封情书，胡方还写了数量颇多的情诗。据贾平凹说，正是现实生活中遇到了一位七十多岁的知识分子，才有了《病相报告》。作为小说的本事，亮点就是这位老人每日给远方的情人写信，用一生的苦难完成一个凄美的爱情故事。本事，是真实的，可已让我们难以相信。因为“过去的年代爱是难以做的，现在做的却难以有爱，纯真的爱情在冰与火的煎熬下实现着崇高，它似乎生于约束死于自由”。生活的真实只是生活的真实，许多时候并不能自然地转化为艺术的真实。深谙其理的贾平凹以他特有的方式为我们制造感觉上的真实性。为此，他一次又一次地向我们展示江岚焚信的场景；让胡方隐在人后，任由他们诉说自己的亲身经历，更有具生命的狗与无生命的戒子意象。

为了不让自己的妻子发现江岚送的戒子，胡方一次将戒子吞进了肚里，另一次却自己划开大腿把戒子缝了进去，与他的肉体生长在一起，直至他死去。鲜红的血、撕裂的痛，固然让我们为之震撼，然而胡方对爱的执着和深沉是我们无法言说的。江岚与胡方曾养过的一只狗形影不离，并取名“狐子”，它是江岚心中的胡方。看看生活中她与狗的相处，看看狗在她生活中的地位，我们就可以感受到她对胡方的那份与生命相连的大爱。当狗见到昏迷的胡方后，竟然四蹄趴地，三天不起不吃不叫，在胡方死后不日而死。狗是通人性的，自己的主人死了，它同去了，但谁又能说它的死不是昭示着江岚那颗为爱跳动几十年的心随爱人而去了呢？

狗与戒子刺疼了我们，也让我们对于关注是否真实的欲望消退下去。

胡方在信中设计了他的法，这倒与博尔赫斯《南方》中达尔曼十分的相像。达尔曼在医院病床上临死前出现幻觉，难以接受此种平常的死法，而想象出在去南方的途中与人格斗而亡的死法。胡方则不然，他是在寄给江岚的信被退回后想到死的，先是要从楼上跳下来，但怕给幼小的孩子留下难以磨灭的惨相，他又选择了吃安眠药，地点是在单位。他在与叶素芹争吵后搬到了单位，过起了分居的生活。那么单位才是他真正的家，一个给予他适度人身和心灵自由的家。他想的是既然心已死，肉身又有何用？他要在平静中结束自己的一切，在守望中完成一种美好而凄婉的爱情故事。胡方也没有实现自己的死法，他是在与江岚幽会时脑溢血而死的。应该说，他的死是获得了梦中的爱，了却了多年心愿的爱之后快乐死去的。可是，如果他不死，日后如何与江岚长相厮守呢？现实是不允许的，那么还是快乐地死去好。贾平凹似乎对胡方多了一份悲悯和仁慈，但背后书写的却是对时代的无奈和呼号。我们没有看到胡方火化前后的景象，却从胡方生前的文字中读到了。胡方以自己的心灵之眼看到了身后事，这不能不说是一种对现实的莫大嘲讽，同时也留给我们一种困惑，因为我们无法知道事情的真相。

当然，最大的困惑来自于世人对爱的迷茫。胡方与江岚的那次见面，让我们感动、羡慕，也滋生了不解。两位老人约好了晚上在天安门前的金水桥见面，这可算是年轻人的相会方式。江岚一整个白天都魂不守舍，缝扣子不对位，剪破了衣服，拿错了书，眼镜在手里却浑然不知……一切都是年轻少女的心态。他们见面时有羞涩，有忘情，更有源自灵魂深处的童心，居然还含着水果糖玩跷跷板。这时，他们的人性得到最大的舒展，情感得到了最畅快的沐浴。没有性，没有诱惑，一切是那样的纯净，又是那样的激荡。有许多人会认为这两位老人有病，病得不轻。殊不知，真正有病的并非这两位用苦难书写爱情的老人。

天有病，人有病，一切都呈现病态之相。在现今这个时代，很多人认为胡方此人有病，其爱情是种病症，更是不可信。当下，激情横溢的爱情比比皆是，一度的迷恋确实感天动地，然而却不长久，如同阳光下的冰，转瞬间就化作了轻雾无影无踪。更有些人根本不相信人间有真正的爱情，调情、纵情成了爱情的主色调。如此说来，并不是胡方有病，胡方的爱情没有病相，真正有病的是我们。因而《病相报告》真正报告的是如今这个时代人们心灵深处的沉疴，尤其是爱情这个人类生存主题的种种污垢。相信，当我们走出这一困惑时，我们同样可以在阳光下舞蹈爱情。

谢有顺说过，贾平凹是被人公认的当代最具有传统文人意识的作家之一，可他的作品内部的精神指向却不但不传统，而且还深具现代意识，他的作品都很有写实的面貌，都有很丰富的事实、经验和细节，但同时他又没有停留在事实和经验的层面上，而是由此构筑起了一个广阔的意蕴空间来伸张自己的写作理想。从《病相报告》中，我们可以很强烈地感受到这一点，或者说，贾平凹以《病相报告》在此方面达到了一个新的高度，也可当是写作理想的突破性提升。《病相报告》的文体更具现代意识，内含的形式却是传统的，境界却是现代的，更贴近了人性，更折射出当下世态的虚妄，因而散发着浓郁的人类意识。

2002 年 5 月 12 日

苏童《蛇为什么会飞》：走进边缘人物的世界

从《米》、《我的帝王生涯》到《城北地带》，再到《菩萨蛮》，苏童的目光渐渐从历史向现实靠近，到了《蛇为什么会飞》①，他完全地与现实对视，“直面惨淡人生”。苏童曾说过：“一个作家只有不停地否定自己，怀疑自己，不断地推翻自己，才能越走越远。”应该说，这一次，他推翻自己很彻底，走得既远又干净利落。一次本质上的转变，对于苏童而言，竟是如此地顺畅。在保持往常剖析人性深度的前提下，他以全新的言说姿态进入社会的最底层，在边缘人物的世界里穿行；以视角笔墨的独特，精神关怀的真诚，立起了一个崭新的人物形象，在中外文学史上有着无可替代的话语价值。在经过数年“粉色时期”沉寂后的苏童，以《蛇为什么会飞》再一次证明了自己的创作实力。《蛇为什么会飞》是他第一部反映现实生活的长篇小说，同时也成了他写作全面转型的醒目路标。

在《蛇为什么会飞》中，以金发女孩为线串起的一群人物，他们都有卑微的社会地位、灵魂和黯然无色的生活。苏童对社会底层生活和场景的熟悉，对社会小人物的一举一动可谓烂熟于心，这使得我们能够精细地注视一个我们不注意的世界，让一群我们根本不重视的小人物鲜活起来，我们被强烈的艺术感染力所吸引，以进入一个新颖的艺术世界而欣喜。与现实保持零距离的写作，常常会有掉入致命陷阱的危险。现实写作在当今，似乎就是一种典型的意识形态或意识形态的附属物，对人生现实的深切关注和理性审视的现实精神几乎丧失殆尽，对文化的渗透和人性的开掘也显得软弱无力，或者在某一种概念化的沼泽地打转。由于离现实太近，我们的想象异常地萎

① 苏童：《蛇为什么会飞》，云南人民出版社2002年版。

缩，多在忠实的记录员这样的身份上滞留，说是写实，其实只是毫无艺术地搬弄现实，无深度的写作最终演变成媚俗的加工厂，满足于故事的离奇、感官的快感；一些现实性作品充斥着强烈而僵硬的主题，二元对立霸行其道，对人性的漠然和生硬处理，我们读到的只是无血无肉的早已干枯的骨头……进入现实，失去了自己，无度地消弭艺术与现实的距离，进而损伤了作品的艺术品位，这样的结果只能是现实性作品好写好看但却不耐读，有些也曾轰动一时，但很快就销声匿迹了，进入不了文学史。在这方面，《蛇为什么会飞》也许能给予我们一些思考和借鉴。作为一部状写边缘人物现实题材的作品，《蛇为什么会飞》对于现时社会底层生活的感受或体验，在叙述的和谐、巧妙、自然、敏锐、犀利乃至隐而不露的智性方面，都显示出作品卷入现实、解剖现实的力度、深度和相当的冲击力。这不但是一部好读耐读的小说，更有独特的生活发现、别样的现实体验或感觉、切入点的独到和叙述方式的创造性等文学意义上的发现。

苏童是一个不需要而且不喜欢个性的作家，但我们接触他的作品仍然下意识地感觉到苏童的独特。在《蛇为什么会飞》里，苏童的语言有了新的气息和意味。这是一种与边缘人物相当吻合的腔调和色彩，是对他们日常口语的一种艺术移植，扑面而来的是生活的真实和人物的灵动，因而有了原生态的艺术魅力。苏童的叙述借用了民间说书的形式，这使得作品的整体叙述感觉是那样的流畅、自然，并有了作者与读者甚至作品中人物有趣的对话。苏童时而是在场者，时而是旁观者，时而又是交流者，不同叙述方位的变换，如天马行空，看似随意性大，可内在的线条是那样的柔滑、明亮和有迹可寻。通过作者的适时介入和有意识的避让，突破了第一人称视角的局限和弊端。

在历史的深宫和深层的追忆中踯躅、沉迷了许久的苏童，终于抽身而出，第一次进入当下的社会和生活，潜入社会的最下层，与一类最容易被我们忽略的人物进行零距离对话。地点选择在车站、车站周围和车站附近的旅社这个人流量大、人群极不固定的场所，人物锁定在吃社会饭、旅社服务员之类的边缘人物。苏童的用心在于切开一个最具特色的社会剖面，游走于一处没有文化符号却有着奇特人生的人物的人性空间，以此验证现实的混乱、社会的冷酷和人性的复杂。从北方来的金发女孩在小城的几天生活，使一串人物浮出水面，真犹如沉渣泛起。金发女孩爱慕虚荣，性情乖戾，只因一面之缘的一个小导演的几句有口无心的话，就偷家里的钱胡乱地整了容。改变了容貌，就在表面上失去了真实的自我，难怪众人都认为她是“鸡”，道德败坏、堕落、浮躁，全无可信之处。只有她自己知道，她有着自己的单纯、真诚、信念和对生活美好的向往。她的行为显得过于成熟，可又常常有幼稚之举。在小城的几天里，她仿佛跌入人生的黑洞，处处是恶意的嘲弄、侮辱和人格上肆无忌惮的蹂躏。只有克渊由衷地信任她，并产生了爱意。只可惜，这份难得的纯情却因克渊生理上的原因而停止了前进的步伐，一段本可能美好的爱情夭折了。在金发女孩身上，我们读出了迷惑——什么是美的？什么是丑的？这样一个无论个性、活力还是外观上都在自我摧残的人，她身上所有的东西都是正与反共时并存，集美与丑于一身。但内心却有清纯在流动，信念在闪烁。是不是可以说，她外表是魔鬼的，内心却驻有天使的影子？金发女孩外形虽虚假，心灵却没有被异化，而旅社服务员冷燕正好与她相反。有旅社“微笑之星”美誉的冷燕，就如其名的谐音“冷艳”一般，披着华艳的外表，却裹着一颗冷酷之心，名副其实地笑里藏刀。在生活中没有风浪时，她的生活和心灵都是稳定的、平和的，而当生活发生急剧变化时，她就随之变异了，激烈得如同遇到巨浪的小船。她不向命运低头，借助一切可以借助的东西追求某种东西。为了跳槽这可怜的一己之利，她可以坦然地以肉体交换。在她的眼里，只有钱，没有感情，只有前程，没有人格，真正地徒有其表。令人扼腕长叹的是，冷燕是在滑向深渊，而她自己却认为是在一步步地攀升，并会有辉煌的一天。我们知道，当她所谓的辉煌来临时分，正是她人性降至冰点，作为人的一切都分崩瓦解的时刻。这是一个自以为充实却是真正的空壳式的生命。金发女孩带着一身屈辱、一颗破碎和闪光的信念北上，回到她的故乡，一个可以让她感到真实、温暖、可以重新再来的地方，她的悲剧催生了希望，纯真的信念将会点燃她未来的一切，而冷燕的悲剧将是万劫不复。同为旅社服务员的修红，几乎就是一个时代的畸形儿，一个难以入目入心的怪胎。她生活在一个自己编织的套中，一切都小心翼翼，循规蹈矩，当上微笑小姐是她唯一的成功，在她看来，这就是生活的最高目标，她的行为和心理很是可怜可悲。在摸彩时差点被疯狂的人流踩死，还吓出病来，其实奖品也就是几十元的电饭锅。她对生活的要求低得微乎其微，但却遭受了极大的打击，得了精神病住进了精神病院，意味着她的人生走向了另一个极端，从极其的正常坠入了极其的非正常，这是她命运的规律性运转的必然结果。这里有社会对她的不公，更多的是她灵魂的苍白所致。

三个女性是一组群像，支起了一个小空间，并以此印证社会这个大空间。她们的性情、行为和命运尽管有差别，但相同的是在社会中的位置以及灵魂的苍白。她们的灵魂原本很麻木，包裹得很好，在没有受到刺激时，她们各自在一个属于自己的轨道上生活。当社会变化了，她们都被抛到了更下面的地方，生存的空间越来越狭小，喘不过气来，生活的鞭子在催打她们，她们东奔西走，呼吸艰难，目标看似清晰，实质上是一片苍茫。她们是一群被社会抛弃的人，总是以自己认为恰当的努力去迎合和贴近时代，从一开始就注定了她们的结局是悲剧性的，而她们自身并不明白此种处境。这不能不说是一种莫大的悲哀，也使她们的悲剧性更引人深思。

如果说三个女性的形象独立开来，还尚显得单薄的话，那么克渊这位男性人物完全达到了饱满的程度。这是一个有别于中外文学史上任何一个人物的新形象。克渊是一个不折不扣的人渣，一个特殊的人渣。没有一个直系亲人，象征着他已失去了文化之根，只能在无文化的沼泽地里晃荡。他生活在火车站这个鱼龙混杂、飘飘忽忽的世界里，犹如一个幽灵。他吃着社会饭，看似是一个通天式的人物，其实并无技能，满口的大话，一脸的傲慢，但内心却是极度的自卑和胆怯。他以为在别人眼里，他的生活有些风光，至少还算充实；邻里街坊对他的厌恶则是激愤的，只要凑一起话题扯到他，就好像是开克渊的批斗会。这是克渊所不知道的，他知道的是在左右着自己生活的极个别人面前时，自己是个孙子，是个混蛋，得笑嘻嘻地接受着这一切，而一旦离开了此人视线，他处处寻找、显露尊严。他知道他是何等的空虚和迷茫，竭力掩饰成为他每天生活中一个不可缺少的主题，最好的方法就是耀武扬威，说大话，对一切都不屑一顾，对一切都了如指掌，无聊地表明自己能知天下事，能办天下事。他又是如蛇样冰冷的，只要对自己有利，他什么事都能做，那一幕以辅导课出现的生吃蛇的画面就是他人性的最好写照。一榔头下去，蛇头裂碎，鲜血四溅，是把欠债者吓着了，可谁又能说这就不是他生活的暗示？他逼债逼得梁坚从世纪钟飞身跳下，而梁坚之死也时时如蛇样缠绕着他。最后，被托他找活儿干的疯大林追得无处逃身，只好一榔头砸下去，并因此开始了他的逃亡生涯。从他的语言、行为等外化的东西看，他似乎畅流在社会的大潮里，显得那样自如自在，可我们分明看到了他与社会、这个时代间的距离，看到了他被社会抛弃，被众人唾弃的尴尬，他生活在一个无法透气的夹缝中，新的一天都是他下沉的又一个开始。可悲的是，他浑然不知，他在沉沦，却认为自己在发愤图强，以为自己每天都跃上了一个新的高度，在人们眼里又多了一份风光，时时都自鸣得意。

克渊这个人物的丰满还在于他巨大而多维的人性空间。对于梁坚的死，事实上他的责任并不多，他找过梁坚之妻冷燕帮梁坚一把，在梁坚自杀前，他以为只是梁坚的玩笑，当他意识到是真事时，也想努力地救下梁坚，只是晚了一步。在帮助料理梁坚的丧事中，他的热情、敬业以及对不讲感情的那些人的怒骂，让我们感受到了他的心还是有些许热度的。就是这样一个以混为生的人渣，也萌动了纯洁爱情的嫩芽。他是唯一一个相信金发女孩的人，并对她产生了真正的爱意，在她与金发女孩两人面对面的那段时间里，他有着最温暖的人性，就连语言也第一次纯洁无瑕，不夹任何的日常的世俗和低俗的词语。对冷燕的所作所为，克渊也表现出了不该是他这种人应有的喝斥和愤怒。克渊的人性是复杂而清晰的，尽管他们生活在社会的不起眼的角落里，但他们又确实生活在我们的社会中；在我们的生活中，他们像蛇那样悄然游动，好似没留下多少痕迹，但他们的确参与了我们的人生。

苏童给我们提供的是人物的行为，没有内在的心理描写，只有富于动作化的形象。这些动作是人物心灵的外化，是我们感知他们心绪的标识。我们从金发女孩的动作间，看到了她的庸俗和竭力与时代同步的努力，看到了一个浪迹社会的坏女孩，但她的语言又不自觉将其稚嫩甚至是天真暴露无遗。当然，在这中间，苏童最大的成功在于置放了一个又一个意象。火车站象征着社会的涌动，具有许许多多无法确定的东西，这里是嘈杂的，混乱不堪的，就如社会的某种态势。步履匆匆的人群只是做一短暂停留。人们在此喧嚣，在此追逐，一声汽笛过后，他们又将赶往下一个目的地。看到了那高高在上的世纪钟，让我们听到了世纪末的骚动和不安。世纪钟的每一次出现，是故事推进的一种暗示，同时也提醒我们社会与人群的迷失。在旅社那昏暗的窗口，能看到多条闪亮的铁轨，就仿佛是纠缠难辨的人生之路。旅社是静止的，人们在此歇脚，窗外一闪而过的火车不知从何处来不知又将往何处去，这不正是我们的人生吗？三街十八巷的灰飞烟灭和火车站的重建，昭示社会正发生着翻天覆地的变化，一些传统而又美好的东西也在另一个希望成为现实时遁去了。金发女孩看似时尚，有着外在的变态的美，但得不到信任，细想想，这和社会是不是有某种暗合呢？周围的人们一方面对她心怀歹念或杂念，另一方面又恣肆地污蔑和谩骂她。一个个镜头，放大了人心的杂色，有着意味深长的旨意，也蕴含着嘲弄。蛇无疑是引人注目和深有意味的意象。蛇的冰冷象征着社会的温度和人心的残酷，社会以冷酷挤压人们，以冷酷把人们推向黑暗的深渊，那些边缘人物，个个心中都有蛇的冷酷，没有亲情，没有人情；蛇的油滑，象征着社会的无从把握和人的信任感的逝去。蛇在阴暗、潮湿的地方爬行、生存，而克渊等人不就是在社会的无阳光处游动吗？他们像蛇一样生活着。蛇走到了阳光下，像人一样寻找生存地，表现了许多人性化的行为，那么蛇就是人的幻化了。在这样一个世纪末的日子里，蛇在火车站周围四处游窜，扰乱了人们的正常生活，出现了人心惶惶的混乱。我以为，与其说这是蛇造成的，还不如说是人性的变异的结果。那两条死后还呈缠绵状的蛇，给人以蛇也相爱的震撼，这倒和克渊与金发女孩无奈中断的爱情颇为相似。他们的人生沉沦，可他们还是有自己的爱的，尽管人们会像嘲笑蛇会相爱一样嘲笑他们。蛇的形骸暴晒于阳光和人们的目光下，是那样的孤寂而剜挖着善良而动情的人们的心。如此说来，真正的爱是不需要理由的，与文化、种族、地位和善恶并无干系，只是人性的一种跳动。金发女孩把最爱的芭比娃娃作为礼物送给冷燕，实质送出的是一份信任的乞求，而冷燕并不以为然，这让我们体味到了价值的失衡。梁坚的那展翅似跳水的凌空一跃，不但是结束了生命，而且有着脱离世俗的纠缠进入自由世界的向往……众多的意象使作品在好读的同时拥有了深度，满足了不同层次读者的阅读需要，更提升了苏童新构建的艺术世界的品位。由此，我们看到了苏童的艺术功力，以及其艺术理想中新的闪光的追求。

2002 年 6 月 7 日

曹文轩《细米》：踏上回家的旅程

在如今思潮风起云涌，欲望横流，处处弥漫浮躁的文学世界里，曹文轩以极具个性化的心灵和目光注视世界和人生，准确地触及人之初的那份成长之痛，言说的姿势平静而纯美，行走的身影独特而执着。从《山羊不吃天堂草》、《草房子》到《红瓦》，曹文轩一直迷醉于乡村生活，以温暖的目光和激荡的心灵关注少年的成长。曹文轩以纤细之笔，在如画如诗的乡村，以小河流水般的从容，为我们铺展融自然与人性于一体的清丽风景，带给我们阅读上的无尽美感和不失震撼的思绪。这其中，一直有淡淡的忧伤在游动。作为作家的曹文轩在倾诉对日渐流失的乡村文明的怀念，追忆和召唤那份至真至纯情感。古典之美、自然之美的肌理里，悲悯的心绪在流动，充盈敏锐而细腻的情感。可以说，在当今，曹文轩的审美理想和话语方式以及那份坚韧本身就是一道不可多得的风景。走进《细米》① 的世界，我们仍然感受到曹文轩所独有的唯美和古典。较以往的作品，《细米》对毛茸茸、十分微妙的情感的精微洞察，对人生成长主题的深层开掘，特别是情感之于成长的营养，为曹文轩的艺术世界立起了新的标高。

一、 美的哲学

作品要具有强劲的生命力，美是不可或缺的元素。让作品充满美的力量，不同的作家有着个性化的方法和途径，这就使得文学世界异彩纷呈，各具魅力。曹文轩为我们构建的美的世界，从手法到感受都是清新自然的，闪

① 曹文轩：《细米》，上海文艺出版社2003年版。

烁着东方古老文化的内质。

细米是一个乡村男孩的名字。在乡村常见的小动物、植物或庄稼名儿前加个“细”字，就是乡村娃的小名。比如细鸭、细叶、细麦等。一般而言，细非实指，更多是表达怜爱、亲昵之情。这在细米的家乡十分普遍。当人们呼唤这些名字时，往往在后面加个语气词“儿”。这样的名字从人们唇间流出时，就如同一阵微风掠过河面穿过稀疏的垂柳拂在脸面。轻风送来青芦苇上水气渐渐收干的味道，还有河水清凉腥腥的气味，加上房屋的湿气、青草的甜味和砖缝里的露水味……一个名字，递送给的是乡村自然、亲和的信息，美的感染力在其间勃动，轻舞飞扬。细米是一个在乡村生长的名字，纤柔、清新，有着乡村的韵味和气息，却丝毫也不土气。它集聚了一种力量，却不事张扬。在我看来，细米这个名字或书名，本就浓缩了整部作品美的风格和气质。

当我走进《细米》，就仿佛踏进了乡村。这个乡村如同世外桃源，却又那样的真实可信。曹文轩的文字洁净清澈，自然而不华丽，如潺潺河水，恬淡清雅，那与自然浑然一体的节奏，让人在不自觉中心旷神怡。一行行文字如田地的麦穗，看似平凡，却蕴藏不平凡。一行行文字是那样的平常，毫无玄机，连缀起的意境却充满生机，一种美轮美奂的生机。这种蕴美于自然的不经意间，所带来的亲和力却与我们的心灵相通，为我们所沉醉。曹文轩深谙乡村自然之于心灵的抚慰，以直白、朴素的笔法对乡村进行原生态的白描，或者说，他只是一个向导，让我们随意在乡村漫步，感受和谐、纯净的田园风光和乡村人物。这种寓美于自然之中的叙述，在古典小说中独树一帜，有着不可消解的审美愉悦。沈从文也深得其精髓。不过，我总以为，曹文轩与前辈的不同之处在于，他放弃了民情风俗对于乡村的点缀和渲染，只单纯地表现自然，或者说滤去那些庸常、粗野的东西，还原自然中的美的神韵。从这个意义上而言，《细米》是耳目一新的。原因在于，现今我们已很难读到如此清纯的作品。曹文轩是古典美的追随者，也是操守者。他的这份执着在今日世界，当下文坛显得特别的珍贵。

细米与梅纹间的相互吸引，美是当之无愧的酵母。让我感兴趣的是，他们俩从对方身上发现的美有着很大的差别，这种差别的背后是文化的身影，映射的是美的哲学光芒。

细米是一个爱脸红的乡村男孩，敏感而害羞。他有着乡村男孩的那种野性和灵气，还有令梅纹意想不到的执拗。在梅纹眼里，他就是乡村的自然。梅纹喜欢上细米，是细米身上散发的自然美和力量美。与其说梅纹欣赏细米，还不如说从城市来的她被纯净的大自然所震撼和征服。一种在她的生活中第一次出现的有别于城市文明的乡村神韵，唤起了潜藏在她心里的那种对美的渴望。对她而言，细米是乡村最具代表性的化身，是可以让苦痛忘记和荡涤心魂的圣水。细米曾十分喜欢村子里的女孩红藕，而当见到从苏州来到村子当知青的梅纹的那一刻起，他完全被梅纹天国般的美所征服。上有天堂，下有苏杭。曹文轩把梅纹的家乡选在苏州这个美的地方，无疑是有意味的。在细米眼里，梅纹的柔弱、优雅、文静、安恬，才是美的天使。他从梅纹的言行举止间体味到了与乡村完全不同的一种美。此前，如此的美离他是那样的遥远。现在，美就在他身边，他怎样不得意非凡？

细米与梅纹生活在两个不同的世界，距离产生美在他们身上发生了效应。我们看到的是，由两种文明滋养的细米和梅纹对他种文明的羡慕，由美而始发，折射出他们对于美的不同理解和认同，最终散发的是他们内心对别样文化的渴求。曹文轩清醒地呈现了这两种美，又为彼此构架起通道。

二、非恋情的恋情

我们试图像切豆腐那样对情感进行泾渭分明的分类举动是极其危险和可笑的。情感有多种多样的内质，但其间的界限十分模糊，往往都是多种内质的混合物，只有某种混合物的比例高一些时候，而无单纯的某种成分的可能，这是情感之所以神秘的原因之一。的确，越是我们说不清道不明的东西越是令我们着迷。这个世界上有许多事是我们无法捉摸透的，情感当是其中之一。

曹文轩长篇小说《细米》中的细米在河边第一次见到站在船头上的梅纹

时，被梅纹身上的美惊住。与此同时，他的脸红了。他的这种害羞是因为梅纹是个姑娘家。13岁，性别意识已经如同探出土皮的嫩芽，正在阳光下羞涩而又强劲地生长。可以说，小细米的心情与初坠爱河的小伙子有着本质的一致。细米在帮梅纹拎皮箱时的手忙脚乱，说得上是一种验证。大年三十晚上，暴风雪来临，细米因为梅纹害怕而留在了她的房间里。要睡觉了，细米不好意思脱衣上床；趁着梅纹不注意去掉衣服钻进被窝，他因担心夜间万一看到她赤条条的身体而久久睡不着；闻到梅纹脱衣后的"一种温暖带着一股奶的淡香甚至有着甜丝丝味道的气息"，他害羞得不敢再闻；夜里，梅纹抱住了细米的双腿，细米的脚趾触到了梅纹的胸，细米的心情同怀春的小伙子与心爱的人肌肤相亲时的心理活动如出一辙。这时候，作为小男孩的细米已经隐退，在我们面前的是小伙子的细米。而那次细米无意中窥探到梅纹洗澡的情景，更是显现了他已懂男女情事的心迹。尽管如此，每当郁容晚和他的笛声在村子里出现时，细米没有一点的不自在，反而为梅纹感到高兴。在郁容晚要回苏州时，梅纹让细米送信给郁容晚。这时细米心中全然没有了恋情，他知道这封信对于梅纹和郁容晚之间的重要性，一路狂奔，目的只有一个，尽快把信送到。而当得知郁容晚已离开时，细米没有失望，反而在回来的路上亢奋起来。由此，我们可以认定细米对于梅纹的恋情是朦胧的、不确定的，常会被浓浓的亲情所冲淡。

梅纹的父母被下放，同来的男朋友郁容晚远在燕子湾，不可能时时在她身边。是的，梅纹喜欢细米，首先是因为细米是个男孩，一个能让她感受到力量的小男孩。她对细米的情感里，总是抹不去男女之恋。她让细米留下来陪他，搂着细米的双腿睡觉，就是因了这份冲动。后来当她感觉到细米在偷看她洗澡时，她没有喊叫，只是温柔地让细米赶快离开。显然，她在心里承认了她与细米这份奇特而又温馨的恋情。这样的恋情是淡淡的，忽明忽暗的，如同麦香从他们心头飘过，但充满了温暖和力量。

对于细米和梅纹而言，有一点十分有意思，他们在家都是独子，细米没有姐妹，梅纹没有兄弟。这种在亲情上的缺憾，因为梅纹的到来，双方都得到了填补。他们俩穿行在多重角色之中，情感随之发生相适应的变化。梅纹住在细米家，相处得像一家人，梅纹体味到了亲情和家的感觉。在许多时候，细米是她的弟弟，可又总让她想到自己的父亲。在家里，细米叫梅纹姐姐，也把她当姐姐看；到了学校，梅纹是他的老师。

细米与梅纹的情感在不同的时间、不同的地点和不同的人面前有着不同的体验，他们的情感真诚而热烈，没有遭受任何功利色彩的污染，好似乡村的风景那样恬美、健康。这样的情感，让我们心旷神怡，让我们向往。当我们在喧闹的世间行走时，一旦拥有这份情感，便如甘泉滋润干枯的心灵。

我们无法将细米与梅纹之间的情感做一清晰的判断，进行理性的归类。他们之间有亲情、师生情和恋情。恋情是似是而非的，是瞬间即逝的一种感觉。他们因为这些情感，生活快乐了，心情开朗了，成长健康了，人生美丽了。有了这些，我们没有必要再将细米与梅纹之间的情感分出一、二、三来。我们能够与他们共同分享这些情感的美好，足够了。

三、情感是人生绝好的雕塑大师

情感这东西好似水，绵软之中凝聚无穷的力量，冥冥之中似乎能重建或摧毁人世间的一切。情感的神奇还在于，能寓无形于有形，雕刻时光，雕刻人生。

细米是一个爱随时随地刻刻画画的乡村男孩，用一把铅笔刀在他喜欢的物体上刻出他想要留下的图案，是他的一大快事。他的行为与玩没什么区别，与和别人打一架一样。说白了，雕刻对他来说，就是乡村孩子的野性勃发。他乱刻乱画，被父母亲打了多次。直到那次他在祠堂的四根柱子上留下刀印，几乎是惹下了弥天大祸，遭遇到父亲最为严厉的处罚。不错，细米是一个顽劣的男孩，父亲管不住，老师教不好。当梅纹对细米父母说让她教好细米时，细米的父母一点也不相信。他们不是怀疑梅纹的能力，而是对自己的儿子不抱任何希望。梅纹的父亲是位雕刻家，母亲是画家。小时候，她想学雕刻，但家里怕她一个女孩子家成天拿刻刀会弄坏手，只让她跟母亲学画画。可以说，雕刻是她心里一个没圆的梦。现在，他可以让细米帮她圆这个梦。再者，想着远方受苦受难的父母，她可以从细米的雕刻中得到一丝的解脱和慰藉。梅纹的理由很多，然而最重要的是她看到了细米有雕刻的兴趣和悟性，不想让细米在胡乱的顽皮中让天赋白白溜走。她更意识到，从教细米学雕刻起步，可以将细米这个野孩子雕刻成可用之才，让他的成长步入阳光地带。

细米的父母和天下的父母一样，是深爱着自己的儿子的。细米的父亲还是小学的校长，应该说教育培养人的方法并不缺失，可是他们对细米的教育和培养只有方法，一种没有情感的纯方法。不可否认，他们忽略了“情感”之于教育的巨大而不可替代的力量。或者说，他们把对细米的爱深深地藏在心底，竭力不露出端倪，表现的都是毫无爱的指令性动作。有时不但无爱，还故意掺杂进厌恶或痛恨的因素，这似乎是乡村子民教育后代常用的一种策略。

雕刻是作品的一个意象。一方面，梅纹以自己受父亲耳濡目染得来的雕刻知识和绘画技巧，融技法与理论引导细米走上艺术之路；另一方面，她又引领着细米走出野生疯长的泥淖，进入成长的正途。雕刻成了梅纹助细米成长极好的话题和桥梁。即便是在听梅纹讲雕刻知识时，细米领悟得更多的还是有关做人的道理。况且在雕刻之外，梅纹无时不关心他的成长。正如雕刻光凭技法没有情感的加入是不行的一样，人的成长同样需要情感的滋润。实事求是地说，梅纹在培养细米的过程中，方法是其次的，她的那份浓情厚意才是真正的原动力。在细米的眼里心间，梅纹给予他的是情感远远大于技能。细米之所以听梅纹的话，按梅纹说的去做，最重要的也是情感在起作用。梅纹的情感就像一只手，牢牢地牵着细米进入一个他陌生的世界。“牵”带有一定的强制性，可细米温暖无比，心甘情愿地被牵着，进而盼望时时被这么牵着。沐浴在爱的海洋里，细米的成长虽然仍有痛，但快乐淹没了痛。梅纹带来的新鲜、亲和，有时还令细米心惊肉跳的爱，仿佛就是一条河，细米在畅流中找到了成长的路标，潜质不再是顽劣捣乱的工具，而成为人生的动力。

梅纹曾有过一个幸福的家，艺术家的父母让她自豪。一场运动似暴风雨摧毁了这一切，父母呕心沥血而成的艺术品化为灰烬，年迈的二老也遭到下放的厄运。这样的痛是人生的大痛，梅纹默默地承受着。乡村的宽容让她感到亲切，细米家不是亲情胜似亲情的温馨让她的血由冷到热。更重要的是，细米的童真和真诚疗治着她的伤痕，她从细米身上找到了支撑的力量。与细米的相处，让她看到未来的希望。小小的细米也在帮她雕刻人生。梅纹对细米的成长导引是自觉的、有意的，情感在其中起着关键性的作用。细米之于梅纹的成长力量，基本是自然而生的情感，全由梅纹独自捕捉和参悟。对细米来说，他根本没有意识到他的情感（当然也包括他父母的善良和亲情）滋补了梅纹的心灵，对梅纹的成长起到了至关重要的作用。自觉与否，并不重要，重要的是梅纹与细米都在大爱的情感里走在了阳光下。

在《细米》中，细米喜爱雕刻，梅纹教细米学雕刻，是一条副线，却是有关成长的宏大叙事：情感是人成长必备的营养。我以为这才是曹文轩通过《细米》向我们传达的最重要的信息，也使得《细米》较曹文轩以往的成长作品具有了新的视角和意味。

2003 年 9 月 8 日

阎欣宁《来复线》：人性化的英雄叙事

阎欣宁是一位极具军人情怀和英雄情结的作家，早已不穿军装，却一直在军事文学领域舞刀弄枪冲锋陷阵，并形成了他个性化十足的创作风格，可称得上当下军事文学独特的“这一个”，也是论及当代军事文学无法绕开的作家。在20世纪八九十年代，他的《秋风》和《枪族》系列短篇及长篇小说《追水营》等，善于从普通营区捕捉普通士兵作为军人的精神内质。他艺术地再现了潜于军人内心的神性意识和英雄意识，赋予日常生活的诗化品性，让军人特殊的纯粹在世俗和庸常中熠熠闪光。在这之中，是阎欣宁专注普通人物，倾心于人性开掘的创作理想。而长篇小说《来复线》① 看似潜回到历史深处，但同样秉承和闪烁了这一理想，并推进了他之于人性和英雄叙事话语的追求。“艺术形式与我们的感觉、理智和情感生活所具有的动态形式是同构形式。”② 叙事这一行为确有技术层面的经营，但更是作家主体精神的外化，无一例外地传送着作家对于世界和生活的观察视角、思考认识的向度，是现实与心灵互动之后的产物。考察作家的叙事的方式和态度，有助于我们认知作品的生成意义，更能让我们探知作家的精神所指以及需要表达的深度内涵。如此，我们可以从《来复线》的叙事行为考量阎欣宁对于历史和人性新的感悟以及植于内心的精神操守。

阎欣宁的创作一直在追寻英雄的足迹，更为准确地说，他执着于在日常化的生活中发现和开掘英雄的品质。他擅长于生活的提纯和诗化，作品散发着空灵的气息，英雄人物并不鲜亮，但隐于其身的英雄气质诗意盎然。他在

---

① 阎欣宁：《来复线》，解放军文艺出版社2007年版。

② 苏珊·朗格：《情感与形式·译者前言》，中国科学出版社1986年版，第3页。

平常的营区里平凡的人物中，饶有兴致地吟咏军人所特有的英雄主义品性。而这一次他把目光从现时投往到历史中，以自己对当下文化的感知和生活的理解，让英雄昂然登场，让英雄置于艰苦的战斗之中。他进入的故事发生了根本变化，叙述的手法给人以陌生的感觉，而人物却鲜活生动，对于英雄的解读也令人耳目一新。这里的耳目一新仅限于我们阅读文学而来的感受，而他所讲述的英雄很合我们的口味。

《来复线》叙述的其实就是一支游击队的故事，对此我们并不陌生。我们对于游击队有太多间接的体验，熟知其许多故事情节和英雄人物，我们相信这些来自生活，一种经由叙述者有所放大有所遮蔽之下的生活。因为叙述者的态度以及对于接受者的预测，这些文本反映了生活的一部分或某个角度，但不是生活的全部，或者说，有时只是大方向上与生活保持一致，在细部与原生态的生活大相径庭。尽管只是生活的一部分，但我们并不怀疑其真实性。作为叙述者，建立在想象基础上的叙述，就其形式而言，只是对真实生活的伪叙述，真正忠诚的是叙述者的内心世界以及通过叙述所传送的人文精神。阎欣宁则不然。他大胆而敏感地走进生活现场，最大可能地还原生活的真实。他将此种真实更多地展现自然灵动的人性之上，也可以说忠实于本真的人性，注重人性的丰富性，使我们体察到《来复线》之于生活真实的探求。

龙海山和楚天雷这两位“南龙北楚”的人物自然是英雄，但这两位英雄更带有生活和人性的本真。我们不能简单地认为“南龙北楚”是被阎欣宁从神坛上拉下来的英雄，也不可轻易地就裁定阎欣宁赋予了英雄立体化的形象。阎欣宁做得最踏实的是在生活中感知英雄，让英雄扎根于自己的生活之中。无论环境多么恶劣，斗争多么残忍，“南龙北楚”对革命绝对忠诚，有着大无畏的牺牲精神，这是他们作为英雄的底色。然而当走近他们二人以及他们之间的角斗，我们惊讶地发现，他们身上有着太多的非英雄的东西。当然，这里的非英雄是以我们固有的之于英雄的定义而言的。龙海山是农民出身，身上山野之民的气性随处可见。在他看来，只要是为了革命，什么事都可以做，根本没有原则，没有道义。他精于算计，不甘寄人篱下。与楚天雷闹得不可开交之后，他自己占着一块地盘自封县委书记。凡是与楚天雷扯上关系的事，他总是要占便宜不吃亏。有敌人偷袭，他发现不是冲着自己来的就放过去了，让楚天雷遭到很大损失。上级派下的特派员他硬是扣下了，为的是不让楚天雷得手，也可以有一个筹码要上级承认他这个自封的“县委书记”。在南北联合时，他同样是处处打压楚天雷。可当得知楚天雷被敌人抓了时，他虽然有些不想救，可一旦行动起来，他却可以舍命。同样，楚天雷对龙海山也不心慈手软，竟然同意手下刺杀龙海山的提议，便付诸行动。在很大程度上，“南龙北楚”之间的势不两立全然没有革命者的思想觉悟和原则，让我们暗自倒吸一口凉气，怎么居然还有这样的革命者？然而我们又不得不承认，他们以自己的生命为代价，为革命奉献了一切，他们一心想的都是为了革命。即使是那些看似自私和狭隘的心念和举动，其动机也是为了革命。

阎欣宁没有做提纯和些许的美化，而把人物连同他们的生活一同呈现在我们面前。而当我们用心走入人物的现场生活，我们才会发现，那样的状况下，“南龙北楚”的所思所想所作所为，才是生活的原面貌，甚至会认同他们那样做，是必要的。有人称“阎欣宁是写出了红色人物的灰色人性”，对此我持慎重的保留态度。其实“南龙北楚”所表现的是自然化和文化浸染之后的丰富人性，亮色的、黑色的和灰色的，不，是每一个色阶都有。农民出身的龙海山和工人出身的楚天雷，人性和精神中都有着无法突破的文化品性，而那些与生俱来的人性部分，更是无从剔除。他们接受了革命的信仰，人生有了一个明确而坚定的目标，但并不意味着他们血液中的人性会随之得到大量或全面清洗。在短时间内，人性的脱胎换骨是不可信的，也是不可能的。也正因为人性的复杂性，才有了人性的多个层面上的力量的较力而推动人的前行。从这个意义上说，人性也同样具备来复线的构造和性能。

更值得我们深思的是，从阎欣宁谈及创作《来复线》的相关文字中，我们得知，《来复线》中的许多人物和情节在生活中是有原型的。以采访的形式进入历史的真实，阎欣宁当然不是第一个，也当然不会是掌握情况最真实和丰富的。再者，我们还有许多亲历者曾经创作过大量纪实性或带纪实性质的文学作品。像“南龙北楚”这样的英雄人物，仅在革命战争年代，自然也非个别，但至今我们才读到了《来复线》中这样的英雄。

英雄主义历来是人类生活不可或缺的旋律，向往英雄，崇拜英雄总萦绕于人们的心头。对于英雄主义的诠释，对于英雄的认知，是文学的重要主题，但更是社会时代性、文化性和价值观诸多因素的综合折射。英雄形象是阶段性社会精神和人们心灵的外化，英雄的品质被一代代人个性化地拆解、淘洗、聚合，直至重新描述和张扬。作家的智慧在于可以先知即将来临的时代，人们需要什么样的英雄，可以在众生尚处于混沌之时就能塑造出社会人们心底渴望的英雄。如此一来，当我们回望往日的英雄形象时，一味地捡拾和指责所谓的描写英雄的败笔之处，很容易犯错误。因为我们是在以今日之文化心理去评判身后某个时代的文化特征，显然是不公正和客观的。而我们提倡把英雄由神还原成人，让英雄也食人间烟火的创作理念也是过于简单化的。因为，无论是英雄的解读者还是接受者，起作用的内在都是文化的力量。我们内心的文化创造了我们的生活，我们内心的文化同样在审视我们当下的生活。之于英雄主义和英雄形象，依然是我们内心的文化在进行审美。

《来复线》的价值在于真正让英雄回到了生活之中，最大限度地以客观的笔法叙述英雄。这是阎欣宁参悟生活和人生的结晶，也是直面现实，敬仰人性的勇气使然。

2007 年 8 月 7 日

胡海洋《祖》：狂欢话语式的苦难叙事

就故事架构而言，胡海洋的长篇小说《祖》① 并不复杂，以卓逸之的成长经历为线索，以其记忆为视角，勾勒出一幅特定时代家族世事的斑驳图景。卓逸之出身中医世家，但到了父亲卓文西这一代，已经与中医无缘。卓文西在学校几主沉浮，整个家族一直处于动荡不安之中，处处显现混乱之状。同样，周围的人们，整个社会也无序无礼，随处可见人性之恶，繁杂欲望的极度泛滥，人与人之间除了身体欲望的混浊，就是权力欲望的角力。这一切都充斥于卓逸之的耳目心灵，并浸染和左右着他的成长。他的人生之初，欢乐与痛苦同在，目睹着人世的险恶灰暗，也沐浴纯真的情感，灵秀的清纯质朴，毕碧的痴心执着。当一切尘埃落定时，卓逸之完成了人生的成长，而往日的一切虽然沉寂，却深埋于他心底。《祖》当是一部家族的断代史，时代的横切面，滚涌其中的有真正的爱情、欲望的放纵和本能的还原，从而织造出人间天堂与地狱的双重景观。

苦难叙事一直是文学无法绕开的主题，当然更是文学的核心话语。苦难是人类无法抛弃的，文学的旨向就在于为人类生存的困惑进行诉求，寻找脱离苦难的通道。书写苦难，意在剖析苦难的来源和病症。《祖》貌似轻松、恣肆，内在却是苦难的。从叙事角度而言，胡海洋显示出深厚的话语功力。这是一杂合式的文本，语言空间巨大辽阔，裹挟了民间口语、政治词汇、时代流行语、母语的古老品质和欧化性的词语。甚至可以说，《祖》基本上汇集了文学和人生所有的话语方式和内容。如此繁杂的话语碎片，经由作家的糅合、拿捏和心魂的内化，最终统一于其个性化的语境之中。从童年到少年，

---

① 胡海洋：《祖》，《长篇小说》（海外版）2008 年第 1 期。

再到青年，卓逸之的表达方式在随势而变，人们的语言也掺杂进时代感，但内在的语感却始终一如既往。这样的文本是语言狂欢的世界，然而起到牵引作用的还是植根于民众日常的语言体系。我们不得不承认，民众的语言总是传统与现代的自然结合，传统是根，是命脉，现代是通变，是革命性的。如此的语言，其实就是民众的生活体现。从现实生活而来的本真杂语在带给我们强烈的阅读快感的同时，肢解了苦难的常规结构，消弭了苦难的程度。时常是人们陷入痛苦之时，遭遇天灾人祸时，戏谑的言语就会让我们忘记了悲伤，本该流泪，却绽放着笑容。就悲剧的力量而言，笑声有时比泪水更刻骨铭心。当然，这也是人们应对人生苦难的一种方式。越是凄悲，越要寻找解脱，哪怕是心灵和肉体深深跌进泥淖之中，也要让嘴痛快，也要让死一般的天空荡起欢声笑语。进入文学的叙事，如此的语言运用达到了反讽的效果，在诙谐、轻妄之中对苦难进行了重新的叙事。应该说，这样的苦难叙事，胡海洋不是第一人，但他在一定程度上抵达了新的深度。在整体结构上，《祖》的主线很清晰，再进入细部，时空交错的蒙太奇、意识流比比皆是，这无疑加大了阅读难度，但也丰实了作品的内蕴。看似在随意之中，叙述就会或中断，或转向，或游离。这样的叙述因为在时空中自由转换，任意但又是刻意地切换人物和场景，使得叙述的内涵步步加深，单位内话语的含金量得到提升。如此一来，阅读这部作品往往是片段如行云流水，十分地好读，但整个的阅读姿势却是有些艰难的，这样的艰难需要读者情感和智慧的投入与参与。如若没有这样的互动性的阅读，我们就很可能难以触摸到这部作品潜在的成色和品质。换句话说，《祖》的叙述对于我们的阅读将是一次考验，容不得我们生出惰性。《祖》的表现在于，浅读有趣，深读有味。好的作品，总是集雅与俗为一体，可以满足不同层次读者的阅读和思考需求。也正因为如此，这使《祖》接近了好作品的色质。

是的，语感的跳跃式变化，叙述过程中的随时横生枝节，彻底颠覆了常规化的写作，使文本呈现出混乱无序、零零碎碎的面貌。在我看来，如此的叙事，其实是一种深度意味的象征。如前所述。《祖》的故事生发于一个人性杂乱、世态动荡的时代，一切都是非常态的。叙事建构的文本形式正是世界和人生的表情，我们进入了字里行间，也就踏进了那个时代的真实生活之中。就像卓逸之生活中的一切，意乱情迷，形形色色的人们穿梭于不同的角色之间，生活的内容世俗而混浊，灵魂与表情同样的瞬息万变，展露出浅显、浮躁和纵情之态。面对这样一个近似疯癫狂的人间，面对这一样狂乱的世界，《祖》的叙事应和着，参与着。卓逸之的目光和内心是文本叙事的支点，虽然表面上叙事视角时常在转切，但其根本，总是卓逸之的耳目所及。他在成长，人们在生活，社会在前行，这三者是同步的，产生了互动性的功效。当我们进入《祖》的文本世界，感受其言行举止，其实就是感受那个时代的脉搏跳动。将叙事文本与所要面对的世界形成一致性，这样的象征，艺术感染力是巨大的。

在《祖》中，我们还能感受到胡海洋对于传统文化被冲击、碎化的焦虑。卓氏家族从最初的中医世家沦落到任人践踏的平民，根本性的原因就是人性的迷失，对于传统文化的背弃。卓氏家族的祖辈最擅长的是为人治病消灾，就连“麻风病”都被攻克了。可后代们却在灵魂上染上麻风病，医者落为患者，这是一种莫大的悲哀。在这里，“祖”成为一种意象。作家充分运用了汉字生成的多种可能性，将“祖”化作阳根的象征。至于生成的本源，我没做考究，但我欣赏作家的智慧和灵性，至少他可以自圆其说。“祖”这样一个字的意象贯穿整个文体，形成了一个巨大的意象场。在人物命运发生变化之时，有关“祖”的读解就会如期而至。《祖》中的每一个人物都与性有着紧密性的联系，而卓逸之从懂事起就呈早熟之态。饮食男女，在这里得到了最大限度的解读。作为一种力量的象征，作为男性世界的标志性力量，性在《祖》中人物的重要性是无可替代的。不幸的是，性力量在一代代里衰败，到了卓逸之这一辈，只有想象，只有意淫，而难以有实际之举。与此相对应的是，女性力量的崛起，阳衰阴盛。卓氏家族的祖辈卓仁是医治好了一个女子的麻风病，显示了男性的力量。到了卓文西这一代，左右命运的是女性了，刘姥姥是代表性的人物。卓文西的沉浮全由刘姥姥一手操持。再到卓逸之这一辈，更是如此，灵秀和毕碧的勇敢是卓逸之望尘莫及的。最后死去的毕碧在卓逸之心中成为偶像，挥之不去。晚辈逆流而上崇拜前辈核心就是性。卓氏家族的前辈，有强大的性能力，也有纯真的爱情，但到后来，性只成为一种肉体动作，可以繁殖，却不再有性的光芒。最后，性只存留于语言之中。如此退化，已经远非是性了，而是人们生活的力量的写照，是人们面对苦难时精气神的映射。随着“祖”不断出场的，还有神话传说和祖辈的正史逸闻。在这方面，《祖》尽展传统文化之精要。史书经典、神话传说、传奇逸事、随处可遇，营造了一个传统文化的大聚会。现时的生活是粗俗的，无文化可言，人们只能靠神话传说自慰，以家族的传奇逸事作为救命草，个中对文化之根的漂浮，对于现时人们对于生命和精神之根的丢弃的批判和痛斥，是显而易见的。从这一意义上说，“祖”，还有传统的形而上之意。也就是说，“祖”的阳根意象是外在的、明晰的；而“祖”的祖先之意是隐含的、潜伏的。

《祖》散发着魔幻现实主义的气质，但又走进了社会的最底层，探入到生活的第一现场，不回避人性的丑恶，不滤化生活如沙尘般的杂质，一切和盘托出。这其实是对生活的尊重，是深入人性多层面的举动。我们在作家的随意和轻松之中，真切地感受到他内心的沉重与焦灼，体味到他的强烈的悲悯意识，这使得《祖》愈加厚重起来。《祖》能够取得多大的成功难以言说，但其努力和探索，以及之于人生、社会、民族和人类生存的追问，是值得我们关注的。

2008 年 2 月 18 日

谭仲池《土地》：男性成长叙事的新视野

谭仲池的长篇小说《土地》① 将目光投向社会底层，关注离开土地的青年农民的成长历程，语言淳朴平实，叙述简洁又富有张力，可以让我们轻易地进入其间，并与人物亲近地相处。一个普通的农村青年田韧走出乡村来到城市打工创业，一路的艰辛磨难，无尽的酸甜苦辣，风雨过后见彩虹，叙事空间相当大。谭仲池将叙事力点置于田韧的成长，更为准确地说，是一个男人的成长，实现了一次有个性特色的男性成长叙事。

乡村大地是田韧生命和文化的营养地，作为乡村之子的他无论走到何处，土地永远是其生命和心灵的家园。他的成长很大程度上就是如何在坚守乡村文化的同时接受城市文化和现代文明的滋养，他的双足无法离开大地，但又要在城市的上空飞翔，这注定了他要在两种文化的夹缝中生存与抗争，并寻找到一条通往成功的道路。土地也是谭仲池叙述力量的源泉所在，因有对土地的深厚情感才点燃了他的创作冲动，虔诚而激情地为土地为人类不可缺失的家园而歌。作品叙述内容多在城市，人物的活动也是城市场域为主，乡村只是作为背景存在，但人物仍然又多是与土地在相互接触，这本身就是一个巨大的隐喻。除去田韧来自乡村，更为重要的是谭仲池感受到土地是人类一切的根基，离开土地的恩惠，人类将一无所有。从乡村大地拓展到人类生存家园，谭仲池真切地还原了土地最为本质化的意义。

这是一部亲切感极强的作品，让我们每一个人都可以从中寻找到自己的影子，这当然是成长叙事作品最为基础的品质。离开熟悉的环境，进入陌生的新世界，一切从头再来，在矛盾中融合，在泪水中成长，是人生的必经之

① 谭仲池：《土地》，湖南文艺出版社2009年版。

路。过程也许有区别，遭遇不尽相同，但个中的滋味是相近的。我们的目光循着田轫的足迹，心灵在回味自己的成长之路，在许多时候，田轫就是我们自己，这得益于谭仲池真诚的叙述态度与平和的姿势。21 世纪以来，底层叙事成为一个热点，批评家和作家出现了难得的共谋，一些作家以前所未有的热情主动迎合批评家的品位，然而我以为底层叙事十分的伪性。“底层”是一个相对概念，因有了上层才有底层，有了如此的视角，我们高高在上地俯瞰所谓的底层，只能是隔岸观火。当底层从我们的心间口中出现时，本身就是对底层的蔑视，所以我不得不怀疑底层叙事的真诚与真实。幸好谭仲池是清醒的，至少有着自觉的文化意识和诚挚的人文关怀，他没有否认自己现在身处的地理位置和文化氛围，但他认真潜入到内心，修复记忆，唤醒似乎已经沉睡的情感，以一种自然之心尽可能地走近田轫，走进他的心灵世界，以交流的心态了解和感知这位农村青年。我们能明显地感觉到谭仲池把田轫这一人物化作了自己的精神镜像，在为田轫也是在为自己倾诉，与其说是一种创作理想，还不如说是作家真诚的表达。这对当下的创作是有积极意义的，毕竟如今作家的创作时常总是自觉不自觉地让真诚不在场。当言说失去了真诚的内核，那么再神采飞扬，也是处于失重状态的。没有负重，没有承载的文学，根本就不会有生命力，最多只有一时冲动性的张扬。

田轫的自信是许多进城打工的农村青年所不及的，这份自信让他学会在纷繁世界之中找准自己的奋斗目标，并为之全力拼搏。到了采石场，他从基础的工作做起，但内心有着一般农村青年不敢想的追求。在他看来，离家外出打工，不是只为赚钱，要的是成就一番事业。这样高层次的理想使得他敢于挑战，善于学习新知识。当上了队长，他用心学习管理知识。后来他自己建起建材加工厂，居然开办起工读学校，为民工兄弟提高文化素质。他自己更是经常看书学习，外出听课吸收新知识。就这样，他一步步成长，几年之后，电大毕业，成为中国农民工第一个当上了大型企业集团的董事长。在这里，有两个叙述元素值得我们关注：一是田轫在相当长的时间里都是在采石场与石头打交道。虽然离开了乡村的土地，田轫仍然是在另一片土地上耕耘，依然是土地在养育他。正如作品中所说：“土地，对于田轫太直接、太亲切也太有情了。是啊，三十几年的生生息息，哪一刻他离开过土地！即使到异地谋业，也没有离开土地，还是日出而作、日归而息地在这片土地上生活、奋斗，流汗流泪流血地艰难创业。只有土地最了解、最理解、最关注、最慷慨、最无私地让他们耕耘、播种、收获，给他们孕育理想、欢乐和向往。”二是当初田轫、田强兄弟二人一同外出闯天下，后来田轫留在了城里，田强回到了家乡发展，同样成就了一番事业，并与田轫遥相呼应。这样的叙述元素的喻意是丰富的。他们没有也从没想过要真正地走离土地，更没有忘记土地之于他们的养育。一家亲兄弟是家族的延续，传承着亲情与文化。这其实是喻示着我们只有始终立于坚实的大地上，让城乡如亲兄弟般相处，这个世界才是天堂，才是人类美好的家园。

作为一部男性成长叙事作品，《土地》最鲜亮之处是构建了一道清新的女性风景，解读了女性之于男性成长的力量。在《土地》中，田轫与三位女性相遇，并共同支撑起他成长的天空。

古秀秀是田轫的初恋情人，两人青梅竹马，两小无猜。她不是父亲亲生的，而是母亲改嫁带来的，从小她的养父就看不起她，打骂她。她长大后，养父为了自己的私利一心要为她找个有钱人，不管对方是瞎子还是聋子，只要有钱就行。对于她与田轫的相爱，他自然是百般阻挠，甚至为这事居然动手打已经与自己一般高的女儿。田轫到城里去打工，古秀秀随后正打算跟去时，她父亲将早已物色好的未来女婿领进家，在女儿饮料里下了安眠药，让这位身份不低的总经理与秀秀睡到了一张床上。受到凌辱的古秀秀只身逃离，在城里的酒吧以唱歌谋生。田轫是主动向往外面的世界，迈出了乡村青年最为重大的一步，满怀希望地到外面闯荡。古秀秀则是被动式的，满身伤痕地与故乡挥手，身后是屈辱的泪水。古秀秀的成长是不幸的，弥漫着尚未开化的封建专制文化的气息，我们不可回避这一点。千百年来，中国传统文化的精华与糟粕一直是共生共依的，或许所有的文化都或多或少地隐含着如此的内质。然而古秀秀犹如土地一样纯真质朴，像大地上的庄稼一样清秀洁净。她身心受到的侵害，似乎暗示着在现代文明进程之下土地所饱受的蹂躏。从这一点看，秀秀与土地有着相同的命运，但又同样有着不屈的力量。

在灯红酒绿中求生的古秀秀把田韧的爱深深埋在心底，努力地压制自己的渴望，她在呵护着纯真无私的爱。她心中有真爱，有自己的坚守，也很有智慧，能够自己创作歌曲，集写词、谱曲和演唱于一身。她不敢靠近田韧，是认为自己配不上了，他可以有更好的爱人。可她又在时时关注着田韧，田韧成为她生命重要的组成部分。可以说，古秀秀具备了土地所有的品质，就是土地的化身。柔弱之中有坚韧，美丽之下有智慧，古秀秀的爱与美是古典化的，一如乡村大地式的古典。当她在舞台上深情歌唱时，仿佛就是天使降临人间，众多的苦难催生出梦幻般的但又无比真实的圣洁。谭仲池将中国传统女性的大爱大美全部倾注于古秀秀的身上，以这样的方式向传统文化致敬，如实地展露他对女性古典之美的认同和审美心理。

悦雅是位现代女性，是一般意义上的女强人，有胆识，有文化，有才智，工作能力强，社会经验丰富。在田韧的成长之路上，她给予了智力与精神的双重支持，给予了无尽而无私的帮助。在不断地交往中，悦雅情不自禁地爱上了田韧，并快乐地收获着爱情。一个从小生活在城里受过高等教育的女孩与一个在乡村长大的男孩的相爱是那样的自然，完全没有两种文化角力的迹象。爱情巨大的力量固然在其中起着重要的作用，但更为重要的在于悦雅身上所散发的女性之美。换句话说，悦雅与古秀秀有着许多相似之处，善良、仁爱、宽容以及聪明睿智。正是因为如此，田韧虽然难忘古秀秀，但还是不由自主地爱上了悦雅。在他的心中，悦雅就是另一个古秀秀。如果说古秀秀在田韧心中更多的是文化和精神的支撑，那么悦雅对他而言是优秀的助手和战友。仅从创业的角度而言，悦雅对于他的帮助是巨大的，无人企及。在与崇尚义谈判前的精心策划，悦雅起到了主心骨的作用；而当田韧与崇尚义面对面交锋时，她又巧妙地利用自己的身份帮助田韧化险为夷。这一点上，悦雅处于强势地位，经常左右着他的决定。尽管如此，他没有丝毫的男性尊严受损的感觉。这并非是他感觉迟钝，抑或是因为能力有限而甘于受屈。他真正的男人味其实就在于此，阳刚十足，但从不无知地逞能，能够很清醒地知道自己擅长什么缺少什么，对于有能力的人，不问性别，不管出处，总是虔诚地求教。悦雅的强势还在于勇敢地表达自己的情感，为爱人可以付出一切。这是古秀秀所没有的，或许这才是她们之间最大的不同。十分强势的她却非咄咄逼人，相反，她十分仰慕田轫的明亮与坚强，把他奉为“智慧坚强的舵手”。有智慧，特别能干，是标准的女强人，但她又同时含有女性似水般的温馨与柔情。以田轫的感觉表述就是：圣洁与柔意、深刻与聪慧、忍耐与淡泊、坚毅与智慧、正义与豁达，有着海洋的胸怀和雪梅的品格。

谭仲池浓墨重彩地呈现悦雅，在情感和精神上，她实质上是全篇的灵魂人物。田轫的成长益于她的帮助和全身心的塑造，她是田轫成长的明灯。然而在最后时刻，她却主动退出了，自愿而悄悄地去医院打掉了她与田轫的爱情结晶，而后漂洋过海离开了田轫。这是为了古秀秀，也是为了田轫，却唯独没有为她自己着想。一个几近完美的女性给了田轫一切，就是没给他负担与艰难的抉择。

与古秀秀、悦雅频繁出场不同的是，任怡怡这位经济学博士在整部作品中走入我们视线的时候并不多。田轫先是听她的课学到了许多东西，后来又成为她公司重要的一员，直至总经理。她带给田轫更多的是辽阔的视野和高层次的管理经验，以及一个更大的事业舞台。她露面不多，与田轫的相处也很少，但对于田轫的成长，特别是后来的发展又起着至关重要的作用。可以说，悦雅给予田轫的是辅佐和动力，而任怡怡更多的是知识上的相助与引导。

古秀秀是乡土文化的代表，是中国女性古典美的化身，是田轫熟悉而终生不可能舍弃的文化和精神家园。失去了古秀秀，他就无法在情感、文化和精神上返回故乡，生命中最本质的东西将化为乌有，就是飞翔也如断线的风筝。悦雅是现代女性与传统女性的完美结合，几乎集成了一个男性成长所有的需要。任怡怡以知识的力量推动着田轫的成长。这三种力量其实就是人成长力量的三个方面。

当下，男权意识与女性主义各自言说，互为攻击，竭力宣扬自己的权力诉求。在男性视角下，女性是配角，是把玩的对象；而女权主义无限度地夸张女性的力量，甚至到了不顾及女性特有美的地步。三位女性有许多相似之处，比如她们的美与善良，她们的坚韧与宽容，她们的无私与智慧，她们对于情感的炽热和执着。当然，如前所述，她们又有着各自独特之美。换言之，将她们三人合为一体，当是女性的完美之像。三个深爱田轫的女人，其实就是一个男性得以成长的文化力量、情感力量和知识力量的土地，这当是谭仲池《土地》最真的诉说，也是其将作品命名为《土地》的潜在意图。谭仲池是怀着感恩之心在男性成长叙事中体现女性力量的。在他看来，男女是有别的，这不是他的男权意识如何如何的强烈，而是他体认到了男女各自的优势和存在价值。男女都有着各自的力量，只是表现的形式和能够接受的承受物是有区别的。男人的刚是力量，女人的柔是力量，我们无法将这两种力量放在同一标准之下判别，就像我们无法衡量山与水到底哪一个更有力量一样。作为男性的田韧固然是伟岸的，但他的成长如若失去了三位女性的支持，那么他将一事无成，纵然有某些得到，也是灵魂和精神之外的，最终将是缥缈的。田韧的男人味并没有淹没三位女性的光芒，他所表现出的都是男性所特有的品质，这样的表现是一种自然的散发，对于女性的地位和自尊一点也构不成威胁。相反，他十分地敬重女性，以平等之心与女性相处，甚至在许多时候，他面对女性的目光是仰视的。时而在女性面前，他油然而生出自卑。这种自卑的背后是他对女性力量的敬仰，还有就是感恩之下的愧疚。三位女性的真情大美没有削弱田韧的男性之美，这三位女性在许多方面都胜出田韧，有超出他的力量，因她们的这种力量是女性化的，是相助性的，同时又意识到自身与男性相比，有不可弥补的弱处，她们的强大没有弱化男性的本色，反而在展现自我的同时，为男性抒写出更多的光彩。她们在为生存而奋力，是与男性携手而行的。他们与她们挥洒着各自的优势，一同走在和谐之路上。在他们这里，看与被看已经被互为欣赏、互为支撑所替代，一撇一捺虽有高有低，但失去了对方，都将不复存在。也许“人”可如此解读为男人与女人的互为相持。

谭仲池对于女性形象的塑造，对于女性美的感知，对于男女和谐相守的立场，在《土地》中得到充分体现，土地成为内蕴极其丰满、可做多矢向审美解读的喻体。他将理性与感性统一于现实生活和艺术审美，推崇两性个性化之美和两性间的和谐，一如大地上的山水个性之美与和谐，从而为成长叙事，尤其是男性成长叙事打开了新视界，这或许是《土地》最大的贡献，最具艺术力之处。

2009 年 4 月 17 日

徐贵祥《马上天下》：战争叙事的极致美学

在当下的中国文坛，徐贵祥一直正面强攻军事文学高地，可以称得上是最为重要的纯正军事文学作家。《仰角》（1999年）、《历史的天空》（2000年）、《明天战争》（2004年）、《八月桂花遍地开》（2005年）、《高地》（2006年）、《特务连》（2007年）、《四面八方》（2009年）等一部部作品密集出击，书写着军事文学的种种可能，展现了他之于军人和战争多角度的思考，显示了他开阔的文学视野和纵深的有力探索。他的每一部作品都能为我们打开军事文学一扇鲜活的窗口，伴随着的是惊喜和足以多向度思考的风景。同样，他的最新作品《马上天下》① 另辟蹊径，以艺术的极致性营构战争叙事的极致美学，引领我们深度探寻战争文学终极关怀的内在纹理。

作为人物形象，陈九川身上浓郁着我们熟悉的英雄气质。换言之，在当下的战争文学中，陈九川式的英雄无处不在，并得到了大众的文化认同。当然，徐贵祥在成功塑造了姜大牙那样的个性化英雄之后，显然不满足再让陈九川成为姜大牙第二。对此，他有着强烈的创新欲望和挑战自我的信心。陈九川的刚烈、勇敢、鲁莽是极端化的，看似与姜大牙有相似之处，其实早已脱胎换骨。陈九川将战争视为进攻，视为敢于拼命的行为，打仗斗的是血性，要的是舍生忘死消灭对方。他看不起智谋，崇尚的是武力。战场上如此，生活中他也是以暴力和蛮性行走。可以说，在这方面，陈九川比我们常见的英雄走得更远，更令我们惊讶。幸好当下我们不再对英雄有着过多的苛刻要求，也不再以英雄人物的个性是否饱满来评说，我们因为对文化有了更深的理解，因而对英雄有了更多的宽容。陈九川是一种文化的化身，但更是一个

---

① 徐贵祥：《马上天下》，人民文学出版社2010年版。

活生生的人，一个有着别样成长经历，一种浸泡于生死场的男人，这就够了。当我们对于战争有着更细致和更在场的认识与感受时，我们可以对陈九川有这样那样的看法，但我们认可这一人物的存在。这是我们文化认同度的提高，更是徐贵祥艺术化创造人物的功力所致。

同样，陈秋石身上隐约也可以看到姜大牙的影子，正如有评论所说："从斗智到斗勇，姜大牙式的草莽英雄升级为孙子、诸葛亮式的战术专家。"同样，有人将《马上天下》称之为《历史的天空》的升级版，我以为这种商业化的宣传看似是在褒奖《马上天下》，其实是淡漠了其艺术成就。陈秋石这一形象是陌生化的熟悉，是潜伏我们心底的英雄。他与姜大牙有着本质化的区别。同样，陈九川与姜大牙也是具有不同内质的两类人。如果我们非要在这三人身上找出关联的话，那就是徐贵祥将姜大牙一分为二，并以艺术的方式推向极致，生成了陈秋石与陈九川。这是一种近乎物化的辨认，并没有过多的文学和文化意义。但我们从中可以体会到徐贵祥此次发力极狠，造就了两类英雄人物的极化状态，让陈秋石这样的英雄粉墨登场。

显然，徐贵祥的力点不在陈九川这一人物上，陈秋石才是其聚焦之处。《马上天下》最有价值之处也在于为我们呈现了一个陈秋石，并以此对于战争进行全新的诠释和考量。战争，在武力的表象之下，智慧才是真正的内核。此前我们与有勇有谋的人物有过相遇，诸葛亮等战争奇才也盘踞在我们的阅读之中，但徐贵祥却以对于战争的极度体验与深刻领悟，让陈秋石这样一个崭新的英雄形象进入了战争文学人物长廊。陈秋石是一个天才性的战术专家，演绎出其独特的战争行为。称其为"天才"，原因有二：一是他对战术有着出神入化的参悟，奇招不断，置于险境总能智性摆脱；二是其身上闪烁着艺术家的气质，有神秘，有怪异，有与常人格格不入的思想与举动。手无缚鸡之力、勇猛之性荡然无存，在外在力量上，陈秋石称得上是男性化的男人。这在腥风血雨的战争时代，他的弱性是显而易见的。再加上陈九川的映照，他成了十足的另类人物。在某种程度上，因为陈九川的存在，陈秋石这一人物形象得以高度极化，这也正是徐贵祥叙事力量的艺术所在。如此柔性的战争人物是前无古人的。因为极化，陈秋石得以醒目，得以在战争文学中独立于一方高地。

在叙事上，徐贵祥尽对立之能，让陈九川与陈秋石如同立于两座山峰之上，相互遥望，着力对抗。陈秋石与陈九川这对父子构成两条平行的叙事线，一个强悍，一个智柔，陈九川与陈秋石两个艺术形象在对立中相互推进，形成一张一弛的叙事节奏，以各自独立的形态共同营建着文本世界。所有的战争景观、战场硝烟都隐于其后，显现于我们眼前的是这对父子的战争，一种基于不同文化理念和战争哲学的较量。

战争是展示人类生存状态的极端困境，也是探析人性最为尖锐的解剖刀和最为明晰的显影剂。陈九川受到了战争的极度异化，一味地膜拜暴力哲学，这与其说是特殊的成长环境对他的潜移默化，还不如说是战争之于他的摧残。虽然过于极端，但与战争的形态似乎十分地相近，至少是战争文学最常见的人物个性构成的重要元素。当然，现实的战争也是常以此种表情面对我们的。我们也无从否认战争这残酷的一面，毕竟它客观存在着，并戕害着人类的生命与灵魂。正因为如此，我们对此的描述和体察达到了相当的深度。因为过于浓重，我们似乎忽视了战争的另一本质性的东西，至少对我们的战争文学着墨并不多，也鲜有代表性的人物出场，并成为经典的文学形象。从一层面出发，陈秋石带来了可能。这样一位战术专家，一位以智谋取胜的传奇人物，引导我们进入战争内部的另一场域。在叙事手法上，徐贵祥以高度的极致剔除了陈秋石身上一切外在武力无关的枝枝节节，柔弱成了陈秋石最外在的形象。他的强大来自于内心，来自于智慧。我们看到的是他对于战术的痴迷，并将战术上升到艺术的层面进行思索，并沉醉于这样的推演之中。他的行为是太极式的以柔克刚，而起支撑作用的是《孙子兵法》中的“不战而屈人之兵”，正如他所说：“三流的指挥员被敌人消灭，二流的指挥员消灭敌人，一流的指挥员既不是消灭敌人，更不是被敌人消灭，而是让他投降滚蛋。”深谙战争之道，尽显战术之智，运筹帷幄，决胜千里，这样的人物形象虽说在当下文学中并不多见，但在中国古代战争文学中还是偶有星光的。而注重战争之中的计谋一直是战争文化的主线之一，并集聚在中国众多的兵法之中。而陈秋石这一人物可以说是全新的，他的性情乖张，行为令人难以捉摸，看似是与艺术家十分相近，其实是湮没于暴力哲学之中的无力挣扎。他对于战争的个性化理解得不到世人的认可，就连他的儿子也处于他的对立面。这样的痛苦是难以言表的，之于他的打击是撕心裂肺的。在此，我们不能够再认为徐贵祥是将一个战争人物比如姜大牙一分为二，极度升级，分化出陈九川与陈秋石这样两个人物形象。陈秋石的人生困境远比陈九川更为艰难，是无法以蛮力粉碎的。他可以打赢一场场战斗，可以被奉为战术之神，但他却无力于人性的战争和文化的战争。

陈秋石以艺术的方式进入战争，注重兵法的运用，说到底是其内在的文化起着决定性作用。不难看出，他的身上处处呈现了儒家思想的以人为本，以仁为先。战争是人类一种极为特殊的生存态势，但与战争类似的困境总是像狗一样紧追着我们不放。陈秋石这样一位内心强大的英雄，真正有价值的不是打赢了一次次战斗，而是以一种文化实践着自我突围。如此一来，《马上天下》成为开放性的文本，可以让我们从人性、精神的角度参与破解人类生存困境。我以为《马上天下》的贡献在于以陈秋石这一崭新的文学形象，让我们可以对人类生存境况进行独有意味的体认，更表达了他对中国传统文化的真诚致敬。对此，徐贵祥进行了卓有成效的开拓，战争已经成为他叙事的手段，他的力点已经抵达文化的思考和人类生存的真正关切。

2010 年 3 月 21 日

谭仲池、彭海燕《雷锋》：回到现实情境的英雄叙事

雷锋是真正意义上的妇孺皆知的平凡而伟大的英雄人物，有关他的一切已经被各种讯息渠道无限而广泛地传播。在不同时代不同时期，人们以多种视角和态度对雷锋和雷锋的故事进行着多层次的挖掘探寻和再叙述再解读。对于雷锋的一切，似乎显现了被穷尽的可能，然而《雷锋》[①] 偏偏以如此熟悉的人物原型结构长篇小说，这当是极富挑战性的叙事行为，显示了谭仲池和彭海燕对雷锋这一人物的极度热爱，以及用艺术的方式再现生活真实的勇气和信心。事实上，《雷锋》也在书写真实英雄人物方面进行了有益的探索，并收获了令人兴奋的成果。《雷锋》潜回历史的生活现场，还原雷锋的成长道路，为我们带来了一个具有浓郁生活气息的雷锋。在真实可信的基础上，情感饱满，细节丰富，呈现了生活原生态情境中的立体化的雷锋形象，为雷锋这一经久弥新的英雄充实了新的内容与内涵，也为以小说的艺术形式描写真实生活和人物提供了新的途径。当然，就我个人而言，我认为《雷锋》是非虚构性文学，或许更为准确。

《雷锋》的叙述从雷锋 7 岁开始，沿着雷锋的生活足迹，竭力还原其 15 年短暂而丰富的人生。7 岁的雷锋成了孤儿，这是他人生的第一个大的转折。而对于人的成长，7 岁正是开始记事的年龄，对人生有了真正的自我体认，是真正意义上人生成长的起步。以此为叙事的起点，表明作家意在让雷锋回归到普通人，追寻他的成长历程，书写一个生命的自然行走与本真情怀。在叙述节奏上，作家遵循雷锋的成长步伐，紧贴雷锋的日常生活，多着力于雷

① 谭仲池、彭海燕：《雷锋》，人民文学出版社 2012 年版。

锋那些不凡的生活细节，这其中颇有意味的是对于雷锋名字的采用。在众多的各种体裁的作品中，雷锋以前的名字只是出于解释性的需要进行说明，一般不作为叙述主体。换言之，叙述者关注的是雷锋，一个已经社会化、范式化的名字。而《雷锋》中，作家则依据现实的情况，让雷锋不同的名字随着他的真实生活而变化。在旧社会，他叫庚伢子；新中国成立后上学了，他叫雷正兴；到鞍钢当工人开始，他叫雷锋。其实仅这三个名字，本身就是雷锋成长之路上的三个路标，代表着他一生三个不同的成长期。在这里，名字已经不是一个指称符号，在贴合雷锋真实生活的同时，也指涉了雷锋品性和精神的日趋成熟向上。从这一意义上说，《雷锋》并没有把叙述重点置放于那个叫雷锋的英雄，而是关注那个叫雷锋的普通青年，关注一个孤儿的成长之路。《雷锋》不是讲故事说传奇，不是堆砌报告材料，不是宣讲英雄事迹，而是寻觅一个青年的成长足迹，见证生活中的雷锋是如何一路向我们走来的。作家以虔诚的心灵，诚恳的态度，不做过多的张扬与渲染，更不盲从所谓的揭秘，而是以自己的方式，尽可能地回到那个时代，回到雷锋的成长情境，重拾那些历史的记忆，真实地呈现生活的原色，这也正是《雷锋》的日常化英雄叙事，因而《雷锋》不仅可以让我们全面认识雷锋，更为重要的是我们可以最大限度地走进雷锋的生活，感性地触摸他的人生。对于英雄人物的了解，我们需要这样的叙事；对于雷锋这样的英雄，我们尤其需要这样最为平实而真诚的日常化书写。

对于雷锋，我们相当地熟悉，可进入《雷锋》，我们还是不免有些陌生。那个叫庚伢子的孩子的生活，让我们时常会怀疑这是雷锋的童年吗？这种陌生化的阅读体验缘于作家剥离附加于雷锋身上太多的人为痕迹，极为真实而细致地回到雷锋的生活现场。更为准确地说，作家暂时性地远离“雷锋”，只是近距离平和地注视“庚伢子”这个幼小孤儿的生活情状。在这里，作家动用了自己独特的人文优势，这就是身为湖南人，他们对湘江文化有着浓重的生活体验和艺术储备。在回归生活现实的创作理念牵引下，作者以语言为线索，营构雷锋真实的成长情境，让雷锋真正地成为生活中的雷锋，让我们可以真实地品味雷锋的成长。语言是人类交流的重要工具，每个人的语言都有其个性化的成分，同时也会深深地烙上环境、时代等诸多的外在印记。谭仲池、彭海燕显然对此十分认同，并积极在叙写中将语言的这一功能发挥到极致，使之成为人物现实生活情境的重要实践。在旧社会，庚伢子生活在最底层，其语言有厚重的泥土味，带有浓郁的方言气息。乡村是他世界的全部，乡村之外的只是他眼前若现若隐的模糊。庚伢子是地道的乡村娃，生活在众多的困境之中。而上学后的雷正兴，语言中少了一些土语，多了一些书面语言。到鞍钢到部队，雷锋的语言也在渐渐地走离方言。同样，作品的叙述也是沿着这一线索步步跟进，从而保证了人物语言与叙述语言的同频共振。仅从语言的变化，就已经在一个侧面完成了雷锋的成长，这样的效果是显而易见的。我们的阅读仿佛就是走在雷锋身边，近距离地观看他的言行举止，感受他的生活。因为情境的熏染，我们感觉雷锋是那样的真实。比如，虽然当下人们的语言习惯、风格和内容已经与那个时代有着很大的区别，如果只是听雷锋一两句的土语或者革命色彩很浓的词语，我们觉得有些不顺耳。脱离情境的语言是空洞苍白的，即使是从现实生活中原汁原味地提取，也会变异为一种虚假。而在《雷锋》中，雷锋的语言与他的生存环境和个人成长紧紧连在一起，渐而同步变化着。在这里，除了浓郁的地域语言韵味，作者没有回避和剔除那个时代特有的政治性话语，而是以生活真实为意旨，让人物以自己的真实意愿和现时状态自由言语，不干扰，不加工。或许我们还一时难以适应雷锋语言中的某些政治话语，某些豪言壮语，但只要我们用心回到历史现场，就会知道那时候的人们，那时候的雷锋，理该是这样说话的。当然，作为长篇小说，作者也在进行着一些合理想象，以弥补记忆的缺失和情境的需要。由于作者着力于还原，合理的艺术再现，并没有留下过多的痕迹，因而雷锋成长的每个阶段的语言特色，我们觉得是那样的自然，那样的语由境生，言由心发。可以说，《雷锋》中的语言生活质感强烈，带有鲜明的人物个性和时代特色，在参与人物成长的同时，也使现实情境更为真实而饱满。这种充分尊重生活，保持人物语言本色和叙述语言随人物而走的叙事是《雷锋》日常化英雄叙事最具魅力之处。

雷锋从一个普通人成长为最平凡的伟大英雄，个体的生命上升为一种精神，并渐成为一种群体意识。雷锋精神是一个时代的产物，但已融入人性的血脉，早已超越时代而长久伴随人类行走。有关雷锋的成长和雷锋精神的形成有着各样的解读和研析，出现了诸多的答案。《雷锋》以雷锋的成长为叙述焦点，那么必将要探询这一问题。事实上，谭仲池和彭海燕关注雷锋的成长，其实就是在咀嚼雷锋到底是如何成长的？庚伢子为什么会成为雷锋的？

雷锋的童年是悲惨的，虽然亲戚邻里有时有些许的自私，但多数情况下，周围人的质朴、善良和恩泽是他生命的全部滋养。解放对他而言是真正的翻身，从此走上幸福大道。他这个孤儿能上学、能参加工作，都是众多人的帮助，一种无私的真诚的帮助。尤其是以彭柳为代表的党员干部，给予了雷锋亲人般的关怀。这样的帮助对于一个处于成长期的孩子来说，无疑是滋润的、甜蜜的，也是刻骨铭心的。俗话说，穷人的孩子早当家，因为特殊的成长环境，雷锋比一般人敏感细腻，属于早熟型的。或许正因为如此，感恩的种子很早就在他的心田植下，在春风的沐浴下茁壮成长。是的，感恩在与雷锋的生命一同成长，而报恩的心念成为他努力干好工作、处处助人为乐的淳朴内驱力。同时，他经受了生活的重压，让他能深深地体会弱者的艰难与无奈，感知到帮助对于生活的重要性。其实无论什么样的文本中，包括雷锋的日记，雷锋一直对父老乡亲、对党对新社会都怀有深深的感激。忆苦思甜是雷锋常有的举动，在许多场合下，雷锋总会满怀深情地回忆自己在旧社会所遭受的苦难，诉说他这样一个孤儿的艰难困苦。这里没有任何的炫耀，没有刻意的说教，他是实在地感受到新社会的幸福，也在平实地表达自己为什么会努力地工作，无私地帮助他人的缘由。可以说，满怀感恩之心的雷锋，无论身在何处，都没有忘记自己成长中的苦痛，并因此而十分在意他人的无助。他的人性在温暖中光芒四射，在感恩中迸发回报的热情。《雷锋》告诉我们，感恩是雷锋成长的营养，是雷锋精神飞扬的翅膀。感恩成为英雄成长的关键词，这样的叙述内蕴有些出乎我们的意料，让《雷锋》与众不同，也让雷锋这一人物更加鲜活可信。

当“感恩”成为《雷锋》英雄叙事伦理的关键词时，让我们对于雷锋的成长有了更为真切的认识，这也更符合雷锋之所以成为雷锋的核心所在。更为重要的是，感恩原本就是人性中最该有的，有了感恩，人性会无比的温暖，人的内在以及与社会的相处才会和谐。只是当下，感恩日渐稀少，正在远离我们的灵魂，有时显得十分陌生，这是相当可怕的。而从雷锋身上，我们可以得到许多的感悟。雷锋不需要神化，也没有必要神化，他也是平常人。植于他血脉的感恩，健康了他的成长，挥洒着他无私的奉献和纯净的品质。他将人性中的感恩化作生命的阳光，这已经超越了时代、政治和阶级。我们可以多层面地解读雷锋，可以不断地变换视角来体察雷锋那无尽的魅力，但从感恩的向度来理解雷锋，看似降低了所谓的标准，模糊了雷锋精神的崇高，其实更接近于雷锋的内心，更抵近人性，也更能为我们感知。当我们人人都有感恩之心，人人都有报恩之举，那么人与人之间的关系一定会十分的和谐，人类的相处会十分的和谐。推而及之，人与自然的关系也同样如此。而从感恩出发去学习雷锋的行为，领会雷锋的精神，更能为许多人接受。让雷锋回到人的本身，让雷锋精神回到人性的怀抱，这在当下更具现实意义。由此，日常化的英雄叙事让《雷锋》有了独具个性的艺术质地。

的确，我们从雷锋的成长中收获到的新的了解和参悟，并不是谭仲池和彭海燕的人为书写，而是雷锋以他自己的实际行动给予我们的启示与领悟。这得益于作者贴近生活大地的叙述，让我们可以自然地走进雷锋的生活现场。这其中，大量的细节铺陈起着至关重要的作用。雷锋第一次见到劳模洪健时显得格外兴奋，无拘无束。但直到洪健离开时，他才要求握一握她的手，想法很简单，因为洪健与毛主席握过手，“洪姐，我主要是想找一找毛主席握着你的手的感觉。”从旧社会走过来的雷锋与那个时代的许多人一样，对毛主席怀有崇高的敬意与发自肺腑的感激，他是在借与洪健握手，想象着与毛主席握手的感觉。这与当下人们追星崇拜偶像的行为有些相似，却有着本质的区别。在雷锋心中，一直梦想着能与自己的大恩人有面对面的接触，这样的真情一直在他心中涌动。当洪健再次与毛主席握手回来后，雷锋又提出与她握手，“今年五月，你不是又上北京见了毛主席吗？你真是世界上最最幸福的人。来啊，握个手嘛，让我也间接地幸福一下。”当然，雷锋与洪健握手不仅仅是满足想象性的幸福，还有着更深的用意。再次见面时，“雷正义又去抓洪健的手，认真地看，说：健姐，你晓得不？我一碰到困难，就会想你的手，我就是想练就一双勤劳能干还能被毛主席紧紧握住的手……”三次握手显露了雷锋回报恩情的渴求。我们有理由相信，这样的细节一定不是作者杜撰的，而来源于细致的采访，或许就是当事人的讲述。在《雷锋》中，这样有意味的细节比比皆是。相反，有关雷锋许多做好事的情节，作者却采取了弱化的策略，这符合作者的日常化英雄叙事的创作理想，也让我们见证了细节的力量。丰盈的细节让雷锋更生活化。作者以众多的细节，让我们看到了另一个雷锋，或者说是为我们关注雷锋提供了另一视角。在这里，我们感受到雷锋的活泼与可爱，呼吸到雷锋的孩子气。雷锋不再只是一个处处做好事，经常为学生们讲故事，为群众作报告的那个雷锋，还是一个大男孩一样的雷锋。当然，还有雷锋那鲜为人知的爱情。雷锋对爱情有着自己个性的理解，方式也很含蓄，这份爱一直在他的心空飞翔。或许他的这份爱情因为过程与结果的出人意料，显得有些悲怆。雷锋有些失落，但也为恋人找到了幸福而高兴。雷锋的爱情是一个又一个细节的凝结，没有过多的跌宕起伏的故事，没有缠绵的儿女情长。在那些鲜为人知的细节中，我们感受到了雷锋对于爱情的理解，也领略了他的爱情观。换言之，我们看到了雷锋不做好事时的生活细节，看到了一个青春年少的小伙子，看到了神情飞扬的县委书记的通信员、大工厂里的小工人、一个朝气蓬勃的士兵。

从这一意义上说，《雷锋》带给我们的不是故事、不是传奇、不是神秘，而是厚实的生活。叙述中由不易察觉，甚至是人们以往不够重视的细节，呈现了雷锋成长之路上的点点滴滴，不为宣扬他的事迹，旨在鲜活雷锋的成长。

2012 年 9 月 18 日

中短篇花园

残雪《阴谋之网》：失落的寻找

我以为残雪是一位用与众不同的姿势行走的作家。有人说她是中国的卡夫卡，我不同意。一是她尚未能与卡夫卡相提并论；二是即便她已具备了卡夫卡的实力和类似的风格，她依旧是残雪。（我们总爱说谁是中国的某老外，怎么就没有某老外是中国的谁呢?）但不可否认，残雪确与卡夫卡有众多相似之处，比如气质、精神生活，不一而足，《阴谋之网》[①] 便是一个佐证。

残雪的中篇小说《阴谋之网》有些读头，是因为蕴藏着多种意味。这个阴谋之网是由哪些人编织的？是怎么编成的？那网结网眼是什么？网住的又是什么？……在读这样一篇小说前，仅从题目就能勾起不少的问号。

我以为这是一部半成品式的作品。当然，从严格意义上说，所有的小说甚至所有的艺术作品全都是半成品，因为作者与读者间是互动的，一部作品得不到读者的接受，它只能是作者的作品，而非读者的作品。只不过《阴谋之网》稍显突出罢了。如果你无法在作者的叙述空白中填入自己的想象，你遇到的只是一篇布满迷宫而无趣味的小说，至多领略了半真半假有些别样的乡村风情，仅此而已。

读这篇小说不是一件很累的事，甚至相当的轻松。但读完了，稍稍回味一下，你会发现真要读懂了，确是件很难的事。当然，话说回来，读不读得懂，没有标准的答案，读者认为自己读懂了，就是读懂了，与他人的标准毫无干系。

这是一个并不十分复杂的故事，叙述的只是一个过程，一个叫夏桂的年轻人被三叔领回了家，劳动、生活了一阵子，又离开了三叔和这个村子。小

---

① 残雪：《阴谋之网》，《钟山》2000年第5期。

说讲了这个过程中的一些人和事。小说的结构很流畅圆润，似流水般娓娓道来。

初读这篇小说很容易让人想起卡夫卡的《美国》和那位流浪汉卡尔。是的，夏桂和卡尔都同属于闯入者，但他们在本质上是大不相同的。卡尔在美国流浪是力图融进新的世界，但处处被算计，他的一切似乎都被他人预先设置好了，他只是麻木而由不得自己地行走着。夏桂呢？夏桂进了村子与三叔生活在一起，他的到来使原本平静的村子骚动不安起来。因此，从一定意义上说，夏桂不是一个闯入者，至少不是与卡尔相等的闯入者，他是一个破坏者。

三叔讲故事没有了往日的激情，常常还颠三倒四，胡说一气；看到夏桂，想到夏桂，他就想起了那逝去的战争；夏桂到底是谁？到底从哪儿来，又将到哪儿去？这些问题像石头一样压着三叔，使他恐惧、窒息。夏桂是让三叔重回过去的桥，三叔是在为过去而活着。

做豆腐的阿明眼前的夏桂是一个从血腥的故事中走出来的，他熟得不能再熟，却想不起谁是杀人魔王，他总是觉得夏桂必将在村里掀起一场血雨腥风的灾难，时时处在紧张之中。阿明是因怕去打仗佯装体弱，最终是学做豆腐去的，过去对他来说是一块一揭就淋血的伤疤。

对阿金姑娘来说，夏桂的到来给了云秀力量，让她有勇气和策略与自己争夺情人——恩医生。夏桂在懵懂中为云秀注入了追求爱情的动力，为她提供了接近恩医生的机会。阿金没有像三叔和阿明那样怯弱，她狠狠地报复了夏桂，并以她特有的招数让恩医生回到了自己身边。村子里确实有了死亡，死的是云秀，但谁能说得清他是被医生还是阿金或夏桂害的呢？从表面看，是恩医生下的手，阿金主使的，而这一切又因为夏桂的到来，真是这样吗？显然不是。

同样，夏桂也生活在不安无安全可言的环境中，总是认为有人要加害于他，最后他逃离了，结局倒是与卡尔有相似之处。

夏桂来了，又走了，来无影，去无踪。当初，他立在村头到底是在等谁？夏桂是谁？我的理解，他只是一个过客，一个无意中让村里人心灵最深处的冲动和隐秘现于光天化日之下的过客。他站在村头不是在等谁，而是在犹豫，是否该进村子？是否可以此结束流浪的生活？事实证明，他不该进村子，但从生活的体验来讲，他来了又走了，有了一份收获。从这个意义上说，他又是该进村子的。

如果我们将夏桂看成一个破坏者，又是不恰当的。夏桂的到来似乎是让不同的人看到了不同的东西，而这种东西很可能就是隐在心隅里往日较少甚至从未见过阳光的。

三叔是属于靠回忆生活的一类人，也可能是坚守传统的化身；阿明生活在现世，是对未来充满恐慌，并无生活信心和人生信仰的代表，有一点风吹草动，就以为世界末日到了；阿金只有一只眼，可生活中一只眼往往比两只眼更敏锐、更有穿透力，正如盲人很多时候比双目炯炯者更能悟透事物的本质一样，任何外来的东西，对于阿金来说都是一种威胁；而之于云秀，外来的东西正是她所匮乏的，一旦有了外来的力量，她会不顾一切地实现自己的梦想；医生手掌生死大权，正如文中三叔将医生看成老虎一样，这样的人在一个封闭的圈子里是被奉为神灵的，而一旦圈子开放了，他的地位必然受到威胁。

是的，如果我们只将这篇小说看成一个名叫夏桂的年轻人来到村里后，村子里发生了一些奇怪的事（一个封闭的村子，来了个生人，总是会发生一些事的），这部小说也能说是读懂了。

我读懂了作品，其实只是读懂了故事，不，应该是故事的一个层面，表层的一面。我似乎发现了阴谋之网的踪迹，逮住了它那狐狸似的尾巴。

但我不能想，不能想这些诡怪的人和事的后面有什么。一想就陷入了残雪编织的阴谋之网中了。怪不得“人一思考，上帝就发笑”。

受制于小说的题目，我一直在寻找那阴谋之网的模样和它俘虏的东西，但在阅读中，我体会到阴谋处处现身，又处处难觅它的踪影。作者一开始就给读者布下了阴谋之网，看来阴谋之网真正的始作俑者也许是残雪本人才对。

2000 年 10 月 19 日

叶广芩《猴子村长》：尊重生命和生命的情感

中篇小说《猴子村长》① 的写法很老实，当属传统小说的写作形式；讲述的故事内容质地朴素，有着浓郁的乡土气息，然而它传达的信息却具极强的穿透力。

从表层结构来看，作品前半部分是以侯长社祖父的遗骸被发现并重新安葬为线，引出其祖父的革命史；后半部分则是侯长社奉上级之命捉猴到最后自己被抓的故事。然而进入故事的内层，我们会发现前、后两部分一脉相连，是一个不可拆分的艺术整体。在作者平淡而从容的叙述中，一个又一个细节让我们感动、让我们震撼、让我们心痛。侯长社祖父杀敌惨死的当天晚上，猴子动情了，这使得侯长社的父亲这样的好猎手放下了猎枪；数十年后，侯长社祖父被安葬的那天，众多的猴子以它们独有的形式参加了葬礼；人们为了完成捉猴任务，猴子为了保全性命，从而引发了一场人猴大战；被捉的猴子抱着必死之心，一个一个地自杀。还有那母猴给幼子喂完奶后，无奈地面对猎人枪口的细节。几十年的岁月流变，猴子的情感没有变，它们对人类、对自己的生命都怀有深深的敬重。这是一种生命本能性的情感，也是生命之所以为生命的重要因素之一。在作品中，我们不情愿地读到了两代人对于生命截然不同的两种态度。侯长社的父亲因为认识到“无论是猴还是人，都是太阳下的活物”，而永远离开了“猎人”这一行当，在关键时刻，他还有舍身护猴的壮举。侯长社就不同了，祖父的遗骸被发现后，他对父亲之于遗骸的那份情感，不理解；在捉猴时，他的性情大变，事后，对猴子的自杀更是漠然置之。不难看出，他的人性已受到物欲的侵蚀和扭曲。在这里，我们不但看不到他对生命的珍视，更体味不到

① 叶广芩：《猴子村长》，《中篇小说选刊》2003 年第 4 期。

他对生命情感的尊重之意，这是人性的堕落，也是生命的悲哀。我想作品取名《猴子村长》，似乎就是表明侯长社已从人沦落为猴子。其实侯长社远不如作品中的猴子，至少是在对于生命和生命情感的敬重这一方面。小说的最后，侯长社因死了几只猴子而被抓判刑，应该说，他为自己的过失和对生命的轻视而付出了代价。后来，侯长社对其父孝敬有加，人也变得厚道了。对父母的孝敬，意味着他对生命及生命的情感有了新的更符合人性的认识。然后，村里人以及侯长社的妻子对于侯长社的遭遇仍然抱不平。作者的用意是清晰的，这就是还有许多人像以往的侯长社那样，侯长社的遭遇还将有人继续一次又一次上演。

与其说《猴子村长》讲述的是人与猴的关系或人对猴这种生命及它们情感的态度，还不如说是揭示了物欲横流中的人们的道德沦丧，人性缺失。我们有理由认为，一个人对生命的情感失去了感知，理解不到生命的高贵和尊严，那么这个人也就抛弃了人最为本真的东西。对于个体的人来说，这是一种悲哀，而之于人类很可能就是万劫不复的灾难。事实上，我们已经品尝了此种因灾难而来的苦涩滋味，并已付出了一定的代价。《猴子村长》从现实生活出发，却又与现实保持着艺术性的审美距离，在贴近现实与拒绝现实这两个对立的方式中间走出了一条新路。如此现实感、当代感和艺术感的有机融合，使得作品既带给我们刺痛，又不由得我们不进行行为的反省和心灵的考问。这种拙朴之下意蕴深厚而尖锐的艺术效果，正体现了作者驾驭作品的艺术功力。

作者以对生活的深切洞察，以强烈的作家良知，平和地诉说着，内心的焦灼却是显而易见的，传送的作家使命感更令人尊敬。我十分在意作者的这种良知，作为作家应有的良知。可以说，现如今，一些作家的这种良知没有被激活，或者血液里原本就没有这种成分，一味地讲究小说的好看等外在的形式感，而忽视了小说的精神。注重小说的形式感，并在艺术上进行创新，这是文学生生不息所必需的。然而没有精神的小说，形式上再天花乱坠，可读性再强，其生命状态也是极其可怜的。我们是不是可以说，归根到底，人类的生存与小说的成长有着共同的内质？

2003 年 7 月 24 日

陈希我《又见小芳》：欲望图景中的本真碎片

作为一部中篇小说，陈希我的《又见小芳》① 故事元素并不多，容量也十分有限，其结构是典型的欧·亨利式的，一路顺畅发展，结尾出人意料，却又在情理之中。在我看来，《又见小芳》的最大的价值在于告诉我们：经受无处不在欲望侵蚀的心灵的深处，总蛰伏一份美好的本真。

小说以“我”的生活时空自然流动，呈顺向性的发展。网上网下生活合为一体，昭示生存并置于现实与虚拟之中。进入后工业时代，人们需要虚拟的网上生活，但总忍受不了机械性的文字以及生活中不复存在的声音、形容等，因而要视频要语音，要从网上走到网下，让一切回到真实的世界。小说中的“我”，属于一个初涉社会的青年，遇到的最大生存挑战就是金钱的匮乏。女友对物质的极度迷恋和狂热的占有心理，像一条鞭子无情地抽打着“我”。“我”虽然有些反感，有种种避让的行为，但仍主动寻求获得金钱的机会，甚至到了为了搞到钱，可以坦然出卖肉体的地步。其实，女友只是外在压力的象征，是一种生存背景的寓示。然而，外力终究是外力，会适度地扭曲人性，但起决定作用的还是人自身。也就是说，“我”成为金钱的奴隶，罪魁祸首还是“我”的道德观和人生观，外面的世界只是“我”堕落的一个虚设的无力的借口。“我”处在堕落的边缘，进入了纵身一跳的瞬间。与“我”恰好相反的是小芳。小说一开头，小芳就来到我们面前，但我们并不知道她叫小芳。在相当一段时间里，她的名字是“她”或“女人”。她已被物欲淹没，就连名字也荡然无存，这是一种暗示。她除了拥有物质财富，作为人，她只剩下性别。她那超过想象的肥胖是欲望的膨胀所致，同时也是内

① 陈希我：《又见小芳》，《人民文学》2004 年第 2 期。

心物欲的外化，这是“我”与她远视的印象。当“我”走近她，变化随之而来。越走近，“我”越发现了她面具之下那个真实的她。当我真正了解她时，小芳的名字出现了，这同样隐藏着意象。“小芳”是人性本真的代名词，依附着人性自然美的文化因子。小芳为了生存，为了获取财富，付出了女人的一切，肉体和心灵遭到巨大的伤害。这种伤害当是毁灭性的，然而她心中那份找回女人的美好的渴望依然生机勃勃。她对往日苗条身材的怀恋是为了追寻失去的美好；她自虐式的减肥是对欲望的鞭打，在无情地拷问灵魂。当“我”和小芳瞬时进入纯净世界之后，潜伏于内心一隅的那份人性美和纯真的情感陡然冲刷了一切的污垢，她们有了一次无功利、无欲望的拥抱。在这刹那，我看到了人性的光辉，看到了生命中最纤细而又最坚韧的情感内核。可叹的是，离开了拥抱，“我”回到了常态——其实是被扭曲了的非常态，而小芳认为自己找回了自己要找回的一切。她让“拥抱”这个东西承载了她的一切。“有你一抱，可以去死了。”小芳急匆匆无任何不舍地跳楼自杀。是的，“有你一抱，可以去死了”这话像楔子揳进我的心田，只是我不知道是痛还是温暖。“有你一抱，可以去死了”，让看似轻松的小说变得无限的沉重，并成为作品最具力量的支点。这部小说，我前后读过三遍，每到了“有你一抱，可以去死了”，我总是如同经过喧嚣混杂的都市来到了一处胜境——梭罗笔下的瓦尔登湖，这里美轮美奂，纯净无比。

近年来，我们所谓的都市文学总在浓墨重彩地涂抹欲望的色彩，挖掘欲望下面的暗河。但我们似乎忽略了无限的欲望横行之中，人们的心灵到底如何，人性又在怎样地生存，如何地挣扎。《又见小芳》其实不是小芳回来了，而是她一直在场，只是我们许多时候无法感知，因而对她漠然。

2004 年 3 月 25 日

钟晶晶《空坟》：回到历史和民间的现场

历史与民间拥有各自相对独立的话语体系和价值系统，这是显而易见的。那么我们竭力回到历史的真实现场，进入民间的生活细节，就是一件十分有意味的事。钟晶晶的中篇小说《空坟》[①] 在这方面有着独特而令人震撼的探索。

小说以记者“我”进行叙述和结构作品，本身就表明要努力进入历史和民间现场，而且为了触摸到最真实的内核，“我”在各方面都做了大量的准备工作和有战术性的行动。这试图告诉我们，“我”最大限度地回到了历史和民间的现场。

不错，“我”的所见所闻是对传统历史的肢解和颠覆，是对民间挖掘性的透视。龙斋舍弃个人的一切投身革命，把生的机会留给他人，自己选择了牺牲。他的弟弟“三叔”为了钱，挖坟掘墓，将亲哥哥的尸体卖给别人做“鬼夫”。龙斋媳妇为了家产和生存而假装怀孕。来岁为了壮胆正名，大张旗鼓地重新修坟。这一切都只有物欲横流，无半点人性的光芒。烈士的鲜血映衬着他们苍白而卑贱的灵魂，他们比鲁迅笔下的“看客”更让人心痛和愤慨，因为他们远远不止是麻木。烈士的精神和信仰，他们非但没有得到感染，更不用说继承，反而以私利为酵母，进行了可耻性的转化。

可我们又不能简单粗暴地指责他们，以“二元背律”式的思维唾弃和批判他们。他们有着自己的苦衷。虽然这样的苦衷放在历史的背景之下是那样的渺小，那样的不值得一提，但之于他们个人的生命和情感，分量是沉甸甸的。再者，要对他们进行客观而人性的评价，就得进入他们生存的历史现场

---

① 钟晶晶：《空坟》，《中篇小说选刊》2004 年第 6 期。

和心灵现场，以一种同呼吸、共命运、心连心的姿势去体察他们，这样才会有最大可能的真实，也才是对他们人格和人性应有的尊重。就说三叔吧，他哥哥龙斋为革命壮烈牺牲，而他却做了汉奸，其实远不是这样。三叔在龙斋的带动和影响下投身革命，成为哥哥的好帮手。在龙斋媳妇隐藏家产后，三叔变卖自己的家产给哥哥干革命。去大烟馆和赌场打听消息，一是要花钱，二是可能会上烟瘾，没人愿意去，但三叔去了。哥哥被枪杀后，是他冒着生命危险抢回尸体下葬的。不幸的是，三叔被烟瘾销蚀，丧失了本性，成为大烟的奴隶，沦为汉奸。在历史的记忆里，在人们的心目中，三叔一切有关革命的举动都湮灭了，留下的只是一个“败类”形象，一个衬托他哥哥这样英雄人物的牺牲品。即便这样，三叔宁愿让所有的光芒都照耀在哥哥身上，一直没有说出真相。龙斋被美化，三叔被丑化，这都不是真实的他们。而当我们一旦真正认识了三叔，认识了这样一个无比真实的人时，我们还能对他嗤之以鼻吗？我们的心情是复杂的，如同三叔的情感和人性一样复杂。龙斋媳妇同样如此。称之为“龙斋媳妇”，没有自己的名字，就折射出她的不幸。在龙斋牺牲后，族人漠视她的存在，一点也不关心她日后的生活，避开她处理本该也是她的财产。她没有办法，才使出了假怀孕的下策。如果不是这样，是没人顾及她的死活的。要说她的人性扭曲，那也是外界力量的蛮横和残忍。

他们是一群远离我们传统意义历史的人，陌生而又可悲。他们没有进入历史，却真实而持久地生活着。他们参与和见证了历史，但他们的声音和身影最终如尘埃在历史的天空散尽，只存于一个个有血有肉的生命个体中，沉淀在民间丰腴而厚重的土壤里。这似乎又是历史的悲哀，民间的魅力所在。

的确，这部作品集“革命与人性、历史与真实、理想主义与家族传统”的主题于一身，在宏大的背景下，在英雄的炫目中，富有良心地回到历史和民间的现场。作者拨开历史的迷雾，勘察历史长河中几乎消失殆尽的脚印，倾听民间的声音，这才有了被历史抛弃的人物的不寻常的人生，才有了令我们深思和不得不感动的小人物的真情实感。

空坟，一座早已没有了烈士遗骸的空坟，看似是对世人的嘲弄，其实更深层次上是一种隐喻。我们分明感觉到，空空的坟中有着太多的内容，一种空无带来的是无比的丰富和充盈。这就如同我们回望历史一样，历史中总有许多的空白和真空，但就是在这空白和真空里，仍然飘游着细微却真实存在的尘埃。它们的质量很小，却有最高的密度。它们似乎微不足道，却跳动着生命的节律，凝聚最为饱满的人性。

2004 年 11 月 23 日

陈启文《太平土》：遭遇阉割的生命激情

乡土小说叙事常常是成于乡土语境的独特感染力，也败在难以挣脱乡土常势话语的桎梏。浓郁的乡土气息在突出作品个性的同时，也阻碍了作品穿透性的生长，束缚了印证人类生命共有体验的步伐。一部成熟的乡土小说应该能以乡土为出发点，引领我们进入更为广阔的精神世界，探求人类共同面临的困境。

在这个意义上说，陈启文的《太平土》[①] 显然有了突围的企图。人、牛、土地以及最具特色的乡村生活，我们走进了最为熟悉的乡村风景画，但我们体味到的却是人类共有的成长遭遇。小说的叙事以一个春天开始至另一个初春结束，这是人生长河的一个时间片段。当春天来到时，老农岳太平的心灵和生活正悄悄发生变化。他常常会像耕地一样翻起往日的记忆，走回年轻时代的生活。这种回忆其实是对人生不再辉煌的一种心理补偿，更是他的生命力正经受销蚀的必然结果。

岳太平仍同那逝去的一个又一个春天一样，以耕种的方式生活，与土地进行一种特殊的情感交流。春天，世上的一切都在苏醒，无数的激情在飞扬，然而岳太平却在生机盎然的春天，开始面临种种危机。这个春天因为岳太平的年龄到了一定程度，因为身边发生了一些事，因此显得特别，也就浓缩了他生命体验的精华部分，这种精华来自于生命的积淀。

与自已差不多大的方孝国，生命在萎缩，直至油尽灯灭。作为同龄人，方孝国曾是村长，占有过一个又一个女人，抢夺过岳太平家的好田地，这意味着他在村里的权力是至高无上的。方孝国的死，说明再强悍的生命也无法

---

① 陈启文：《太平土》，《小说精选》2005 年第 1 期。

敌过“时间”这个对手，这让岳太平意识到生命的脆弱，时间的无比强大。当一个生命，尤其是与自己一同成长的生命走到尽头时，对个体的震撼是巨大的。不但岳太平如此，这是每一个人的成长之痛。儿子日益勃发的野性是岳太平希望看到的，可他又从儿子的强壮中感受到了自己的日渐衰弱。

在同一个时间，一个生命结束了，另一个生命在昂扬，夹击着岳太平的心灵。其实人的生命就是在这种绕不开躲不过的夹击中快乐而又艰难前行的，这就是人生挥之不去的痛，是生命最本真的处境。

土地是岳太平生存之本，这不仅是说土地能够为岳太平提供生活的粮食，更重要的是他与土地有着天然的亲情。我们曾被无数的人与土地的亲密关系所感动，更敬仰农民之于土地的膜拜。像岳太平这样数十年与土地相伴的人，一旦失去土地，生命之根就将漂浮，一切就将不复存在。儿子在岳太平眼前长大，却总是有着与传统相悖的生活理念。儿子外出打工挣了钱，回到村里，办起砖瓦厂，村里的许多土地被他承包了，许多人正开始离开土地，以另一种姿态生活。乡村文化受到现代文明的浸染，一种有别于传统农耕文化的文化形态正在生成。儿子冲破旧文化，成为新文化的弄潮儿。如此一来，岳太平失去的不仅是土地，生活中少了的不仅是耕种，一种营养了他数十年的土地文化正在丧失。如果说方孝国的死和儿子的成熟是在警告岳太平生命的原动力是有限的，那么扑面而来的陌生文化，意在告诉岳太平，生命的精神支柱已在倒塌。岳太平的人生既承受着生命原始力量的折磨，又得与文化的力量进行搏杀。在这里，作者陈启文笔下的两个细节成了意蕴丰厚的隐喻。岳太平无意中被儿子所开的大卡车撞伤，腿断了；他的那头公牛又被儿子带人阉了。腿断了，无法行走；一头牛被阉，割去的不只是肉体上的某样东西，更有生命中的雄性和激情。在牛被一把刀阉了的同时，岳太平的激情也遭到了“文化”这把无形刀的阉割。土地由沉寂变为喧嚣，牛从狂野沦为安宁，岳太平的生命由躁动走向平静。我们不能简单地认为岳太平是个失败者，因为细细回味一下人类的成长，我们每一个个体的成长其实都与岳太平的命运相似。

在《太平土》中，我们体会不到乡土小说惯有的苦难，却触摸到人生之路遭到的种种伏击。面对自然和人为的双重进攻，人类在苦苦地对抗、挣扎，然而最后的命运将是激情的坠落和生命的灰飞烟灭。这是人类无法逾越的鸿沟，撕破不了的大限。不难看出《太平土》的叙述个性在于，以某一个人的某一段生活体验，折射人类相同的无奈，还在于让乡村小说的深厚性得到开掘。

2005 年 1 月 17 日

迟子建《第三地晚餐》：诗意的温暖与疼痛

在阅读迟子建的中篇小说《第三地晚餐》[①] 时，我始终感受到如潺潺溪流般的诗意。迟子建一直在追求个性化与中国古典美的结合，优美中略带丝丝伤感。我说的“优美”，不是指她描写的场景和制造的氛围，尽管这些的确美不胜收，也是当下文学中越来越缺失的，我在意她对母语美的张扬。一种古老的让我们骄傲的文字，像一个青春可人的少女和她脸上的那种微笑，可惜现在的汉语在一些作家笔下变成了老妇，没有活力，没有美感，就连沧桑也已不复存在。迟子建显然意识到了这一点，竭力想让迷途的羔羊找到回家的路。她的叙述和由此营造的意境，恰如东方女性那样美丽的内质。更重要的是，她善于关注两性相处，潜入一些表面上还算风光的人物的生存之中，探寻人性之诗意，这是一种融进疼痛的诗意。

应该说中篇小说《第三地晚餐》是体现她创作理想的又一力作，具备了其创作品质的所有元素。作为一名编辑，陈青并非我们一般意义上的小人物，她的生活似乎也离我们常常所说的底层人物生活有一定的距离。然而陈青的经历、状态以及由此而来的种种幸福与不如意，却又是普通人生存的映照。其实在我看来，文学的平民意识，为底层写作，并非就是写小人物，而是对普通人的普通状态的观照。陈青任职的报社因出于过度迎合大众低俗的口味而在改版，这使她感受到一份纯净在被混浊蚕食。她与丈夫因为沟通不畅等诸多因素，感情出现了裂痕。更为可怕的是，她周围的一切都在以扭曲的形式，对她日渐形成巨大的包围和压抑。应该说如此的外在氛围与她的内心是沿着同一种情绪在肆虐。父亲对另一个女人的欲望，使母亲处于不安和

① 迟子建：《第三地晚餐》，《中篇小说选刊》2006 年第 3 期。

幽愤之中；同事张灵和杜鹃对于爱情的淡化和玩世不恭，作为丈夫与前妻的女儿蒋宜云，沉溺于陈青的前男友的玩弄之中，陈青想加以劝化，却招来其不满；就连她认为最为老实的同事老于，也对一个年轻的女编辑怀有谗意。这位老编辑最后在所谓的生活下，乐于为人写有偿文章，人家请他吃饭，他也喜滋滋将剩菜打包带回家。在陈青看来，生活都错位了，欲望在像野草一样疯长，人们内心有种种的痛，肉体倒漂浮于坚实的大地之上，找不到方向。

可以说在这之中，有些是事实，也有些是陈青的误解。但不管如何，陈青实在是承受不住了，竭力要寻找一个出口。看得出，虽然她没有勇敢地抵抗，但也非绝对地逃离，她更多的是需要一次深呼吸，以另一种方式重温原有的生活。或者说她其实是试图摆脱现实的纠缠，在梦中实现自己的渴望。她离开熟悉的生活和人们，来到陌生之地，为陌生的男人做一次晚餐，这样的行为带有过多的象征意味。做晚餐是陈青认为的作为女人的幸福之事，这看似义务的举动，其实是她享受家庭温暖的一部分，而做的过程是她的情感传送和释放的过程。在她的家中为自己的男人做晚餐已经成为一种奢侈，那就到第三地去吧。令人心痛的是，陈青的丈夫马每文到第三地，并不像陈青想象的那样是与另一女人的缠绵，而是在让一个陌生的女人为他做晚餐。如果从女权主义的观念出发，陈青的举动是对女性解放和独立的背离，马每文则是难以舍弃男性之于女性的索取。可是生活与所谓的理论总难以握手言和。更深层次的是迟子建作为女性作家并没有趋从于两性关系上的二元律反，而是寻觅两性的和谐共美。小说中的人物在向往和走向第三地的同时，以不同的方式得到了醒悟，生活在苦痛和波澜之后，又回到了正常的轨道。也许生活比迟子建的小说更为复杂，更难以捉摸和掌控，但我们不能因此而怀疑迟子建的真诚、善良和努力。

由此我们可以看出，在迟子建心中本为物理概念的第三地，其内涵远远大于男性纵情幽会，有着人类对于生存尴尬过于诗化的想象。它在现实之中却又流连于我们的心灵之地。如果我们只是从现实中抽身去那遥远而梦幻的第三地，人生和生活将会堕落，很可能还会万劫不复，从而使原本的挣脱成为更深度的沦陷。

小说的结尾，陈青回到了生活之中，其他人也有了相应的归宿和行走路径，一切真是尘埃落定了，而我们的思考才刚刚上路。

2006 年 5 月 23 日

王坤红《新自由小姐》：浮华之下的虚脱

当下的作家不少，一年年的作品如潮涌，无论是作家人数，还是作品的数量，都是有史以来最多的。偏偏文学力量却一路下滑，到了有气无力的地步。个中的原因自然是多方面的，但作家放松自身要求，忽视文学素养的修炼，任由笔下如流水是很重要的因素。如草丛生的作品，要么囿于经验叙述，要么毫无底气地顺从低俗的阅读快感，因而也就无法生长出参天大树。文学缺少人文关怀，淡漠人生生存状态深层次的追问，无法诉求生命哲学和生存哲学的理性之光，从而出现了看似繁荣却了无生机的当代文学。绝大多数作家满足于讲故事，认为小说就是靠一个好的故事支撑的。这在中篇小说创作之中尤其如此。小说是需要一个好故事，但有了好故事未必就是好小说。王坤红的中篇小说《新自由小姐》① 就是如此，故事还说得过去，然而小说的内质荡然无存。

王坤红的《新自由小姐》表面上看起来叙述流畅，直面当下的现实生活，在一定程度上引发了读者轻松之下的阅读快感，然而如此轻盈的代价是，过于倾向人物活动的堆积，无法进入细节和心理的深度，人物形象模糊；叙述者对身边人物的嘲讽与对自身行为的道德不在场的认同，造成价值观念缺失。随意的情绪流动以及无质量的内核故事成为《新自由小姐》无可救药的硬伤。

作为中篇小说，《新自由小姐》出场的人物并不多，怎么算也没超过 10 个，人物关系也较为简单，这本可以为精雕细刻人物个性提供技术上的便利，但作者要么是无立起人物之用心，要么是不具备塑造人物之才能，在数

---

① 王坤红：《新自由小姐》，《大家》2007 年第 4 期。

万字的一个中篇中，居然没有一个可圈可点的人物形象，这不能不说是一种悲哀。欧阳当然是作品的第一号人物，着墨最多，也是叙述者笔下的新自由小姐。然而我们可以淡淡地记住欧阳生活中与几个男人的遭遇，却很难对她有深刻的印象。欧阳这个所谓的新自由小姐恰如一阵风从我们脸颊拂过，刚有些许的感觉，转瞬就了无痕迹。发生在她身上的故事很多，可在我们心里留不下她行为的一个细节。对于一篇小说，在阅读之后对人物没有记忆，这可能是小说最为可怕的事情。

兴许作者会辩解，如果每部小说都有一个前无古人后无来者的个性化人物，那么文学长廊恐怕人满为患，因为太多而化为虚无。假设真是为照顾大众记忆力的有限，考虑文学史只需由极个别的典型人物结构而成，那么我们可以退而求其次，《新自由小姐》到底要告诉我们什么？作者的创作理想何在？

很显然，作者也好，叙述者也罢，对于欧阳是不喜欢的，并竭力以某种自以为是的道德标准在持续高强度地谴责。欧阳第一次出现在我们面前是邀请叙述者“我”参加她的第四次婚礼，“我”立即迫不及待又直截了当地向我们主观化地表明她的蔑视。“我”的立场不在于婚姻质量，而只看重一个人婚姻的次数，计数成为她唯一的评判标准。在她看来，一个人一生只能结一次婚，否则这个人对生活就是不负责任的，人人得以讥讽，这样的观念和思维是极其可笑的。正是出于这样的心理，“我”对欧阳的每次婚姻的实质以及欧阳在这其中的伤害是不以为然的，甚至有意在消解欧阳的不幸。欧阳的第三次婚姻是与一位美学教授，我们可以隐约地感受欧阳对知识分子的崇拜与倾心。“我”却对欧阳这样近乎纯真的爱情观大加贬低，比如人家约会在野外在下三烂的饭馆，对“这份撇去了油分的爱情很是令我费解”。欧阳不再化妆，说脏话，抽烟，举止和打扮“活脱脱一个低眉顺眼的乡下小媳妇”。由此我们似乎可以看出“我”的爱情观的核心其实是物质性的，骨子里还有地位优越感的暗流，看不起所谓的乡下人。对于欧阳与教授的交往，“我”的叙述不厌其烦，时不时还跳出来发表观点，可当欧阳与教授婚姻破裂时，“我”倒是相当的省力，只说教授限制欧阳的开支，要欧阳生孩子，而当欧阳悄悄打掉孩子时，教授就断了欧阳的经济来源。欧阳的第四次婚姻是与一位 CEO，再次结束是因为 CEO 另有新欢。第五次是与一个残疾人，最后因为生意失败，丈夫又抽走了资金。五次婚姻之后，欧阳先是自杀未遂，后消失在众人的视线里。我们对欧阳的认知只局限于她每次对爱情对婚姻都抱有极大的希望，并为之努力地改变自己；而每一次婚姻的失败，有她的过失，但她同时又是一个受害者。她爱虚荣，可也很天真；她有功利之心，但也不缺精神的饱满。她实质上是一个极为复杂化的人物，已经具备了人性丰盈的基础。可惜这样的复杂化被作者糟蹋了，至少是忽视了。作者无法让我们从欧阳的生活呈现中走入她的内心，更无法提取欧阳性格和精神世界中的内质，一切都是浅显的、朦胧的，看似张扬的叙述之下其实是虚脱的、混乱的，没有力度和深度。

作者与叙述者的关系是不确定的，有替代性，也有完全分离的。在《新自由小姐》中，我以为作者与叙述者是替代性的关系，至少作者是站在叙述者“我”的立场之上的。这本身无可非议，但作者所表露出的价值观和道德观却令我们十分地失望。失望来自于观点的不明晰和评判的标准不同等，始终处于游离和分化状态。“我”一方面对欧阳这位密友冷嘲热讽，一方面又为自己比欧阳还过的行为开脱。“我”有清高，但为了生存，为了多做些生意，最终也与男人达成了身体与金钱交换的利益关系。为此，她并无多少的羞愧，只归咎于现实的残酷、生活的无奈，似乎一切都是外在强加的，而非自己选择的。“我”可以如此地把玩道德的两面性，可以五十步笑百步，可作者是不可以的。换句话说，“我”有这样的权利，而作家不能有。

面对本质相同的欲望，作家却浑然不知，更没有详加考量，沉醉于感性的不加节制又不注重本质的叙述。自身的眼光是飘忽的，内心是轻浮的，从而使作品给人的感觉是一头雾水，不知所云。我们只能感知到作者一味追求叙述的快感，却不关心人物的命运，更无意为人物提供突围之道。为人类生存困境提供精神上的诉求，是文学不可缺失的责任。可在《新自由小姐》之中，这一种责任荡然无存，这其实也是当下文学失重的共同症状。从另一角度而言，如果非要说《新自由小姐》有什么贡献的话，那就是为如今众多只满于飞翔而没有重量的文学作品又增加了一篇。

是的，我们看到了作者借助《新自由小姐》飞翔，姿势好像还有些洒脱，但在我们心里真的留不下什么。对于小说，这让我们司空见惯；对于作者，这让我们有比遗憾和失望更为痛心的感觉。

2007 年 11 月 2 日

王凯《时间的河流》：军人成长的文化质感

王凯的中篇小说《时间的河流》[1] 勇敢而自信地面对当下军人生存状态，抵近军人人性深处和内心隐秘。在叙述爱情生活表层之下，关注的是军人经受多种文化滋养与挤压、向往与坚守的心路历程，因而我以为这是篇足可以令我们欣喜的有关军人成长的小说。

《时间的河流》外结构和内结构都相当地富有隐喻，显示了作家对作品结构独特的理解和艺术性的运用。以日记体的形式叙述在现在和过去两个时段交替展开，空间也随之移换。语感语境、人物的内心世界以及生活的态势都与时空的转换进行着和谐的互动，沙漠腹地的军官段鸿声在陈燕和李晓芳两个女性中选择自己的爱情。陈燕是军人的遗孀，又是职业军人，性格温婉，情感内敛，身上集聚了军人特有的美。李晓芳则是都市的化身，现代气息浓郁，处处闪现潮流文化的光影。一边是陈燕清苦的生活，如大姐般的亲情，近乎冷漠的态度，有意疏远的言行；一边是李晓芳现代性的生活，过于外化的青春激情，炽热的追逐。一冷一热，体现出情感的不同流动方式，具有不同的美感。就美貌与物质基础而言，李晓芳更比陈燕有着无可比拟的优势。从中我们可以延伸出许多解读意象，但作者重在表达文化对于人的影响。两位女性，两种情感的支点，两种生活的气象，代表着两种文化。与其说段鸿声是在选择爱情，还不如说是在清理自己的文化理想，透视内心的文化渴求。他的选择是成长的过程，成长之痛其实是文化之痛。

我很愿意将《时间的河流》看作一部文化之于人的军人成长的小说，敏锐地触及到传统文化与当代文化、区间性文化与社会性文化对于人的成长的

---

① 王凯：《时间的河流》，《西南军事文学》2007 年第 3 期。

多方向的力量。我们清楚地看到段鸿声的迷茫、困惑和左右为难，时常处于一种焦虑的状态。这是文化之于人成长的力量，同时也是当下军人生活态势的强反射。小说以段鸿声陷于爱情的两难境地为主线，铺陈军人日常化的生活。我们欣赏作者进入迥然不同的两种生活的顺畅和真切，有很强的写实性。整个文本呈现出新鲜之美感，与当下的生活环境较为吻合。小说语言平实，清灵通透，又具有现代性、时尚性的质地。自信而精细的叙述，有着浓烈的生活气息，叙述如河水一样，时而平缓，时而激荡，将两种不同环境、不同文化浸染之下的生活表现得细腻而到位。段鸿声往返于营门与城门、沙漠与都市，看似自如，内心却有隐隐的苦痛。他在营区里时常有不协调的举动，有一些有违军营常规的行为；而走入都市，他更加的不适应，根本无法与人有正常的交流。然而回到内心深处，他渐渐地发觉，营区才是肉身和灵魂的栖息之地，军营文化才是他成长的温馨港湾。我们可以很轻易地感受到，他在营区里的如鱼得水，在都市里的郁闷。军营生活有如沙漠样无常，他经常会受到指责，但他是那样的快乐。在现代感极强的人群中，物质是那样的充裕，生活的形式是那样的丰富，可在快乐的歌声和笑声中，他体味的是虚空与压抑。对于军营文化冲突性的接受和对于都市文化渴望性的拒绝，成为他面临一切时最真的态度。虽然这其中有彷徨，有不解，有一时难以化解的矛盾，但最终他清醒地意识到，流淌于他血脉中的文化需要的是什么。是的，他的选择是那样的艰难，是那样的反反复复，直到再也无法拖延下去的最后时刻，他才彻底洞察并坚定了内心的向往。他的这种近似迷茫、左右为难的漫长挣扎，从一个侧面展现了人们淹没于种种文化之中的呼吸的艰辛与不安。

即使我们对段鸿声的抉择持有疑义甚至抵触，但我们丝毫不能否认，他的心路历程，是如今军人所面临的生存考验的印迹，也是处于多元文化涌动下人类生存的一种叙述，一个缩影。从这一意义上，《时间的河流》已经从单纯的军旅题材，从日常性的爱情生活隐含了某种形而上的意味，通达了文学对于人类生活普通意义的观照。

2008 年 1 月 8 日

鲁迅《阿Q正传》：作为闯入者的阿Q

鲁迅的《阿Q正传》[1]在中国文学史上的地位不言而喻，阿Q这一人物形象巨大而深远的影响力，在文学长廊里也难以找出一个可以相提并论的。阿Q及其精神胜利法跨越时空，与我们的现实生活实行无缝对接，一直活泛于我们心中和身边，平常得就像我们的左邻右舍乡里乡亲。然而就其本质而言，阿Q却是个另类人物，与周围的一切格格不入，而这样的另类都缘于他不是未庄人。

对于未庄而言，阿Q是一个闯入者。

阿Q出身何处无人得知，来未庄前的经历也仿佛真空一般，他就像一片树叶在某一天突然从空中飘落到未庄。不是土生土长的未庄人，那么阿Q与未庄没有任何血统亲缘关系。在中国文化伦理中，外乡人永远只是外乡人，永远不可能与本土人真正融合。即使是相处得很好，甚至下代人与本乡人攀上了亲，可真到了要分出个所以然时，乡村一点也不含糊，把看似已经与村子结为一体的外乡人排除在外。乡村血统是条无法逾越的界河，也可能是其最为本质性所在。乡村血统有血亲品质，但更坚实的是文化。鲜明个性的传统、精神以及繁杂而丰富的风俗人情，一同建构着一座乡村。这是一个相对独立的世界，一个可以自给自足的文化体。

“阿Q没有家，住在未庄的土谷祠里；也没有固定的职业，只给人家做短工，割麦便割麦，舂米便舂米，撑船便撑船。工作略久长时，他也或住在临时主人的家里，但一完就走。”在未庄人眼里，阿Q是一件工具。土谷祠是祭谷子的地方，让阿Q住在那儿，也就说明未庄人看重的是他如粮食一样

---

① 鲁迅：《阿Q正传》，花城出版社，2009年版。

物质性的作用。

阿Q这样的工具其实远不如未庄人手中的锄头或耕地的牛，给他一个容身之地，是为了叫他做活方便，就像把锄头磨快了好锄草利索些，给牛喂饱是让它有力气耕地。可对不用的锄头，未庄人会保管得很好；平常对牛呵护得很，怜爱得很。对阿Q就不这样了，用他的“癞”取笑他。他稍有不满，便对他拳脚相加，末了还要他自取其辱：“阿Q，这不是儿子打老子，是人打畜生。自己说：人打畜生！”畜生是骂人的话，指向于人性丧失与畜生无异。阿Q的言行并无太多的下流无耻，在这一点未庄人不至于把他与畜生等而视之。阿Q的作用与自家的畜生一样的，干活呗！在未庄人看来，从功能上说，对于生活的帮助，阿Q也就是这样一头畜生。

阿Q与赵家攀本家，虽然遭了一顿打，但让未庄人有些紧张，生怕阿Q真是赵家的本家。要是如此，那么阿Q与赵家就有血亲，自然也就是未庄人。阿Q没有变，变的是未庄人对阿Q的角色认同。一旦觉得阿Q是未庄人，那么阿Q再有毛病，乡亲们也多多少少会善待他的。何况他与赵家扯上关系，更要高看一眼。有一阵子，未庄人对阿Q客气多了。

日子长了，人们淡忘了这件事后，阿Q姓赵这事也就被未庄人抛在脑后，那他又成了地道的外乡人。

我们见到阿Q时，除了在他住的土谷祠，基本上就是在大街、酒馆和赌场，这些地方都是公共场所。而去人家家里打工做活，尽管有时是住在人家家里，但阿Q这人是不存在的，只是一件工具，当然不可能参与未庄人的家庭活动。他在赵家不好好干活，要与吴妈困觉，被打了；他去钱府，也与干活无关，是要革命，被骂出来了，如果不是跑得快，哭丧棒也会打到他。这意味着阿Q只能是在未庄人家门外打转转，未庄人家里都不会容下他这个叫阿Q的人的。要不然，他的下场只有讨骂找打。

我们同样几乎看不到未庄普通百姓与阿Q的接触，“只是有一回，有一个老头子颂扬说：‘阿Q真能做！’”在乡村，老头子是长者，虽然这样的颂扬分不清是正话还是反话，但也算是代表未庄人给阿Q打工做活下的这样的评语，只是指向阿Q的工具角色，与作为人的阿Q一点关系也没有。也就是说，未庄人看不到作为人的阿Q，或者是根本不把阿Q当人看。在他们看来，阿Q到未庄来，只是做活的，也只允许做活的阿Q待在未庄。

阿Q从城里弄回来一些布料衣服后，邹七嫂等人与他打过交道，而且还是主动围上去的。赵太爷命阿Q进府，也是为了买些便宜货。同样，这其实与阿Q这个人是没什么瓜葛的，他们看重的是阿Q手里的东西。这时候的阿Q与走村串户的货郎没什么分别，与那个打工做活的工具角色的阿Q在本质上是一致的。

真正与阿Q打交道的是未庄的闲人们。在乡村，闲人是不受乡亲们待见的，被认为是乡村的多余人。说是闲人，其实在乡村人眼里就是二流子，他们常常是挑战乡村传统的好事者，是败坏乡村形象的捣乱者。乡村人之所以能容忍他们，只是出于不看僧面看佛面，因为他们有乡村的血统。可乡村人已经在心中把他们驱赶出去了，至少认为他们是乡村的耻辱，极少愿意承认他们是本村人。闲人知道他们在乡里乡亲那儿的印象，平常也就不怎么与乡村人多打交道，只和他们是一类的人掺和在一起。阿Q基本上和他们是一类人，只不过他比闲人们能干活，做不到真正的游走好闲。这其实让闲人们很恼火，一个外乡人，一个同样不受乡亲们待见的人，应该是和他们一样的，可这小子偏偏还走东家串西家地打工。再加上闲人们越是遭乡亲们的白眼冷语，越是觉得乡村几乎不把他们当本村人了，便会处处要表现出自己是本乡本土的人。这样一来，他们对阿Q就会更加地厌恶，取笑、打骂也就是家常便饭了。是啊，这是人的本性。比如什么样的城里人最讨厌乡下人？多数情况下是那些从乡村进入城市便扎下根的，他们以讨厌乡下人的方法来划清界限，从而强调他们的城市人身份，这是一种异化的排外心理。

其实阿Q也从没有把自己当未庄人，他知道他这个外乡人在未庄人心中是没有地位的。不到万不得已，他是不会与未庄人对抗的，他清楚自己面前站着一个未庄人，其身后是所有的未庄人。如果他真要与未庄的某个人有纠葛，那么全未庄人都会站在他的对立面。

吴妈是赵太爷家的女仆。富人家请女仆一般是十分讲究的，基本都是知根知底的本乡本土人。吴妈吃住在赵家，算得上是赵家人了。听听吴妈开口一个“我们的少奶奶”，闭口一个“我们的少奶奶”，就知道吴妈已经把自己当作了赵家的一员了。是赵家人，当然也就是未庄人了。阿Q想和吴妈困觉，言语间有些直白，但是跪着说的，态度还是虔诚的，更没有出格的动作，但他遭受的惩罚是巨大的。赵家自然不必说了，随后酒店不给他赊欠，管土谷祠的老头生出赶他走的心思，再也没有人叫他打工了，也就是说全未庄人都在惩罚他。原因十分地简单，他一个外乡人调戏吴妈，就是与全村人作对。

他从不敢与未庄人争斗。小D和小尼姑就不一样了，阿Q敢和他们叫劲，主动挑衅。他和小D打架，调戏小尼姑，未庄人在一旁看笑话，没人来劝解。倘若小D或小尼姑是未庄人，总是有个把沾亲带故的，那么这时候就会有亲人哪怕是本家人上来帮忙。没有！由此可见，小D和小尼姑也不是未庄人。

阿Q不是未庄人，也不是城里人。他常去城里，但在城里待上一段时间，他还是要回到未庄的。他对城里人也不满，其背后是他同样融入不了城里，城里人如同未庄人一样抵抗他的加入。对于城里人而言，阿Q同样是一个闯入者。

阿Q其实是一个被所有文化抛弃的人，看似能在不同的文化空间游走，但总无法真正进入其中，所有的文化群体也会拒之于他。他是各个世界的边缘人，又遭受着不同文化力量的排斥和挤压。不要说是未庄和城里，即使是他重新回到他那我们无法得知的故乡，故乡也会把他拒之门外的，曾经血浓于水的乡亲，也会不由自主把他当作外人。离开故乡在外漂泊的人，都与阿Q有着同样的处境。过去如此，现在如此，在可见的未来，依然如此。我们一旦挣脱故乡的怀抱，那么注定将是永远的漂泊。我们心中有故乡，对故乡怀有深深的眷恋，情真意切地认为我们是永远属于故乡的，可是故乡已经把我们除名，最多只把我们看作曾经是故乡的一员。漂泊者注定是孤独的。阿Q是孤独的，所有离开乡村、离开自己成长家园的人们都是孤独的。我们回望故乡，在梦中亲近故乡的山水庄稼，以文字的方式回到故乡，所有这一切都只是为了怀念。我们试图以这样的形式从现实中脱身，想象着与故乡拥抱，这是与现实角斗的方法。

阿Q深知自己的处境，但没有选择在虚幻中回到故乡，而是总想加入到某一个圈子中，让自己可以安身立命，逃离四面受敌的煎熬。所有与阿Q一样的漂泊者，都有这样的冲动和实在的行为。进一步说，这大概是人类共有的生存状态。往小一些说，我们探头探脑地窥视这世上的一个又一个圈子，想尽一切办法企图成为某个圈子的圈中人。往大一些说，文化与文化之间总是闯入与防守的关系，彼此又具有双重角色，既想坚守自身的文化生命，又想闯入他者文化的空间。

阿Q这种力图想进入某一文化空间的欲望，赵太爷是清楚的。阿Q在城里得了一些衣物回到未庄后，赵太爷想向他买些东西时说的第一句话就是："阿Q，听说你在外面发了财。"赵太爷抓住了阿Q的软肋，在未庄说"外面"，就等于把阿Q纳入未庄，宣称未庄接受了阿Q，这是我们最为常见的套近乎。

阿Q想参加革命，其实也是想成为某一类文化中的人。他对革命本身并没有兴趣，因而他根本谈不上是不是革命者，更不用说是不是完全的或真正的革命者。他痛恨革命者，是因为革命者对他产生了威胁，同样是一股挤压他生存的力量。他想当革命者，也只是看到了革命者可以顺利地进入未庄这样的力量。只可惜对于革命者而言，他同样是个闯入者。对此，他是极不服气的。当他被误当成打劫赵家的强盗被抓后，他反复抱怨的就是那帮人没有叫他。就连打家劫舍的都不愿意接受他，这让他十分地恼火和沮丧。这样说来，阿Q是一个被所有世界抛弃的人。

阿Q是个有思想的人。那浸润浓厚哲学品质的"精神胜利法"在被人们讥讽的同时，又被奉为应对生活的"葵花宝典"，流传至今，还必将延续下去，这已经是众所周知的了。

阿Q骨子里还是传统的，生命里沉淀的是本土文化。假洋鬼子已经披上了西方文化的外衣，是本土文化的背叛者，更是打着西方文化的旗号在本土招摇撞骗的人，所以他特别痛恨假鬼子。这实际上也增添了他对未庄人的不满，不管怎么说，他还是中国文化的坚守者，可未庄人看不到这一点，对他比对假洋鬼子还看不上眼。在这里，阿Q认为自己与未庄人有着同样的文化性情，而假鬼子是另类人，是未庄真正应该拒绝的人。他忘记了一点，支撑乡村世界的，除了传统文化，血亲也尤为重要。更为准确地说，血亲是最根本的。没有血缘关系，你与未庄文化再相通，未庄人也是不认你的。假洋鬼子再假，他与未庄有着天然的血亲啊！

阿Q的传统思想爆发出来的力量是惊人的。“不孝有三，无后为大”的文化因子被激活后，他就做了惊人之举。一直以来，人们总是说阿Q调戏了吴妈。可在我看来，这对阿Q是不公平的。我们可以假设一下，如果阿Q跪着对吴妈说：“你嫁给我吧！”那该是一个真诚的求婚者吧。他的不对之处是说了“我和你困觉”，他将婚姻中传宗接代的这一实质过于直接化，且不加掩饰地表露出来。他没有考虑未庄人的语境，没有学会以最为妥当的方式表白自己。我们可以不认为他勇敢，他错在只是没有以未庄人的言说方式向吴妈求婚，只顾着自己心里怎么想的，就怎么说出来了。要我说，与那些满嘴仁义道德，暗地里男盗女娼的人相比，阿Q是诚实的、透明的。当然，这也恰恰说明阿Q与未庄人是有区别的。

其实阿Q内心也是一个完整的世界，只是他的思想不是未庄式的，也非革命者式的。细究起来，阿Q是一个以中国传统文化为根基，杂合了许多时代性的甚至是超时代的思想。当然，他这样的文化体是混浊的，变数太大。从这个意义上说，阿Q映射了当时社会的许多人，可能还指涉了那个时代多种文化的生成、变幻与弥漫。

阿Q虽说是一个外乡人，怀揣的是外来文化，但如果他有强势之力，那么还是可以至少表面上让未庄人接受他的。假洋鬼子是个例证。阿Q有了人家想要的东西，做过小偷了，想革命了，这些都是力量的体现。每到这样的时候，未庄人都会让他三分敬他三分，表现得像一家人似的。

只可惜阿Q的力量是渺小的，不足对未庄产生大的影响，只能是如石子一样在未庄这条河溅起一些小小的水花。无论是一种新生力量，还是一种外来文化，如果像阿Q这样的软弱无力，那么其命运终将会与阿Q一样。

未庄是一个有着自身文化、相对封闭的世界，就如一个圆一样。圆是地理性的，更是文化性的。《说文》说：“圆，全也。”《吕览审时》说：“圆乃丰满也。”《康熙字典》说，“圆即圆满、周全、完备等之意”。圆性品质是中国乡村的文化核心，进而也是中国文化的肌理。阿Q的进入，破坏了这圆的完整性，那么Q就极具象征意味。一个O因为他的闯入，便成了Q。阿Q就是O上的那一撇，闯入了，但没有完全地进入。阿Q肉身的离开，就像将Q上的那一小撇抽去一样，只是曾经受过干扰的未庄再也不可能回复到昔日的宁静与周圆。阿Q的肉身是没有这样的力量的，真正波动未庄的是作为文化体的阿Q。遭受了外来文化侵蚀的未庄，再也不可能是以前的那个未庄。因而阿Q最后的那个圆总是无法再画圆画合缝了。当然，何止是未庄，未庄只是一个缩影，一个代表而已。

未庄，当是未来的村庄吧。

当我们认同阿Q是一个闯入者，未庄不只是一个村庄时，《阿Q正传》的内涵应当更为饱满，由此指向的鲁迅的精神世界和文化叙事自然也更为丰富。

如此一来，《阿Q正传》的象征意味不由得不令我们震撼。

2008年6月20日

萧红《生死场》：书写巨大的隐喻

萧红的中篇小说《生死场》① 的确具备一部好作品的品质，经得住岁月的淘洗，富有历久弥新的内蕴。重读《生死场》，读出了萧红的纠结，读出了《生死场》新的意味。

《生死场》中对于乡村景物的描写飘逸着诗性之美，萧红以她特有的细腻和源于生命的体验，叙写从容，用情极深……作品中的一草一木，哪怕是一只山羊、一匹马、一畦菜圃、一枚树叶、一声蛙鸣，都浸透着萧红的万般柔情。精细的工笔描摹中流露出纯美的诗意，为我们展现了一幅幅自然而充满活力的乡村美景。这其中有萧红远离故土漂泊尘世的深情回望，笔端蘸满乡愁，思念最终化作了一行行文字。与之形成鲜明对比的是，生活于这片土地上的人们，形容污浊，境况凄惨。大自然在自由地生长、繁荣和轮回，而人们却无法左右自己的人生。世世代代生活在这片土地上的人们，内心其实并不复杂，对生活的需求也很简单，只是希望可以过着平平常常的日子。应该说他们的期望值并不高，潜于他们生命深处的是与大自然一样纯真的心灵。他们依土地而生，接受土地的馈赠与熏染，那么他们的生活当与大地一样，可以自由而快乐地歌唱。可是在自然的天堂里，他们却过着地狱般的生活。这巨大的反差，是引导我们深入思考的进口。或许这才是萧红纵情写景的意旨所在，也是这部作品极具魅力之处。

呈现人们的生活情状，目的不在于撕开伤疤，漠然地让鲜血流淌，任凭呻吟随处飘荡。萧红试图追问人们凄苦困顿的缘由。小金枝来到人家才够一个月，就被爹爹摔死了；金枝受男人所虐待，生不如死；男人们则在外来侵

① 萧红：《生死场》，长江文艺出版社，2009 年版。

扰中，陷入绝境。生命不再是内心力量的涌动，而饱受外在力量的扭曲与蹂躏。或许萧红是在说，人在外部力量打击下失去了自我，失去了尊严，失去了自主生活的权利，便失去了一切。用今天的话说，就是“被生活”。

人被美景囚禁，这是一个巨大的隐喻。这与当下人们的生存状态有着某种共性话语。物质越来越丰富，世界的色彩越来越炫，可我们的内心却空洞无物，灵魂在苍白地游走。

冲破牢笼，追求自由，是人的天性。萧红以行走的方式寻觅向往的生活，《生死场》中的人们也在挣扎。

王婆需要解脱，便以自杀来实现自己的梦想，卸下肉体与心灵那些沉重的包袱。只是在这个生死场上，许多人轻易地就丢掉了性命，而她这位饱受磨难的老妇人的自杀却意外地失败了。生之艰辛，死亦难求，王婆连死的权利都没有了。

金枝选择的是出走，这样的姿态是被动性的，至少缺少更为积极的反抗力。出走，其实就是逃离。离开土地，离开家乡，只身进入都市，然而她却遭受了更大的屈辱。那就远离红尘吧，“金枝又走向哪里去？她想出家庙庵早已空了”，金枝居然无处可逃，当然，她也应该无处可逃，毕竟逃避是无力于生活的。王婆是在逃避，金枝也在逃避。显然萧红是传达一种信息，这就是女性最大的抗争力量似乎只局限于逃避，而逃避最终不会有任何的成效。我们只能看到金枝那茫然的目光和无助的叹息，无法知道她将会走向何处。而复活的王婆似乎开始重生，加入了直接的斗争行列。她的身影是渺小的，行为是轻微的，但至少是在以自己的方式和力量与这个世界在有力地对话。置之死地而后生，在王婆身上得到了最好的印证。

作品的第一部分《麦场》主要叙述了二里半找羊。因为丢了羊，这个男人性情大变，生活变得一团糟。这与其说是铺陈生活的细节，饱满作品的生活质感，还不如说是萧红在不动声色地表达羊之于二里半的重要，羊是他生活的支柱，是他的生命之根。在这里，羊是一个需要我们极度重视的象征。

二里半也是要抗争的，而且决心极大，因为他可以舍弃生命中最重要的东西——羊。这是真正意义上的绝地反击，抛开现有的一切，毅然上路。与羊的告别是他最鲜明的出征仪式，悲壮的情绪弥漫在空中。王婆和金枝未能如愿，二里半的命运将会如何，萧红没有明示，只是在小说的结尾这样写道："二里半不健全的腿颠跌着颠跌着，远了！模糊了！山岗和树林，渐去渐远。羊声在遥远处伴着老赵三茫然的嘶鸣。"身后的故乡成为一种记忆，一切美好似乎都已隐去，二里半只是带着"茫然的嘶鸣"去开拓新的人生，大有壮士去兮不复返的壮烈。忧郁浮在表面，内在的却是萧红对于二里半的钦佩和崇敬。

二里半目睹了王婆和金枝等人的命运，似乎悟出了彻底改变人生需要付出的代价，参透出斗争必须是放下一切，轻装上阵，这需要具备莫大的勇气。对于乡村人，这是最难走出的一步，但可能也是非得跨越的。从这个意义上说，萧红是以《生死场》在诉说自己对于人生的理解，意图在提示陷于苦难中的人们，无论是自救，还是投入到集体性的抗争之中，舍弃是必然的。找准人生的症结，瞄准前行的方向，放手一搏，也唯有挺身而出，与压制生命的力量进行角力，才有可能转危为安，迎来灿烂的人生。这对人生的意义已经远远超越了时代、阶级和民族的领域，触及了人类普遍性的生存法则。

重读《生死场》是一次意外的旅行，但对于人生而言，广义上的生死场是永久存在的，伴随人类是永恒的探究。

2010年12月30日

徐坤《地球好身影》：叙述狂欢中严肃的现实批判

在第一时间书写现实生活，这对作家是相当大的考验，或与生活面对面，束缚想象力；或迷醉于生活中，无法抽身冷静思考；或缺乏对生活的快速捕捉和深度探测，因而大多数作家不轻易触碰当下生活，也鲜有作家能在实时生活题材方面有高品质的作品。徐坤是个例外，他是一位相当接地气的作家，叙述当下生活，有着独到的敏锐与深刻。

就像当年的《狗日的足球》一样，《地球好身影》① 以关注现实中的重大事件，展开日常化的生活叙事。或许在政治、时事、社会和生活等方面诸如“十大事件”之类的榜单中，选秀很难上榜，然而我们又不得不承认，铺天盖地、全民参加的各种选秀活动不但是生活中的大事件，而且浓重地影响着我们的日常生活，改变了许多人的命运，甚至影响了一个时代。这似乎有点“大象无形”、“润物细无声”的意思。与其说徐坤虚拟了一个选秀故事，还不如说将现实中的选秀活动进行了适度的抽取与重构，还原了生活的虚浮与苍白。

“我”来自小县城里，一个才艺平平的女孩，在母亲的陪同和全力支持之下，意欲通过“地球好身影”选秀活动一举成名。“我”母亲变卖了家产来疏通关系，虽然其间有些曲折，但“我”最后还是出人意料地获得了“地球好身影”的冠军。真正有意味的是“我”成了冠军，在老家的县乡村大受追捧，但并没有成为大红大紫的明星。梦想成真之时也是梦想破灭之时，“我”只能回到原先的生活，自信地重做自己。“那时的我，面对世界，还有

---

① 徐坤：《地球好身影》，《北京文学》2013 年第 2 期。

许多战战兢兢的爱、强烈的欲望和梦想；现在，当我身无一物，带着不光彩得来的荣誉、有如胸口戴着巨大的红字走上台时，我却做到了。我做到了目空一切，心如止水。我做到了用更辛苦的劳作，勤勤奋奋的打工，洗身，赎罪，彻底埋葬一个虚假的桂冠带给我的人生羞辱。”就在“我”平实地生活时，却得到了意外的收获。“我”受到法国人萨科奇的青睐，最终成了他的第三任妻子，并荣升模特公司的头牌。这所谓的成功有些世俗，却是“我”最初要追求的。经历世事回到起点后，反而在无意间抵达成功的高点，这是一个可以多层次解读的结尾。徐坤在看似随意间让作品变得辽阔旷达，给予人生深度的思考，使作品在轻松中显得厚重。

显然，徐坤的重心不在于讲一个什么样的故事，而是用力于如何把一个故事叙述好。当下，现实题材的小说往往用心于寻找一个与众不同的人物或故事，求助于题材的独特性，然而因为过于沉湎于故事层面的滑动，忽略了叙述的策略与力度，丧失了好小说所应有的品质。好的小说需要讲一个好故事，更注重如何把一个故事讲好。徐坤把一个庸常的故事讲得风生水起，意味十足，展示了她的叙述功力，更验证了小说叙事中“叙”的力量。徐坤恣肆行文，大大咧咧，戏谑与反讽的表情随处可见。这是一部畅快淋漓的作品，可以让人一路飞奔地阅读。然而细细品读，我们会发现小说的密度很大，动用了“混搭”这一生活流行手法，杂糅进时下众多的时尚元素、语言和事件。信手采摘之下，是徐坤对生活的熟稔和对艺术的掌控。徐坤在表象的狂欢中蛰伏着冷峻的智性，处处是暗流涌动的机锋。让我们可以狂奔，也可以驻足细品。这样的叙事暗合了当下的社会心理结构，与我们的脚步与灵魂同频共振。作品内外不同的两种叙事节奏，既独自前行，又相互映衬，成就了这样既可以速读又经得往细品的作品。巨大的信息量，无处不在的指代和隐喻，让《地球好身影》完全可以称得上这个时代的百科全书。徐坤的叙述考验着我们对这个时代的了解，不具备相当的生活视野，我们就无法真切而完全地察觉个中滋味。比如“我”娘打点的那个人是首长的大秘，名叫“元芳”；有本杂志叫《知阴》，有个心理医生叫“白谷狗”；比如“南来北往访客不断，七手八脚朝拜不绝，把家里的萝卜叶子树叶子撸没了……”或许若千年之后的读者再阅读这部作品会需要辅以很多注释，甚至注释的文字要超过作品本身的字数，才能看明白，读尽兴。

《地球好身影》是个巨大的话语场，书写着这个时代的喧嚣与斑驳，释放着夸张、荒诞的阅读快感。走入其间，我们像是在看一部闹剧。然而返身回味，我们才发现徐坤并没有夸张的姿势，那些让我们或嘲笑或惊讶或难以置信的言语与细节，其实就在我们生活之中，就在我们身边。比如那些网络词语，其实无时无处不荡漾在我们唇齿之间；那些人那些事，我们随处可遇，或许自己就有类似的体验。在从阅读快感的高潮回到平常之后，我们会发现，徐坤所描述的一切，一点也不夸张，丝毫也不荒诞。或许我们每个人还可以帮助徐坤再添加一些猛料，再让一些生活中的荒诞作品以真实的面目呈现。潜伏于生活中的元神，成为徐坤叙事的命脉。

原本日常化的生活，经由徐坤的叙述，让我们有陌生的熟悉，有熟悉的陌生，让我们成为喜剧和闹剧的忠诚观众，我们在不知不觉中成为自己的看客。我们在阅读中放声大笑，讥笑“我”这个小丑和她的生活，徐坤却在我们背后捂嘴偷乐。这才是徐坤的反讽力点之所在，也是《地球好身影》最具力量之处。由此，徐坤也以自己外在狂欢的叙述实现了作品内里最为严肃的现实批判。

2013 年 3 月 24 日

刘醒龙《黑夜守望》：人性的温暖在乡村伦理中绵延

乡村伦理如同乡村大地一样，正在日渐遭受践踏蹂躏，或荒芜或异化的形容比比皆是。有关乡村伦理的叙述也呈现出两个极端的态势，或虚无地回味曾经的纯净与饱满，或凄怆地控诉当下的混浊与肮脏。或许在某种程度上，乡村生活伦理和乡村叙事伦理都出现了问题。刘醒龙的中篇小说《黑夜守望》① 则悄然进入乡村内部，在生活形态和精神面容上最大限度接近乡村呼吸中的一缕气息。刘醒龙以自己的敏感和真诚探寻隐秘于嘈杂之中的乡村伦理的星星火苗，这火苗在黑夜中是那样的微弱，但依然燃烧着温暖的力量。在悲凉的挽歌中，坚挺着希望的吟咏。

《黑夜守望》的主线是儿子陈东风与父亲陈老小的故事，甚至可以说是有关陈老小一生的缩微叙事。小说的独特之处在于陈老小因病已经躺在床上，静静地等待死神的来临，没有动作，没有言语。儿子陈东风、方月的母亲、陈万勤等人的叙说和回忆勾画出陈老小平常而又让人铭记在心的人生。中国人素有“盖棺定论”之说，而陈老小是在生与死的临界点接受着人们的评判，人们以真挚的心意敬重、挽留和惋惜陈老小。这里面有乡亲们至纯的朴素情感，更说明在乡亲们心里，陈老小的确是个值得尊敬和佩服的好人。陈老小是一代乡村人的缩影，也是我们赖以生存的纯美文明日益远去的背影。

方月的母亲与陈老小有着隐秘的情感，这是一份只潜在内心的情感，如同春风下刚冒出泥土的细芽上的茸毛，在阳光下晶莹剔透，柔软中充满生命的张力。双方彼此都有爱意，但都只是心河中的暗流，只限于精神上的交流。

---

① 刘醒龙：《黑夜守望》，《中篇小说选刊》2013 年第 2 期。

方月的母亲对自家男人更为质朴，只为他不打她，只因为他离开她便活不成。责任和道义没有引吭高歌，只低调地融于日常生活之中，爱情经过婚姻的润泽已经转化为亲情。这样的爱有些许的伤感，但更多的是大美、纯洁与神圣。陈老小在中年丧妻后，一定是动过与方月的母亲走到一起的念头的，一次酒后他对方月的父亲说：“我要是图省力，就将你老婆拐跑了，天涯海角地过逍遥日子，可那样做太没有意思了。”面对陈老小的坦诚，方月的父亲对陈老小是敬大于恨，虽然有些小心眼，有时会自觉不自觉地加以防范，但终究默默地宽容妻子心中那份干净的情感。陈老小去世后，方月的母亲蒙着被子哭得死去活来，方月的父亲“给她泡了一杯红糖水，放在床头柜上，关上所有的门，拦住哭声不让外泄”，自己则平静地去帮着料理陈老小的后事。这样的细小动作，饱含了他对于爱的理解与敬畏。

与陈老小相对应的还有陈东风内敛而丰沛的情感。陈东风对方月的感情虽然稚嫩，但相当的清纯与浓稠。方月出嫁，他在方月的闺房里装睡大半天，并将她的一缕头发长久精心地保存着。两家人都知道陈东风的心思，但都没有说破，陈东风也是将这份感情深深埋藏在心里。

他们并非是面对爱没有足够的勇气，远不是爱情的懦夫。在他们的内心，爱不是自私，也不能是自私的，爱生长于大道的土壤里。其实在当下，如此高洁纯真的爱情依然是有的，只是我们过于浮躁，抑或是对社会和人生失去应有的信任，很难发现，有时是不屑，甚至是不愿意发现如此纯净大美的爱情。这是书写者的问题，也是我们生活者的问题。

陈老小除了心蕴朴素丝毫不失高贵的爱情，还有他作为乡村人最为可贵的美德，这就是对于劳动的热爱与尊敬。或许我们不能否认，劳动本是乡村人的本分，也是我们千年文明的血脉。乡村百姓津津乐道陈老小视劳动为生命，把日复一日的劳作当作了生命价值的最高体现。“人活着就要劳动，能劳动才能活着。”这是庄稼人最平常的话，也是人间最富哲理的语言。陈老小不懂得“劳动者最美”这样的诗意，只是诚实地与土地打交道，把劳动与生命紧紧凝结在一起，他的勤劳赢得了乡村人的尊重。剃头匠马师傅在为不省人事的陈老小剃头时的那份虔诚与敬重不是出于职业习惯，而源于陈老小的辛勤且厚道地劳作。马师傅以他这个行业最高的礼遇为陈老小送行，言行举止间都写满了他发自内心的对陈老小的敬畏，这其实也是他对劳动的敬畏与怀念。

因为爱劳动，陈老小成为人们心目中的大好人，被人们崇敬，而且作为一种品质与精神在人们心间荡漾、口中传说。陈老小在劳动中获得了尊严，在劳动中体味着人生的甘甜，然而人们对他的这份敬意似乎又是一道凄美的风景。人们的这份敬意除去对陈老小最高的褒奖，还因为现在爱劳动、尊重劳动的人已经不多了，冷漠甚至是嘲弄劳动的却大有人在。在乡村，在城市，在我们生活的这个世界，“劳动”一词的美好日渐销蚀，让生命在劳动中成长和充实已经沦为咒语，这岂止是对劳动的蔑视，更多的是对营养我们生命与精神的文明的抛弃与毁灭。

陈东风在得知父亲去世后，独自在地里犁田，任凭别人怎么拉拽，他也不为所动。“他将水牛拴好，又将铁犁放进小屋，这才来到陈老小的灵床前，说，爸，田我已经犁好了，不知中不中你的意？他跪下去磕了三个响头。”陈东风不只是在完成父亲生前没有来得及犁田的心愿，更是以这样的行为告诉父亲，他会像父亲一样爱劳动，好好侍弄土地庄稼。这是告慰，也是宣誓，这让我们看到了古老而鲜活文明的传承。

刘醒龙的叙述一如乡村样平实而厚重，针脚细密，细节饱满，从容中涌动浓情。他诚实而细腻地叙写乡村伦理的光芒纹理，在发现中呼唤，在颂扬之中批判，而我们的阅读与思考既温暖又忧伤，既欣慰又失落。

2013 年 4 月 29 日

刘永涛《我们的秘密》：在生活丛林中寻找力点

文学的重要任务之一就是从俗常生活中发现普遍而又惊奇的元素，继而生成人性复杂而又清晰的真切图景，这是作家体味现实的成果，也是心灵与现实对抗性和解中的发现。创作从这里起步，最终也将抵达这里。刘永涛的中篇小说《我们的秘密》① 很好地保鲜了生活语言，以老实而智性的叙述，想象性地还原了生活的某种真实，敏锐地击中本质性要害。作品实践着强烈的现实精神，并引发我们超越现实的思考。

《我们的秘密》通篇与秘密有关，其实一切又与秘密无关。“我”似乎具备某种超能力，能够轻易洞察他人心中的秘密。“我”处处炫耀这种可看透人心的本领，时常以说出他人的秘密为自豪，从而引发了众人的恐慌。刘永涛的叙述看似平常，但极大地勾起了我们的好奇与期待某种情形出现的快感。也可以这样说，刘永涛探测到伪装在生活中的刺激与变数，让叙述顺从于生活。

我们在探险中阅读，寄希望于“我”可以或说出些惊天秘密，或将周围的一干人等以秘密的名义全搞得人仰马翻，或这样的超能力还能做出些让我们意想不到的事，只是刘永涛在不经意间挪动着叙述的方向。当然，我们同样也可以说，生活的精彩总是超乎我们的想象，总有着令人意外的发展。就在“我”淹没于掏出他人一个又一个秘密得来的快感之时，我们渐渐发现，所谓的秘密，其实是我们共有的想法或行为。在一个人心里是秘密，但倘若大家一交流，才发现大家的秘密是相同的。“我”所谓的超能力更多地来自于对生活的细致观察，依据他人或自己的某些体验来猜测他人所谓的秘密。

---

① 刘永涛：《我们的秘密》，《中篇小说选刊》2013 年第 3 期。

而这样的秘密又基本上属于日常生活的一些细节，就算是秘密，其实也无多大的价值，公开这些秘密，其实并无什么危险。生活就是这样与我们在开玩笑，我们以为是秘密，但根本就是公开的秘密，甚至连秘密都算不上，原来我们守护着一个虚空。

“我”只自认为的秘密不再是秘密，那么“我”就应该对他人构不成威胁了。情况恰恰与此相反，人们关注的不是秘密本身，而是恐惧“我”以刺探他人内心为乐事的行为。不管我们内心有没有秘密，不管我们自认为的秘密到头来根本就不是秘密，但我们不能容忍他们窥视我们的内心。彼此心知肚明，但不可言说。这是一种生活规则。显然，“我”是一个极不遵守规则的人，并乐此不疲地跳出规则。

同样，当我们以为自己有秘密时，显得与众不同，并视此为一种价值。可一旦发现大家的秘密都是一样的，也就是剥去所谓个性的外在，内心却是同样的大众化。我们有着丰富的外表，内心却是如此的单调，连秘密都如同出自一个拷贝。或许由此带来的恐惧，远远超过秘密被晾晒。我们不是在守护秘密，而是在拒绝与他人一样，是在维护自己的独特性。“我”的行为破坏了这样的宁静与坚守，“我”的言说让大家害怕会被掏出一切的一切。

在这些人中，陈爽是个例外。她的世界是极度封闭的，丧失了与社会沟通的能力。与其说是“我”说出了她心中的秘密，还不如说是“我”激活了她的心，让她的心灵找到了交流性的释放通道。在她看来，“我”知晓她的秘密，让她找到了知音。只是她的秘密并非秘密，只是一个梦想，一个此前没有找到人与她分享的梦想。

在这里我们发现，“我”最大的过错不是有透视他人内心的能力，而是以秘密的名义在挑战固有的生活秩序和规则，并表现出很强的欲望力和勇敢性，可“我”又是虚弱的。“我”可以轻而易举地看到他人的秘密，却无法搞清自己的妻子对自己是否忠诚，是否还有深深的爱，可见“我”并没有什么超能力。“我”之所以能看出他人的秘密，其实那些都不是秘密。真正的秘密，比如妻子的心，“我”一点也触摸不到。

人们看不到事情的真相，只认为一切都是“我”的过错，两个“王红兵”先后惊慌而逃，后来，“我”被众人强制送到了精神病院。在这件事上，大家空前地团结。在正常世界里，“我”遭人敌对；在非正常的精神病院里，“我”同样让其他精神病人恐慌。这说明“我”受到两个世界的排挤，最终将被这两个世界驱逐，流放成为他唯一的归宿。

秘密不再是秘密，是因为“我”的挑衅；秘密不算是秘密，是生活与我们在开玩笑。生活纷繁灵动，我们个个自以为是，总觉得与众不同，到头来，异样的形容之下是复制的内心和模板化的生活行为。我们居然没有秘密，这是莫大的悲哀。在我看来，这当是《我们的秘密》最为震撼之处。

刘永涛巧妙地抽取生活中的某些片段，再悄无声息地放回生活之河中。让文学与日常生活真正地牵手而行，在喧嚣中隐伏着一个又一个似是而非的路标。这让我们的阅读如同我们深度进入生活一样，每走一步，总有新发现。一切都是生活的，一切都是随意的，但能让你触碰到生活的轻微颤动和人性的隐秘呼吸。《我们的秘密》因此而具备了别样的审美力。

2013 年 6 月 15 日

曾皓《寻找玻璃做的女人》：寻找，人生的姿势

“寻找”无疑是短篇小说《寻找玻璃做的女人》① 的关键词，在它的牵引下，一个不寻常的故事浮现出来，但我更看重寻找的动因和意义。从此方位出发，该小说可能会给我们更多的把玩和由此带来的意味。

一个人因为现实的挤压、折磨，感到自己处于敌意的包围之中，滋生突破重围的心念，迈出艰难而又欣喜的第一步，这可看作一种寻找，一种被动无奈而又凄凉苍茫的寻找。而曾皓笔下“胡老爷”的寻找不是逃逸，而是不安乐于优裕生活的躁动行为。他生于殷实人家，在村人面前拥有至高无上的权力。他的富足风雅，乡人无法企及，但他抑制不住心中那份对美的渴求，在人们不解的目光中踏上了寻找的不归路。对此，他执着迷醉，即使在倾家荡产、身陷囹圄之时，依然痴心不改。

在最初的日子里，胡老爷饱读诗书，以自己的眼光去发现和创造生活的鲜活，“要是觉得哪个丫鬟穿着红绸或绿绸好看的话，就亲手裁剪一套衣裳。老爷会挑个阳光好的日子，叫丫鬟在院里的花丛中走来走去”。后来，为了梦中的仙女，他走出了大山，历经艰险，却其乐无穷。“就是死，也要走远点”，他的生命离不开寻找。在一次乘船而行遇山洪不得不折返后，他炸山开路。梦再次破灭后，他开始修炼法术，要用法术炼出一个具有一切优点的女人。他是注定要失败的，因为一朵玫瑰，他远看时美轮美奂，折下拿在手上只是一朵花。梦幻的魔性就在于，它有无可抗拒的诱惑和永远不得触摸的双重本性。

我们不难发现，“胡老爷”真正苦苦追寻的是潜在内心深处的一个梦，

① 曾皓：《寻找玻璃做的女人》，《当代小说》2001年第2期。

而绝非完美的“仙女”。为了一个并不存在的幻象，抛弃安康的现状，投身凶险四伏的征程，面对“胡老爷”，我们已不再过于关心他的结局，或者说他寻找的成功与否已无关紧要，因为我们已为他的超然所打动。这样的阅读是美好的。我们的文本阅读与“胡老爷”的生命阅读同时起步，我们不知不觉中遗失了自己，融进了他的轻快与沉重混响的脚步声里，在诗意、浪漫、激情笼罩的氛围中，我们在寻找我们自己。

可以说，寻找玻璃做的女人，只是一种直观表象的行为，是作者叙事的外在结构，而在这个结构的背面，则暗藏一个深刻意味的寓言式结构。人生是个过程，这不单指生命匆匆易逝永恒不能，更重要的在于人活在寻寻觅觅之中，生命的源泉是明天、是那我们渴望抵达的彼岸，而心中完美无缺的彼岸只在虚幻之中，我们真正拥有的是追逐过程中的向往与苦痛所带来的快感。永不停息的体验是生命的本能和意义。寻找的姿势立起了人生的快意，也投下了阴影，但并不妨碍这种姿势的挺直和绵延不绝。小说开放式的结尾正是昭示着这一主题，“老爷院子里的房子塌了下来，长满了草，成了一些野猫野狗的去所。老爷呢？不知上了哪里？……”“胡老爷”负着人类固有的冲动，再一次上路了。

从这篇小说的叙事策略，我们可以看出作者的精妙之处。就整体而言，作者遵循了经典小说的观念，将故事作为小说的基本面，以平实又不乏活力的语言推演，基本上属于现实主义的手法。在不中断叙述节奏和步伐的同时，他灵巧而不露声色地制造多个空白，给小说带来了愉悦性的悬念，为我们的感知披上了一层薄如蝉翼不易察觉的面纱。如此的合成是成功的，使文本更有了张力，“胡老爷”寻找的“悲壮”也被“神秘”大面积覆盖，这不能不说是作者的一种智慧。

2001 年 3 月 6 日

毕飞宇《唱西皮二簧的一朵》：讲出故事的精彩

我读到毕飞宇的《唱西皮二簧的一朵》①，更坚信了我关于好小说应该有个好故事的看法。

《唱西皮二簧的一朵》的内容很简单，只是作为剧团演员的一个生活片段，情节是围绕剧团附近有个卖西瓜的女人与一朵长得十分相像展开的。从严格意义上说，这情节只是一个外壳，其中充填的是一朵和张老板在演艺界颇为常见的交往。但在这里，那女人到底和一朵是什么关系，是文本的兴趣点，从而构成了小说可读性的基本元素。小说的高明之处是，始终没有明示读者最想知道的内幕，而是给读者留下了一个自由想象的空间。该篇小说的取材和视角很独特，叙述腔调平和而有韵味，给人的感觉就是作者在和你面对面地说一个有关一朵的故事。

毕飞宇的小说和生他的江南水乡一样，精巧、细腻，很有韵味。笔墨精练、文字干净、构思奇巧。有故事，有人物，更有悬念，一开篇就能抓住人的阅读激情，让你一路畅快淋漓地走下去。快抵达终点时，你以为就这么着了，可一个出其不意的结尾反将整个作品推至高潮，给你一种意想不到回味起来又顺理成章的审美快感。

我们现在有许多小说视故事为已朽的内核，在结构、可能性等上大做文章，似非写得读者不知其所云才肯罢休，才显示出他不凡的功力。作为一种存在，是可以的，也是必要的，但它不能成为主流，当然，也不会成为主流。外在的花哨过多，胭脂过浓，一旦卸妆露出不耐看的本来面目，终究会让人失望的。小说需要读者的进入，倘若没人看再好的小说，又能怎样？事实也

---

① 毕飞宇：《唱西皮二簧的一朵》，《收获》2000 年第 1 期。

是如此，真正长久的小说，其故事性是很强的。别的不说，就是我们的四大名著，哪一部不是老少皆宜？什么层次的读者都能品出个中的滋味，虽不尽相同，却都能受益匪浅。

讲故事的智慧该是每个作家的基本功，一个作家可以不为讲故事而写作，但不能不会讲故事。好比一个歌唱家能不能识谱一样。现在有许多的作家讲故事的才能大大萎缩或者根本就没这方面的才华，要么把故事讲得一团糟，要么讲的故事平淡如水。对此，他们以不屑讲故事为荣。其实一个好的作家，讲故事的水平一定是一流的。

我们应该明白，语言与结构的游戏并不深奥，是可以模仿的，而讲故事的才情，把故事讲得精彩，是无法模仿的。我以为这就是一些所谓先锋作家投机取巧之处。事实证明，一个无法讲出好故事的作家，最终将不会有多大作为。

2000 年 3 月 11 日

裘山山《事出有因》：话语权在生活中的角色

当事实迎对话语时，时常会败下阵来，事实失去了应有的地位和权利，话语横生出意想不到的颠覆力。这是人类生存遭遇的困境之一。我们依赖话语，享用话语带来的快感和无限的价值，但也承受着话语的嘲弄和伤害。裘山山的短篇小说《事出有因》①，无疑为我们进行这方面的思考提供了一种指向。

“我”参加战友聚会时，碰巧在门外遇上多年未见的邹晓军，却被战友们误以为我们一直有联系，而且还相处得相当的亲密。战友们把这当作事实以言语的方式进行着无限度的扩展和填实，而“我”与邹晓军的辩解反而为与事实相反的话语起到了推波助澜的作用。这一刻，真正的事实已经显得虚弱无力，任由自以为是不可一世的话语蹂躏。这其中，真正与邹晓军关系非同一般的潘静兰也加入歪曲事实的话语操练。其他战友的话语建立在目光所及的表面现实的基础上引发的联想、猜测和快感狂欢，话语只是不知情的参与者，而潘静兰却充分借助话语的气场，以主动出击的方式更好地保护自己的秘密。她的话语是她的同谋者。当“我”不再躲闪，不再为自己辩护，大大方方地告诉众人，“我”和邹晓军先走，“我”送他回家时，众人又惊又喜。惊的是他们或多或少地认为自己先前的话语带有一定的盲目性，喜的是他们看到了自己的话语与事实的极度吻合。这里所有的话语都是伪性的，但却把事实搞得面目全非，原本可以触摸的事实被虚化的语言所左右。我们已经无法直达事实的现场，只能任由话语恣意地营造无真实感但被我们当作事实的真相。

这其实涉及一个话语权的问题，我们应当由什么样的人操控话语？这是看似简单但又很复杂的问题。我们唯一可以确定的是，最具有话语权的当事

---

① 裘山山：《事出有因》，《人民文学》2007 年第 6 期。

人，总是沦落为最没有发言权的人。“我”如此，邹晓军如此，邹晓军的父亲对此也无能为力。邹晓军的父亲是离休干部，一次上街买花，打碎了两个花盆，因为没带钱，无论他如何地承诺，如何地表明他的身份，可小贩就是不相信。最后小贩已经不在乎他是否赔钱，但就是不相信他。而邹晓军的父亲接下来的话语已经没有人去在意。我们看到邹晓军的父亲在气愤，在喋喋不休，可随处飘荡的话语是那样苍白，只是增加了他的无助感。这是邹晓军的父亲生活中的一个小插曲，但浓缩了他人生的全部。当年邹晓军的父亲与另外六位战士一起被俘后，他跳车找到了部队。他把前后的情况如实向组织上作了汇报，可是就他一个人，无法证明。在此后长达60年的生命中，他一直被怀疑着，直到生命的最后一刻。因为组织上找到了和他一起跳车的另外两个人，他的怀疑才被彻底抹尽。是啊，我们很多时候都在漠视话语权的真正拥有者，而是以某种标准、某种尺度自以为是指定掌控权力的话语者。这个世界的本来面目，我们已经不再关心，我们在意的是谁拥有话语权，我们只看重话语为我们叙述的虚拟世界。可悲的是，我们竟然将此虚拟的世界自认为就是真实的世界，并已经到了浑然不知的地步。我们在纵容话语的同时，也经受话语带给我们的危害。一切貌似由话语而起，归根结底是因我们的人性而生。

《事出有因》将日常琐事与人生重大事件、上一代人的遭遇与当下人们的生活集合在一个文本中，放在一个叙事链上，其实是在为话语的虚空而感到焦虑。因为我们在话语的迷醉中总是无法清醒。小事如此，大事也如此，过去如此，现在依然。无处不在的话语干预甚至是左右着我们的目光和心灵。我们的话语，最终让我们沦为其阶下囚，它居然主宰了我们的一切。

《事出有因》写得相当的随和，从中可以看出作家的练达与沉稳、从容与出入自如。裘山山轻松与沉重间的叙事，让我们不得不审视事出有因的“因”到底是什么，我们该如何从消除“因”入手，剔除恶“果”。也正因为如此，《事出有因》让我们看到短篇小说是可以胸怀大主题的，是可以有大作为的。

2008年1月9日

张枚同、程琪《拉骆驼的女人》：平实的诗性与力量

短篇小说《拉骆驼的女人》[①] 真诚地进入日常化生活，质感鲜亮，以朴素的方式展现情感的清纯与瓷实。在平和的叙述之中流动着爱的诗性之美，叩击着人类情感的永恒诉求，这得以使其具有强劲的生命力和长久的审美特质。这部写于1980年的作品，时至今日，我们仍能体味到清风扑面的阅读感觉，仿佛一泓泉水涤荡着我们的心灵，显示了文学所独有的持久魅力。

作品的叙事背景是在20世纪六七十年代，那是一个公认的扭曲年代。因而尚尚这样原本纯真的后生，在环境的熏染下，情感荒漠、人性扭曲，似乎在情理之中。当时代重回宁静清新之后，尚尚也得以悔悟。在他沉沦之时，月儿一直默默地守望着她，虽离不弃。在这里，那头拉水的骆驼成为双重意象。那忽高忽低的驼峰，如同尚尚的人生路。骆驼的沉默和坚韧又是月儿的真实映照，与其说她拉着骆驼，还不如说她与人性之美一直厮守相伴。我们的人生总是避免不了挫折甚至是陷入绝境，但爱会让我们温暖，会让我们拥有努力前行的力量。月儿的爱是博大的、质朴的、坚定的，又不事张扬，这如同大地，好似深藏于地下的煤。这是最崇高的大爱，也是人类最为向往的大爱。作者是在生活现场，是生活的零距离参与者，虔诚而感动地汲取生活的原汁原味。作者在讴歌月儿这样的女性仁善和大爱的同时，也道出了我们对于爱的敬重与渴望。月儿的大爱是我们所熟悉的，也是文学长久坚持的母题，但这并不影响我们一次次被打动。这说明文学其实并不需要所谓的高深莫测，只要真正地源于生活，只要能与我们的心灵同频同振，就能为我们所

① 张枚同、程琪：《拉骆驼的女人》，《阳光》2010年第6期。

品味、所难忘。

尚尚的曲折是特殊年代造成的，但这样的曲折又会不因年代不同而不同。可以说，在任何年代，对于任何人，总会或多或少地撞上类似尚尚的遭遇。从这个角度说，《拉骆驼的女人》显然是指向了人类的普遍困境之一。显然，作者是意识到这一点，并智性地进入创作实践。一部作品既能有鲜明的时代特色，又可汇入人类生命长河，自然具备了优秀作品的内质。尚尚的坠落与回头都源于时代的变化，后来的瞬间醒悟并非作者的叙述硬伤，而是那个时代一些人的真实写照，这让我们对他内心的真正转变产生极大怀疑。在他的周围，许多人并没有和他一样异化，比如月儿，比如严柱等，这又使我们对于他是因年代而扭曲同样十分地怀疑。我以为这当是《拉骆驼的女人》隐藏的叙事动机。每一个时代都有让人堕落的诱因，但都有人不为所动，保持着一份人性之美和爱之真。就是当下，外在的种种诱惑和干扰也时时处处纠缠着我们，有人混入浊流，万劫不复，但真善美依然也在高歌。当我们重读这部作品时，思索和考量随之进入我们的思绪，我们更多的不该怪罪时代之过，至少不能把一切的责任都推给时代，应当诚实而冷静地进入内心，考问自己的灵魂。

在20世纪80年代初，众多的文学作品热衷于或状写扭曲年代的罪恶，或走上文化寻根之旅时，《拉骆驼的女人》这样不经意间潜入人性深处，寻找某些本原性的东西，是难能可贵的。

2010年4月15日

傅昌尧《嘹亮的喷嚏》：底层人物的人性变异

生活在社会底层的人总是经受着基本生存权的困扰和煎熬，他们的人生是挣扎的人生，生活是饱受种种折磨甚至是屈辱的生活。在这方面，傅昌尧的小小说《嘹亮的喷嚏》[①] 为我们观照底层人物的生存状态，以及由此引发的人性变异，提供了一个集可读性与可思性于一体的文本。

水福是乡村普通的一员，这样的普通其实是表明他在社会最底层的乡村的最下层，是最具深刻意义的平民。以乡村文化滋养的水福，是乡村传统文化和理念的代言人。对于乡村男人而言，力量是最重要的，性又是男性力量最具说服力的标志。这种亘古不变的力量话语权，似乎是男性所必须拥有的，可是我们的水福却偏偏丧失了性的优势。从表面上看，水福是生理功能上发生了突变，导致性能力消失全无。然而我们不得不关注一下水福性能力受创的背景。村主任手中的权力为水福平了坐牢之祸，而水福再回到家，就不能性事了。水福在此种情况下失去了性能力，等于在暗示只有掌握了权力，才能操纵性。大莲是水福的女人，在水福不行后，公开提出了挑战，看似是对自身性权利的维护，实际是对水福这样再无力量男人的绝情反叛，是对村主任的投靠。内外受敌，水福彻底被击败了。更为准确地说，水福是被村主任招安了，因为这以后，他心安理得地以出让性权利来换取生存权，甚至引以为豪。

作品的真正力量来自于被击败后的水福的变化，或者说这样的力量才成就了这篇作品。外在的打击，最终导致了水福人性的裂变。村主任去了水福家，水福心甘情愿地避让。村主任要与水福较劲儿，非要等水福回来。在门

① 傅昌尧：《嘹亮的喷嚏》，《小小说读者》2004 年第 11 期。

外的水福，一点也不以为村主任有什么不是，只是怪大莲不该乱说话，担心村里人看到自己在家门口说不清楚。他在为自己想脱身之法的同时，还在想法维护村主任的面子。看看吧，作为一个人，水福的灵魂已不复存在，人格已荡然无存，尊严已灰飞烟灭。水福这样的形象，呈现给我们的扭曲、变异之后的人性。我们可以对他唾弃，我们可以无情地声讨，但我们似乎不能不理解水福人性的此种变异。何止是水福如此，与水福有同样困境的底层人物，都或多或少有着这样的遭遇，有着此种的人性变异。这是物欲之于人性的强奸，是权力对人性的极度摧残。由此，我们可以领略到傅昌尧对于底层人物生存境况和人性深刻的体察，这是文学平民意识给予作家的敏锐和力量。

水福最后以“嘹亮的喷嚏”提醒了村主任，为自己和村主任摆脱了困境。这是一个极具象征意义的细节。喷嚏来自于胸腔，聚气而成，但并非心中的呐喊，因此喷嚏再嘹亮，终究是一股气流，只有信号式的声音，别无其他。这昭示着水福将继续守着自己已经变异的人性。他无力改变一切，也不愿意改变一切，留给我们的只是“哀其不幸，怒其不争”。水福的麻木，加剧了我们的震惊。但对于作家而言，他理解了水福的处境和能够继续生活下去的必需，更洞透底层人物的无奈与悲惨。从这一点上说，作家对于底层人物细致而对接的体味是值得我们深思的。

不过，不加节制的叙述，对人物心理过于粗糙的刻画等方面，还使这部作品显得不够成熟。

2004年10月14日

李培俊《保姆的故事》：以小见大的力量

只有当作品体现了小说的精神，尊重了小说之所以为小说的诸多元素，我们才能将之称其为“小说”。前缀“微型”，在某种程度上，只是字数的界定。基于此，我愿意将李培俊的《保姆的故事》[①] 列入小说家族。

《保姆的故事》在千余字的篇幅里，居然立起了两个鲜活而颇具个性的人物，这从一个侧面体现了作者的创作理想，彰显了艺术的力量。保姆玉儿遇到了一份报酬更高的工作时，心动片刻后，因她与她照看的老太太的感情和对老人的同情，而拒绝了物欲的诱惑。玉儿并非那种只图钱的保姆，心中有份善良和真情，这是人性的大美。如果仅如此，玉儿的形象虽有所谓的高大，却过于单薄。所以，当玉儿以闲谈的方式暗示老太太给她加薪这一细节的出现，饱满了玉儿这一保姆的形象，人性的多重性也得以展现，人物便有了力量。

老太太形象的艺术感染力更加明显。老太太喜欢与保姆玉儿讲述过去的生活，回忆让她的生活有了活力，许多时候她让玉儿站着听她说话，而她却帮着玉儿做事。为了能够走进回忆，她可以降低自己的身份。在回忆中，老太太是快乐的、健康的、充满活力的。主人与保姆的角色倒置，是价值取向的外化，表达了回忆之于老太太的重要。在老太太的回忆里，最多的是对自己男人的赞扬和怀恋。一个被男人抛弃的女人，和保姆喋喋不休说自己男人的好，说从前他们的甜蜜，没有抱怨，没有恨意。这不是境界的体现，而是一种进行生活的方式。只有回到过去，她才能忘记现实中男人的绝情，摆脱痛苦的纠缠。她的人生已没有未来，只有逝去的时光。就是这一个能说好动

---

① 李培俊：《保姆的故事》，《作家天地·微型小说精品》2004 年第 10 期。

的老太太，在儿女面前总是装病，不言不语。在这里，我们看到了李培俊的用心和因此而来的艺术力量。这一细节成为整个小说的发力点。身体的病样和表达的失语，表明老太太对眼前的亲情失去了感动和需求，也说明她回到现实中就会身心俱痛，只能渴求回忆的麻醉。

就是这样的一篇微型小说，以精华浓缩，以浓缩积聚力量，赋予了人物艺术的力量。李培俊以他的作品告诉我们，微型小说的字数容量小，可艺术力量强劲。惜墨如金，叙述依旧从容；细节少而精，却锋利无比；广度有限，深度得到了开掘。说到底，微型小说个头小，精神上却应是巨人。

2004 年 10 月 25 日

赵新《妯娌之间》：一切尽在叙述中

叙述是小说的表象存在，又为小说内质的载体，因而我们应当智慧而艺术地尊重叙述。赵新的微型小说《妯娌之间》① 是一篇尊重叙述的作品，显现了作者在叙述上的追求和个性，也让我们从一个角度意识到叙述之于小说的作用。

不错，这篇乡村题材的作品反映的是家长里短的一个剖面，叙述语言流畅而富有生活气息，叙述一如乡村那样质朴而亲和。这种语言是生活化的，但显然又经过了作者的艺术化打磨，清新而自然。我们仿佛置身于作品的人物中间，走入了她们的心里，零距离地听着她们的诉说。如此的叙述，让读者很容易地亲近作品，进入人物的生活，使作品的好读性加强。

一如许多作品一样，《妯娌之间》的核心事情十分简单，大哥发现有人要偷瓜，让二嫂给大嫂带信，他在地里看瓜，中午不回去吃饭。二嫂虚构成大哥与一媳妇鬼混，三嫂篡改为大哥与一寡妇约会；四嫂则说成了大哥与三嫂在瓜棚里吃瓜。作者把叙述交给了作品中人物，让她们以自己的心智和方式叙述。人物的对话和心理活动构成了小说的全部，推动情节的发展和人物的刻画。作者以重复性的叙述为基调，让情节在叙述中一路走来，看似相似，可每一次重复又有新的演化和发展，层层递进。叙述的这种节奏，从而形成重复之中的推进效果。

这是一篇演示谣言传播过程的作品，只不过这样的谣言不是对事情复述的无意添加和虚构，而是人物故意的诽谤和别有用心的捏造，是人性恶的最真切的投射。小说在人物的叙述中生长，人物在叙述中表演了自己的心灵和

---

① 赵新：《妯娌之间》，《微型小说选刊》2004 年第21 期。

人性。二嫂是出于对大哥大嫂的妒忌，有意在事实中杜撰了桃色事情。三嫂的目的性并不很明确，但还是进行了再一次的编撰；四嫂当初分家时与三嫂结下了怨恨，便以此将矛头直接指向了三嫂。她们三人保留了“大哥中午不回家”的真实信息，其余的以自己的动机对事情进行了再编造。更值得深思的是，她们每个人在编造谣言时，都对接受者声明自己没看清，劝别人别乱说，甚至高姿势地声称就是男女在一块儿，也没什么。这种欲擒故纵的伎俩，为的是强化谣言的真实性，也是推卸责任，等着别人受伤害的阴险、丑恶的人性所致。还有值得让我关注的是，这三人在成为谣言接受者时，对谣言没有任何的戒备，一点也不在乎对方的叙述是否真实。对她们而言，她们心中的积怨和不满终于有了发泄和攻击的契机。她们看重的是这一良机，便最大限度地以自己的叙述来达到自己的目的。因此，她们努力地使自己的叙述充满力量，在叙述中完成自己人性阴暗面的外化。

2004 年 11 月 3 日

侯发山《年关》：苍白的血性

英国著名的小说家和文艺评论家爱·摩·福斯特提出了“价值生活”的重要小说美学范畴，核心理念是小说的着力点应关注和描写表现人类“价值生活”的诸如人的欲望、情感、精神等人性深度的内容。侯发山的《年关》①让我们看到了体现这种“价值生活”的点滴，至少传达出作者追求“价值生活”的信息。

生活困苦的老栓总算有了在过年时吃上一回肉的幸福。在肉被一只狗叼走后，他的气愤之情油然而生。他没有大喊大叫，因为他在村里总被人瞧不起，是大伙欺负的对象。在他看来，人的尊严和力量铁定是财富和权力等外在东西的内化，没有财富、权力，人就没有一切。世俗的生活观阉割了老栓的自我，他彻底屈从于境况，也就无法生成以内在的精神突围的想法和行为。无端受到伤害，他做不到理直气壮地反击，最先想到的是自己在村里的地位和人前的卑琐。他面对一条狗，考虑的却是狗的主人。打狗还得看主人，而村里的每一个人他好像都惹不起，他心中根本没有与任何人对抗的力量。

如此一来，他只有求助于权力来撑腰。权力之于老栓是一把双刃剑，一方面他惧怕，另一方面又向往。平时总是权力支配和欺凌他，可现在他却要挥舞权力之剑。人啊，总是如此，仰望权力，爱恨交加。一旦机会来临，人常会以摧残过自己的权力或其他东西去摧残别人，如此这般，人性在恶性循环中扭曲、变异，直至变质，天空下只有权力在狂舞，人性在呻吟。老栓去找村长讨个说法，可刚远远看到村长家的房子，他就心虚了。这是对权力奴性般膜拜的心理所致。当得知那狗是村长家的后，老栓不自觉地想起了村长

① 侯发山：《年关》，《短小说》2004 年第 11 期。

给予他的诸多好处来。他积极而主动地消解难得滋生的人格，为的是乞求日后权力仍然能给自己带来一丝一缕的庇护和恩惠，让生命在委屈甚至在屈辱中喘息。村长装模作样地驯狗踢狗，老栓反而自责起来；村长把留给狗的猪下水送给老栓时，老栓感激得泪水涌了出来。其实这是苍白血性哭泣的泪水。老栓的血液里没有人格、精神等人之所以为人的成分，只剩下被稀释得一无所有的苍白液体。

当然，在我看来，侯发山的《年关》对老栓式人物的探求力度还不够。村长形象的过于概念化，使作品丧失了更精到的可能。如果村长是一个真正爱民亲民的村长，而老栓依然是这样的行为，那么强烈的反差，或许可以进一步强化老栓的血性苍白，最大限度地抵达人性深度。

2004 年 11 月 4 日

王培静《幸福的感觉》：幸福的秘密

当一些作家们醉于日常生活之时，王培静却抽身跟随陆川走南闯北，浪迹天涯。王培静可能是在突围，可能是在自我挑战，也可能怀揣我们不知道的某种创作动机。

陆川《幸福的感觉》① 不一样。

陆川的行为目的是确定的。他生活的真正意义在路上，冒险是他的脚步，刺激是他的血液，他在不停地寻找征服大自然的快感。为了这份感觉，他丢弃了家庭，做好了一去不回头的准备。我们必须承认，陆川勇敢而有个性，虽然我们不一定要像那样去生活，但他有权利选择自己的生活方式。

自己探险，不一定有勇气，可间接地体验他人与困苦与死亡斗争的经历似乎是一件乐事。王培静为即将进入藏北无人区的陆川，不惜笔墨地渲染，从遗书到忏悔，事无巨细。甚至搬出史料，以证明无人区的危险。这给了我们足够的期待。

可狡猾的王培静高高吊起我们的胃口后，倒让陆川轻而易举地到了无人区附近的一座小毡房。在天地间奔波了十几年的陆川停下了脚步，面对小毡房里的一个老妈妈滔滔不绝。他在诉说自己因行走而得来的种种快乐。也许他没发觉，叙述的过程就是他快乐的一部分。

只是老妈妈误解了陆川的言说，她看到了一个成年在外漂泊的孩子，感受的是一个没家的孩子的凄苦。

幸福的秘密就这样向我们敞开了胸怀。

老妈妈在无人区的边缘住小毡房，说明她也有过漂泊的生活，因而她体

---

① 王培静：《幸福的感觉》，《小小说选刊》2004 年第 18 期。

会到家的幸福。哪怕是一个暂时的家。她误解陆川，是因为她与陆川对幸福有着不同的理解。眼前的孩子太可怜，她以怀抱给予了陆川母爱的温暖，并有让陆川在小毡房安家的意愿。

我们充分尊重她的误解，就像尊重她和陆川各自对幸福的感觉一样，而且这样的误解让我们感动。

难以想象的是，陆川对老妈妈的同情也是因误解而生的。他认为老妈妈在这荒无人烟的地方艰难地生活一辈子，是寂寞和不幸的。他对老妈妈许下了诺言，要是能走出无人区，就带她去北京逛逛。我同样尊重陆川的误解，但与此同时，我觉得事情变得滑稽了，更让我们不得不深思。

说起来也简单，幸福的秘密来自于不同的心灵，受制于不同的价值观。

小说由此结束了，让我们无从得知陆川在老妈妈怀中是什么样的感觉。这是不是有关幸福的秘密，我不知道但我看到了王培静的用心所在。

小小说的密度和含金量是一个让人颇为伤脑筋的事。也许我们可以透过王培静对幸福感觉的叙述来体会一些加大小小说密度和含金量的秘密。

2004 年 11 月 15 日

邵孤城《山水一家亲》：活在乡村的伦理中

小小说的篇幅小，容量极为有限，但主题不能因此怠慢深刻。在一定意义上，小小说犹如针灸，一根细细的银针悄然入肤进肌，直中穴位。邵孤城的《山水一家亲》①，当有此功效。

邵孤城对水这位乡村之女的出场是有些用心的。黄灿灿的油菜花，吮吸春光的蜜蜂，一段如新藕般的玉手……这是一组乡村自然美的画面。随着水出场的还有“羞答答”一词的两次出现。乡村的风光是水生活的环境，“羞答答”为水的个性。两者合二为一，就暗示了水是乡村的，乡村的伦理养活了她。在水家突遭变故时，庆祥出手相助。感激的水，以身相许。对此，水没有抱怨，而是一心和庆祥过日子。她对庆祥的爱是那样的踏实，那样的尽心。滴水之恩，涌泉相报。一个女孩子家最好的报答方式就是捧出自己的情感和肉体，这是一切乡村伦理的恩德观使然。乡村伦理已成为水生命的一部分，那么水如此的行为已是天性。

水嫁过来的头一天，山依辈分喊出了“婶”。没办法，乡村的风俗，让山只能这么做。当水丧夫后，水和山有了感情，并完成了肉体上的相爱。山的爹不希望他俩结合，当然要阻拦。山的爹采取的方法很简单，当着众人的面喊水为“他婶”。看似合乎伦理的称呼背后，是对水要在伦理内生活的提醒。以伦理为武器，看似不动声色，却有无比的力量在涌动。水又重新回到了伦理场里，在伦理的指引下生活，这才有了她嫁给村主任时的幸福表情。

伦理让一切有了秩序，又让人失去了本真的情感。我们无法对伦理说三道四，却对水的命运叹息和感动不安。看到死去的水的无名指上，戴着山在

---

① 邵孤城：《山水一家亲》，《当代人》2004 年第 12 期。

上学时送给她的铜皮戒指时，我们又对水产生了些许的责怪。邵孤城在优美伤感的叙述中，刺中了乡村伦理的某个穴位，显现了水这样一个乡村性的命运自然之中的无奈，幸福中的伤悲。

小说的结尾更让我们难以忽视。山一抱紧他与水的孩子，“小女孩终于响亮地哭出了声”。这是一个出生不久的孩子，可能她的生命还没受到乡村伦理的浸染，一切都是生命的本真。也许她的哭声是一种控诉，也许是对自己未来命运的恐惧，也许温暖到了父亲怀里的亲情，也许只是她最原始的生命呼吸……谁知道呢？

2004 年 11 月 24 日

王培静的《留言条》：留言条的话语

王培静的《留言条》① 在写法上极其老实，就像我们在生活中写留言条那样的自然随意。生活中的留言条，内容简洁，指向性十分明确。而王培静的《留言条》，在平凡的外表下隐藏了许多话语。

从一开始我们就有理由对吴教授充满期待，因为她是一位研究心理学的教授。是的，仅凭这一点足够了。对人的心理有了较深研究，那么接下来就是一个又一个以学识智慧牵着小偷鼻子走的故事。这样的故事是有趣的，也许我们还能与吴教授一同分享教化邪恶的快感。

在与小偷的纸上交流中，吴教授写过两张留言条，第一张以主动应战开始，第二张以慌张逃跑结束。其实吴教授还写了一张留言条，时间介于第一张和第二张之间。之所以没有让我们看到内容，是因为这张留言条本身的文字已经无任何意义。只是告诉我们，王培静知道吴教授的心情，加快了她逃避的节奏。“主人已得绝症住院了，亲朋好友请伸出援助之手，来人请到医院楼五病区五床来找。”小说才走了一半，吴教授留下的这张留言条便从我们的视线中消失了，留给我们的是吴教授的不解、绝望和失败。这时的吴教授不只是心理学教授，还是一个失去丈夫的女人，或许后者更为重要。

应该说小偷对心理学更为精通，因为她打败了吴教授。他了解吴教授的虚伪和内心的恐惧，故而欲望顺着吴教授留言条的字里行间急速膨胀，编造一个又一个不幸，为的是赢得同情，以最柔软的方式敲诈。小偷写了三张留言条，内容无非是要钱，可称呼和署名的变化有意思。可爱的吴女士——吴阿姨——吴大姐，称呼越来越亲昵；梁上君子小乐——苦女——骗过你的

① 王培静：《留言条》，《微型小说选刊》2004 年第 23 期。

人，让自己的角色从得意凄惨再到无奈。小偷采取了最适合对付女人的方式，因而十分奏效。我们不能说欲望战胜了学识，但确是吴教授的所谓智慧之举成为欲望扩张的动力。

当小偷步步紧逼，吴教授落荒而逃时，吴教授的女儿挺身而出，她的方法是最直接的——报案。这里，只是常识在起作用。

同样是出人意料的结尾，给予我们的却是强烈的震撼，小偷竟然是吴教授丈夫的亲侄儿。从他第一次上门行窃到后来的软中带着硬的勒索，他选择的是自己的亲人。在亲人承受巨大的伤夫之痛的时候，他的行为暴露了人性的丑恶。背叛亲情，满足物欲，最后亲情已荡然无存，只有欲望在蛮横地打斗拼杀。

回过头再看，小偷丢弃了亲情，迷失了人性，唯独在与吴教授的较量时，思路清晰，有勇有谋，总处于镇静而主动的地位。在才识上，吴教授比小偷强；在道德上，她是正义的；在辈分上，侄子比她低多了。然而到了较量时，她一直处于劣势。顺着如此的思路下去，留言条内含的话语似乎太多太多。

2004 年 12 月 7 日

凌鼎年《菖蒲之死》：平实而充盈的叙述

有当下“短篇小说王”之称的刘庆邦提及短篇小说创作时，用了“种子”和“生长的短篇小说”这样的词语。以此思路，在微型小说界，凌鼎年就像一个老农，一年又一年地播种、耕耘、收获。他相信，只要选好种，看准地，辛勤地侍弄，一篇又一篇的作品就能茁壮成长。他的作品善于将技巧化于无形，总能在有限的篇幅内，蕴藏丰盈的意味。看起来如同庄稼那样自然，走进去就会有看似平常最奇崛，成如容易却艰辛的感受。《菖蒲之死》①当是很好的例证。

《菖蒲之死》的情节并不复杂，江百川专注于游猎山水，醉心于绘画创作，用心于几盆菖蒲的生长，却对妻子漠然视之。最终妻子移情于他人，不再为他侍弄菖蒲，菖蒲死了，两人的爱情和婚姻随之死去。语言平实，脉络清晰，故事在不动声色中顺利发展，属于好读作品之列。

剥离凌鼎年从容的叙述，拂去故事的表层，我们探到了更多的信息，一种只有好的小说才有的内质。江百川对妻子的不在意来自于他强烈的男权意识。在他看来，男人注重的是事业和艺术性的人生，女人只是男人的附属品。有了这种从属关系，女性的生命对他并不重要，至少他不会去触摸女性的心弦，有平等的沟通和温暖的付出。

妻子盛春花已从传统女性的樊篱中挣脱，渴望现代女性的情感生活和个性人生。她会喝酒，在快乐和郁闷时与酒相伴，这一男性化的行为显现了她欲与男性享有同等权利的烈性。一个老板给予她的，除了物质，更多的是精神上的充实和丰富。她在寻找自我中得到外界的援助，从而实现了人生方向

① 凌鼎年：《菖蒲之死》，《精短小说》2005年第1期。

的转折。她不关心菖蒲死活，是以此为武器，与男权进行全面而彻底的对抗，勇敢而坚定地走上自我拯救之路。

盛春花冲出了男权的强势包围，在她身上现代女性意识不但苏醒，而且真正重生。江百川无奈离婚后，又买了十几盆菖蒲，试图以一人之力独自照料。显然，他并没有意识到他身上的顽疾，依然不知所以然地倔强下去。这让我们看到了他的悲哀所在，也为更多盛春花式的女性担忧。当然，我们还完全可以怀疑，如果没有老板式的人物，盛春花还能不能觉醒？能不能有突围的勇气乃至行动？

看似平易见人的作品，却潜伏着厚重的思索和饱满的意味。凌鼎年在自然朴素之中，引入文化与人性的命题，使作品的内质达到了一个较高的层次。作品因而在好读的同时，具备了细读、品读和以此为切入点的无限冥思的品质。如此老到，想来也只有凌鼎年这样的老农式作家才能达到。

2005 年 1 月 5 日

文清丽《机翼上的雨点》：一切因闯入者而起

当我们的生活中突然出现了一个闯入者，一切将会发生变化。文清丽的《机翼上的雨点》① 正是以她独特的视角和细腻的手法，让我们体验了由闯入者参与的情感生活和意味。

文清丽为我们带来的闯入者因其身份特殊而显得十分新鲜。在一般意义上，营区是一个男性主导的世界，我们见过太多的女性闯入者所掀起的波澜。可这一次是一位男性闯入了女性的生活空间。一群十八九岁的女兵，在营区几乎没和男性打过交道。在她们犹如春天的年龄，在一个春天的日子里，一位年轻帅气的飞行员来到她们中间。这让我们好奇，在一定程度上也满足了我们对女兵生活的窥视欲望。这里的我们，包括男性和女性读者，只不过两性的目光指向有所不同而已。

女兵的心理和情感都在隐约期待某种东西的时候，有这样一位接近完美的异性闯入，那么阳光自然会灿烂每个人的心田。女兵们穿上平时舍不得穿的新军装，就连帽徽也被她们用棉球仔细擦了擦。这一极其细微的动作，让我们看到了花样年华的女兵如嫩芽般的心事。不易察觉的动作，一笔带过的叙述，却能让我们反复地回味，打开无限的想象空间。

女兵和男兵终究是有区别的，但当有异性进入时，男兵女兵都会竭力表现其最接近大众标准的性情，所以女兵没了往日因营区而来的野性，个个把自己扭成了淑女，“连一向吃饭吸溜鼻涕的农村兵芹也斯文得那么可爱”。同样，这位帅气的飞行员一直生活在男性世界里，现在一下子掉进了女兵堆里，自然也会淋漓尽致地表现一番。他的口才，他的知识面，当然最多的还

---

① 文清丽：《机翼上的雨点》，《短小说》2005 年第 4 期。

是他职业的神秘和光芒。当然，他所展现的也是社会意义上的男性美和优越性。

进入一个陌生的空间，闯入者的遭遇常常是尴尬和无法真正融合的无奈。可这位男飞行员却引领着女兵们的视线和情感，主宰着她们心中某种隐秘的东西，一切总在温暖着我们。

在这样春心萌动、热情如火的场面中，我们似乎看到了一个不太合拍的音符，这就是男飞行员的恋人——女兵班的班长。男飞行员抱怨女兵班班长不能理解他对于飞翔的欲望，因而十分惆怅。然而事实远非如此简单，班长深夜点蜡烛织毛衣，是对男友重情而体贴的爱；班长摁住兵们听男友讲故事，是自豪感的显发。显然，班长是崇拜男友的，而且藏有浓浓的爱。可是当我们触及她面对天空的悲伤目光时，我们顿悟了，她的爱已走出了生命本能的冲动，深沉地依附于男友身上了。男友的生命安全成了她最关心的事。

未尝爱情的女兵朦胧略有羞涩的激情和冲动，坠入深爱的女兵班长对于爱情的认知，男飞行员对于爱情的理解，以及恋人间对于爱情的理解、表达方式和内心的渴求……我们甚至还能解读出更多的意象。

读到这里，新奇和热闹已离我们而去，一篇千字左右的小说顿生出众多的思考和品味。因为有了闯入者，生活改变了原来的模样，更让我们体察生活表层之下的种种，那些纤细、柔绵、暗香和心灵的软穴等，或强或弱地得以浮现。

如此一来，我们的感觉中，除了温暖，还缠绕着某种深沉和伤感。正像那机翼上的雨点，明亮晶莹，但总有忧伤在闪烁。

2005 年 4 月 19 日

贺鹏《无助》：两种态势的无助

当短小说遭遇大主题，尤其还是同类型主题铺天盖地时，对作家的挑战是显而易见的。贺鹏的短小说《无助》①，以短短数百字触及城市外来人这一集社会、文化与人性的庞大而常为我们所见的主题。该作品似乎是一把钥匙，最大的功能在于为我们开启了巨大的思索空间。

娟子，初到一个城市的女子，抱着刚满周岁的孩子，带着三个包，包里还有她给单位写的一些材料。这意味着娟子生活环境从熟悉进入陌生，女性是柔弱的，有孩子表明她还有保护者的身份，那些材料更多地象征着她谋生的资本。她一下车，没有遇到预想中等她的丈夫。对于妻子，丈夫是她生活和精神的支撑；对于外来人，丈夫又是她的引导者。没有了精神支柱和物质性的依靠，娟子开始虚弱无助；对眼前城市的一无所知，她出现了文化性的休克。接下来她只有恐慌，一些因恍惚、猜测和草木皆兵式臆断的恐慌，这是一种无助。

这种无助的背后还潜藏着娟子遭扭曲的文化心理，对社会的失望和世人的不信任，尤其是对与她同处于弱势的那一群体的误解甚至是蔑视。面前走来的一个人是民工的模样，瘦瘦的身子缩在宽大的棉衣里，灰头土脸的。应当说，娟子仅凭固有的印象判断人的身份是次要的，重要的是她对民工的冷漠和些许的嫌弃。随之而来的自然就是她对民工这一特殊人群以偏概全的人性和道德认定，民工素质不高，具有攻击性。她的腿软了，彻底地失去了抵抗力。显然，这是她自己的错误心理打败了自己。

是啊，一个在城市底层挣扎，没有讨到工资，身无分文的民工是在进入

① 贺鹏：《无助》，《短小说》2005年第6期。

城市一段时间后沦入无助的。他与娟子那种无助有相似之处，但本质上仍有区别。他在街头彷徨、无助之时，心中仍有人性的温暖。从物质上，他无法帮助娟子，但他还是上前和娟子说话。在他看来，面临无助的娟子，这时就是有一句温暖的话，也会少去一些因无助而来的担忧和恐慌。民工说着半生不熟的普通话，暗示他曾试图改变乡音融入城市。当然，也许为了让城里人淡化他这个外地人的痕迹，他做的远远不只是学说普通话。不过有一点他没有变，那就是淳朴、善良和乐于助人的心灵。娟子的无助是暂时的、轻微的，只是生活中的一个小插曲；民工的无助却是沉重打击下的状态，有可能改变他的人生。然而恰恰是这如此状态下的民工，还关注他人的喜怒哀乐，在自己无助的情况下，真诚为他人付出爱心。一个我们常常不在意，甚至怀有厌恶，甚至是敌意的小人物，却闪耀着完全可以称之为伟大的光芒。

同是无助，却呈现了不同的人性层面。娟子的行为已为我们所熟悉，贺鹏给我们提供了更为深入的细腻。倒是看似陪衬的民工，真正触动了我们已在日渐变硬的心弦，提醒我们对他们的认识是那样的肤浅和偏颇。

2005 年 6 月 8 日

秦俑《一条红丝巾》：爱情与亲情的对抗

秦俑的短小说《一条红丝巾》① 其实是一个女人复仇的故事。李玉兰这样一个乡村女性在身体的自然欲望得不到满足时，选择了私奔。她的选择是对传统婚姻观的挑战，冲破禁锢的自我救赎，这当是女性自我意识苏醒并付诸行为的情感外化。从这个意义上说，《一条红丝巾》是张扬女性意识的文本。然而我们发现，即便是文字容量极小的这样一篇短小说，给予的阅读含量却相当丰富。李玉兰悲剧的背后有更深层次的意味。

李玉兰婚后不久因无法忍受无性的婚姻，与小叔子李四军私奔。后来李四军并没有与她成婚，而是另娶了女人。李玉兰承受着太多的闲言碎语，但对李四军却没有任何的指责和怨言。而当李四军的媳妇生病去世后，李玉兰也没有主动去找李四军，只是在默默地期待李四军会想到她。曾经勇敢的李玉兰，如今失去了追求幸福的勇气。李四军似乎已经忘记往昔，激情早已荡然无存。只在城里为李玉兰介绍了一份工作，这是一种补偿，又是一个条件，他要李玉兰为他生一个儿子。到这时，李玉华才意识到，在李四军心里，她已经沦为工具。绝望之后的李玉兰不但断然拒绝了李四军的要求，而且主动沦为“小姐”，并明确告诉李四军，她的身体可以是天下男人的欢乐之地，但唯独不再给李四军。在她看来，她的身体已属于李四军，那么最好的复仇就是糟蹋肉身，这表明了她的无知和无力。李玉兰真正的悲情人生，其实这时才真正开始。

我们为李玉兰特有的复仇方式震惊，但探寻其悲剧根源更有兴趣。相信李四军当初与李玉兰私奔是爱情的力量，而他后来的绝情与冷淡则缘于传统

① 秦俑：《一条红丝巾》，《短小说》2006 年第 6 期。

的家庭伦理。当他与李玉兰在外漂泊了一个多月后还是回到村里，是因为他无法舍弃家族。哥哥的服毒自杀，不管出于什么原因，但总是因他与李玉兰的行为而起。家庭的伦理，无法挥去的亲情，使李四军熄灭了爱情的冲动。而他重找李玉兰，也只是想借腹生子，以延续家族的香火。他在回归男性话语所构建的世界，其代价是付出了美好的爱情和李玉兰这样一个女人一生的幸福。显然，李玉兰并没有意识到亲情之于李四军这样的男性的分量，这才有了她对李四军的幻想以及希望破灭后的愚蠢报复。

李玉兰因为身体而离开丈夫，这本是对身体本原欲望的尊重，而最终以身体为武器的复仇，则是对身体的最大背叛。李四军因为爱情与嫂子出走，后来却一步步回到亲情身边，这显示了亲情之于李四军的强大力量。应该说，这一男一女本不是一条路上的人。李玉兰的悲剧在于对幸福没有持久的追求勇气，女性意识的觉醒仍然停留在浅层面上，对男性话语世界缺少足够的认识，过分夸大了女性身体的作用。

2006 年 6 月 23 日

陈永林《戒指》：结构的力量

短小说由于篇幅短，惜墨如金，讲究叙述的姿势，对结构有着更为精到的要求，而恰到好处的结构往往能给作品注入巨大的能量，有力提高品质。我乐意把陈永林的短小说《戒指》[①] 看作一篇寓言，就是因为他以文本的结构暗合了人生的窘境。此作品是典型的复式结构，三代人的遭遇如同一种轮回，重复着上辈的情感煎熬和命运走向，人物总陷入无法自我拯救的泥淖。

寡妇玉珍遇上了一个好男人，可女儿小梅不同意她再嫁；而小梅丧夫后也遇上一个好男人，但女儿英子的态度与当年的小梅一样。这并非报应，而是人类命运一个始终存在的怪圈。许多事情只有我们亲身经历了、感知了，才会相信，而此前无论他人如何地引导劝说，都无济于事，所以才有了一代代人踏着上代人洒满血泪的足迹，继续着某些延伸了上千年的苦痛和不幸。英子是幸运的，当她的丈夫身受重伤，生活再也不可能自理后，她还没有女儿，母亲还在人世。小梅怀着对母亲的内疚和自身的体悟，帮助女儿英子勇敢地携旧夫嫁给了一个好男儿。我们有理由相信，如果没有小梅的支持，英子仍将与她的母亲和外婆一样挣扎下去。所以，之于英子个体是幸运的，而对于人类群体，这是莫大的悲哀。我们不能真切地洞悉前人的不幸和挣扎，也无从实现自我拯救。这是女性意识尚未觉醒的产物，更是文化之于人性的力量。推而言之，整个人类，每个个体生命和灵魂都有如此本质性的困惑。

作为结构重要组织部分的“戒指”，当是极具象征意味的。戒指是玉珍丈夫给她的定情物，但我们更可以将其看作文化之锁。女人接受了戒指，就寓示她被男性文化所禁锢。玉珍重嫁受到小梅阻挠后，欲将戒指送给小梅，

---

① 陈永林：《戒指》，《短小说》2006年第9期。

小梅不接受，意在让玉珍守妇道，更是惧怕被戒指锁住心灵。也正因为如此，后来小梅在同样的境地下想把戒指送给英子时，英子也拒绝了。在劝说英子再嫁无果后，小梅把戒指交给喜欢英子的那个男人，让他带着这戒指向英子求婚，并对结果十分有把握。英子果然接受了戒指和那个男人，戒指在变现之后依然完成了交接和传递。作为母亲的小梅的劝解、指点和鼓励，仍旧让英子心有余悸，可那男人直接的行为却化解了她心中的所有郁结。这似乎是在暗示女性自身难以积聚反抗和救赎的力量，总要借力于男性，至少是要得到男权社会认可。这是女性的悲哀，也是男性文化过于强势使然。当下女性主义正方兴未艾，但女性并未真正找到自我。

2006 年 9 月 20 日

凌鼎年《狼来了》：朴素平实之中的意味

微型小说的意味直接影响着作品的品质。许多作家醉迷于纯粹的技术性创作，总是注重把故事讲得与众不同，试图以结构和手法来营养微型小说这一文体的生命，提升作品的质量。凌鼎年则尽可能地摆脱技术束缚，回到现实生活之中，触摸生活的质感，在平实朴素中书写出意味。《狼来了》[①] 正是透过日常化生活的叙事，实践着他的创作理想。

这篇作品没有什么悬念，不重叙事手法，语言简洁朴实，如同是从现实中撷取的一个鲜活片段。曾经的狼山，许多年不见狼的踪迹。没有任何特色自然资源的狼山，只是一座不起眼的山，山名也沦为一个虚空的符号。然而突然有一天，山上传来了“狼来了”的呼救声，第二天，人们又在半山腰发现了一条死狼。狼山上重新有了狼，这让一些人兴奋不已，镇政府组织人员上山考察。结果更令人振奋，考察组通过被狼咬过的地质工程师口述和伤口，以及狼粪、狼毛之类的证物，对外宣布狼山确实又有狼了。对于这一发现，除了村子里少数村民不相信，其他人不但相信，而且兴高采烈。

如前所述，狼山原先是有狼的，但后来因为人们对自然环境的破坏，无情地猎杀狼，狼山这才徒有虚名。当下，人们又千方百计地企图让狼山重新有狼。我们可以简单地认为，让狼山没有狼和让狼山有狼都是人们出于自身生存的需要，看起来无可厚非。其实这一过程隐含了巨大的讽刺。我们毁坏大自然，那么大自然早晚会要我们付出代价的。狼山有狼时，我们不珍惜，不保护，反而赶尽杀绝。我们并不知道，其实是我们心中的狼心糟蹋了我们自己的生存环境。

---

① 凌鼎年：《狼来了》，《小小说选刊》2011 年第 21 期。

经由叙述，我们很容易会发现，考察组的所谓现场考证，是很不严谨的，得出狼山有狼的结论有太多的疑点。可是人们并不去辨识，而是轻易且快乐地认同了狼山有狼的说法。这正是意味所在。狼山有了狼，就产生了旅游资源，当地经济有了新的增长点，游客们有了新的去处。如此一来，本质上不是狼山有了狼，而是某些人心中的“狼”来了。那些怀揣利益的人进了狼山，才是真正的“狼来了”。类似的事情在当下的社会中可谓比比皆是。为了利益，或凭空捏造，或似是而非，或屡屡突破道德底线。是的，许多人心中生出了狼，许多事情中闪烁着狼性。由此一来，“狼来了”，成了人们心中的呐喊。相信，对于这样的“狼”，我们并不陌生，这样的狼比动物的狼更为可怕。

从这一意义出发，《狼来了》指涉了现实的盲从焦躁情绪，直击一些人的逐利心理与行为，影射了生活中不是狼胜似狼的林林总总。

2012 年 10 月 23 日

他和她的风景

丁玲：执著地言说女性成长

《莎菲女士的日记》让丁玲一举成名，《太阳照在桑干河上》赋予其太多的辉煌，也为我们走近她添加了太多的障碍，人生的曲折和政治生活的起伏，更容易让我们的视线迷茫。在传奇和跌宕起伏的纷繁人生风景之下，丁玲其实又很简单。当然，我们理解她的复杂是很容易的事，注视其复杂背后的简单，的确有些难度。但我总觉得或许只有真正读懂了丁玲的简单，我们才能真正了解丁玲。在众多作家中，一方面丁玲如雾中山、似九曲河，一方面她又是那样的真实而清澈。她做到了在生活中创作，在创作中生活。女性丁玲与作家丁玲是两位形影不离的朋友。人生是她的行动，作品是她的言语。细细一想，如此的生命精神与作品精神保持着高度的一致，这在作家中其实是不多见的。

一个青春勃发的女子刚走出家门踏进社会，这是一个新的成长期的开始。社会还只是个背景，占据内心的多半是对于爱情的向往与迷失。她需要向世人诉说，更渴望在诉说中与自己的灵魂交流对话。就这样，一个叫梦珂的女孩向我们走来，一个叫丁玲的作家走向了文坛。《梦珂》虽不如后来的《莎菲女士的日记》让丁玲一举成名，梦珂也不如莎菲那样在中国文学史上享有盛誉。然而《梦珂》是丁玲创作的起点，便成为她日后整个创作的原点。在某种程度上，可以说丁玲的创作就是梦珂的成长史。她一生的创作都是关注女性的成长，换言之，女性的成长是她创作之路永久的路标。在这一点上，这是丁玲有别于其他作家最鲜明的个性，也充分显现了她的真诚、执着与勇敢。

在中篇小说《韦护》之前，丁玲笔下的女性几乎都是生活在自我空间的青年女性，生活的纠结都是以情爱为中心，以欲望为线索的。比如《暑假中》中的女教员；《阿毛姑娘》中的乡下姑娘阿毛；《岁暮》中的佩芳；《小火轮上》中的女教师节大姐；《自杀日记》中的伊萨，等等。她们其实都是梦珂精神上的姐妹，这当中自然也包括莎菲。她们还都在过于私性化的生活圈子里挣扎与困惑，处处都涂抹着“小我”的个性与色彩。虽然在艺术价值上《莎菲女士的日记》之后的这些作品没有太多的突破，但丁玲以群像式的创作描绘了女性特定成长期的隐秘心理与情感煎熬。对此，丁玲是先锋的，并超越了时代，走向了人类普遍性的成长。在这方面，近三十年来所谓的私性化写作或许总没有超越丁玲。

我认同《韦护》是丁玲创作生涯一个重大转折的观点，但同时我认为我们完全可以淡化以所谓的革命加恋爱来指认丁玲其后的创作。梦珂在成长，终于从闺房走向社会，从封闭的自我走向广阔的人生。丁玲与梦珂一同来到一个崭新的生活空间，但对女性成长和生存的诉求依然没有变。三小姐和幺妹（《田家冲》)、贞贞（《我在霞村的时候》)、陆萍（《在医院中》）以及《太阳照在桑干河上》中的董桂花、周月英、黑妮、李子俊老婆等女性人物，都在传达丁玲对于女性的关注。而《“三八节”有感》更是鲜明而直接地言说着生活在延安革命队伍中知识女性的艰难生活、尴尬处境和不幸命运。

在《莎菲女士的日记》问世50年后，丁玲写出了《杜晚香》，1980年法文版以《大姐》为名出版了该篇文章。从梦珂、莎菲到杜晚香，从青春女性到母亲，丁玲的创作其实是完成了一个女性生命的全过程。一路走来，风景在变幻，她也做过妥协或迎合，然而她总是在吟唱着女性之歌，抗争成为她长久的叙事动力。

我不得不承认丁玲在浓重的政治话语之下，对于女性困境的表达是尖锐而勇敢的。许多时候，丁玲以她的创作体现了一个作家的良知与智慧，并发挥着女性所特有的柔性力。就是今天重读那些作品依然能够感受到她内心的强大。瞿秋白形容她“飞蛾扑火，非死不止”，成为她一生创作的写照。丁玲这样一位坚强的女性带给我们一种文学精神的坚强。

“我自己是女人，我会比别人更懂得女人的缺点，但我却更懂得女人的痛苦。”① 如果非要以性别来界定作家的话，那么丁玲当是为数不多的真正的女性作家。解读作家作品，带着某种预设的概念是危险的。可要真正读懂丁玲，最好的途径又似乎是在女性作家的命名之下。当我们深入到丁玲所营建的女性世界中，我们会发现能探求到更多的东西。而当我们剥离掉丁玲作品中那些遮蔽物，当然也包括她现实中许多带有遮蔽性的话语，回到一个女性的诉说与追问，回到作家丁玲内心的最深处，那么某种力量会渐渐强化，或许这是一种称之为永恒的力量。

2011 年 2 月 22 日

① 丁玲：《“三八节”有感》，1942 年 3 月 9 日《解放日报》。

沈从文：一切缘于成长的映射

沈从文是一位产量极高的作家，同时也是一位受到深度研究的作家。他这位“凤凰城”里的“老先生”，以“乡下人”的身份营建“纸上湘西”，让《边城》成为文学史上永远而极具个性的风景。而这之中，他早期的军旅小说是其创作的起点。在现代作家中，沈从文的边地军人生活经历是绝无仅有的。他进入军人日常生活的创作，可以说开创了中国军旅小说创作之先河。这之后，直到20世纪80年代末90年代初，军旅小说才在中国文坛风云一时。和平时期，军人陷入琐碎的日常生活，因为平和平淡而找不到体认军人价值的坐标，那么力图从军人的生存境遇和生存方式中寻找新的文学图景，属正常的文学诉求。可身处战争时期的沈从文为什么会以军旅日常生活作为自己的创作首选呢？在现有的为数不多的有关沈从文军旅小说研究中，一般都认为沈从文早期创作将目光锁定军旅题材，缘于他出生于军旅世家、近现代社会尚武精神和游侠精神的浓烈以及他有着长达6年的军旅生涯。对于其作品疏离战争或战场，一味志趣于军人的日常生活，基本上都解读为他在军中是担任司书、机要收发员和司令官书记等闲职，缺乏真正的战场生活。应当承认，以上所述的确指涉了沈从文早期创作的原动力，然而我们似乎还有进一步探究的深度和可能。

作家的初期创作大多数会撷取生命体验中最为深刻的那部分，这其中，童年的苦难记忆、成长期的心灵风景和现实生活的激烈撞击，最易勃发作家的创作冲动。走进沈从文的生活，我们会发现，在创作之初，6年的军旅生活当是他的生命重镇。他的童年生活没有太多的苦难，缺少唤醒记忆的强劲支点。浸润童年的文化以及由此引发的人生思考，他尚未能触摸。而初到北平，人生地不熟，他有心绪却无太多的生活经历。与此相比，军旅生活能成为他开始创作最可进入的生活现场。当然，仅有此是不够的。沈从文 14 岁便入行伍，成了名副其实的小兵。在他从军的 16 岁到 20 岁这一年龄段，正是人生最为奇妙的成长期。短篇小说《卒伍》当是沈从文离家从军的自传，平实地叙述着“我”出家门进营门的生活细节。参军本是最为关键的细节，却被作者最大限度弱化，重墨铺陈的是普通家庭的日常生活，是父母对于出远门孩子的担心与叮嘱。对于一个军旅世家，当兵是件不陌生的事；对于处处是兵营的湘西，“我”入伍后的兵营离家的距离并不太远。然而“我”的成长迎来的环境是全新的，心理距离又是遥远的，所以参军并不重要，重要的是“我”从此要走出家门，走向社会，一个未成年的孩子要去独自面对人生。如果说他从小就生活在一个巨大的兵营之中，那么他穿上军装，才真正在军旅生活中成长。毕竟生活其中与零距离的自身体验，是不尽相同的。与其说是他进入了军旅生活，还不如说是军旅生活主宰了他一生中最为重要的成长期。在这个时段，他由军营的旁观者转化为亲历者。之于他而言，生命进入自觉期，外在的一切与他的心灵在撞击、在对接、在相抵、在相容，与社会与世界的对话是稚嫩的又是深刻的。或许这一时期的经历在他生命中并没有童年生活那样具有强大的内驱力，但在他的记忆库里是最为鲜活的，是他在创作之初最为明晰的生活经历，心灵稍加搅动，便能迅捷活泛。可以想象出，当身处异乡的沈从文坐在书桌前铺开稿纸，首先想到的是故乡，军旅生活又是有关故乡记忆最强的音符。十分的熟悉，又在空间上相距甚远，可以舒展一定的想象力，自然也就成为写作最易用的资源。

沈从文在《从文自传》中写道：“我应当照城市中人的口吻来说，这真是一个古怪地方！只由于两百年前满人治理中国土地时，为镇抚与虐杀残余苗族，派遣了一队戍卒屯丁驻扎，方有了城堡与居民。……两世纪来满清的暴政，以及因这暴政而引起的反抗，血染红了每一条官路同每一个碉堡。”也就是说，他生活的地方就是一个巨大的战场，而他从军后，虽说不是战斗士兵，但也参与了清乡剿匪、后方留守和援川作战等军事活动。也就是说，如果正面描写战争，抑或状写战斗场景，沈从文当不缺第一现场的创作素材。可偏偏舍弃了这些，专注于军营里的日常生活，更为准确地说，是尽可能剔除了战争元素，只抒写日常生活中的军人。《逃的前一天》写的是士兵们的嬉戏揪打，书记官吃烟喝茶，众人的逛街购物，如果不是点明他们是一群兵，那几乎与正常百姓的生活没有什么两样。《占领》、《传事兵》似乎就是青年人的浪漫生活集锦，吹号、放马、炖狗肉、钓蛤蟆，既是浓郁的生活，又是开心的游戏。而在《我的教育》中，更是将此生活演绎到极致，就连捉逃兵、审罪犯和屠杀这样的军事行动，也轻巧地抒写为生活情趣。应当说作品取名《我的教育》是有意蕴的，是暗示着“我”军旅生活的主体，或者军旅生活之于“我”成长的滋养特质。

处于成长期的少年其实是迷茫的、混浊的，对于社会的理解是自我的。一个十四五岁的孩子，感性左右着生活，不可能对于战争有着多么深邃的理解，无法上升到某种高度。这时候的沈从文是有着强烈好奇心的半大孩子，只有那样陌生的新鲜的生活，才会冲击他的心灵，在他的记忆中扎根。战争的丑陋、战斗的惨烈，固然会对人产生强烈刺激，可这些原本就是沈从文从小到大的生活常态。在这一点上，入伍前后，对他并没有本质性的变化。从军其实是让他过早地进入了成人化的生活，这在他的成长中是一大跃升。心灵尚未完全开化，身体与心理都只在成熟的初期，那么对生活的认识还多半处于就是打闹玩耍的阶段。对于身边的人和事，他没有过多的辨识能力，有的是目光的触及和直观的感受。也正因为如此，他对于军营生活更多的是不加粉饰的自然呈现，而这种创作态度恰恰为我们展示了人性的丰富性与生存的真实状态。《哨兵》中对于黑夜和臆想的神秘力量的恐惧，写的是别人，也是沈从文值勤上哨时的心理状态。《会明》中的火夫是一个再平常不过的兵，做着与军人无太大干系的烧水做饭之类的杂务，但有着极强的生活质感，表达了人生的质朴、美好的人格力量和饱满的信仰。《连长》讲述了一个青年军人与寡妇热烈而无功利化的爱情。连长与驻地的青年寡妇产生了爱情，先是每天早晚与其相会，后来索性搬出兵营住进了寡妇家。在这里，所谓的军人只是一身军装，连长回到了平凡的人。“在把一种温柔女性的浓情作面网，天下的罪人，没有能够自夸说是可以陷落在这网中以后容易逃遁。学成了神仙能腾云驾雾飞空来去自如的久米仙人，为一眼望到妇女的白胫也失了他的法术，何况我们凡人秉承了爱欲的丰富遗产，怎么能说某一类人便不会为这事情所缚缠？在把身子去殉情恋的道路上徘徊的人，其所有缠缚纠纷的苦闷，凡圣实没有很大区别的。一个皇帝同一个兵士地位的不同，是相差到几乎用手可以摸得出，但一到恋着一个人，在与女人为缘的应有心灵上的磨难，兵士所有的苦闷的量与皇帝可并不两样。一个状元同一个村塾师也不会不同。一个得文学博士的人同一个杂货店徒弟也总只会有一种头痛。因此在连长的身份上，就不必怎样去加以此时那尽量饮酒的解释，也很容易明白了。”这样的爱情行为和爱情观，可以说在成长期的男女中间比比皆是。连长的爱情举动，又是处于成长期的沈从文从未领略过的。而当这一切成为过去时，如此勇敢的爱，相信又是沈从文可望而不可即的。

是的，沈从文的军旅小说抵近军人的日常生活，实现了军人首先是人的人本创作。他是在诉说独特的成长风景，一个少年的成长，一群军人作为人的成长，展现的是人性的自由度和丰富性。在他所处的那个时代，他是先锋的。而他之后直到当下，我们的军旅作家不要说有所突破，就连与沈从文同行都没有做到，最多还处于突围态势。

沈从文的军旅小说还有一个鲜明个性，那就是写出了军人的可爱，写出了他们的真情与美好。在他那个兵灾横行，兵匪混杂的年代，也是绝无仅有的。沈从文在《从现实中学习》一文中写道：“那时正是中国最黑暗的军阀当权时代，我同士兵、农民、小手工业者以及其他形形色色社会底层人们生活在一起，亲身体会到他们悲惨的生活，亲眼看到军队砍下无辜苗民和农民的人头无数，过了五年不易以想的痛苦怕人生活，认识了中国一小角隅的好坏人事。”可见他遭遇过太多的军中丑恶，战火中的生灵涂炭，是他心中永远的痛。在沈从文看来，“兵卒纯善如平民，与人无侮无扰。”是的，普通士兵都是百姓出身，他的许多亲朋好友、左邻右舍都是军中人，他们都是淳朴善良之人，即使在军中做了些恶事，那也是军官们所逼迫，或因军纪所约束。还有就是对于军人的崇敬，一直占据着沈从文的内心。

或许还有一个极为重要的原因。离开兵营后，沈从文就离开了湘西北上至北平。初到新地，孤独是避免不了的。在如此心境下创作，让心灵回到故乡，剥离那些不快之事，以美好温暖的回忆寻求慰藉，是自然而然的事。越是苦难的，很可能书写出的越是美好。他真正进入苦难内部体验，在努力寻求被苦难重压淹没时的出路。他怀揣乐观和积极之心之情在苦难中寻觅诗意，让我们在苦难的肆虐之下，感受到一丝因希望带来的暖意。他以纤细、温暖去发现和抒写被苦难挤压下的人性之美、人心之善和生命、情感的力量，以此显现人生之美，给予我们与苦难斗争的力量和希冀。他如此解读苦难并思考出路的方式，具有哲学的意味，他的作品也因此生长出不可小觑的力量。似乎正因为如此，沈从文的创作一直这样走下去了，这才有了田园牧歌式的《边城》。

2011 年 5 月 2 日

冰心：意味深长的起航

从一生的创作来看，冰心为中国现代文学贡献的最有价值的部分在散文而不在小说，但是冰心初期的小说创作，在其整个文学生涯起着原点的作用。冰心最初的创作尽管目标不尽清晰，但隐含的内核已如隐形翅膀，悄然飞翔于作品天空。在她最初的5篇小说，即1919年创作的《两个家庭》、《斯人独憔悴》、《秋风秋雨愁煞人》、《去国》和《庄鸿的姊姊》，就已经种下一生创作理想的种子。这以后，她在纸上、心灵和现实三重世界里同时呵护着这一种子的成长。她坚定地以自我生活为丰足营养，守望着自己独特的精神家园，表达着与小我相关更与人类这一大我的普遍性精神、情感连通的文学审美意味。这一时期的作品成为她毕生的创作指向，也是她在现实生活中实现人生价值的精神诞生地。

作家成长期的经历常常会影响其一生的创作，之于冰心更是如此。正如她在《童年杂忆》中所说："我的童年是快乐的，开朗的，首先是健康的。该得的爱，我都得到了，该爱的人，我也都爱了。我的母亲，父亲，祖父，舅舅，老师，以及我周围的人，都帮助我的思想，感情往正常、健康里成长。"① 富足、自由、和谐的家庭给予她丰富的情感，让她体味到爱的力量，感受新思想的生命力。在"五四"那个觉醒和开放的时代，新思潮激荡着冰心年轻的心，她参悟到内心话语与现实世界的同频共振，这让她可以内心观照世界，以自我情感体验去表达对新女性的认识。在这5篇作品中，冰心以家庭、教育和责任构建了心目中的新女性形象，她人生和创作的双重理想从这里已经起航。

① 《冰心研究资料》，北京出版社1984年版，第58、40、172页。

冰心的家庭生活是幸福的，这让她看到了家庭之于人生和社会的重要性，对于幸福家庭和不幸家庭的抒写是她思考的起点。《两个家庭》是冰心的小说处女作，也是其文学创作的真正开端。她借以亚茜这一人物形象，书写了自己心目中的完美家庭女性。显然，我们能从亚茜身上察觉到冰心母亲的许多影子。换句话说，冰心从自身家庭和母亲那儿获得了创作素材和思想依托。与自己的生活紧密相连，从日常生活出发进入创作，这是冰心一直以来的创作行为。亚茜是高等文化教育，具有新思想、有事业追求的知识女性，又极具主内持家、相夫教子的典型东方传统女性的德行。亚茜是长辈称赞的孩子、丈夫疼爱的妻子、儿子喜爱可敬的母亲、同龄人羡慕的女性。由于有着真切的生活体验和美好向往，冰心对于亚茜建设家庭和在家庭中所起到的作用，写得细致入微，一个个闪亮的细节将一个家庭编织成生活乐园。为了更好地验证新女性在家庭中的积极作用，冰心以陈太太为例，道出了旧式女性之于家庭的损害。如此强烈的对比，让我们看到了亚茜的女性价值。或许这与女性主义倡导的女性解放、独立有着某些偏差，但冰心坚守自己对于女性价值的观念。她总是认为女性当是爱的使者，奉献是女性至善至美应有的行为。《斯人独憔悴》中的颖贞出场不多，正如她在父亲和两个哥哥中间调和一样，在作品叙事中只起到连接性的作用。尽管如此，冰心还是以颖贞为蓝本，道出了她心中好女孩的标准。“其实我在学校里也办了不少的事。不过在父亲面前，总是附和他的意见，父亲便拿我当做好人，因此也不拦阻我去上学。”以柔克刚，温顺地与人相处，做个“好女孩”。正如有研究者认为，颖贞其实是冰心的化身。换言之，冰心是借颖贞之口说出了自己对于女儿身份的行为规范。在家庭之中，冰心不鼓吹针锋相对的对抗，不提倡两代人成为强硬的对立面。颖铭、颖石兄弟的失败是最好的说明。或许男性可以彻底与家庭决裂，但冰心不愿意女性如此。女性自有女性的特质，温柔行事，智慧周旋，可能更有生活的现实意义。《庄鸿的姊姊》里的“姊姊”是一位极具优异才质的女子，但她为成全弟弟上学，毅然牺牲了自己的学业，最后因劳累过度，抑郁而死。因为生活困难，因为“女子读书无用”的旧观念，“姊姊”辍学是被动的，无可奈何的。但她坦然地接受了这一残酷现实，一心为弟弟的学业操劳。弟弟学习有进步，她由衷地高兴；弟弟对她不能上学有怨言，她善良地化解。她在隐忍中奉献，在苦痛中给弟弟送去关爱温暖，一个弱小的躯体映照的是伟大的身影。

可以说冰心在初期这几篇作品中已经较为系统而明确地宣扬了自己的女性意识观。当然，在后来的创作中，她对其女性意识观作了更为饱满的营建。作为家庭中的女性，冰心认同性别差异，主张将“妻性”、“母性”和“女儿性”内化于精神，外化于行为，这是女性的天职。她把女人的力量定位于，用爱“温柔了世界”。她的这一女性意识观是受到质疑和批评的，比如有人认为《两个家庭》通过对封建官僚家庭教育出来的陈太太的否定和对新式资产阶级教育出来的亚茜的肯定，表明了她对封建官僚家庭教育制度的否定和对新兴资产阶级教育的肯定，这是文章的积极方面。但另一方面，尽管亚茜受过比较完备的教育，但她仍只是丈夫的陪衬，家庭的附属，没有自己独立的事业，宣扬的是如何改造女性以适应变化了的时代与变化了的男人的思想。阿英在《〈谢冰心小品〉序》中就说：“反映在作品中的冰心的思想，显然是反封建的，但是同时也多少带一些封建性；这就是说，她的倾向是反封建的，但她的观念形态中，依然有封建意识的残余。”① 茅盾称她这一观点为“新贤妻良母主义”。范伯群、曾华鹏进一步对这一“新”字做出解释：指镀上一层薄薄的西方文明的金液的中国封建式的贤妻良母主义者。② 而当下的女性主义追随者，恐怕更难以完全接受冰心的这一主张，可能还会有更为激烈的批判性话语。但我们又不能否认，女性没有这些品质，那就离开了坚实的生活大地，只能作为一种虚幻存在。而现实生活是不可虚幻的。毕竟世界是两性的世界，超越性别的世界以及文化并不存在，两性各自张扬生命特质和文化精神，在差别中达到和谐，才是人类的福祉。冰心的可贵之处在于，她并非是从理论角度建构女性意识观，意图在学术上博得名利，而用心于女

① 《冰心研究资料》，北京出版社1984年版，第58、40、172页。

② 范伯群、曾华鹏：《五四惊雷“震”上文坛的新星》，《冰心评传》，人民文学出版社1983年版，第83页。

性意识对于现实生活的推动力，身体力行地实践这一女性意识观。

家庭成员之间有血缘之亲，有爱相连。将爱从家庭中逐出是不可取的，也是极为可怕的。在冰心看来，爱是家庭必备的成员，是要用心护卫的。有对家庭的小爱，才可能生成对人类和社会的大爱，爱是一切力量的源泉，爱是人类不可缺失的财富。直至临终，她还嘱咐：有了爱就有了一切。这或许是冰心的初期小说总以家庭生活为题材的深层动因，以言说家庭来传送她心灵的呼吸。她说："'能表现自己'的文学，是创造的，个性的，自然的，是未经人道的，是充满了特别感情和趣味的，是心灵里的各自为政和泪珠……总而言之，这其中只有一个字——'真'。"① 这是人世间的真，也是冰心灵魂的真。因为这份真，在后来的创作中，她的视线常常还是落在家庭中，以她自己的方式赋予家庭更多的内在，渐而将"母爱"提升到相当的高度，成为女性人格建构的重中之重，并将母性之爱实践为一种济世的力量。

冰心一生都在普化爱的教育，以教化温暖人性，和谐人生和社会。深受教育惠泽的冰心，自然深知教育之于人的重要性。《两个家庭》中亚茜因为接受过良好教育，过着"红袖添香对译书"的充实生活成为人见人爱、家庭事业双丰收的女性；而陈太太未能成为一个好妻子和好母亲，很大程度也与她没有受过学校教育有很大关系。在这里，冰心还对那些不能正确理解女性主义的人进行了讽刺，陈先生多次劝说陈太太，陈太太却说陈先生"不尊重女权"、"不平等"、"不放任"。陈太太没有读解新思想却又肆意扛着新思想胡乱招摇，让人可笑，也足见没有知识的可悲。《去国》中的芳士，活泼好动，性格开朗，浑身散发着新时代的气息。哥哥英士在美国留学，是成绩名列前茅的高才生，回到国内却无法施展才华。他心灰意冷，消沉悲愤，决意再次出国。清楚知道这些情况的芳士，却依然走出国门求学。英士满腔苍凉，芳士却满怀希望"我自少就盼着什么时候，我能像哥哥那样'扁舟横渡太平洋'，那时我才得意喜欢呢，今天果然遇见这光景了。我想等我学成归国的时候，一定有可以贡献的，也不枉我自己切望了一场。"可见在芳士心中，

① 《冰心研究资料》，北京出版社1984年版，第172页。

不管如何，多学习、多接受新思想总是重要的。《秋风秋雨愁煞人》中的英云因为旧式家庭的操控，失去了继续学习的机会，最终本是阳光的心灵变得阴云重重，精神支柱轰然倒塌，从此如行尸走肉。《庄鸿的姊姊》里的“姊姊”为弟弟能更好地读书而中断学业，虽然为弟弟的学习进步而高兴，处处为弟弟好好学习而出力，但心中对于学习的渴望从没有减弱，最后因为再进校门无望而病逝。是的，英云与“姊姊”的凄惨命运以及丧失了受教育的权利，是旧思想旧传统残害所致，冰心为此发出了激愤的呐喊。与此同时，我们也体会到英云与“姊姊”神往学习的那份渴望，已经成为生命唯一的原动力。逼迫走出校门，与教育两岸相隔，她们一个心死一个身亡。如果我们的目光再稍向后移动一下，我们会看到《最后的安息》中的翠儿，这样一个备受磨难，身心俱受摧残的乡下童养媳，在生命的最后时刻，惦记的是终于学会了几个字，带着认得了几个字的满足含笑离开了人世。冰心得到了教育的益处，真诚地体味到女性对于教育的源于生命深处的悸动。她在以这种方式警醒世人关注女性的教育权，呼吁还女性平等的教育权。而此后的余生，她把教育看作是替“女界造光明路”和替“人类修万福桥，一直在以自己的实际行动，为女性的教育权而奋斗，并以自己的作品和人生给予人们一份教育的阳光雨露。

在中国现代作家中，冰心的意义非常特殊。她既是伟大的书写者，又是伟大的实践者。她的创作是为了感化世人，而她的生活行为也在行感化之事。在她还是20岁左右的学生时，这一思想已经在她心中萌芽。《秋风秋雨愁煞人》是充满控诉与悲怆的作品，但同时也潜藏着冰心的人生理想。英云，这位才情出众、义高志远的女学生，被包办婚姻的枷锁牢牢控制，陷入旧式家庭的冷宫，从此形销骨立，心枯似灰，她的梦想破灭了，但不甘愿女性的价值从此灰飞烟灭绝尘于人间。英云留给“我”的遗言是“我和淑平的责任和希望，都并在你一个人身上了。你要努力，你要奋斗，你要晓得你的机会地位，是不可多得的，你要记住我们的目的是‘牺牲自己服务社会’”。为社会服务这一话语多次在作品中出现，这是英云的追求，也是冰心的向往，所以她接着写道：“淑平啊！英云啊！要以你们的精神，常常地鼓励我。

要使我不负死友，不负生友，也不负我自己。”在这篇小说中，叙述者冰心，基本上就是现实生活中的冰心的移植。英云的遗言其实就是冰心的自我誓言。《庄鸿的姊姊》里的“姊姊”也心存“替社会谋幸福”的志向，《去国》中的芳士同样希望学到知识对社会有所贡献。不仅如此，“服务社会”几乎是冰心创作中常见的关键词，时而如美妙的音符跳动在作品的字里行间。

冰心的许多小说都以第一人称“我”充当叙述者，满蕴着深情，倾诉我的所见、所闻、所遭、所感、所触，这有助于她将虚拟叙事与现实世界有机地连接在一起，可以更便利地借助作品中的人物来诉说自己的情怀。罗钢曾这样说道：“对于第一人称叙述者来说，叙事动机是切身的，是植根于她的现实经验和情感需要的，不仅叙述者，甚至叙述行为本身也参与了作品意义的创造。因此，冰心的叙述行为本身便是与自我经验相联系的，可以说是自我体验的完成和总结，她的生命意义的获得也来自叙述行为的完成。”① 这是她对于文学“真”的理解和追求。而一旦不满足这种虚拟者的身份言说时，她渐渐倾心于散文这一直接“言我”的文体。进入散文的世界，她的状态得以充分的舒服，能够自在地用心诉说，进而散文的成就远远高于其小说。或许在她看来，散文更有助于她以已之力，以自己的创作，以自己的作品，去服务社会。她的“爱的哲学”是对这一理想的具体实践，而她在现实生活中同样在竭力实践着“爱的哲学”。我们可以对其“爱的哲学”的理念存有争论，但对其“爱的哲学”的人生行为，除了深深的敬意，我们能做的只有沿着她的足迹走下去。

作家的创作初期，如同人的童年一样，总是闪烁着纯真的光芒，有意识或无意识地隐伏着作家的创作理想，并成为其今后创作的精神土壤。对于冰心而言，最初的5篇小说，让她在中国现代文学浪潮中溅起了耀眼的浪花，以此为起点，她渐成为“五四”运动以来最有影响的一位女作家。同时从这5篇小说中，我们也可以读懂作为教育家、社会活动家的冰心，她一直以真诚之心和浓浓爱意行走在人生之路上。她的创作理想与人格理想、创作实践

① 罗钢：《叙事学导论》，云南人民出版社1999年版，第16页。

与人生实践得到了完美的统一，永久地绽放于文学史和心灵史。从这一层面而言，我们既看到冰心这一“先觉者”的形象底蕴，又看到了作家服务社会的责任和途径所在。

2011年9月19日

阎欣宁：军旅文学的浪漫骑士

在我看来，阎欣宁是驰骋在军旅文学世界鲜见的浪漫骑士。

论及当代军旅文学，阎连科式的农家军歌和朱苏进式的理想主义这两面大旗构建了两大阵营，形成了军旅文学的主流风景。我们习惯对作家的创作理想和文本的精神内涵贴上这两张标签。给人的印象是军旅作家就这两种，军旅文学就此两大类。然而我以为我们将阎欣宁这一作家和他的作品遗忘了，最起码是没有引起应有的重视。

阎欣宁从军十七载，以中短篇创作为主。最初引起我注意的是《秋风》系列那既关联又可独立成篇的三个短篇。三个连队接受了一项特别的任务：全副武装越野，看哪个连队坚持的时间长。第一个连队是比武场的常胜将军，但因没有对手，很快就不行了；第二个连队因为少了一枚手榴弹，全连上下颇有负担，结果也不好；倒是第三个连队演了一出好戏，就是这个即将要撤编的连，越跑越勇。在这里，我们感受到的是清洁的军营清洁的军人精神。

这以后的《枪王》、《枪圣》、《古堡》等同样让我们领略到军人之所以是军人的那块心灵圣地。一位神枪手因为使惯的枪丢了，精神颓废，枪法已无神可言；一位神枪手因打了一次步枪，再举手枪便无所适从了……说了军人与枪那种特殊的情感，更散发出军人骨子里的一种只有军人才有的因子。“一支不崇尚习武的军队简直像遭到阉割的男人一般羞辱；而一个不喜欢枪的军人无异于一只劁掉蛋子的小公猪，朝肥里养着等挨宰吧。”这就是他发出的军人宣言。

到了《追水营》，他将自己的创作理想散发得淋漓尽致，精彩纷呈。“古柳飞车三个九”的神话、曾是生死搭档如今身份各异二男一女的故地重游、刘大梦的似梦似醒、已被淘汰的军号声、秘而不宣的荣誉室……一个特定的空间中，展示的是军人最本能最原始也是最该有的精神。

阎欣宁撑起了第三个阵营——军人张扬着的浪漫主义情怀，显然这和穿着军装的农民和涂抹了理想色彩的军人在现实中的窘境两类作品截然不同。他善于将军人置于一个干净的天地，这里没有世俗，没有我们生活中的营区，有的是虚构和想象，有的是我们梦中的军人——剔除了非军人因素外的干干净净的军人。我们常说，军人首先是人，而后才是军人。换句话说，军人具有双重人性。过去，我们的面前是高而全的英雄，进入当代，写实之风吹拂军旅作家，军旅文学走出了误区和困境，这是可喜之事。现今的军旅文学，过多地铺陈军营生活与社会生活的相同之处，让军人更接近于常人。之于军人的人性，是一种开拓，是绿色通道。但我们也应该意识到，军人之所以为军人，是有着独特的一面的。在许多时候，军人的心空有一角是常人不具备的。只是在如今这个物欲横流的社会，已没有多少人看重这一点了。我以为这是军人的悲哀，也是这个时代的悲哀。阎欣宁没有放弃自己的理想，在默默地坚守着、奋斗着。值得深思的是，阎欣宁转业回到地方后，这方面的创作反而愈加丰腴有力度。

在这里，我还想提及他的《浸满枪油的枪》，一个军人的孩子在博物馆里看到一支浸满油的老枪，听说了老枪往日令人神往的故事，最后偷走了这支老枪。我理解他是在希望我们的下一代有军人生命特质的遗传。

阎欣宁这个浪漫的军旅文学骑士，似乎有点孤独，有点艰难，这是军旅文学的悲哀。我相信他的足迹总有一天会引起人们关注的。

2000年6月23日

傅爱毛：以身体伦理和爱情风景抵达底层叙事

傅爱毛的文字弥漫浓烈的人间烟火味，是日常生活自然呼出的气息，写作回归真正意义上的随性诉说。在她的创作中，接地气不再是概念，而是鲜活厚实的行为。她常以爱情为入口，以身体为风景，行走于底层人群的生活现场。看似描绘日常生活图景，但专注的是潜于生活内部的身体本能性的欲望与情感纯真化的渴求，这是使她的创作敏锐刺入世俗生活，本真而深度地感受身体欲望的横冲直撞，或对于爱情异乎寻常的偏执，观望身体与心灵间的厮杀角斗。她善于撕开生活的平静与身体的伪装，将人物推至极端的态势，追问情感中的肉欲狂欢和肉欲之下的情感吟咏。在竭力舒展性与情煎熬欢歌的表象之下，在欲望叙述的横流中，展开冷峻的人性叙事，探询人性的成长谱线，寻找人在困境里的行走与突围。

傅爱毛有许多作品充满女性主义叙事的气质，从女性的身体与心灵出发，观照女性的苏醒与沉沦。这些女性脚下是生活的坚实大地，内心对人生有着美好而健康的向往，但在或身体或情感的裹挟下，在一路狂奔中癫疯、迷失、呐喊或歌唱。她尊崇女性身体的涌动，又称赞她们的放飞而不放纵，讴歌她们之于生活的本真、勇敢和参悟。她没有从女性到女性，而是让女性回到男性中间，回到生活内部，在整体的层面上追寻人性的沉沦与飞扬。

傅爱毛以她的创作再一次证明文学与生活一样，外在的唯美或世俗有时并不是内部景象的真切折射。我们可以恣意地呼喊行走，世间可以斑驳可以纯净可以水深火热，但我们必须知道灵魂需要洗礼，身心终究向往在美好中荡漾。

傅爱毛以她的创作再一次证明叙事的力量首先不是源于态度和技术，而是心灵与情感温度。亲近生活，用心走入底层人物，感知他们的心动，总是可以发现他们人性的光彩和人生的坚强与富实。

身体与欲望

虽然灵魂在何种情势之下都可以自由飞翔，但身体被囚禁和压抑，依然是人生难以承受的困境。况且在很多情况下，对人的控制总是先从身体下手的。女性的释放与超脱往往也是从砸碎身体锁链开始，让身体自然地打开，自在地言说。身体是灵魂的栖息地，但我们有理由相信，身体也有只属于自己的生命与尊严。傅爱毛充分尊重女性的身体伦理，让女性身体在没有杂念和功利纠缠下自由行走。傅爱毛在女性绽放的身体中，捕捉女性冲击束缚寻找突破的心路历程。

《女博士与越狱犯》中的女博士端木惠抛开了道德和法律的约束，不怀有其他任何外在利益的目的，就连似乎与女性共生共长的羞耻感也被她扔在一边，让身体回到最为原始的状态，信任而心疼身体的饥饿与渴望。当一个男性越狱犯闯入她家并强暴她后，她没有耻辱感，只是充满恐惧，最终身体居然说服了她。她非但没有告发这个男人，反而回味着那瞬间惊恐之下身体得到的美妙，并淡淡地期望男人还能再来。她承认男人确实给她带来了快感，让身体得到极大的满足。男人并没有按江湖规矩杀她灭口，其理由是她“是个味道不错的女人，生着一身好肉”。在她听来，她的身体得到了应有的认可，这是一种尊重。傅爱毛没有用道义去指责甚至唾弃端木惠，因为端木惠不是在故意践踏道义，只是让身体回到自然状态，听从身体的苏醒与呼唤。

《你是谁的剩女》中的女性同样叫端木惠，同样受到男性的侵犯，侵犯她的是她的领导，但她采取的是拒绝。不过她的拒绝只是意识战胜身体的结果。年过四十的她，身体已经日渐枯萎。何止是身体，她的心灵、情感以及生活都呈荒漠化趋势。经过最初的慌张，端木惠身体在这突如其来的侵犯之后得到激活，她开始倾听身体的心声，主动敞开身体。

有意味的是，两个端木惠在回应了身体的渴望之后，原本僵硬的心灵反而活泛起来，她们重新燃起了生活之光，并以自己安宁而丰满的心态开始了新的人生。

唤醒的其实不只是身体，换句话说是通过唤醒身体而唤醒了灵魂。卓月琳（《尖叫与裸奔》）只是出于肉体的需求与白小黑结识。白小黑只是性工作者，只付出性，而绝不付出感情，从事这样的工作只为挣钱救女友的命。当女友病逝后，白小黑找了一份正常工作，任凭卓月琳以肉体和金钱诱惑，白小黑也不为所动。从此卓月琳熄灭了身体的欲望，开始自我虐待肉体，这当是灵魂自觉洗涤的一种形式。杜太太（《小伙子杜太太以及一条狗》）是被包养的，自我出卖的身体处于长时间的饥渴之中，甚至与狗有了亲近之举。他对小伙子百般挑逗，遭到小伙子的呵责："太太，你太可恶了！我在乡下是有对象的！"她相当自恋身体，相信没有人能抗拒她的身体。遭受重创后，杜太太反而清醒了。这时候，她的身体平静了，灵魂却冲破困扰飞翔起来。

当自己将束缚的身体解放后，她们又企图以自己的身体去控制他，甚至绑架爱情。《绑定爱情》中的杨然要与端木海结婚，目的是贪图他的巨额财产。她把心思集中在美容身体上，想尽一切办法试图用身体迷住端木海。用肉体绑架爱情，看似是发挥肉体的最大价值，但与听从身体本能的召唤已经完全不一样。《成名》中的杨斯卡则是想以人造的丰胸来博取名气，成名了，却香消玉殒。

显然，杨然与端木惠、杜太太等人对待身体的态度是相反的，端木惠等是尊重且敬畏身体的本真，杨然则是把身体作为工具在利用。祛除身体上的道德、文化和政治色彩，是对身体的忠诚；而添加身体的功利性，是对身体的亵渎。

傅爱毛的身体伦理叙事给予欲望充分而旺盛的冲击力，理解肉体的骚动、挣扎和狂欢。这是身体生命性的勃发与旺盛，但并不是无节制的泛滥，因而身体不是性和欲望的宣泄通道，而是一种生命与爱情的抗争，并以这样极端性的行为与生活展开真诚的对话，真实地表达诉求。身体的肉体性与伦理性合成一股力量，在困苦中寻找缝隙中的缕缕阳光。

痴情与异化

傅爱毛对人的“痴”怀有极大的兴趣，“痴”成为她叙事的重要元素，许多时候更是叙事最为强劲的内在动力。“痴”是浓醉迷狂的状态，也是高于凡力的执着境界。痴迷身体中的自我，痴醉身体的颤动与放飞，是自然性的生命力。而痴情或是对于爱情的坚守与执拗，或是扭曲之后的异化。傅爱毛劈开“痴”的丛林，寻找人们对于爱情的感悟，触摸心灵异化的脉络。

《住在巷子深处的毛线女》中的毛线女被男人申进昌抛弃后，独自生活了二十多年。她远离大众生活，将肉身自我软禁，就连语言也被她主动地封锁在身体内。她成天沉溺于织毛衣之中，手中的毛线被编织成衣服，她的心灵与肉体也被毛线牢牢地缠绕。显然，用毛线织毛衣已经化为一个寓意深刻的象征。申进昌离她而去，她一方面在痴等一个答案，一方面又时常陷于当年的肉欲回味中无法自拔，这样的痴情其实只是肉欲的化身。当申进昌再次来到她身边后，她在重温了肉体的迷醉后，为了长久留住他，用毛线把他织成了毛衣人，她留下的只是一具不再有生命与情感的躯体。或许她的身体依然是健康的，但心灵已经彻底病态。

《女人　刀子　酒》中梅姑娘对爱情是忠诚的，这样的忠诚几乎达到永恒的境地。顾大脚退婚后，她试图以自杀来殉情；苦等多年后，她嫁人了，有了孩子，但依然还是靠往日的那份爱情取暖。问题在于，她极度需要顾大脚给她一个理由，但她并不是去追问、去交流，而只是不停地谩骂和诅咒。时间一长，人们发现梅姑娘的谩骂与诅咒与其说是责备顾大脚，还不如说是她以此方式享受着生活，长久追骂可以让她暂时性回到常人的生活。某一天，现实让她意识到她错怪了顾大脚后，她停止了几十年的追骂，但此时她反而失语了。与梅姑娘有同样遭遇的还有十三香，她那鲜灵的肉体和妩媚的举动在婚后几个月内都没能让丈夫碰她一下，后来丈夫莫名其妙地失踪了。她知道他不是外面有女人而离开的，但她又不知道这其中到底是什么缘由。她在痴痴地期待男人某一天能出现在眼前。可是在这样的痴等中，她固执地认为丈夫是放着她这如此美妙的身体不懂得珍惜，因而开始放纵自己的肉体。以糟蹋自己的肉体为代价来报复那个男人，十三香的痴与怨已陷入了丧失自我的泥淖。

《姑婆的老棉袄》中姑婆与男人订婚并有了肌肤之亲，然而后来男人家悔婚了。姑婆一生都在幻想有一天男人能够回心转意。在她想来，男人的变心是因为她家穷，她没有一身好衣裳。可怜的姑婆总是无法从男人的绝情中醒悟，一厢情愿地认为只是一件衣服的事。痴已经摧残了她的心智，然而正是这样病态的痴，让她的一生都活在美好的期待之中。年老后，她有了一身好衣裳，便满怀希望走向另一个世界。

这样的痴是病态的，非人性的，但傅爱毛没有丝毫嘲讽之意，有的只是同情，甚至还有些许的钦佩。其里的悲怆，长久回荡于天地间。她们的痴是一种异化，但似乎也是一种自我快乐的生存状态。

《疯子的墓园》中的章楠和冯颖好像是疯了，还被送进了精神病院。但似乎又没有疯，只是沉浸于她们内心的那个世界。章楠是痛失爱人，冯颖是亲人一瞬间全因地震离她而去。章楠在自己的意识和情感世界里与爱人对话，在别人看来是疯了，但她却那样的充实而激情。到墓园工作中，她才真正走进自己的世界，在自我快乐健康地生活着。冯颖在爱的滋养下回到了人们所认可的“正常状态”，但患上了严重的抑郁症。

所谓常态与非常态是某种概念或标准的产物，甚至是相对的，但又是可以转化的，至少我们不能轻易认定“病态”或“异化”就是有悖人性的。为此，傅爱毛没有自以为是地用“常态”与“病态”来界定她们，而是试图借此了解她们的内心，梳理她们在困境中行走的姿势与足迹。其实傅爱毛并不在乎她们是否正常，只是想探知她们的心灵纹理和生活景象，毕竟她们是我们中的成员，与我们共同组成了社会，她们的人生同样是生命与情感张扬的人生。

残缺与纯爱

傅爱毛观察生活的视角极为独特，书写也应和着她新颖的个性和思考。她让女性的身体自然呼吸，让女性的心灵在自由舒展，但没有让男性不在场。相反，男性在女性生活中多数情况下起着“点化”和“涤荡”灵魂的角色。这还不是最具特色的，傅爱毛最与众不同之处在于，出场的这些男性基本上都是不完整的，身体有残缺。顾大脚和桂林（《五月蒲艾香》）都因意外失去了男根，但大爱在他们身上茁壮成长。或许这有些极端，可另外一些人物是日常生活中普遍存在的，平常得就如同我们的左邻右舍。

哑巴（《爱情试验》）的感觉似乎与他的语言一样一直处于冰冻状态，“我”与申小米出于对纯真爱情的怀疑，用情书为哑巴虚拟了一位“如月姑娘”，哑巴居然在感情的滋润下焕发了活力，并痴迷于其中。她们二人为哑巴的真情实感而内疚，也不愿意继续恶作剧，就向哑巴道出了实情。哑巴起初不信，当确认自己所爱的“如月姑娘”并不存在时，他因失望而迷茫，总是无法从虚幻中走出，最后当水中幻出“如月姑娘”时，他投入河中，为情而死。刘二拐（《换帖》）与死去的翠枝姑娘换帖结成阴亲后，对翠枝有着近乎宗教般的信仰和依恋，他的生活也因此充满阳光。他不再灰头土脸，不再垂头丧气，日子过得一天比一天有起色。他的眼前没有翠枝，可心中有，一天天的日子里有，他以自己的情感和想象让翠枝真实地活在他身边。当村长要把妹妹嫁给刘二拐时，刘二拐竟然为了捍卫这份想象中的爱情而宁愿结束自己的生命。

这样的爱情是无功利性的，是清洁的生命、清洁的灵魂生长出的同样清洁的情感。身体有残疾，情感却无比纯净。傅爱毛发自内心地崇敬他们，但也对当下过于物化的爱情做了隐喻式的批判。

杨静云（《笛殇》）在爱情上受过伤害，从此不再相信真爱。她心中的爱已经死了，活着的是肉体的渴望。她被盲人按摩师木耳的青春和男人味所迷恋，但她需要的只是一个声香味俱全的男人。可木耳深深地爱上了杨静云，想与杨静云结婚好好过日子。杨静云为了让木耳死心，骗他说只要能买上房子，她就嫁。实诚的木耳信以为真，以卖肾来筹钱。到这时，杨静云才明白木耳对她有了真正的爱情。她出钱为木耳装修房子，为木耳做复明手术，而当木耳手术成功时，她服毒自杀了。《米香》中的米香最初是为了获得抚恤金而嫁给驼子的，这里没有爱情，只有用身体和虚假的爱情名义去挣钱。随着生活的继续，米香体味到驼子的善良与大爱，渐渐发自内心地爱上他了。米香被驼子感召、纯化，矮矬的驼子在米香心中是那样的高大。

傅爱毛之所以着力关注这些身体不完美的人，其实是感受到他们生活于底层是何等的艰难。他们弱小的身躯在风中摇晃，心灵的阳光却万丈光芒。残缺与完美不再是对立的，他们以残缺之躯活出了灿烂的大人生。

端木玉（《天堂门》）是个丑女，得不到人的待见，爱情也是一位陌生客。无奈之下，她到殡仪馆当了美容师，以这样的方式蜷缩于世间的角落。在 39 岁那年，她遇上为逝者扎纸人的哑巴男人，两人产生了爱情，开始了幸福自得的生活。端木玉最初的苦闷其实是源于她的不自信以及对生活的不信任，更重要的是她从迷途中找到了回家的路，发现身边的大美与大爱。

2013 年 5 月 19 日

朱山坡：照亮乡村日常生活的隐秘纹理

朱山坡是一位质朴且厚实的作家，沉稳地生长自己的叙事伦理和创作理想，显示出他独有的写作质感和小说精神。他执着地将中短篇小说作为话语主场域，在有限的空间里营建复杂而多方向滑动的叙事。他对表达没有多大的兴趣，重在以心灵与现实融合后的想象，将某种生活或者是某种人生态势呈现，这极大地考验我们的阅读力，当我们试图洞察其叙述指向时，往往会因迷茫而失望。我们能做的是，进行参与性的阅读，在他的文本中感受我们与现实和灵魂对话后所带来的感受与体悟。他的小说一如乡村一样，没有炫耀，只有朴实的形容和平常化的生活流动，一切任由我们行走与体味。这显现了朱山坡作为小说家的一种狡猾——别试图分析我在说什么，你读到的、你感觉到的就是我要表达的。饱满的容量，丰厚的底蕴，平稳叙述中隐含的确定性和多向性，生成了朱山坡小说个性化的品相和奇妙的魅力。

我们应当承认，纵然当下社会的文明已进入一个崭新的情状，但乡村文化依然是我们的血液。纵然生活相当地丰富多彩，肉体与灵魂的行走可以天涯海角，但家庭终究还是我们的港湾。乡村是我们文化的原点，家庭是我们生活的原点。如果这一说法成立，我们就可以把朱山坡的小说称为“原点写作”。在他的创作中，乡村是他最为在乎的社会，家庭是他最钟情的生活结构，而父母（许多时候是叙述者的父母）这样的人物总是鲜活于他人的叙述之中。在当下作家中，像朱山坡这样的其实并不多见，至少鲜有如此这般执着的。

朱山坡深知乡村的平实与博大、平静与涌动，所谓乡村的代言人或全知者，只是一种无法实现的企图。幸好他熟悉乡村的玄机，知道怎样才能打开乡村的隐秘之门。乡村如同一条缓缓流动的河，凝视是不会观察到什么的；

潜入其中，看到的也只是河的内部非河的灵魂；掷进一枚石子，那飞溅的水花才是河的语言。让河自己言说，才能探知其真正的内在。朱山坡的乡村叙事没有生动甚至是传奇性的故事，不做所谓的客观状写，他让一个人物从乡村生活中浮现出来，唤醒乡村的或宁静或潜藏。而这样的人物并非原本就在乡村怀抱里，只是一个外来者，或许称之为闯入者最为确切。在这方面，鲁迅的《阿Q正传》的运用是最为经典的。对于未庄而言，阿Q是一个地道的闯入者。因他的闯入，未庄的一切都骚动、混浊起来，是他打破了未庄原本的平静，让沉寂未庄深处的那一切得以在生活中呼吸和奔跑，未庄的真实也才得以完整地展现。朱山坡正是借助这种杠杆性的叙事，将人物的闯入行为作为最好的叙事力点。

《陪夜的女人》中的女人没有名字，包括后面要提及的《回头客》中的男人也没有名字，这两位闯入者都没有名字，只是以他们的性别作为代称。一个人的名字是一个人的外在符号，但通过这一外在的符号可以抵达一个具体的人。符号与人就建立了某种特定的联系，作为符号的名字，也就化为人的生命与灵魂。没有名字或不需要名字，那就说明某个具体的人并不重要，至少在《陪夜的女人》中，这位女人是谁无关紧要。对于乡村而言，重要的有个人来到村庄，因为她的到来，村庄的日常态势发生了一些变化。

凤庄的方正德即使走到生命的尽头，儿子方厚生在外打工，花钱雇来一个女人陪夜，好让父亲在断气时身边有个伴儿，不至于死得太寂寞。方厚生想得还算周全，其中不乏孝心闪动，但他不知道垂死的老人真正需要的是什么。女人是知道的，为钱而来的女人，却在日渐淡化职业色彩，内心的善良被方正德老人一点点地激活。老人不再是至少不完全是她的服务对象，亲情在他们间悄然生长。她把老人当作了自己的亲人，老人也把她当作了亲人和知心人，甚至时常会幻觉成那逝去的妻子。女人用心地倾听老人对往日生活和情感的诉说，又亲切地与老人对话。她精心照顾着老人，做了许多原本不需要她做的事，比如洗衣服，比如为老人洗一生中最后一次澡。一个素不相识，没有任何情感关系，只是做一份工作的女人，成了比亲生儿女还亲的人。就连在自家男人生病卧床、小儿子也患病之时，女人也没有丢下老人。对她而言，这已经不是职业道德的使然，不是对一份承诺的坚守，而是对老人最真切的临终关怀。

方正德老人的人生故事和浓郁情怀、女人平凡身影之中的华彩心灵，似乎成了小说着力抵达的主旨。当然，仅在此层面，小说已经具备不可寻常的力量。然而当我们的阅读灵动起来时，我们发现朱山坡的叙述潜伏着另一股力量。女人对于老人的悉心照顾，起先让村里人十分的佩服，但无法理解女人这超越了“本职工作”的行为。有好事者打听女人的身世，在得知女人年轻时做过“三陪”，他们心中有了某种异样，对女人由敬佩到远离。老人去世后，女人逃跑式地离开了凤庄，逃离了这个村庄的人们。

《回头客》与《陪夜的女人》同属一种叙事结构，这次是一个男人闯入了蒲庄。蒲庄几乎与世隔绝，对外来逃荒要饭的人，蒲庄这时表现出朴素的善良，不计回报地救助他们。自己过得很清苦、很节俭，但很大方地给难民吃喝，即使得知有些难民离开时偷走他们的食物和日常用品时，他们也很宽容，从未计较，也从未影响他们对后来的乞讨者进行无私真诚的施舍。但目睹这些乞讨者在村庄不远处肆意不劳而获地吃喝，蒲庄人认为受到了愚弄，从此不再让外来者进入村庄。一个男人来到蒲庄，不是乞讨，而是为了报恩，报答蒲庄人在他与妻子第一次流亡到蒲庄时得到的恩惠。

男人的身世很神秘，朱山坡相当狡黠，制造了一个个悬念，但男人的报恩是实实在在的，他要亲手为蒲庄的每户人家做一件家具。蒲庄人没想过乞讨者的报答，男人的举动让他们很意外，也觉得男人没有必要这样做。男人决意要报恩，蒲庄人也就在不好意思中接受了。男人是有故事的，比如他的经历，确实富有传奇色彩，比如他与妻子高洁而悲凉的爱情，比如他那份透亮的人性。但朱山坡感兴趣的似乎不在此，而是关注男人来之后蒲庄人的变化。面对男人的报恩，蒲庄人开始觉得没有必要，慢慢又觉得是理所当然的。随着男人做出的家具越来越多、越来越好，蒲庄人开始觉得男人厚此薄彼，认为男人还有不怀好意的可能。因为男人的闯入，厚道的蒲庄人的言谈举止中飞扬着算计、猜疑、不满和角斗。表面上这是男人的错，没有他的闯入，蒲庄不会变成现在这样子。可是我们知道，这其实绝不是男人的错。如此一来，《回头客》真正的叙事目的和内在力量令我们惊讶。

朱山坡对父辈的人生和心灵情感世界有着超乎寻常的迷恋，渴望追问和了解。是的，感知父辈，便能在一定层面上知晓我们的前世、今生和来世，这可能是朱山坡的书写意旨，至少也是主要目的所在。

《跟范宏大告别》中阙天津在将死之时要向村里所有人告别，尤其是要向范宏大告别。在寻找范宏大的路上，他向四个儿子讲述了他与范宏大的交往。当年，他以自己的心计悄无声息地夺走了原本属于范宏大的媳妇。他在回望中咀嚼生活的滋味，表述对范宏大的忏悔。他的讲述是那样生动而真诚，向儿子们展示了他那个时代的人与人之间的关系，尤其是情敌间的微妙曲折。在寻找范宏大的过程中，三个亲生儿子相继离开回村子了，只有与他没有血缘关系的大儿子一直陪着他。血亲间的传承在此断裂，看来他要告别的不是范宏大，而是与一个时代告别，一种伦理在他的告别中消亡。

朱山坡有不少作品的叙述对象都是父亲或母亲，叙述者是儿子。看来朱山坡不愿随意猜测父辈的生活，只以旁观者的身份进行有限度的呈现。有意味之处在于，朱山坡并没有走进父母曾经的生活现场去揭开那些我们无法参与又特别感兴趣的生活，也没有着力于时下父母紧紧裹着的内心空间，而是关注他们日常生活中的非常态。换句话说，他捕捉到父母在平常生活中的某个爆发点，支撑着叙事的驱动力。

《鸟失踪》中的父亲在年老体弱之后变得面目全非，“晚年的父亲已经集天下男人所有的毛病于一身：酗酒、好赌、懒惰、几个月不洗澡和对老婆的傲慢，还不遮不掩地到陈村光顾一个四十多岁的贵州妓女的被窝。更有甚者，父亲要跟母亲离婚，异想天开地和贵州女人结婚”。父亲只有到“我”这儿才会重现原本的父亲，一旦回到母亲身边，又成了毛病一身的父亲。后来，父亲喜欢上养鸟，养鸟的父亲安静老实下来了。最后父亲像鸟儿一样失踪了，只留下了一屋子各色各样的鸟。

小说的最后给父亲的出走留下了一个理由，他是到南方去寻找30年前战死的大儿子。我们有理由认为这只是朱山坡的叙述陷阱，看似指引了一条解读父亲行为的信息，其实是在扰乱我们的视线，增加小说的内涵。很明显，鸟是一种象征，父亲在鸟身上体会到了关在笼子里的感受和飞翔的自在。活了一辈子，快接近生命终点时，一个人突然变得如此反常，如此不可思议，这让我们的思考难以穷尽。小说之所以为小说的特质，正是在此种叙事中得以旺盛。

《骑手的最后一站》中的父亲更是不可思议。父亲进城得势后与母亲离婚，娶了第二任妻子。后来他犯事入狱，第二任妻子抛弃了他。他出狱后得了肺癌，在临死之前，他回到了前妻身边。没过多久，他让“我们”把他绑在马上，冲进了漫长而黑暗的隧道。父亲的形象是单薄的，行为有太多的省略性。父亲为什么非要回到曾经生活的地方，然后又以这样的方式走入死亡？是愧疚，还是重新从起点开始另一程的行走？一切都由我们独自去理解与想象。

相比之下，《败坏母亲声誉的人》中的母亲倒有着清晰的面容。这部两万多字的中篇小说，被朱山坡埋入了太多的东西，以致我们难以简要地概括。我们的阅读动力源于那些人是如何败坏母亲声誉的。母亲年轻时喜欢一个戏班主，但未能如愿，后来村里的一些人以戏班主给母亲写的一封信相要挟，不停地向他借钱。这些人还对母亲谎说父亲在外面有了女人。母亲与戏班主之间其实很清白，村里人也没有拆开过那封信。父亲去世后，母亲嫁到了外地。这当然是一种逃避。这是村里人在败坏母亲，还是母亲怀疑了自己的真情与纯洁？但母亲的第二任丈夫倒是确确实实败坏了母亲的声誉，让她的生活变得一团糟。母亲对他厌恶痛恨到极点，义无反顾地离开了他。然而他找来后，母亲内心的某种东西又被唤起，不但帮他洗衣服，最后还和他一起走了。母亲的人生乱如麻，朱山坡为我们提供的信息入口和出口是同样的混杂交错，可以牵出无数个线头。我们能确信的是，母亲内心很善良，还有些柔弱，其他的就取决于我们的阅读和意会了。

在我看来，朱山坡的叙事最出彩之处是他那相似却又难以忘却的结尾。这结尾的姿势几乎是一样的，一个逃离了原先的生活与世界，走向了我们无法知道的前方。这结尾立起了一个人，永恒了一个细节，并像钉子一样深深楔进我们的心田。《陪夜的女人》中的女人划着船离开凤庄，“跑得贼快，像鬼船一样”；《回头客》中的男人与船一同下沉消失在湖中央；《灵魂课》中的那位母亲拄着拐杖却走得很快，最终她随拐杖上高高悬着的气球消失在马路拐角；《跟范宏大告别》中的范宏大“几乎是拖着右腿跑的，但跑得很快”；《躺在表妹身边的男人》中的男人“尽管他的左腿有些瘸，但他走得很快，一会儿便随抬担架的人连同担架上的男尸一起消失在小巷尽头”。

逃离或是因恐惧而挣脱，或是因不满而寻找新的可能，或是因绝望而毁灭。这些人的肉身在我们的视野中遁去，可他们的形象和姿势永远驻留在我们心中。我们能做的是眺望他们的背景后再次回到他们逃跑前的生活，去发现，去思索。

解读朱山坡的小说是件相当困难的事，但阅读起来可以十分的畅快，趣味无处不在。他没有精心地编织故事，但每部小说都有意趣十足的故事。这些故事发生在乡村，有着鲜明的地域性乡村风味，但又能让我们在阅读中不自觉地忘记乡村的存在，走入普遍性的生活境地。他的叙述是那样的诚实，像河水一样自然流动，但旋涡无处不在，你觉得行走顺畅，其实早已被拽入了迷宫。与博尔赫斯的迷宫稍有不同的是，朱山坡用意不是要让我们迷失，而是为我们提供了无数的通道和出口，赋予作品多层次、多方向的叙事风景。

2013 年 5 月 11 日

周瑄璞：从粗粝的现实抵达纤细的心灵

周瑄璞是一位能在喧嚣中安静的女性作家，以她独有的闹中取静来面对生活，进入写作。许多时候，安静应该是优秀作家必备的心理。生活的躁动，心灵的潮涌，都需要一种安静的状态来加以梳理和剖析。安静让周瑄璞可以凝神屏气地体味生活，可以排除干扰思考追问。安静还使她保持着自己的个性，而不至于随波逐流。之所以强调周瑄璞为女性作家，是因为她善于从女性视角出发，坚守内心与现实的统一，如实地关注女性的生存状态，尤其是城市普通女性的生活状况和心灵景观。她身心俱在底层生活现场，真实而细腻地感受女性的成长与遭遇，参与她们的快乐与苦痛、自豪与无奈。她不是预设立场的女性主义，只是让写作朴素地回到现实中，回到平常的女性身边，丰富日常化的生活经验。她平实地生活，平实地写作，努力成为一位平实的生活写作者，这让她的作品极具现实生活的底色与品相。

周瑄璞写作的力量源于对现实生活的深度体察，发现力和呈现力成为她写作的个性化气质。她的想象力不是将生活艺术化，而是力求在现实的基础上经由想象来更好地还原和叙述生活。她可以撕开现实的坚硬与封闭，挖掘那些看似平常又极富意味的人性风景；又可以俯身捡拾生活碎片，重新建构现实的鲜活生命体。

周瑄璞让生活进入写作，将写作渗透生活，使生活者与写作者得以亲密相处。如此的互动，让她更为真实而贴切地表达了城市日常生活中平常女性的人生行走和命运际遇。生活化的爱情、细微的心理波纹以及因身体美丑衰老而裂变的人生，等等，在周瑄璞笔下，都有很强的现实感。她以自己的敏感、善良、悲悯为墨，以浸染于生活其里的艺术力，书写出真实而审美的平常生活中的女性人性，诉说这个时代的某些精神特质。更为可贵的是，周瑄璞从日常生活出发，状写普通女性人生，让凡俗悄无声息地抵达意象，有力地提升了艺术张力。坚实的现实生活与纤细的心灵纹路，构成了周瑄璞小说最为重要的气质与神韵。

深度挖掘爱情叙事的张力

周瑄璞的爱情叙事，兴趣点重在关注人的成长，透视女性在爱情经历中的心灵变化，而此种变化多数是人物裂变或异化了的人生态度和行走姿势。周瑄璞有关爱情叙事的作品常常是淡化情节与行为，浓重人物内心的活动与感受。

《与爱情无关》其实与爱情大有关系，因为爱情，温水阳的人生从专注到迷离，直至最后的放逐。她深爱着一个叫Z的男人，这爱是刻骨铭心的专注，是极度自我的迷恋与感觉。对Z内心的柔软与自尊，她或从不在意或不当回事。一种看似无比亲近实质彼此心膜很厚的相爱，最后的结果是温水阳对男人们失去了信任，不再崇拜爱情，爱情走向肉体的放纵。女人的爱是纯粹的，一切只与爱有关。而男人将爱建立在物质之上，当生意发生危机时，他强迫自己不能再爱女人。男性对物质有着难以回避的固有信任，物质也是男人自信的必备基石。这似乎与当下社会的物欲横流有关，爱与灵魂都被物质绑架，甚至沦为物质的奴隶。在温水阳看来，Z在她和物质之间，最终选择了后者，因而她对男人丧失了信任。这部小说充满着感觉与感受，就是那些细节也生长着毛茸茸的感觉，竭力透射温水阳内心世界。Z这个男人没有姓名，只有代号，这就意味着是哪一个男人无关紧要。

然而《与爱情无关》还有着更为深邃的意味，温水阳的爱情看似淡漠物质，但她并不知道，她与Z的爱是建立在一定物质基础之上的，只是这些物质性的东西不需要她考虑，她去奋斗。她在享用物质带来的快乐之时，恰恰又忘记了物质的存在，自我陶醉地认为爱在真空中。在一定意义上，她生活在纯爱情的幻象之中，因而她对Z的行为终究难以理解。我们不能否认她的爱热烈与真诚，但这一段爱情只是激活了她内心蛰伏已久的不信任意识和情感上的过于自我意识，温水阳只是为自己爱情梦的破碎找到了一个很好的借口。温水阳与Z的爱情是婚外情，但周瑄璞没有在道德层面进行任何的批评，而是深入爱情本身，去探寻男女对爱情的不同认知，这在同类题材中显得很有个性，并在挖掘爱情生活一些本质性东西方面做出了有益的探索。

《隐藏的力量》中的“她”则更是将对于爱情纯真的向往隐藏得很深，表现出的却是与男人游戏，在挣扎中放任自己的身体。内心的纯真是一种力量，但遭遇世俗和欲望时，却又总是输得一败涂地。这部小说的构架是科幻小说模式，这当是一种隐喻。科技再先进恐怕也无法彻底探知心灵的全部密码。同时也在暗示，当社会越来越进步，现代文明越来越科技化的时代，人们的内心更会在本真与欲望中煎熬。

《胜利稗记》中王家芳的高傲源于胡胜利对她死心塌地的爱，面对这样一位狂热的追求者，她反而不以为然。将对方的倾心之爱当成了自己的资本，显然王家芳从一开始就迷失了自己。她在寻找认为自己最需要的爱情，生活一次次无情地给她上课。一番经历之后，她和胡胜利的态势与最初恰好是颠倒过来，她成天想方设法缠住胡胜利。但不管如何，面对胡胜利，王家芳总是强势的一方。我们会发现王家芳的强势其实并非源于她自身的力量，而是因为胡胜利对她的爱、容忍或同情。如果说温水阳对男人缺乏了解，那王家芳很清楚胡胜利的软肋。胡胜利的善良和爱成为王家芳的制胜法宝，屡试不爽。换言之，王家芳其实没有也不需要真正的爱情，只是在用别人的爱情为自己谋利，她要的是面子、是富足而自豪的生活。

可以说周瑄璞对爱情叙事相当有兴趣，尤其偏爱书写城市普通女性的爱情生活，但她的注意力不在爱情本身，而是倾力于以爱情为镜关注普通女性的内心世界，继而品味爱情之于她们成长的影响。从这一层面而言，周瑄璞的爱情叙事与爱情无关，或者说更多的是从爱情出发书写女性的生存态势和人生走向。

在非常情境下寻找常态

周瑄璞是一位很善于下功夫的作家，注重在生活中捕捉那些稍纵即逝或不为常人所注意的细节，色彩、动作、情绪等。她在生活中悉心做创作的准备，在创作中真诚地回馈生活。而作为女性作家，她又充分发挥自身优势，去洞察女性那些特有的心灵微观世界。她有许多作品，尤其是短篇小说，智性地进入女性的日常生活，实践一种原生态式的朴素写作。她让某位女性的庸常平淡的生活出现一点小意外，然后就静静地凝视她们的言行举止与内心波澜。比如《病了》、《来访者》和《故障》这样的作品，从标题就可以看出，人物与小小的突发事情不期而遇。只是周瑄璞的用意不在于人物是如何应对生活的突然变故，而是借机考量人物的内心。是的，平常人们都为了生活，为了欲望在狂奔急跑，哪有闲情与自己的灵魂对话，让自己的心灵自然舒展。唯有某些意外，能让我们停下脚步，让身心得到些许的喘息。这一刻，真实的心灵或许才能显现。当然，这是周瑄璞制造了一个机会，让我们得以感受这些女性的心灵素描。在日常生活中发现并精确具象地描写女性的心理状态是周瑄璞小说的一大特色，也是最显周瑄璞创作功力的重要标志。

《故障》是一部相当生活的小说，充分体现了周瑄璞扎实的日常生活经验，也展现了她描摹生活的艺术力。作品中“她”的生活是细密的柴、米、油、盐状态，对做菜等日常生活十分地在意知足而又细致入微。看得出“她”把平凡的家庭生活过得很有意味，甚至生出了一些诗意。一个男人对她的进攻，让她的生活开始有些不平静，她有些纠结，但还能勉强稳住阵脚。她下楼扔垃圾时，电梯出了故障。身陷电梯中，让她真切感知到即将而来的种种危机。客观的故障，帮助她完成了今后生活的正确选择。她心思细腻，能对生活的点点滴滴既浓情关注，又勤于思考，但就是这样，她还是需要一次绝境式的时空才能想明白一些事，彻底安抚骚动的心。这其实是在影射我们时下的一种非正常化的生活。我们脚步匆匆，我们忙这忙那，我们以为我们很清醒，其实我们的行走是迷茫的。我们在不停地追逐，我们早已顾不上与心灵对话，甚至已经忘记了生活该有的意义。

周瑄璞能够从日常生活中截取一个片段，在看似随意中彰显她对于现实的透析和叙述的掌控。《病了》属于那种最没有故事支撑的书写，只是“她”去医院看病的细枝末节，一如流水一样平缓。这种再正常不过的城市生活状态，对“她”而言，也只有在生病时才能体验。“她”平常生活丰富之中是虚空，但静静地走着看病的程序，她觉得很充实；一个人跑到医院看病，以为自己会很孤独，但她发现生活在熟悉的人群中才是真正的孤独。看病的过程，让她发觉生活处处都是错位的旋涡。同样，因为从日复一日的常态生活中抽身而出，“她”才有闲心来品味生活的种种滋味，生活的细节也才能触碰“她”的感觉。

女性对自身是敏感的，对他人尤其是同性，有时更为敏感。《来访者》中一位女编辑接待一位想到出版社寻求出书的女性来访者，两个女人就此展开了一段平面式的交往。但这样的交往是不平等的，女编辑居高位，任意猜想对方的生活经历、性情心理；女来访者则近乎乞求的角色，自卑而满怀失败感。我们能轻易地感受到女编辑侵略式的眼光与语言，当然，也正是她的这种侵略完成了小说的叙事。女来访者的一切都是模糊的，就连她的语言也是虚弱且信息量极小。显然，女来访者人生失意，满腹愁苦，但这并不等于她的生活就是那样的苍白，就真如女编辑猜想的那样无聊无味。我们从女编辑的敏感中探测到她的孤独与忧郁，还有对于现实的种种不满。她是模糊的，但又那样的清晰，因为我们同样可以用她的方式对她进行猜想，这正是周瑄璞的高明之处。

当一个人在非正常状态下才能够回到真实的内心，才能回归生活的本源，这其实是相当可怕的。周瑄璞的这种从极端状态之中找寻心灵的颤抖，看似是让我们体味城市普通女性的某种心境或情绪，其实质是以一种特殊的方式让我们由此去解析她们的平常生活和人生处境。

对女性人生有着独到的理解

周瑄璞对于女性的知解是生活化的，不做形而上的抽纯，也不做庸俗化的宣泄，而是还原生活的世俗。作为女性，她尊重女性的身体，但也体察到女性对于身体那些公开而隐秘的渴望。这就是女性对于美丑的在意和衰老的恐慌，以及这之下的心灵动荡。

《流芳》中的曲流芳是一位才女，凭借过硬的文字功底和坚实的努力，渐渐走向成功，在不惑之年进入机关办公室，成为一名白领，颇有些“丑女无敌”的范式。倒是她的密友，长得比她漂亮，却生活得没有她幸福。因为长得不漂亮，她比别人更加地努力；因为模样丑，她比别人更在意长相。最后，她取得了一些成功，挣了一些钱，还是决定要去整容。这与其说是周瑄璞对曲流芳的关爱，还不如说是曲流芳她们终究无法超脱身体的局限。这是社会话语的施暴，也是女性自身的不自信。

周瑄璞在许多作品中都涉及女性身体的衰老，当然，这里的衰老更多的是色衰，指向的是中老年女性的心理和人生危机。而这之中最具代表性的当属中篇小说《衰红》。年轻时的于津津脸蛋漂亮，身材挺拔，但凭着年轻和美脸，她心高气傲。找对象时先是农村的不要，后是学历低的看不上，身体给予她无尽的自信和丰厚的资本。而当年龄大了身体的优势日渐消失时，于津津的心态发生了质的变化。没有了身体的资本，于津津从强者自动成为弱者。

女性身体有着太多的隐秘话语，周瑄璞显然深谙其道。女性对于色的过于在意是本能的显现，也来自于男权意识的威慑。周瑄璞人性化理解女性的此种无奈与悲伤，但也善意地提醒女性，人生还有比色鲜貌美更为重要的力量，这就是对于生活的坚韧与热爱。

《曼琴的四月》之所以是周瑄璞诸多作品中很重要的一部，是因为曼琴艰难而幸福的生活给予我们应对人生困境的足够力量。“不是那么高，如果满分制打分的话，她的平均分大概在六十左右吧。”就是这样长相的姑娘，找对象有着自己较高的要求，对生活有着坚定的追求。这是一位极其普通的女性，其生活也相当平凡，但她过得充实。曼琴对生活始终充满阳光，对他人怀有宽容和同情，尤其是对母亲更是表现了难得的理解。曼琴的母亲为了跟曼琴的父亲结婚，竟然把自己与前夫生的女儿送了人，结婚后，又离家跟别的男人寻欢，导致曼琴的哥哥被捂死在被窝里，自己也丢了工作。后来，她还是从一个又一个男人那里获取身体的狂欢。在世人看来，她是个典型的“不正经”的女人，但曼琴却认为母亲敢爱敢恨敢于追求自己想要的生活，而且在母亲生病期间尽心照顾。我们能看得出周瑄璞对曼琴怀有深深的敬意，并以曼琴的人生宣扬她对女性尊严、自信和快乐生活的理解。

在青年作家中，周瑄璞对日常生活特别是城市普通女性的世俗化人生有着异乎寻常的迷恋和揣摩，极其精确地触摸到这个时代的现实性脉搏和女性若隐若现的心灵呼吸。她的写作少有宏大性的叙事，也没有过于激烈的故事冲突，重在咀嚼人生的成长。她的语言灵动中蕴含有朴实的烟火味，与现实形成本质性的同构。她笔下的人物，内心世界饱满而细腻，生活稍显沉重，但又时时燃烧着希望。这看似对抗、骚动、轻飘的现实生活，其实这可能才是我们真正的内心生活，是我们应该有的人生。当我们的生活失去重量时，我们的灵魂貌似在自由飞翔，其实已经无处栖息。

2013 年 7 月 13 日

宋新华：以平民意识接近文学

一个作家具备了平民意识，才会关注平民的生存处境和生存方式，进而将其生存中感性和生理层引领为基本的人性内容，然则我以为，写平民小说的未必就有平民意识。有的作家确实写了不少反映平民生活的作品，有的作品是以平民生活为题材营构的，有一定的平民意味，但这些作家作品的总体写作结构和叙述模式仍不能属于真正的平民小说，因为没有用平民的思想去表达，个中没有平民文化意识的流动。平民意识不仅体现在题材和主人公的平民化上，更重要的是要用平民的眼光观察生活、观察社会，以平民的生存体验和文化心理体验去面对和处理生活与人生，考究、探问平民的人性，让作品里外充盈真切而浓郁的平民精神。换言之，作家只有怀揣平民的文化心理结构，才会有强烈而真诚的平民意识，也才能写出真正的平民文学。

从这个意义上说，我以为宋新华的小小说创作是在平民意识的牵引下进行的，至少他在努力以平民意识接近文学，行走于小小说创作之路上。他的成就不一定有多高，但他的精神指向是确定的，步伐是坚定的，收获也是有的。

宋新华生活在底层社会，该是平民中的一员，这为他体察平民，进入平民真切而凡俗的生活状态提供了极为有利的通道。甚至可以说，他的生活体验本身就闪烁着强烈的平民色彩。这是他蓄积平民意识、生长平民精神最为丰厚而难得的资源。更难能可贵的是，他十分珍惜这样的资源，潜心而满怀虔诚地与平民站在一起，说平民的故事，参悟、透析平民的人性。

可以毫不夸张地说，阅读宋新华的作品，我们就是在听老百姓自己的故事。宋新华作品中的人物，或是乡村的，或来自工厂的，或晃悠在大街小巷的，他们的生活领域、生存方式和人生角色形形色色，但有一点是相同的，他们生活在社会的最底层，外表和内心都有挥之不去的平民身份。许多时候，甚至就是“我”这个老百姓在讲他自己或身边人的故事。当然，我们知道这个“我”是宋新华这一作家的精神化身。他让自己混于平民中间，至少也是与平民平起平坐。他的故事是平民生活的艺术化撷取或提纯，丝毫没有冲淡平民的原汁原味。我们的感觉如同走入到平民中间，走进了他们真正而凡俗的生活。对于平民，我们不是闯入者，我们的到来没有惊动他们的生活状态和一切的程式。他们依然旁若无人地说着他们的话，做着他们的活儿，展示着他们日常惯有的、不加掩饰的行为。这得益于宋新华之于题材的选择，更来自于他叙述平民化意味的成功。他的文字是朴实而俗常的，散发着生活原生态的韵味，传达出人物的个性，有一种独特的审美。他以平实的叙述腔调，诚实的叙述姿势，以及源于平民生活的叙述行为，建构他平民化的作品世界。

小小说的字数和物质容量极为有限，但这并不能作为其艺术含量打折扣的理由。以精致为标高的小小说创作，追求艺术性同样是其理想。宋新华的小小说创作，同样值得我们关注的就是在方寸之篇幅展现了对人性执着的剖析和有价值的展现。他以人物生存的某一个性化的细节或片段为切入点，开掘最为耀眼的人性。

宋新华以亲和的倾诉，让我们感受到精神或感情状态的事实，人性因了人的生存境遇的养育或者挤压才得以完成；人性义无反顾或无奈地融入社会，最终又备受社会的扭曲和摧残，甚至是罪恶性的扼杀。强烈的平民意识使得宋新华没有高高在上地俯瞰，没有以伪平等的方式寄予同情，而是如实而又尖锐地让笔下人物的个性晾晒于阳光下。我们会发现这些处于社会底层，为生存而争取空间的人们，无论是闪光还是阴暗的人性，冲突也好，抵抗也罢，都是那样的真实，那样的顺其自然。作家自觉而真诚地以自己的精神与生活对撞，成为“心理体验”最为显著的传达底蕴。在这里，作家自动隐身了，只由底层人物的人性自在而放松地释放，让他们的价值取向随心地表露。如果非要找出宋新华之于这些人性的观点和心绪，那也是一种莫大的宽容和理解。

我以为这是宋新华的平民意识最有说服力的体现，也是他以平民意识接近文学的收获，在向着“小小说，内有大乾坤”的方向扎实地挺进。

2004年10月15日

金波：自由来往于两极之间

有关小小说的命名争论，近些年随着小小说在文坛和读者中的升温随之升温。其实命名无关紧要，“名不正言不顺”在一定程度上也是可以不理会的。小小说无论如何命名，其本质仍是小说。从这个角度出发，我们研究小小说才有立足之地，才有真正进入文学内部面对小小说的可能。作为一种文体，或者说小说的一种样式，小小说并非是新生事物，绝对地认定当下小小说的艺术质量上升到了新层次，也是难以站住脚跟的。不过有一点可以认同，这就是如今小小说的确相当的繁荣，如果尖刻地评价，浮华似乎更为准确些。但这并不能让我们忽视兼营或专攻小小说的作家，他们中间确实有许多是有成就的。要列出这样的一个名单，还是有些长度的，但也不是特别的长。金波当在其中。更为重要的是，金波极具创作个性，完成了我们许多作家不可能完成的突破。也就是说，金波没有立于潮头，但却以自己的特色和成绩不能不引起我们的关注。

文学固然离不开想象，但物质和精神性的双重体验是其坚实的大地。一个作家的成长经历和所接受的文化滋养，在很大程度上决定其创作理想和题材的选择。生命的历程和情感的感知是创作丰盈的资源，但有时也是制约创作多样化的瓶颈。这其中，城乡的界限显得十分突出。乡村出身的作家，在乡村题材中自由出入；在城市生活的作家对城市的一切游刃有余，驾轻就熟。乡村与城市无论在空间上还是文化上，都处于几乎对立的两极，这为许多作家制造了麻烦。就像莫言，他最初的创作立足于山东高密，在如鱼得水中写出了《红高粱》等一大批作品。后来，随着在城市生活的延长，他开始城市题材的创作，虽然有成绩，但很不如意，最后又撤退至家乡。就像一个农民进城，他可以过上与城里人相同的物质生活，但很难融入城市一样。莫言可以在文学的世界中让老家盖起高楼大厦，把家乡弄成大都市的模样，却无法在写作中直接面对城市。莫言的遭遇不是个别的，带有相当的普遍性。与此相比，金波似乎是打通了任督二脉，使得乡村和城市两类题材都能在他的小说世界里得以自在活动。也许他还有很长的路要走，但他的身后已经留下了清晰而闪光的足迹，这是无可置疑的。

金波的小说中有许多是对故乡的遥望与追忆。他出生在乡村，成长于乡村，熟知乡村的民俗风情和农民的生存状态。而当抽身来到城市后，他有一个拉开间距进行过滤和艺术想象的时空。在他的这些作品中，他身在都市，心灵和情感却与乡村人物在一起。《哑二娘》、《黄半仙》、《要饭支书》、《村宝》等，能够以饱满的情绪和亲近的姿势重回乡村，重回在他生命中留下浓重记忆的人物之中。乡村和乡村人物在他的笔下鲜活而富有灵性，并具有时代感。他是将生命的体验与灵魂的考问糅合在一起，把想象建立在博大而深邃的乡村文化之上。显然，他体悟到了乡村文化的神韵，解读了乡村文化最具个性的那一部分。有了这些，他对乡村和乡村人物的理解是准确而个性化的。

更难能可贵的是，金波在叙述城市时也是相当成功的。他是在文化年龄已经成熟，带着浓郁的再也无法抹掉的乡村文化记忆，以外来者的身份来到城市的。他是一个闯入者，是一个栖居者，或如他所说的“暂住者”。这一身份和生活状态，本使他难以体察另一个陌生世界的文化深度的，但他做到了，这从他的作品中可以找到佐证。他的时代系列小小说，直面现代文明下的城里人的生活。他以敏锐的洞察力，捕捉到文化裂变时期的城市状况和生活其中人们的焦虑、彷徨和措手不及，刻画出文化冲突下人们对于文化的反抗、默认和追随的行程和心灵轨迹。我们再也看不到那个外来者的窘迫、尴尬和一无所知，或者是一知半解。

金波的小说就是在两极世界、两极文化中闪回，没有拖泥带水的过渡，没有旁观者的艰涩和盲视，这体现了他身心迅速转换状态的敏捷和彻底，更显现出他对不同文化的理解能力和接受能力。当然，在对城市的解读上，他虽然不再浮于空中，已经站于大地上，但还需要进一步深入到城市的肌理。

他对城市的了解还没有达到他之于乡村的熟稔和透彻，作品的表现力和感染力也处于进步之中。但我们相信，只要他坚定地走下去，他在两极间的来往会更加自如和富有成效。

2006 年 4 月 8 日

岁月有痕

2007年度军旅短篇小说：保持前行的姿势

直面当下，深度进入现实的营区生活，是短篇小说创作的优势，也是众多军旅作者的聚焦所在。2007年度的军旅短篇小说持续着这一创作态势，张扬着军营文化的独特审美，多视角地展现当代军人真实的生存状态和平凡之中的奉献精神。

周继松的《基准炮长》、《弹道有痕》和《代理排长》（《解放军文艺》第4期）显示了基层业余作者扎实而细腻的生活体验。邱虎，一个醉心于操炮的炮手，在遇到人生中最大的抉择时，反而失去了操炮时的那种忘我境界，落入了世俗的旋涡；崔大炮心中对于大炮的那份真情，让我们看到了军人精神的传承；代理排长牛小宝看似在意提干，实质上是对于自身价值的诉求和张扬。王凯的《一日生活》（《西南军事文学》第1期）以连队一日生活内容结构全篇，充分显示了作者对连队生活的熟稔程度和在日常生活中品出滋味的能力。在和平年代军人常态化生活中发掘意味，寻找生活的意义和文学的价值，是军旅短篇小说的主攻方向。诸如李雷的《纯净时光》（《解放军文艺》第1期）、李俊的《两个兵的非常时期》（《西南军事文学》第3期）、兰云峰的《月亮挂在天上》（《解放军文艺》第9期）、王玉珏的《河东河西》（《解放军文艺》第9期）、夏天的《舒服》（《神剑》第5期）、姚闻的《视线》（《橄榄绿》第1期）和袁常洲的《老兵》（《橄榄绿》第2期）等，这些作品立足于直线加方块生活中生成的军营文化，呈现独蕴意味的特质和形态。以军人自身完整的话语体系，叙述诸如军人的服从意识、强烈的不可抗拒的等级观念、日复一日年复一年的程式化生活、新老兵间守望与相容的关系，等等。以此表明，在不同文化背景、不同生活条件、不同政治环境里成长的青年，一旦参军到部队，就必须在军营文化的浸染下生活。从对故乡或社会文化的全部或部分断奶引发的文化休克，到主流上接受军营文化而又不时试图冲破，再到这种文化植入血脉无法舍弃，这是当兵的过程，更是生命一个又一个不可淡薄的状态。正是这样，同为军人的女兵，也显得与众不同。夏凡（《我的亲密战友于小兰》，《西南军事文学》第4期）身上所散发的直率、阳刚，与其说是呈现男性化倾向，还不如说是她们悟化了军人所独有的精神气质和行为作风；张慧敏《心底的号角》（《西北军事文学》第1期）中的耿岚，因为家庭出身没能参军入伍，抱着非要当兵的念头跟到部队营区附近，以自己的方式执着地追寻自己的梦想，心中始终高响着走进军人行列的号角。这两位女性作者所写的女兵形象，表面上看似乎淡化了女性本身的柔美，但却将女性当有的坚韧与军营文化的个性达到了和谐，从一个侧面传达出文化的力量。

军旅文学的浓郁兵味在20世纪80年代，经由朱苏进、阎欣宁和石钟山等作家生成而极度张扬，成为当下还难以逾越的高度。兵味当是军旅文学，尤其是当下性内容的军旅文学的显著特质。然而兵味不只是漂浮于作品的外在，弥漫于我们的阅读感觉，而是要让兵味与军人的成长形成观照。可以说现下此类的军旅短篇小说，正是因为对军人特质的掘进不够，有兵味的气息，却无兵味当有的文化魅力；有鲜润的生活，却没有形而上的思考，从而使作品难以上升到更高的层次，更难以艺术化地铺陈军营文化和军人生活成长的心路历程。

2007年度的军旅短篇小说在关注军人情感和回望战争两大主题上显得有些单薄。原因一是指涉军人情感的创作，沾染上了经验化叙事的顽疾，突破的难度相当大；二是有着充分情感体验和历史学养的作家早已丢下短篇小说，在其他阵地拼杀；三是基层业余作者想象力缺乏，创作积累不够。值得一提的是，我以为只有王棵的《暗自芬芳》（《芒种》第6期）和裘山山的《事出有因》（《人民文学》第6期）。《暗自芬芳》中的陈晴与王军那种朦胧清新的情感，在一个特定的场域下瞬间的光芒，是诗意的，美好的，又是生活的某个细节。王棵力非写情，而是在寻找人性之中那种极其微妙、稍纵即逝却又营养生命的触点。虽然叙述上有明显的技术痕迹，但作者从容的叙事把控和人物心理的刻画是相当出色的。《事出有因》其实是一个有关现代军人与战争时代军人共同遭遇的叙事，裘山山的创作意旨进入的是关于人处境的某种尴尬与无奈。真正的事实，当事人是最清楚的，但当事人却无法自我辩解，看似滔滔不绝，其实是处于失语状态。这两个短篇给予我们一个提示，军旅文学的创作最终还是要挖掘军人在军营文化浸染之下的精神处境和人性色彩。

2007 年度的军旅短篇小说创作基本上是其在 21 世纪的一个缩影，经历了 20 世纪八九十年代的高地辉煌后，进入了新一波次的冲锋。数量不少，质量堪忧，佳作鲜见，是 2007 年度军旅短篇小说创作的真实表情。个中的原因是多方面的，成熟作家或转向长篇小说，或进入非军旅题材的领地，短篇小说更多成为基层作者经营的主战场。就 2007 年度的军旅短篇小说而言，一些稍有成绩的作家转向之快，令人咋舌。就拿王棵来说，前两年以《守礁关键词》、《风过礁楼》和《飞鱼》等作品亮相于文坛，几乎成了军旅作家写军旅题材短篇小说的领军人物，但进入 2007 年，我们看到的基本都是他的非军旅题材的作品。作家对于题材的选择，意图在多个领域进入创作实践，是视野开拓、创作能力强的例证，这是作家成长的一个重要路标。而之于军旅文学发展的损伤，却是显而易见的。与成熟作家对于短篇小说的疏离形成鲜明对照的是，军旅文学刊物却对短篇小说给予了极大的重视。《解放军文艺》常以作者短篇小辑的方法推出作品，军中文学第一刊的强势出击无疑对推动军旅短篇小说创作有着无可替代的积极作用。《西南军事文学》在年初专门开辟了中短篇小说栏目，并由军旅文学批评新锐傅逸尘担纲主持人，进行点评和导读，在推介作品的同时，对军旅中短篇小说创作结合文本进行着理性的思考和分析。

军旅短篇小说的创作需要军旅作者耐得住寂寞，守得住兵味，浓烈立足军旅，放眼社会的创作理想。我们还是坚持认为，军旅创作者应当将创作的重点和主要精力放在军旅文学创作上，以多创作军旅题材作品为荣、为己任。在创作实践中，要真诚地审视生活，艺术地提炼生活的内质，亲和而富有激情地进入现时现地的营区生活和军人的心灵世界，与现实与历史进行对话，突破固有的经验写作，丰富叙事行为，探求军营文化之于军人成长之力，解读处于社会转型期的军人境地，竭力展现军人的爱国主义、革命英雄主义和无私奉献的精神图景。我们需要努力，努力让军旅短篇小说在回到应有位置之后，占领文学的新高地。

2007 年 12 月 25 日

2007年度军旅中篇小说：在继承与重建中蓄势待发

与长篇小说的高奏凯歌和短篇小说的低吟浅唱相比，2007年度的军旅中篇小说应当是处于相对平和的态势，稳步而自信地向前推进，显现出突破与超越的可能和希望。立足当下军旅生活，探寻生活的鲜亮与个性化审美新的叙事话语，军旅中篇小说在默默操守而又坚实地求得新的发展，从而出现了一些可圈可点、潜力值得我们欣喜的佳作。

当我们把对待生活的态度由体验进入参与后，对生活的感知程度必然会得到生命性的强化。《金色弹道》（《解放军文艺》第10期）的作者周继松是一名士官班长，对他而言，原生态的军营和士兵生活时刻涌动在他的生命里。《金色弹道》以纯正醇厚的兵味，真实地传送军营文化之于军人灵魂的洗礼，并以这种方式向在20世纪八九十年代的兵味小说致敬。作为年轻一代作家的作品，《金色弹道》的意义在于，纵然时代在变，文化的多元化风起云涌，军人身上心中总有一些挥之不去的心灵之汤，一代代军人在自觉或不自觉地坚守着，并接受滋养。如果说《金色弹道》流动着军营文化特有的诗意，那么郭斌《呼啸的利剑》（《神剑》第6期）则让我们体味到和平年代军人的血性之光。作品散发着毛茸茸的生活质感，拙朴的叙述之中，彰显军人风貌精神。连长林斌对于军人固有荣誉感的张扬是发自内心的，是对军人之所以为军人的最好行动诠释。林朝晖《幸福的感觉》（《橄榄绿》第1期）中的肖二毛对从军有着热烈的向往和明确的目标，但入伍后偏偏成了饲养员。理想与现实的巨大反差，并没有销蚀他对生活的热爱，而且他还将生活幸福的感觉热情而真诚地倾注给他人。在他快乐的笑声中，我们感受到另一种生活中的英雄。冯辉《年画》（《橄榄绿》第4期）中的王二杰在亲情与法理角斗，内心的痛苦和焦灼抵近人性深处，而最终智慧的举动其实更强化了他无法脱离生活真实的纠缠。因为真实，因为更具人本主义，所以王二杰值得我们敬佩。一个连队只有集聚了强烈的荣誉感，英雄主义生生不息，才是真正的连队；军人只有拥有一些英雄的品性，才可能成为真正的军人。这是军人的灵魂所在，也是军旅文学永远不可放弃的理想。

始终以文学的方式，与军旅生活保持亲和的关系，反映当下军人的生存状态和展现军人的本真特质，是军旅文学首要的创作主题。2007 年度的中篇小说在这方面显现了正面强攻的信心和勇气，并得到了一定的收获。温亚军《母亲来队》（《西北军事文学》第 4 期）以他对军营日常化生活深切感悟的艺术把握力，细腻而真实地传达出军人在军营、家庭和社会间来回转换角色的生活状态。话语平实，叙述从容，作者以关切的态度与当下军人作平等而亲近的对话，品味军人特殊职业的生活流向和抉择，又如实揭示军人作为普通人的家长里短。正因为日常化和真实性，使得军人形象饱满起来，军人所做的奉献更加明晰。刘晓珍的《女兵要远行》（《草地》第 4 期）写出了一群初入营门的女兵在新兵连的成长，现场感很强，对处于从老百姓到合格军人转变过程中的女兵进行了细致而生活性的刻画。军营生活的严肃性与女兵的时代性有机地融合，读来轻快而又有淡淡的惆怅，较好地表现了处于这一特殊时期的女兵行为和心理的双重变化。李安胜的《春水东流去》（《橄榄绿》第 2 期）同样是将目光聚集机关军人，但叙述的重心选择在“我”以及父辈的爱情生活。“我”穿行于军营机关营门内外，生活的具象与生命的记忆不停地交替，但不变的是对爱情的追问。作者的叙事动机在于，父辈的文化传承和军营文化的滋养是当代军人爱情不可回避的价值取向和行为心理。杨新华《月光寒》（《解放军文艺》第 7 期）中的干休所干事“我”的目光在眼前和遥远的两个女性间游离，爱是那样的纯真，又指向了爱情的某种隐秘的难以言说的感觉。这两位年轻作者以“我”为叙述视角和主体，或许是作品指向了更具生活中的现实，来自于他们最接近自我生命或精神的体验。因而生活的零距离接触在很大程度上弥漫了他们艺术表现力的不足，给我们一种清新之美感。

在军旅文学中，同样离不开平民意识和苦难叙事。在我看来，海存《大雪满弓刀》（《解放军文艺》第2期）最大的意义在于其对于苦难叙事个性化的思索。气势不凡，容量深厚，在叙述上更接近于中篇小说的范式。换句话说，这是一部相对比较成熟，在叙事上有新意的作品。我十分赞同编辑李亚的评述："以从容行走的军人姿态，直抵现实生活的本真面目，进而呈现当代军人特有的坚硬品质。"我相信这是李亚基于军旅文学持续性的关注和宏观视野中深层次思考之下的阅读反应。小说回到军人的生活现场，有生命和心灵触摸远离都市的基层军人的生活细节和灵魂颤动。作者没有回避这些军人的艰辛、苦涩和挣扎，但更感受到他们在挤压之下的快乐与幸福、孤守与奉献。不漠视苦难的存在，但又体验到苦难之中军人的激情飞扬，当是军旅文学苦难叙事可以突破的一个向度。悲剧色彩是文学的诱人元素之一，但重要的是我们能从苦难中体味到什么，才是文学面对苦难需要思考和实践的。在这方面，《大雪满弓刀》是我们进行军旅文学苦难叙事可以参照的文本之一。

2007年度的中篇小说需要特别提到的是王凯的《时间的河流》（《西南军事文学》第3期）。军旅中短篇小说创作征候之一就是叙述内敛，语境常有雷同之感，艺术手法显得相对陈旧。《时间的河流》在这方面有一定的进步，整个文本呈现出新鲜之美感，与当下的生活原境较为吻合。小说语言平实，清灵通透，又具有现代性、时尚性的质地。自信而精细的叙述，有着浓烈的生活气息，一如有灵性的河水流动。以日记体的形式，进行着时空性的切换，赋予文本结构隐喻和寓意的意义。叙写的表层是一段极富深度、细腻的爱情生活，内在的却是军人处于文化撞击下的生存状态。"我"在军嫂陈燕和都市女孩李晓芳进行着煎熬般的选择，其实是在历练军营文化和当代都市文化对于军人的浸染。我很愿意将《时间的河流》看作一部文化之于人的军人成长小说，敏锐地触及到传统文化与当代文学、区间性文化与社会性文化对于人的成长多方向的力量。一旦我们向人性纵深处开进时，军旅文学个性化的品质将得到进一步的提升，并将向普遍的现实意义靠得更近。我以为《时间的河流》做出了有效的尝试。

2007 年度的军旅中篇小说就整体而言，依然存在着视野不够开阔，题材不够丰富，对军旅生活和军人精神的开掘力度与深度尚有未尽人如意之处。但我们感觉到这是前进中的缺点，是重建必然需要经受的过程。这需要军旅作家更贴近生活，参与生活，回到生活中间，并以文学的方式再跳出生活，做感性与理性并轨的求索。当然，更为重要的是，军旅中篇小说的创作，只有军旅作家投入极大的热情和充满激情的创作实践，才会有更大的收获。

2007 年 12 月 29 日

2010 年度短篇小说：飒飒东风细雨来 芙蓉塘外有轻雷

在长篇小说大军逼近，影视创作喧闹的裹挟下，2010 年度的短篇小说创作表现出少有的稳健与扎实，坚守着自身的个性特质和审美理想，在执着地行走中渐入佳境。一批或重要或成熟或实力初现的作家，用心于短篇小说的创作，以自己的生命体验和情感勃发为基点，专注于寻找适合自己又切合当下语境的生活对象，展开书写与表达。铁凝、刘庆邦、苏童、迟子健、范小青、裘山山等长期倾心短篇小说的作家，在保持相当艺术水准的基础上，悄然地提升和突破；付秀莹、鲁敏、徐则臣、晓航、冉正万、郭文斌、李浩等新锐作家，成为短篇小说创作阵营里不可忽视的有生力量。应该说 2010 年的短篇小说在写作难度、叙事多元化和观照现实探寻人性等文体不可或缺的精神品质方面得到了充实与拓展，着力张扬短篇小说的特有魅力，在回归与前行中，追求着短篇小说所独有的审美价值、精英品格和写作尊严。

一、 温暖的心境与言说

2010 年的短篇小说有一抹温暖的亮色，带给我们温暖与感动。温暖一直在我们身边，一直流淌在人类的血液里。发现生活中的暖性质地，温情地言说，需要作家把握生活的能力和温暖的心境共同参与。然而过度的欲望化叙事风化了温暖，我们漂浮的心灵和匆忙的脚步也时而忽视温暖的存在。展示苦难、述说悲情已经日益成为底层叙事的表情和腔调。我们不能淡漠底层生活和平民群体的不幸与挣扎，以文学的话语代言底层的困境是作家良知的价值核心，也是文学社会功能的重要体现。正如苦难并非底层现实生活的全部，温暖快乐的情绪，也当是底层叙事不可忽视的。我们欣喜看到一些作家正在路上，发现并书写底层生活的温情，为底层叙事文学注入一些新质的东西。

铁凝的《春风夜》（《北京文学》第9期）是典型的细节丰实、以小见大的作品，叙述的是一对普通夫妻的一次普通见面。铁凝以其细腻的体察和淡定的叙述，有力地开拓了作品的容量。俞小荷这样一位已近46岁的乡村妇女，远离家乡到北京当保姆，其一半的原因是为了上大学的女儿，这是一个存在于都市中普遍的陪读现象。在乡村时，这位平常的农村妇女，怀着儿子也一天没偷过懒地操持着70亩地的苹果园。虽是笔墨轻轻划过，但已透出了俞小荷的勤劳、质朴与艰辛。同为保姆的刘姐，起初想方设法要气走俞小荷，后来又时不时地为难她，连同赵女士家的种种规矩，俞小荷的生活处在夹击与无奈之中。在外跑长途的丈夫王大学有机会路过北京，俞小荷做足了准备，可夫妻的相会最后沦落为旅馆外窗下的言语交流，那束从房间里照出的灯光与其说是照明，还不如说是一种威慑。在这里，“春风旅馆”其实就是一种象征，象征着森严的城市文明秩序，呆板有余，温情不足。这其实是一个平常的故事，指涉着当下众多生活在社会底层人们的生存境况。弱小无力、无处可安身是他们生活的常态。然而铁凝的智慧在于体察到他们内心的温暖和对于生活的善意，这一切是以一串看似随意的细节连缀而成的。俞小荷明明快到了，却故意逗丈夫说还得三个小时才能到，在门口又假装服务叫门。这是玩笑，更显现他们对于生活的热爱，心中有爱，再苦的日子也能泛出快乐。见面后，俞小荷知道王大学有腰椎间盘突出的毛病，最怕久坐。王大学拿被子盖上她的两条腿，他知道她的腿有关节炎。两个“知道”，温情无限，真正体现了细节的力量。俞小荷花钱为王大学按摩、多给他100块钱，王大学给俞小荷买斑马纹的雪纺衫……这对夫妻硬是在困境之中，彼此淡然而用心地传递着温暖。这样的温暖是我们最容易忽视的，却是生活最本真的展现。这对夫妻的真情冲淡了相会的苦涩甚至是辛酸，让我们有一份挥之不去的感动。是的，生活中不乏感动，关键在于我们能否用心去触摸、去倾听。这是作家的责任，更是源于作家内心的向往。

铁凝有着仁厚的情怀和真诚的表达，使得她与世界的对话明亮和健康，流动着一种阳光般的温暖和积极向上的力量。一个春风夜，以春风旅馆为轴心，这对平常的夫妻，以最为自然的方式和朴素的心灵，诉说着亲情和爱情，温暖了他们平凡的生活，也温暖了我们。这样的温暖是铁凝对于俞小荷、王大学以及和他们一样的弱势人群的极大尊重。铁凝以纤细、温暖去发现和抒写被苦难挤压下的人性之美、人心之善和生命、情感的力量，以此显现人生之美，给予我们与苦难斗争的力量和希冀。

何玉茹的《情临窗下》（《当代》第3期）是一篇有关“被温暖”的作品，房东是河，小林是岸，房东充满热情地生活，无意中滋润了小林这个打工妹，从而弹奏出一个打工仔和女房东间清新而温暖的旋律。小林对一切是怀有戒备的，抱怨的愁绪正吞噬着她的心空，这缘于社会对她的挤压。她所在的服装厂设备简陋、条件艰苦，老板本身就是一部压榨机器。工作高强度，相互间只有冷冰冰的雇佣关系。小林似乎已经接受了这种地位认定，所以在与房东打交道中，她自然将老板与房东做了置换。换句话说，如若房东与老板一样，那么她对生活不会有什么感触，只会麻木地过下去，为着自己的目标而努力挣钱。偏偏房东根本不像个房东，倒像相处多年的邻居，有时还像粘连了亲情的长辈，尤其是房东那出其不意却又真诚的害羞，让小林有些不知所措。房东不要小林扫院子，理由是小林工作忙；每晚给她留一份热乎乎的饭菜，主动叫她洗澡，还嘱咐即使没有空儿洗澡，每天泡泡脚也好。起初，小林认为一个居家妇女闲来无事，当然可以把日子过得轻松闲适，过于无聊之时需要找些事来做。可后来她发现，房东其实很忙，她做的饭菜，馒头都是自个儿发面蒸的，面条都是自个儿和面擀的，至于包子、饺子、烙饼，更不是去街上买现成的，就连各样的蔬菜，也是来自她房后的菜地，她自个儿种了十几个畦子十几个品种，足够她一家人吃了，有时还见她抱了菜一家一家地送，没送到的，有的还讨上门来，她也不恼，一样打发人家满意而归。那街坊四邻像是真把她当成了闲人，小孩子没人带了，过红白事要帮忙了，下雨了窗户没人关，天黑了被子没人收……什么什么都乐意靠着她，什么什么她都满口答应。小林心中生起了家的感觉，但内心高筑的防备之墙时不时警醒着她。她总觉得房东不可能无缘无故地对她好，似乎有所图。这是一种异化的思维，老板与房东同处于小林的对立面，那么房东就该如老板一样对待小林。小林对老板的冷漠是不满的，可面对房东的亲近与关爱，她又不自觉地封闭自己，竭力以冷漠略带警惕的举止应对。后来，房东热心地教她学太极拳，反倒让她落荒而逃。温暖在接近小林，我们却在心疼。所幸房东充实而快乐的生活行为在感化着小林，她如清泉般洗濯小林的焦灼与抵触，如阳光融化着她心中的坚冰。最终，她心生愧疚，敞开心扉去接受房东的温暖。虽然这之后她要重新上路，但有了这份温暖，相信她的人生一定会阳光明媚。外在的温暖对于我们相当的重要，但更为重要的是我们心田要保持温暖的气息。这篇小说十分干净，没有任何的欲望叙事，但却生发出一种力量。

徐岩是一位个性鲜明的作家，偏爱对于底层小人物的书写。下岗职工、小生意人、农民工、按摩小姐、被拐卖的妇女、双亲尽失的儿童、出卖自己偿还债务的女大学生……他走入这些小人物的生活现场，触摸他们的心酸与痛楚，品味他们身上闪烁的传统道义与温情，实践着“对美好情感的创造和善良的讴歌”的创作理想。这一次也不例外。《风过金秋》（《小说界》第2期）中的德福是一个下乡收粮食的生意人，就是这样一位本可能与铜臭味为伍的小人物，一路上从内心自然流溢的温暖给我们的是大感动。在小镇，谈及小镇上的妓女，德福的宽容之下有同情，“她们的行为也是有情可原啊，你说下岗了，不想点来钱道，你让她们吃什么，总不能喝西北风吧”，这与他的道德高下无关，他只是由衷地体味到了生活的艰难，心灵柔软地理解这些人的处境。到了村子里，他更像是个走亲戚的，乡亲们也没把他当外人看。一个个生活化的细节，是那样的随意随性，他与乡亲们没有客套，更没有勾心斗角。我们看不到他身上的商业味，与乡亲们亲如一家的关系淡化了他的生意人身份。他以自己的真诚和暖意，得到了乡村人的认可，真正地走进乡村。其实他也是个世俗的人，明白社会上的许多潜规则。县粮食局来人执行粮食一律不准外运的政策，这是变相敲诈，他心知肚明。他给粮食局长打了一个电话，就轻易化解了危机。对付那些不干不净的人，他的招数不可谓不击中要害。可面对善良的百姓，他的温情也是真心实意的。不用钱使唤百姓，不以后台压百姓。他在庸俗中保留了一份质朴，这是一个温暖的人物。孙电工买了个媳妇，德福既为妇女的遭遇心痛，又同情孙电工的难处。但他是有原则的，他向派出所报了案。临离开村子里，他交给村会计4000块钱，指出了孙电工的违法之举，并托付村会计，如果派出所救不了那妇女，就用这钱把她赎出来。他的理由很简单，那妇女在老家可能有丈夫和孩子，活得不容易。他的生活境况并不好，需要花钱的地方很多，需要挣钱的担子很重。他本是个生意人，想方设法挣钱、守住钱袋，也在情理之中，可在村子里却处处散钱，真挚地帮助他人。他是看不得可怜的人，深切地体会到乡亲们的苦处。他的诚信和善良、悲悯与关爱是生命的自然律动，没有任何的功利色彩。他在金钱与人情之间架起一座和谐之桥，在俗常之下流露出他丰富蕴藉的情感内涵，营造出一个同情、关怀、包容、谅解的温情世界。德富的温暖是对传统的纯良人性和伦理信义在现实生活中的价值和意义的信守与实践，让他这个小人物的精神有了一个大世界。

二、开拓情感空间的丰富性

关注现代性冲突下人的情感压抑、扭曲性的滋生是对人类情感深入性的探究。近些年，婚外情以及其他非正常伦理范畴内的男女之爱成为情感叙述的常见内容。重新叙述情感，事实上是对情感世界的深度打捞，也是对当下现实的一种回应。但一味地状写这些情感的肉体狂欢，只能是浅性的叙事。所幸一些作家已经开始既理性又宽容地与这些情感正面对话，潜入情感生活内部，拓展叙事的可能。当不再为写婚外情而写婚外情时，我们的叙述才有可能真正抵达情感与人性的彼岸。

付秀莹的《花好月圆》（《上海文学》第3期）可以称得上是《爱情到处流传》的升级版，将同一题材写出了新意。在手法上，付秀莹进一步淡化故事性，提升抒情性，浓郁诗意。这是在向沈从文、汪曾祺等现代小说的诗意与抒情性传统致敬，也是在挑战新的可能。《爱情到处流传》是以未成年人的心灵审视家庭成员那逝去的婚外情，写了一个女儿对父亲、母亲以及父亲的情人的理解，尤其是对母亲、父亲的情人的理解。最后，作品肯定了他们爱的价值都是宝贵的。这可看作付秀莹一次试探性的对话，毕竟我们对往事有着或多或少的宽容心理。作品获得了成功，也就给付秀莹创作《花好月圆》提供了再好不过的动力。《花好月圆》进入当下，由成年人直视正在进行的婚外情。在很大程度上，这篇小说将故事性弱化到极致，最大限度地降低道德审判，因而营建更多的情绪流动和更大的想象空间。茶室，其实是远离生活的，少了尘世的浮华与鼓噪，那沁人心脾的茶香，那水中茶叶的自在舒展，可以抚慰灵魂安详，可以让人潜回内心深处。付秀莹又以他细腻的笔法和优美的语言将茶室描绘得十分空灵清逸，如同仙境一般。一名刚成年的茶室女服务员目睹一对男女的婚外恋情，一切只停留于她的目光所及之处。这对男女的言语，就连表情和动作都如茶气一样若隐若现。在女服务的视野里，这对男女是完美的，没有一丝尘埃，清洁得若清水绿茶。茶室里的秘密，女服务员无从知道，只有想象，而这样的想象因为她的情窦初开，多了些朦胧之美。"莫名其妙地，她认定，这样一对人物，神仙一般，必是完满的。他们合该幸福。他们不该有别的。"这对男女的生活细节被滤尽，处处又是似仙气飘逸的茶香，女服务员的情感倾向是必然的，这也符合她成长期的爱情想象。关键是我们也受到了感染，道德的枷锁在瞬间被撕成碎片，不知飘落在何处。

这一刻，其实我们是有些慌乱的。婚外恋情因传统文化、传统人文情感的影响，已经固化为一种不道德的现象，历来与阴暗、丑陋为伍。爱情的社会责任话语淹没，也就否定了情感的丰富性和情感本身的高贵性。在这样的思维定式之下，我们遭遇这对男女，只能是慌乱。在美妙的音乐中，在我们和女服务一样的沉醉中，他们气定神闲地共赴死亡。凄美的乐曲在我们心空缓慢而优雅地飞翔，我们为他们的生命叹息，却又不得不钦佩他们的那份纯净与执着。我们何尝又不是在为自己非此即彼的道德观在哀叹。可以说付秀莹出色地挑战了我们的接受限度，带给作品更强的审美力度。考量婚外情的美与丑，进而质疑传统文化中的非人性的元素，或许有争议，但付秀莹以《花好月圆》为小说的无限可能提供的注解，是值得称道的。

迟子健的《五羊岭的万花筒》(《钟山》第2期)叙事指向婚外情的错爱层面，实质上并非考问婚外情的对与错。长相娇美、手脚麻利、内心柔软的小豆，凉菜做得拿手，对于生活也有自己的主见。因为难以忍受丈夫的不尊重，她选择了离婚。来到“小豆饭馆”，她活泛了小镇男人的胃，点亮了德顺原本沉闷黯淡的生活。德顺的疯妻子宋翎是小豆与德顺阳光生活的障碍，但生性善良的小豆从没有想过要拿她怎么样。有了一个万花筒，小豆主动送给宋翎。后来，就是这只万花筒鬼使神差地让宋翎变成了正常人，并颇有心机地赶走了小豆。小豆对于宋翎的怜爱，反招致自己悲苦的下场。小豆是全身心爱着德顺的，不要名分，还想为他生个孩子。虽然德顺与小豆有婚外情，但他的理性让他好男人的名声并没有遭受太大的损伤。他把与小豆的相处严格限定在白天，而夜晚是交给宋翎的。在宋翎的疯病意外好了之后，他的软弱实质上助了宋翎一臂之力。他背负着沉重的责任，而这份责任限制了他情感的完全释放。对于小豆而言，她是错误地爱上了德顺，这种错误与婚外情无关。极具讽刺意味的是，宋翎其实早已背叛了德顺，那个失散的孩子的DNA剥夺了德顺的父亲身份，是对德顺最大的嘲弄。由此可见，真正的错爱发生在德顺身上。试想，如果孩子不丢失，宋翎的秘密就不会暴露，那么德顺的错爱永远都无大白于天下之时。万花筒拯救了宋翎，却让一切的美好消失殆尽。万花筒吞噬了一切，瓦解了一切。德顺原先坚守的责任和爱情被转动的万花筒划得支离破碎，谎言满地。那变幻无常的万花筒，昭示着人的世界里的诡异。引人注意的，还有那只叫金霞的猫，五羊岭人视这只“从不偷腥”的小猫金霞为“女孩儿的化身”。代表爱情的新婚鸳鸯镜是小豆心中的宝物，但意外碎了之后，她也没有过多地沮丧和留恋，德顺更没当回事，倒是这只猫似乎充满灵性，镜子成了它生命的全部。猫知道自己真正需要什么，并为之坚守着。宋翎把小豆心中感到无上光荣、象征着甜蜜的“小豆饭馆”的招牌换成“德翎饭馆”的时候，小豆没有哭；与德顺分手，德顺这个男人抽泣，小豆也没有哭；可抱着金霞的尸体时，小豆号啕大哭。她的哭声划过天空，长久地留在我们心里。

小豆、德顺和宋翎都是婚外情的受害者，可这一切又都不是婚外情的错。婚外情只是一张显影纸，毫无顾忌地影印出人性和情感的成色。当我们平和地面对婚外情，或者只将其当作试剂时，不要过多地预设颜色时，婚外情或许能够充当一面清晰不变形的镜子，诚实地反映某些我们原本模糊的东西。

苏童的《香草营》（《小说界》第3期）写了梁医生租房子与药剂师的偷情，准确地说，是描写了一对中年男女之于肉体的渴望。在他们之间，情感是异化的，甚至是不存在的，有的只是“力比多”的生理性泛滥。“香草营”是一个极富诗意的名字，但现实中只是医院旁边的一条街，住着的都是些下层市民，拥挤不堪。如此的反差，寓意着梁医生的外表与内心。梁医生仪表堂堂、气质优雅，是非常气派的大医院里的主刀大夫，是市政协委员，身份光鲜，地位高人一等。可他与女药剂师的私情是那样的直接而实用。为了方便偷欢，梁医生放弃了对香草营的不屑，租下了小马的房子。这样的确方便多了，他们趁中午休息时悄悄来到这里，一切是那么顺利和安稳。梁医生的外在，恰如香草营一样清美，在那阴暗房间与女药剂师的行为，当然也是香草营小巷情景的另一种呈现。窗外院子里的鸽子，屋里奇怪的气味，还有一路上莫名其妙的人群的目光，让女药剂师一点点地感到这个安乐窝的种种不适。终于有一天，他们发现房东小马竟在窗前院子里与鸽子们住在一起，女药剂师的精神几乎要崩溃。他们所谓的罗曼史就像在高速公路上行驶的汽车，突然遭遇了一场交通事故，不得不停下来，再起程，发现这辆汽车的引擎发动机出了故障。没有情感的维系，终不可能有长久结果，梁医生的桃花运只能彻底止步。小马与女药剂师对梁医生完成了一次交接，此后，女药剂师隐身而去，房东小马正式粉墨登场。梁医生的生活进入另一个岔道，作品的张力由此得到激发。相对于梁医生，小马只是一个小人物。他住在鸽棚里，外出时尽管想穿得得体，但总是露出些破绽。他痴迷养鸽，更想让自己信鸽协会副秘书长的头衔扶正。这是他生活的情感栖息地，除了这一点的虚荣心，小马是一个淳朴的人，他的境遇与内心在很大程度和梁医生形成鲜明的对比。他只想与梁医生搞好关系，而梁医生却认为自己有把柄落在他手里，他的行为在梁医生那儿都扭曲为威胁。直到小马患绝症离开人世后，梁医生才真正放下心来。小马、勤杂工老孙和女药剂师都只是梁医生利用的工具，根本无法让他闪出情感的缝隙，因为他的情感似乎已经干枯。小说的结尾出现了两只灰鸽子一左一右，静静地站立在窗台上注视着梁医生，这或许是隐喻梁医生时刻提防着内心的隐秘被人窥视。鸽子脚上的黑布是传达小马的死讯，或许更是在哀悼梁医生这虚弱的灵魂。他在恐惧，他的表情有笑容，行动有激情，拥有着许多令人羡慕的东西，内在却无情感涌动，情和爱是那样的苍白。一个偷情的人，最终却是毫无情感可言，这是可怕的，值得我们深思。

三、乡村书写与人文精神回归

乡村是巨大的文化集散地，也是我们生死相依的家园。书写乡村，其实是书写我们的人文精神诉求。乡村就在我们身后，与我们的生命同时存在的还有我们所特有的文化与传统。当书写不仅限于寻找或重建时，我们其实是走在回家的路上，对传统文化生存与发展进行叩问，梳理民族的自然性和历史性。乡村的书写，日渐成为观照民族和人类的一种向度、一种路标、一种阐释方式和价值视野。

刘庆邦的《到处都很干净》（《北京文学》第1期）就其实质而言是一篇有关欲望的小说。因为饥荒，曾经富饶的乡村一无所有，贫瘠的大地，只有人们艰难的喘息。找到一点吃的填填肚子，让生命得以延续，成为人们唯一的念想。洪长海躺在床上不吭不动，是为了省些气力，好让生命的那口气可以保持得稍长一些。看着丈夫命悬一线，杨看梅的追问似乎已经看到眼前的绝路。小说的背景是我国历史上的一段特殊时期，但民以食为天是人类生存的普遍性真理。被饥饿卡住了脖子，他们开始放逐尊严和人伦。洪长海暗示并默认了妻子杨看梅出卖身体换点食物的想法，杨看梅也视这是救丈夫最后的办法，也是最好的一条路。以前，洪长海不让杨看梅与仓库保管员周国恒搭话，杨看梅对周国恒的轻浮与暧昧也十分地讨厌，无论周国恒怎么挑逗引诱，她都坚守着。现在，她要主动接近周国恒，很担心周国恒不理睬她。用自己的肉体救活丈夫，让顶梁柱依然撑着这个家。她的想法很简单很直接，这中间有女性无奈的牺牲，也有命比气重的价值观之下的以小博大。一切都闪回到了蛮荒年代，饥饿在煎熬肉体，也在拷问精神。杨看梅的愿望达到了，一块芝麻饼把丈夫从死神手中夺了回来。如果小说仅仅到此为止，那么只能是很干净，干净得没有意趣，无法真正立起，当然也不是刘庆邦的意旨所在。刘庆邦的尖锐是要干净得彻底，真正是到处很干净。杨看梅特意打扮一番，以最大的可能去贴近周国恒，但周国恒却不为所动。“她一边环搂着周国恒的腰，一边把周国恒的裤带解开了。周国恒是拒绝的态度，说，干什么，干什么？你解我的裤带，我也不干。现在谁还干那事，谁干谁死得快些。”一个曾经乐于调戏妇女的男人，此时有女人主动凑上来，用最露骨的手段发起进攻，他居然不为所动，这并非是他良心发现，抑或觉悟提高，只是为了活着。在饥饿的压迫下，人只求生，一切的欲望都随风而逝，这才是刘庆邦对“到处都很干净”的确切表达。占有物质，让生活过得好些，这是人之常情，可丰足的物质同时也喂肥了人们各种各样的欲望。现代化的生活非但没有提升文明素质，反而腐蚀着我们的精神。我们惧怕吃不饱饭睡不好觉，物质生活在低层次上挣扎。可是横冲直撞、无穷无尽的欲望，更令我们胆寒。《到处都很干净》在一定程度也是在追想一个到处都很干净的精神世界。

在人类未来之路上，当富裕撑开我们的肚皮时，我们当如何收紧欲望的口袋？让我们的欲望变得干净澄明？如此的重要性，应当是与提高我们的富裕生活具有相当的地位。或许在当下，精神的饥饿、欲望的鼓胀更值得我们警示。

郭文斌的《寒衣》（《人民文学》第 2 期）带我们走进一户平常乡村人家，体察“做冬衣”、“送冬衣”这一陪伴了我们数千年的民俗。这是个十分清淡的故事，一家人做衣服，说着与做衣服有关的事，没有传奇与神秘，没有情感的爆发点，情节如乡村人过的日子一样平常。他们并没有认为先人们已经消失，只当是去了另外一个世界。做冬衣，图的不是作秀，同为活着的人做衣服是一样的，合身得体，能御寒保暖。他们平静地做着这一切，用心、细心，想得特别的周全。承载文化意义的民俗，真是润物细无声，化入百姓生活岁月的血脉。对于浸染民俗的百姓而言，那些形而上的意义已不重要，民俗已成为他们生活的一部分，或者说是民俗构成了他们的人生和每一个脚印。在人们的理念中，这就是生活，如果没有这些习俗，如果不按此程式，这日子就不算过过。郭文斌为了有效地呈现这种“天然”，以原生态的方式呈现中国文化的根基和潜流，展示中华民族民间化的经典传统，经典化的民间传统。这本是一个沉默的故事，但因为有了一个叫“六月”的孩子，大人们手里做着活，还是应付六月好奇的无穷尽的问话。六月是一个小男孩，正处在什么都不懂但什么又都想知道的年龄，自然对“做冬衣”这样的事特别感兴趣。大人们不厌其烦地回答六月一个个有关做冬衣的疑惑，解释过程中的每一个细节，用实在的生活内容告诉六月有关生活的原则、感情的寄托、生活的价值和生命的根。用的是家常话，说的是家常事，却把高深抽象的文化言说得那样生动具体。这是乡村人的高明智慧之处，也是他们对于文化最独特的贡献。在大人们的熏陶下，六月似乎是想明白了做冬衣的重要性，心中生出了焦急：“你得赶快给我找个媳妇。为啥？我得让她趁我娘还活着把这缝寒衣的技术学会。为啥？不然等我娘死了就没人教了。”因为六月的存在，作品的叙事活泼而有趣，六月的言行举止激活了作品的勃勃生机。大人们的身教和言传，连接起过去与未来，这才有了古老文化年轻的形容。六月的领悟，让文化得以生生不息，融入一代代人的生命和精神肌体。

这是一个没有年代的故事，没有年代，意味着这样的故事应该永驻岁月长河里。这无疑揭示了文化长久生存的秘密，更引发我们对于文化传承的担忧。

时下，道德滑坡、伦理消瘦的浊流在侵袭着我们的文化，曾经营养了我们的精神在经受着冲击、肢解和糟蹋，某些人肉体饱满，精神却日渐风干。我们如何固守我们的文化家园，又如何为后代保住和建设灵魂的殿堂？为此，郭文斌以自己的方式在唤醒我们对于传统的温馨记忆，吹响蛰伏于我们内心深处的号角。他回归心灵的牧歌田园，是为了能坚实地走向未来。

傅爱毛的《换帖》（《莽原》第4期）故事发生在乡村，但其意旨早已超越了乡村世界，指涉我们传统中的一个特定但又普遍的场景。订婚时，男女双方互换庚帖，上写姓名、生辰八字、籍贯，用礼盒装上庚帖，送往对方。换帖后，婚姻关系即成立。换帖当是一种文化仪式。残腿的刘二拐，年过四十还没娶上媳妇。没有媳妇，就不算有家，无家的人生是不完整的，那么他的生活就算不上真正地过日子。这是文化凝结而成的生活法则和人生标高，毕竟人是需要精神支柱的。之于刘二拐，显得尤为重要。所以，当他与死去的翠枝姑娘换帖结成阴亲后，对翠枝有着近乎宗教般的信仰和依恋，他的生活也因此充满阳光。他不再灰头土脸，不再垂头丧气，日子过得一天比一天有起色。他的眼前没有翠枝，可心中有，一天天的日子里有。他以自己的情感和想象让翠枝真实地活在他身边，“他觉得自己结下的不是一门阴亲，娶回的更不是什么鬼妻，就是自己实实在在的妻子，她跟自己形影不离呢。他在地里做庄稼的时候，翠枝坐在地头等着他；他在灶间烧饭的时候，翠枝站在旁边陪着他；他晚上睡觉的时候，翠枝在梦里伴着他。他睡不着的时候，便打开小匣子来跟翠枝说话，边说话边拿梳子替翠枝梳理那条乌黑油亮的大辫子。刘二拐特意到集上去买了二尺红绸带，用那红头绳扎了那辫子的根。”对此，我们如果认为刘二拐走火入魔，错把虚幻当作真实，抑或是低级的精神抚慰，那不但是对刘二拐的藐视，更是自我精神的抹杀。毕竟梦想、向往以及某种精神性的依赖，之于我们每一个人都十分重要，只是精神的纹理有所不同罢了。当然，村长是无法理解刘二拐的举动的。当初他说和刘二拐结阴亲，目的是要刘二拐替无依无靠的翠枝姑娘料理后事，省去村里的经济开支。村长的阴谋无意中启开了刘二拐生活的新一页，最终也是村长结束了刘二拐的生活。村长要把妹妹嫁给刘二拐，在他看来，刘二拐高兴还来不及呢。他不会想到刘二拐会拒绝，更没料到刘二拐为了捍卫自己的爱情而宁愿结束自己的生命。

在中国现当代文学史上，以冥婚、阴亲为题材的小说并不鲜见，远者如台静农、许杰等都曾涉笔，近来如阎连科在《丁庄梦》中更是大肆铺展，但基本是限定在批判质疑，斥其封建迷信、压抑人性的角度上。傅爱毛的《换帖》却发掘出新的文学想象，打开了另一扇门，重新解读换帖所承载的文化。刘二拐视换帖是海誓山盟般的承诺比生命还重，他对于爱情看似虚无其实比当下物化的情感更为真切。他“把自己像一只包谷棒子一样挂在翠枝坟头的那棵杏树上”，是最好的无声宣言，却震响了我们的心灵之钟。我们在震撼他的诚信的同时，似乎还可以透过他对爱情的忠贞和对人生的理解有着更为深层次的领悟。

冉正万的《纯生活》（《人民文学》第5期）是一篇有关复仇的作品，复仇者是一种称之为“山魈”的神秘动物，人面而一足，不但脸像人，还能模仿人说话。“我姑父”的祖上意外救下了一只雌性山魈，像待自家孩子一样抚养。后来因为莫名的妒忌，破坏了山魈的交配，山魈含羞带冤自杀身亡，也就埋下了复仇的种子。一代代人都会遭受山魈的袭击，山魈只咬他们的右腿，他们只有锯掉被咬伤的腿才能活命。先人们被咬的次数太多了，一代一代，成了“养老疾”，后代没有被咬过也会得这种病。唯一能破这一魔咒的方法是，他们必须娶一条腿的姑娘为妻，要娶九代这样的媳妇，山魈才会原谅他们，他们的腿才会和其他人一样。这是典型的因果报应，也是父债子还的另一种呈现。冉正万没有套用传说故有的模式，比如故事发生在很久很久以前，或遥远的未来，而就在当下，并采取了第一人称的叙事角度。冉正万叙述时，将情感保持在零度，不做评点，不做渲染。故事的主人“我姑姑”、大表哥以及大表哥那8岁的儿子，谈及此事，没有恐惧，没有抱怨，甚至没有任何的情绪。他们把一个原本惊悚的故事讲述得那样的自然，似乎只是一件平常得不能再平常的家常事。先人的过失成为家族记忆，并以疾病的方式居住在后人的身体里，让这样的记忆时刻处于复活状态。后代们坦然领受山魈无休止的报复性惩罚，“他早就等着它，知道这个遗传病后就在悄悄地等着它，现在终于来了，反倒轻松了，放心了”。他们不去指责先祖的不是，不埋怨山魈的复仇，甚至连一点惧怕都没有。在他们看来，这就是他们的命运，他们作为后人就该有这样的生活。当然，他们的生活也没有因此变得沉重，除了这腿病，除了比别人少条腿，他们在其他所有的方面都与左邻右舍是一样的。以前是这样过的，以后还将继续下去。他们越轻松，我们越痛心。他们的笑容化解着危机，却像刀子一样划在我们心上。他们用麻木提纯着生活，纯粹动物性地生活着。纯生活，意味着他们心中没有文化与精神的成分。

进一步说，先祖扼杀了山魈交配的权利，也就斩断了他们原本自然性的繁殖。从这一意上说，山魈当是自然的象征，先祖的行为其实是在践踏大自然。后代们的轻松之下是无奈，更丧失了对大自然的敬畏之心。

肉体上的疾病残虐着生命，精神上的虚无则会将人类引向万劫不复的深渊。由此，我们想到了时下有多少生活只是纯性的肉体在活着，这才是真正的可怕之处。

李浩的《父亲树》（《作家》第8期）开头就让我们震撼，两个儿子居然把父亲活埋了，虽然这是应父亲的要求勉强为之的。我们在惊诧他的想象力的同时，很容易误以为这是一部弑父的小说。李浩的想象力并没有就此打住，就在我们屏住呼吸意图探知儿子们为什么要把父亲活埋之时，李浩的叙述其实才刚刚开始。儿子们埋下了父亲，把父亲当作树种并浇水。没过多久，从地里长出了一棵树，树上有父亲的眉情，有父亲的表情，这树还能说话。树中有父亲，父亲变成了一棵树，或者说父亲成了父亲与树的混合体。此前，大儿子很木讷，可在父亲树前，他有了说话的冲动和交流的行为。以前，他不喜欢和父亲在一起，可现在常常坐在父亲树下，树中的父亲成了他最想亲近的人。他做所有的事，都会告诉父亲听，有了什么决定，都会征求父亲的意见；每当弟弟有不端的想法或行为时，他会让弟弟留心，因为父亲在看着。父亲在从人向树渐渐转变，大儿子正从儿子形象向父亲形象转变，他们是互动的。当大儿子完全理解了父亲，在文化和情感成长为父亲真正的承袭者，父亲树只是一棵树了，父亲的肉身完全消失，而父亲的精神已经悄然融入大儿子的血液。父亲树象征着中国传统文化中对于死亡的理解，人们相信前辈肉身化作泥土，但灵魂没有消失。儿子是父亲生命的延续，一代代的人生都是先祖生命的足迹。这是亲情的力量赋予死亡最美丽的诠释，更是我们之于文化的信仰与执着。二儿子走上了岔路，越来越堕落，最后命绝他乡。哥哥把弟弟埋在了父亲身边，希望他也能变成一棵树，弟弟没能像父亲那样长出一棵树，父亲树倒因此而生了病。弟弟是背弃者，无法成为一棵树，还给父亲树留下了创伤，这寓示着只有健康的文化和清洁的精神才能传承。把小说读完，我们原先的那份惊诧已悄然褪去，因为李浩的想象力是基于我们的文化生命生发的，父亲树立在我们每个人的灵魂深处。父亲树是李浩亲情的形象化，更是他人文情怀的自然生长。大儿子的向往是“如果我老了，也在这里挖一个坑，把自己活着埋进去。如果能像父亲那样长成一棵树当然更好”。这是个体的文化理想，抑或是家族的文化追求。一棵棵父亲树，聚成的是浩瀚的民族林。

我们要思考的是，我们整个民族的父亲树如今在哪里，又生长得怎么样？如此一来，《父亲树》的最大价值并非展示了李浩勇敢而巨大的想象力，而是他对民族文化的依恋与追问。他在以一种特殊的方式擦拭着我们的文化表情，惊醒了我们内心沉睡的种子。

范小青的《接头地点》（《北京文学》第7期）是一篇描写乡村最后消失的小说，以聊斋式的诡异和卡夫卡的荒诞敲响乡村挽歌。大学生马四季因为买不起房子，女友成了别人的女友，在城市里无法生活下去，就想到去当村官。他是为了躲避，也是想借机谋个好前程，最后再获得所想要的一切。他这是在一个物欲泛滥的世界里无从立足，企图到一个纯净的乡村捞取物质欲望。这不是荒诞，而是对现实中许多灵魂最精确的刻画。从市里一直到乡里，马四季遇到的都是些应付了事、毫无热情的人，人们的精神和心灵都在麻木地游走。到了赖坟头村，马四季这个副支书却迟迟见不到赖支书，而赖支书像幽灵一样又无时不知道他的行踪。支书的怪异行为总是要有所交代的，高潮便在这一刻出现。他们的接头地点在坟场，赖支书坐在坟头上滔滔不绝、得意扬扬向马四季宣讲其出卖土地变坟地的生财之道。村里没有别的资源可供发现，那就让耕地变坟场，赖支书的逻辑是既然别人可以卖地建房，那他用耕地造坟，也是天经地义的。他还算准了，上级能强拆建筑，但不敢轻易挖坟掘墓。赖支书的举动既荒唐，又映照了现实，毕竟类似赖支书这样谋求发展的人不在少数，死人与活人争地的情况，当下也比比皆是。马四季心中的最后一块净土，被赖支书的夸夸其谈冲得无影无踪。

来势汹汹的工业化浪潮从城市到乡村，无处不在，或明目张胆或无声无息地流向乡村社会，摧毁或改造农业文明。朴实、纯美的物质风貌和人文景观在呻吟中发生裂变，乡土社会的道德底线、伦理秩序也在悄然变质。赖支书狡诈式的聪明，有现代化进程挤压后的扭曲变形，但更多是乡村文化堕落的现场表演。耕地是生命之根，也是文化的积聚地和生长地。将耕地变为坟墓，赖支书得意扬扬地坐在坟头，是对他自掘坟墓般行为的最好注解。他以乡土文明的淳朴和本真，以及充满生命的大地，换取短暂利益，求得所谓的发展。乡村将被死寂寂的坟场所代替，暗示着乡土社会暗淡无望的可悲命运。赖支书的行为，一方面是工业化进程的共谋者，另一方面还隐含着弱势群体对于强势文化的抵抗，虽说这样的抵抗行为过于功利。只可惜在赖坟头村，他是位高权重，坐在坟头，不失高大与威严，汇入社会洪流中，他羸弱到可以忽略不计。他以建坟来抗拒工业化的强势推进，也未能实现。多年后，那块坟地被高铁所吞噬，一起被吞噬掉的还有乡土社会规整的文化秩序和厚重朴实的道德规范。高铁的呼啸声将乡村挽歌推向了最强音。赖坟头村在马四季不经意间错过，而我们的思索才刚刚开始。

卫鸦的《天籁之音》（《山花》第2期）的主角是“我”与“石岩”两位在深圳打工的农民，作家关注的是他们的现实生活状态。一切是由声音引起的，原因在于他们的耳朵不一样。石岩能听到遥远家乡传来的歌声，唱歌的是他那后天性哑巴的未婚妻。“从她的歌声里，他能听到雪花鹅毛般往大地飘落、能听到夜风吹过苍翠的竹林，还能听到蝴蝶振动翅膀绕着花丛飞舞；当歌声由低音转往高音时，他能听到滔滔洪水奔过河谷，水花怒卷起来击打河边的堤岸、能听到有一辆火车从铁轨上隆隆驶过，他还能听到牛群甩开蹄子在田野间竞相狂奔……”同是来自于乡村的“我”，“耳朵拥挤着的，是这城市里即将开始的夜生活前奏——来自于酒吧的轻音乐、海边的喧闹、夜市的嘈杂以及汽车在停车场泊下时马达逐渐熄灭的声音”。这两个同在城市漂泊的乡村人，代表了两种不同的生活方向，但处在同一状态。他们挤在城市的一隅，一个向往真正走入都市，一个渴望乡村的那份清纯。石岩的心中有一份牵挂，一份源于故乡的滋润，这让他的生活充满阳光。而“我”丢掉了乡村，一切都是苍白的、焦躁的。乡村依然是他们生活的重要部分，而非简单的背景，这里有乡村赋予他的生命、性情和价值观，也有乡村与他现时、具象的种种勾连。城市生活，历来是与乡村生活对立的，至少很难真正汇成一条河。他们无力从乡村这条河舒畅地游入城市那条河。更可怕的是，他同时又不能再回到乡村那条河。他们都将无法实现心中的梦想。事实上，他们被两个世界同时抛弃，成了文化的弃儿，至少他们只能生活在两种文化世界的边缘。从文化的中心地带被排挤到边缘，带给他们的不单是失落那么简单，更多的是精神上的荒芜和心灵上的遍体鳞伤。为了追赶那张他从不离身的心爱照片，石岩如同一只黑色的蝙蝠，以怪异的姿势滑翔在冰冷的夜空里。照片是他生命的支柱，意味着回到乡村是他生命真正的归宿。失去了照片，就失去了那位姑娘，也就丢了返回故乡的情感车票。他的生命与照片是一体的，那么随着照片一同飞翔，哪怕生命就此不在，他也是幸福安详的。就在这一刻，“我突然听到了从夜色中传来的歌声，的的确确，我听得分明。我分辨出那是个女人的声音，就像一缕缕轻烟随风而至，穿越黑暗抵达我的面前。这时我才终于相信，更准确一点地说，应该是坚信——这声音，一定是来自于千里之外的那个女人，她的歌声清脆婉转，有如天籁之音”。石岩的肉体陨灭了，可对于乡村的那份依恋会永远与灵魂在一起。“我”一下子顿悟了，一个迷失的孩子重新回到自己的精神家园，“我”又是石岩的重生。

这些乡村题材的创作是审美想象、情感体验和文化追问的结果，呈现出内心的巨大焦虑和怀疑，体现出对民族生存、人类群体意识和永恒价值的回望与追求。

四、日常生活的诗性表达

对于写作者以什么样的目光和心灵对待现实，以怎样的姿势进入现实，又以何种态度与现实相处，直接决定了现实向他敞开什么样的胸怀，给予他多少的情感，他又能了解现实多少。最终，他对于现实的重新建构、表达，就带有浓重个性化的话语、情境和审美意味。换言之，写作者与现实间建立的关系品质，将直接左右作品的审美个性和特质。

鲁敏的《铁血信鸽》（《人民文学》第1期）带给我们的是既熟悉又陌生的感觉，这恰恰正是文学的魅力之处。鲁敏从日常生活中发觉危机四伏的病症，赋予日常生活以不同寻常的力量，让习以为常的生活转化成一把尖锐锋利之刀，刺中我们的心脏。妻子热衷于养生，呵护肉体成了她生活的全部。鲁敏以其所特有的耐性和细致，不吝笔墨地描写一个养生迷琐碎而井井有条的生活，真实地还原日常生活的一个截面。时下，充裕的物质生活，让人们有条件活得健康一些、圆润一些，向往生命之路能顺畅地走得持久一些，这本没有错。但是把生命的意义完全归于健康长寿，将精神质量从生命中抽取干净，那生命还能有多大价值？如果只关注自己的肉体质量，任由情感麻木、信仰缺失、精神营养不足时，那么人的生存将陷入困境。肉体肥沃，情感干枯，心无皈依，精神毫无血色可言。在现实生活中，妻子只是一个群体中普通的一员，还不是最出色的。检索那些以养生为上的人和事，那些所谓的“养生学”、“养生专家”铺天盖地，占据我们生活的主阵地，穆先生的妻子的行为真是再平常不过了。许多人坠入这样的沼泽，非但没有危机感，反而乐此不疲，误以为终于可以享受生活，从此跨进了人生的理想国。养鸽人痴迷鸽子到了无以复加的地步，他就是为鸽子而活着的。他的生活走向了另一个极端，对人生失去兴趣，对生命不再有本质性的向往，在人的世界里已无法找到寄托，一切都依附鸽子而存在。这不是玩物丧志，而是绝望和无助之后的出逃。他们的生活看起来兴致勃勃，却了无生机。之于生活，这是富贵病、都市病的典型症状，但折射出的是丧失生命意义、自我逃避的时代性精神危机。只有穆行生是清醒的，但他又是孤独和软弱的。困在鸽笼里的鸽子还有在天空展翅飞翔的机会，而穆先生只能暗自叹息，把玩一些虚弱的想象。“鸽子那赌命般九死一生的惊悚激情，正是他最为渴求的但永不企及的寄托。”他意识到日常生活中的非正常现象，但没有勇气撕破笼罩着他的网，只能在阴影中郁闷地行走。他注意到那只尾部带有叉形黑色花纹的“铁血信鸽”，是因为他怀疑自己的清醒。他反复向养鸽人说到这只鸽子，是力图寻求一种力量支撑。铁血信鸽经过“卓越的长途跋涉，飞过破败的屋顶与肮脏的河道，飞过张开的网与枯死的树枝”，历尽艰险飞回了自己的小巢，“像要在最后的道别之前，唤醒这仍沉睡的红尘，并致以苍凉的祷告”。鸽子充当了穆先生的报信者，鲁敏则在向这个时代发出警报。那么我们何时才能重新让生命注满该有的力量，重新回到那文化精神的家园？鲁敏从日常生活出发，走向了宏大的精神场域。

徐则臣的《我们一直在路上》（《收获》第4期）是将“漂泊”注入了新的意味。乡下长大的男人，骨子里是乡村的安宁与纯净，不喜欢城市的动感，一天的生活似乎只有从家到地铁和从地铁回家在运动，其他时候他十分安静，爱待在家里，以家为城，拒绝外面的喧嚣与浮华。他的妻子与他相比，简直就是患上了多动症，不但自己爱凑热闹，脚步一直无法停下来，还对丈夫的好静行为严重不满，竭力劝说他由静变动。他在坚守自己的生活形态，对妻子迎合世俗生活的疯狂既不支持，也不干涉，妻子却不遗余力地要改造他。一攻一守的对立，打破了生活的日常化平衡，也结束了他们的婚姻。家成了孤独的围城，城市的广场、街道、公园的喧嚣更加重他孤独的情绪。离婚后，他开始主动要求出差，不断地远行。在火车上，他不停地咳嗽，惹得周围的人很反感，这寓示他依然与环境格格不入。在火车上，他遇上一女子，这女子和丈夫的感情很好。丈夫是局长的司机，因为局长出事受牵连进了看守所。她一次次出远门去看守所，尽管见不到丈夫，但因为心中有信念，路上的生活提升了她的幸福感。丈夫出来后，作为补偿升至副主任，心性大变，自甘堕落。女子工作岗位变好了，穿着时尚了，但性情也随之放荡。男人并不知道女子已经放弃自己的信念，几次想与她见面，为的是给自己的孤独坚持寻求一份依靠与援助。而当女子主动投怀送抱时，他才知道人人都在改变。他拒绝了女子，是决意要在孤独中一直操守下去，男人内心的强大让我们看到他生命本真的力量。

我们每个人的生活都是一直在路上，有些人迷失了家园，有些人在凌空蹈虚，而这个男人一直行走在坚实的大地上。人们追逐潮流，为了不被淘汰而拼命地奔跑，他们看似抓住许多东西，偏偏丢弃了自己。周围的人都在变化，而他一直驻守在自己的内心。这个男人的远行与他成天宅在家里的目的是一样的，不是在寻找，而是固执着守护内心。他走在路上，行囊里装着饱满的灵魂和浓郁的信念。他的肉身在漂泊，生活在漂泊，可心灵一直安放在家园。徐则臣对日常生活有着特殊的敏感，形成了自己个性化的言说。列车上男人被咳嗽所纠缠的细节化铺陈，周围人被搅扰的种种反应，还有墨汁溅成的翅膀，以及公园里走近喷泉那一段，没有刻意的修饰，不重煽情，力道拿捏得十分精妙。徐则臣从日常生活入手，写出了日常生活以外的东西。他在写人们的日常生活，又能适时跳出日常生活。人物的外部生活只是他进入人物内心世界的路标，剥开日常生活的表皮，深度拓展内在的生活，是他创作的终极方向。在《我们一直在路上》中，这一点得到很好的体现，并取得了不错的艺术收获。

张玉清的《地下室里的猫》（《人民文学》第6期）惊醒了我们松弛的神经，人的麻木远比猫的惨叫更凄厉。一只误入地下室的猫，发出绝望和求救的叫声。不一定是小姑娘最先听到的，但只有她用心在意。大人们内心的嘈杂早已对身外世界充耳不闻，洪水般的欲望淹没了人性的光芒，一只猫的生死悲欢无法柔化他们的神经。妈妈找物业试图救猫，未能成功，“妈妈虽然不满意，但也没有很生气，也没有很发愁，其实也是，这不是什么大事，麻烦也不是很大，这几天帮女儿推一推车子就行了，也就是几天的事，等那只猫饿死了，也就没事了”。没几天，猫死了，可小姑娘天天还能听到猫的叫声，也只是她能听到。其实并非是她听到，而是她无法忘记。是的，她年纪还小，心灵还很柔软，她对生命的敬重与她的心空一样纯洁无瑕。为了让女儿走出阴影，妈妈求助心理医生，讨得一良方，以猫声进行心理干预。夫妻二人买来一只猫，为了要录下最接近于原来那只猫的叫声，他们把猫扔进了同一个地下室。这只猫也死了，夫妻二人和心理医生是杀猫的共谋。他们这种以猫的生命为药引子的治疗方法，的确达到了预期效果。漠视生命，人性变得越发坚硬，这是日常生活的日常行为。冷漠与残酷的行为日益正常化，意味人性扑向了深渊。小说的尖锐度在于成年人所谓的惯常行为，正在扭曲着小姑娘的成长。小姑娘不再被猫的惨叫声所困扰，并把这事忘得一干二净。“小姑娘恰好从地下室里推车子出来，新来的夫妇因为走得慢，就侧过身，让小姑娘先过去。小姑娘淡漠地看了一眼铁锹上的猫皮，没作声，也没跟新来的夫妇打招呼，她紧走几步抢在前面顾自推着车子走，到了楼门口，头也不回地骑上车子上学了。”成年人的举动是教化，小姑娘已经成为他们的同路人。猫掉进地下室，在惨叫声中死去，这小姑娘的命运与猫有相似之处，她掉进了成年人的人性地狱，纯真的人性蒙上灰尘，迈上不归路，所不同的是，在这一过程中，她无知无觉没有挣扎。这正击中当下教育的弊病要害，人们对孩子的成长格外关注，爱之切切，前所未有地看重教育。然而在这爱的教育过程中，却无意识地毒害孩子们心灵的健康，污染孩子们人性的清灵。因为是备加关爱，因为是无意的扭曲，才更令我们担忧。张玉清心怀忧患，以朴实的细节、冷静的叙述，捕捉了日常生活的狰狞面目，揭露了启蒙与教育的伤痛。张玉清没有振臂高呼，但我们依然听到了呼喊声，这声音与当年鲁迅“救救孩子”的呐喊声遥相呼应。

刘庆邦的《丹青索》(《北京文学》第9期）是一篇很有滋味的小说，刘庆邦这位重量级的作家，以他的实力把一道家常菜做成了别有风味的特色菜。这是一个关于画家堕落的故事。画家索国欣有过艺术理想、人生目标和某些共性化的艺术气质，但在金钱的诱惑之下，他从画家沦为画匠，渐渐地对自己都陌生起来。他的蜕变是拖泥带水的，是条充满纠结和轻微抵抗的滑行之路。索国欣的生活环境对他的艺术追求是不利的。妻子爱打麻将，说明生活的世俗与他如影随形；女儿吸毒，暗示他的身边就有陷阱和邪恶。他与画家在一起，酒色财色都一同分享过；另外还有个学生名分、实质情人的华子雯。华子雯的丈夫是一位带枪的警察，可见索国欣的欲望已经到了敢于撞枪口的地步。这一切是他的外部环境，但很难说是他与艺术分道扬镳的真正原因。“索国欣只是一个业余画家，画什么没什么准稿子。他画过伟人，画过李玉和、李铁梅、阿庆嫂。还画过劳动模范、矿山女工等。人家让他画什么，他就画什么，称得上是笔墨跟随时代走。时代改变之后，特别是他退休之后，他的脑子才变成了自己的脑子，他的手才变成了自己的手。有一段时间，仕女图比较受欢迎，他就集中精力画仕女图。西施、貂蝉、杨玉环等，许多古典美女都被他画过。他画的王昭君还参加过市里的美术展览呢。”刘庆邦的笔法有水墨技法的神韵，随意一描一抹，就让索国欣跃然纸上。哦，他根本就不是真正的画家。画商老桂打来电话，问他的货准备得怎么样了。货是指索国欣所画的钟馗，而索国欣不愿听这个词，钟馗在他手里称美术作品，所以他坚持说200幅画快完成了，要老桂晚上来取画。“货”与“画”，性质完全不同，索国欣只能以这样的方式来反抗。这样的抵抗显然没有力度，毫无效用可言，这一点索国欣心里很清楚。抵抗对于他而言，只是一种自我聊慰。在小说的一开头，他就从天空的飘雪悟出了自己的命运，为自己的放弃找好理由：“凡是在天上飞的东西，不管怎样不愿落地，不管怎样挣扎，最终还是逃不过落地的命运。”一个没有纯粹艺术理想的所谓画家，自命为艺术家，时不时地还为自己背叛艺术而心不甘。这就有意思了，小说因而也就有了味道。更有意味的是，索国欣这样的伪画家，或多或少都在崇高与世俗间挣扎，而那些起初内外都很清高的艺术家和知识分子，一个个陷入精神的泥潭，或浑然不知，或疾走猛扑，或高声宣称是艺术的必由之路。刘庆邦从熟悉的乡村和煤矿领域进入这样一个陌生的领域，把一个陈旧的题材和主题写出了新意，写出了滋味和趣味。

裘山山的《你的名字我作主》（《红岩》第2期）以时尚性的话语，轻松诙谐的口吻，写出了两代人的冲突。高博梦中遇到一个有着奇怪名字的人，醒来后想以这个名字为线索替朋友的孩子取名。取名是权力的象征，拥有取名的权利，就是对话语权的占有。高博的梦所折射的希望显而易见。高德明与高博父子的生活，总是暗含权力的较量。父亲享有天然的父权，处处要制约高博，对高博瓦解父权的行为十分不满。高博则高举新生力量的大旗，以父亲已跟不上潮流来反击。裘山山无意以强烈的冲突来营造戏剧化的效果，而是要让两代人的矛盾化入生活的常态。父子俩坚守各自的立场，各说各的，但正面交锋只是瞬间，每每快接近高潮时，高博主动撤退避开锋芒。该说的说了，他去做他认为该做的事。高博的婚姻大事，父子俩的观点是完全对立的，但这不影响高博先斩后奏。高德明只能接受现实，梦中，他向儿子恳求以后能为孙子取名，而儿子不按他的想法生子传宗接代。儿子的理由是不想以后自己成为父亲这样。这结尾高德明的梦，正是开头高博的梦所想要的结果，小说就这样结束了。虽然婚姻是大事，但裘山山的叙述还是做了淡化处理，我们读到的是父子间剑拔弩张，心中却情不自禁地生出些许的喜感。父子间的战争，最后演绎成有趣的轻喜剧。处于强势的父亲，面严心善，无奈的同时怀揣亲情与包容；儿子的反抗刚中带柔，智慧灵巧地行走。家庭生活虽时常起风雨，但没有伤及感情，在碰撞中和谐地继续。一代代人之间的代沟是存在的，人与人的区别是自然的，不可能彻底抹平，倘若真有神力能让代沟和区别变成平滑的大道，那每代人每个人的自我风景将会消失，人类的生存将成为无个性无差别的复制，这远比代沟更可怕。《你的名字我作主》为过好家庭生活提供了一种可能，也为人与人的相处，道出了一种形态。裘山山从日常生活中汲取创作养分，又让作品反哺日常生活，有力地消除生活与创作的隔阂，建立起互动性的通道，表达了她对日常生活审美化的诉求。

铁凝的《1956 年的债务》（《上海文学》第 5 期）可以用一个关键词来概括：清理。小说借由万宝山代病故的父亲偿还 53 年前 5 元钱的借债这一线索，让万宝山清理已经尘封的日常生活往事，清理父亲这一形象。回到那段特殊的年代，在万宝山的成长期，父亲的形象是吝啬的，完全背离了惯常的“父亲形象”。他嘱咐上街买菜的老婆，买两个小茄子不如买一个大的，因为多了一个茄盖儿；他还把一整块蜂窝煤拦腰锯成两块，说这样烧得更透；给米面煤球上锁，每顿饭都用自备的量具量米量面，出差前，把家里 10 天的米面都准备好，并不忘刨去自己的那一份。精心算计买来 8 个火烧，最后发霉长毛，他把招待所房间的窗台擦净，将长着绿毛的火烧一字排开，在太阳下晒火烧。晒好一面，他用扫床的小笤帚扫去火烧上的绿毛，把火烧翻个过再晒。10 天里，翻晒火烧是出差在外的父亲一个不大不小的乐趣。10 天后，他重又把这 8 个干火烧或者叫火烧干背回了家。而当人们广为传说“火烧事件”时，父亲主动贡献出用笤帚扫绿毛这一细节。可见父亲对自己的吝啬，没有丝毫的愧意。就是三十多年之后，生活好了，父亲的吝啬还一如既往。因为父亲借了 5 块钱没还的信誉危机，导致年幼的万宝山不能像其他孩子一样赊冰棍。父亲的吝啬养活了一家，但也一直伴随着万宝山的成长，始终让他隐隐作痛。对于父亲而言，5 块钱的债务是他一生唯一的污点。他让儿子还债，不仅是为了一份承诺，更是想儿子接受他对于生活的理解，那最后力图拥抱的姿势，意在完成某种交接。万宝山从小不喜欢父亲，长大了对父亲仍然有着某些拒绝的心理。然而他的身上有意或无意间印上了父亲的许多痕迹，包括他最为不屑的“吝啬”也浸入了他的生活之中。他没有父亲那样吝啬，但节俭的意识已经深深地植入进他的生命里，并影响着他的行为。那些曾经的往事不只是我们生命的记忆，还会参与我们的成长。是的，固有的一些文化传统会传承，也必须有传承。万宝山对于父亲的节俭行为怀有拒绝和恐惧，当他借单位出差的机会来到北京，给当年的邻居李玉泽还钱，却发现老邻居已在北京过着高档的上流社会生活，那高大的洋房、美丽的草坪、豪华的汽车、高雅而温馨的酒会。这时候，他对节俭产生的怀疑，萌生了退却的念头。就在这一刻，一个形象忽然在万宝山脑子里复活：病床上的父亲张开胳膊对他的那个祈望，凄风中的大鸟样的祈望。他仰望着空中的黑鹰，该不是父亲的魂灵正俯视着他吧？他“不好意思地奓了一下他的胳膊”，对父亲的灵魂给予呼应，并勇敢而坦然地去还债。因而万宝山实质上是在清理自身的文化与灵魂。

尤凤伟的《空白》（《中国作家》第7期）放大了官场上一桩日常事件，空白便成为一面镜子，映射出各色人等的灵魂。看似的空白，其实是尘土弥漫，肮脏遍地。秘书与局长本相安无事，一件意外事件打破平静。出于防盗的目的，上级统一在领导办公室安装监控摄像头。因为秘书的疏忽没能及时通知局长，局长在没有防备的情况下被录了像。这就有了录像中出现一小段的空白。虽然录像没有存储但可以回看，除了局长，有这便利的自然只有秘书。如此一来，局长与秘书间的特殊博弈就粉墨登场了。秘书根本就没有过录像，对于局长那一段时间在镜头下到底做了什么，他大脑里是一片空白。但凭着对官场的了解，加之局长连番使计，秘书感觉大祸临头，却无从证明自己的清白。局长对秘书的信誓旦旦不相信，也不感兴趣，他要做的其实是收买。秘书与局长交易之后，局长买得安全，秘书获得提升，皆大欢喜。我们无法知道在那段空白之下，局长到底有什么不可告人的勾当，但局长的不净早已挤满了空白，空白中闪现出一个腐败权力者的可恶。可悲的是秘书，空白仿佛绳索牵引着他迈入官场的浊流，而他却露出轻松的微笑。一段空白搅出了清水下的泥沙，勾出了官场的权诈、人性私欲的膨胀。没有重大事件，只是官场日常生活的一件小事，却让一干人坐立不安，如临大敌，最后彼此又从对手成为同盟者。没有感官性很强的权钱色交易，留了许多空白，是很素的写实。这与时下的许多官场小说叙述视角和内容大不相同，但并没有因此减弱针砭官场丑陋的批判力。

沉在日常生活的作家们，叙述是生活化的，情感化的，时尚化的。他们让语言成为日常生活的一部分，吻合当下生活的感性色彩。这时候的写作者对人和人际关系敏锐且入微，心细如发，诉说情感时笔酣墨饱，血肉丰满。他们着力于在日常生活中寻觅人最本质性的关系，渲染表面轻飘内里缠心的情感。从细小处和人物的异常处下笔，纤柔而又精准地打开，敏锐地察觉它潜在的内涵。这是他们对于生活精神属性的自我把握，将自己与人物化为一体去领略和回味生活。这样深潜生活之后，再拉开距离凝视和咀嚼，既保鲜了生活，又可以拂去积尘抵近本质和深意。

2011 年 1 月 16 日

2012年度中篇小说：以平实的叙述挺进生活内部

近几年来，中篇小说越来越受到作家与读者的互动性关注，呈现日渐繁荣的态势，作家创作中篇小说的力度在加强，读者的阅读需求在不断提升。最为直接的表现就是期刊选载中篇小说的比例在上扬，一些期刊还新增了中篇小说的选刊。2012年度中篇小说承继了这样的繁荣，并浓郁着其平实且内涵丰蕴的个性。作家放弃或淡化了纯粹的外在的技术性书写，力求在本人的生命特质和现实体验的最佳交界点寻找最为贴切而精到的叙述，以平实的叙述挺进生活内部。与短篇小说和长篇小说相比，2012年度中篇小说的当下生活题材占其总量的比例是最高的，立足现实，关注当下生活，成为绝大多作家的创作表情。作家们回到现实之中，目光更多地关注在普通民众身上，倾听普通人在日常生活中的呼吸。关注底层生活，将现实的体验融入文学理想，在叙事实践中开拓精神内涵。用文学的方式和温暖的人文情怀以好看的故事与饱满的意味拥抱平常生活和平常的人们，成为2012年度中篇小说不可忽视的品质，这也为我们提供了细细品读的条件。而在这方面，《中篇小说选刊》完全可以成为我们以点带面实施解读和评述的样本。

一、对灵魂失重的透视

在当下的商业语境中，灵魂常常被我们忽视。我们在欲望中奔跑，裹挟了太多的东西，偏偏把灵魂抛在身后或扔向阴霾的天空。我们守护着许多自认为很重要的东西，却不顾灵魂受到挤压在呻吟。所幸在理想失落、精神沦陷、灵魂异化之时，我们的作家逐渐清醒并勇敢起来。他们真诚直面现实的污垢与丑陋，寻找被逃亡的灵魂，努力呼唤他们重回神圣之地。

范小青的《高楼万丈平地起》（《中国作家》第8期）把一个相当沉重揪心的现实存在，以轻松甚至有些诙谐的叙述呈现出来，产生了强烈的书写质感和审美力度。万丈的高楼需要平地起，我们的生活、生存需要脚踏坚实的大地；生命与社会的成长、发展都需要从如土壤般的文化与精神中汲取营养，才会有健康的机体、生命和灵魂，也才可能有社会的和谐图景和人类的美好未来。或许《高楼万丈平地起》这一题目的意象正在于此。没有灵魂的行走是虚空的，因而江秋华的言行是那样的游移不定。范小青将叙事行为与主人公江秋华的言行进行了艺术性的对接，在扎实的语言中闪烁着一丝飘忽，恰如其分地让人物与叙事的姿势吻合映衬。

从故事层面和内蕴品质，这当是近年来状写现实生活的一篇力作。房地产商无节制地逐利，已经沦为一种日常生活，而对于文化古迹的麻木与毁坏，同样比比皆是，这既是经济发展与文化坚守传承间的两难选择，也是人性显影的绝妙场域。为了建起高楼，房地产商甚至一些地方政府想尽办法把一处古迹夷为平地，在现实生活中早已失去了典型意义。敢于直面现实是一种勇气，但显然离不开叙事智慧。范小青在看似娓娓道来中，将一个俗常的故事叙述得风生水起、妙趣横生。房地产商助理“我”即江秋华受命于老板林红，“你照着图纸去做吧，凡是有挡道的，都拆掉它，你去搞定吧”。最大的阻碍是名人故居玉涵楼，但江秋华认为有林红无所不能的能量和区长的关照，这也是小事一桩。不料因为玉涵楼，江秋华陷入无穷尽的迷宫之中。街道办事员老蒋暗地里与江秋华的丈夫白晓光结成同盟，进行了一系列智斗式的阻挠。老蒋是基层最小的干部，也是普通民众，白晓光同样是一个小人物。江秋华强势推进，老蒋与白晓光不做正面对抗，或敷衍或迂回，尽其策略所能在周旋中阻挡江秋华。是的，他们有坚定的信念，却严重缺失社会和政府力量的支持，纯粹成了民间性的行动。区长暧昧的态度中隐含了对林红建高楼的默认，甚至是纵容与支持。而林红这位真正的主角始终没出场，但处处张扬着她的能量。显然，在整个建楼过程中，林红是绝对的主角，区长似乎也成了她的马前卒。最该有所作为的却在淡然旁观，甚至为虎作伥，而平民百姓在呼吁、在斗争、在抵抗。区长与老蒋、白晓光等人的鲜明反差，直击那些一味追求利益的人的要害，是当下现实的真切写照。

一场事关可持续发展的激烈斗争，经由范小青的笔墨，舒展出游戏式的表情。这本身就是极大的嘲讽。由此，我们也感悟到范小青深刻的叙事意味。叙述故事是作品的外在，非范小青所要追求的。换句话说，她将作品的真正生命力潜于生动曲折的故事之下。江秋华与林红是一明一暗、一实一虚的两个关键性人物，关于她们的精神状态和灵魂纹理，才是《高楼万丈平地起》所要表达的意旨。我们很轻易就能看出，江秋华跳槽到房地产公司，只是因为盲目地崇拜林红，终极目标就是能住上林红建的高楼，而且是越高越好。进入公司，她的主要工作就是拍林红的马屁。“我拍红姐的马屁，绝不是我人品有问题，众所周知我的人品是没得说的。那实在是因为我太崇拜红姐了，我对红姐佩服得五体投地，心服口服了，一天不拍几遍，我心里就没着没落似的。”面对玉涵楼，江秋华没有是非，只想着如何拆除，如何顺利完成林红交给的任务，最终自己可以如愿住进高楼里。这是一个表面上看起来激情四射、活力超群的人物，其实灵魂已经随风而逝，如同尘埃样漂浮在空中。正因为如此，她看似在坚实地行走，其实一直处于恍惚、飘忽的状态。悲哀的是，她浑然不知。一切具象的存在，最后都消失了，都沦为虚无，留给她的只有茫然。玉涵楼是不是那个玉涵楼，成了一个谜。林红真正要建的高楼并不是玉涵楼所在的地段，而是在别的地方。更为可笑且可怕的是，她当作神供奉的林红，其实是个精神强迫症患者，身体已经如同高楼一样没有生命，所有的行为只是为了建高楼而建高楼。或者说盖楼的速度太快，灵魂追不上，到头来魂也丢了。没有真正出场的林红，能让我们强烈感受到她存在。她连续三年多在论坛上发“抽楼主丫的，楼下保持队形”的帖子，在网上盖起了几万层的高楼，她的网名是“我有病”。在网上发帖盖楼，这是一个绝妙的极富象征意味的细节。只此细节，林红这一人物就立了起来。同样，对于她不停地建高楼的狂热，也做出了意味深长的解读。这过于直白的网名，或许是林红意识到自己有病了，也可能是自己恋自己的执着。就是这些灵魂陨灭、精神苍白的人，自以为很清醒地在我们面前大声说话、高调做事，并被许多人称之为精英。这似乎已经成为一种普遍存在的精神征候，参与甚至在一定程度上主宰着我们的生活。

尤凤伟的《魂不附体》（《中国作家》第1期）的灵魂叙事更为惊心动魄。小说中的时空在乡村、矿区和县城间来回移动，矿区是中心地带，乡村是人物的出处，县城只是偶尔光顾的地方，一个没有太多意象的空间。虽写的农民是下矿，但尤凤伟并没有扑进矿工们特有的生活与工作。因而人物的身份无关紧要，无论是乡村还是矿区县城，也都没有太大的空间意义。尤凤伟的力道用在当下生活中的普通人身上，从他们的一举一动中检测其内心。农民矿工陈官遇上了个算卦相命的，本来不以为然，但算命人说他只有6个月的阳寿，用的方法更让陈官惊诧，是相魂，他看出了陈官的魂渐渐远离身体，已经飘在头顶。小说最后的归结点并没有太多的悬疑，陈官躲过了一劫。相比于过程，什么样的结果无关紧要，小说的魅力在于过程之中。而就粗线条而言，陈官躲避的过程也没有太多的曲折，重复了众多人的老路，先是想离开矿区未果，最后不想离开时又意外地离开。尤凤伟一如往常不在故事环环相扣的奇特性或奇异性上做文章，用心于微观生活的质感，以平常人的寻常事来震撼我们的心魂。陈官的人生确实很糟糕，上学时成绩一直很好，但因为父母吃了有毒的鱼双双亡故，成了孤儿的他，后来只能无奈下窑挖煤。结婚成家后，媳妇的心却一直在情人那儿，对陈官没心没肺。如此一来，家与井下、媳妇与煤老板都是一样地险恶。走在路上，又遇上了算命人的咒语。因为惧怕死在井下，陈官想逃离，不料不但没走成，还遭到煤老板的恐吓与威逼，只能继续提心吊胆地在井下工作。与人长期偷情的媳妇不愿意与他离婚，是不想失去财产，一旦得知他在外也有相好后，便给他戴上了重婚罪的帽子，不但把他扫地出门，还让他进监坐牢。可以说陈官陷入了重重困境，人生时时艰难，生活处处受到挤压，一天到晚战战兢兢，陈官的魂被外力硬生生挤出，导致魂不附体。这是底层群体普遍生存状况的真实写照，更为担忧的是，这一群体的基数大有急速扩张之势。当然，陈官突围的方向是有些偏差的，试图让安放灵魂的行为，其实是让灵魂在堕落。他让陈东去嫖娼，自己去找女同学偷情，认为肉体和感官得到释放，魂才会回到体内。意外逃过矿难的陈东与妓女生出了感情，结婚后过上幸福生活；陈官也在女同学那儿找到了真爱。尤凤伟并非是认同陈官式的突围，只是在暗示，作为陈官他们，也只有在狭小的个人空间里才可能有所自主。他们如此这般的小幸福，正显现了他们处于社会的边缘，力量是何等的微小。这其实道出了作家的焦灼与悲愤。在这里有一个细节，特别值得我们关注。陈东娶回妓女，陈官认为陈东太离谱，这样的女人玩玩可以，咋能娶回家当老婆呢？试想，如果将陈官与煤老板的身份互调一下，陈官将会是怎样的呢？答案我们无从知晓，但似乎又很明确。这一细节如同银针，直刺人性的穴位，其力量是惊人的。

尤凤伟的叙述相当平实，一如陈官们的慢生活。当然，与尤凤伟的叙述相比，陈官的脚步更加的散漫慵懒，当然还有疲惫。不只是陈官、陈东，《魂不附体》中的所有人的脚步几乎都很慢。快的是他们的“念想”，无处不在的欲望挟裹他们的灵魂把身体远远抛在后边。陈官的媳妇从不念夫妻情分，从陈官处占钱财，从情人处得欢愉；煤老板只顾挣黑心钱，有矿工说在井下闻到瓦斯味，他伙同公安、专家和法院，愣是给矿工判了三年的徒刑；校长入狱服刑，因为有个学生在司法机关任要职，狱方对他不加掩饰地关照，他可以借就医之名被人接出去吃喝，与老婆、情人见面。那个算命的与其说是会相魂，还不如说是知道矿下的危险，矿工的生命随时可能会被葬送。然而在金钱的诱惑下，他居然甘愿顶替矿长下矿，最终成为牺牲品。算命人本已洞察了一切，并在警醒他人，自己却同样因欲望而丧魂落魄，这是一个极具张力的隐喻。在这里，我们全然看不到道德、人性和精神的光芒，只有欲望在横冲直撞。魂不再与肉体相连，不再呼吸在生命里，人们岂止是因为追逐利益而抛开了灵魂，根本就是早已忘记还有灵魂的存在。尤凤伟的艺术力正在此，实打实地写生活，没有渲染，不做炫技，让人物循着自己的目光前行，不打扰人物的言行，更不站出来发表主观性的议论。叙述的线条清晰流畅，人物关系简洁明了，极强的动作性成为作品的内驱力，从而结构出小说好读的品相。如此圆润饱满的叙事，带给我们的却是“魂不附体”式的惊诧和深入骨髓的痛楚。这是他的写作功力所致，更是真诚面对现实，勇敢与现实对话的结果，展示了成熟作家良知与智性的有机统一。他借陈官之口发出凄惶的呐喊："魂都给劫走了，人成空壳，这日子还咋过呀……"这呐喊同样惊得我们魂不附体。陈官们的生活暂告一段落，而我们的思考才真正上路。

二、对传统荒芜与传承的考量

两极化的乡村书写是这些年文学叙事的重要特征，2012年的中篇小说在这方面更具典型意义。《羞耻之乡》（刘建东）、《无鼠之家》（陈应松）和《漫水》（王跃文）当是此类叙事的力作。冷静地描写遍体鳞伤的乡村，揭露其所遭受污染，是一种声讨与追问，也是怀念曾经的纯净。诗意乡村之美，沉醉于乡村的朴实，是对乡村之恶的反击与淘洗。因而两者的目的是相同的，以乡村叙事为途径，强化精神家园的集体记忆。

刘建东的《羞耻之乡》（《山花》第9期）在本质上算不上真正意义的虚构性作品，而是在移植的基础上稍加抽取完成了对现实的尖锐刻画，以表象的极端行为对生活的某一断面实施了精确打击。或许没有以盗窃为生的村庄，但造假之村是现实存在的。退一步说，即使是虚构了具实的生活，但其里的道德、精神的荒漠化，远没有现实生活惊悚。正因为如此，纵然我们认为刘建东在尽虚构之能，但我们却读不出荒诞。

刘建东笔下的大陈庄是个盛产窃贼的村庄，人们走出村庄潜入城市，以盗窃为生，以盗窃发家致富。留守的人安然地享受着亲人们做小偷的成果，回乡的车上大陈庄人兴奋而自豪地炫耀、交流偷技。那些道行深的人竟然在村里开办小偷培训班，持续培养盗窃人才。羞耻之乡的人们大多不以为耻，反以为荣，倒是黄登明这样最失败的小偷，反而受到奚落，被人讥笑；表姐这样的道德坚守者成了村庄的另类，这是以反向的力度状写大陈庄的污浊与荒芜。她的丈夫和两个人都在广东行窃，但一直对她隐瞒真相，谎称在那里清白做人辛苦打工挣钱。一方面，她生活在儿子编造的谎言里，另一方面，她其实也生活在虚空的道德天堂里。她原本正常的道德向往在大陈庄的泥淖里居然沦为一种过度想象，这也就注定了虚弱与艰难终将伴随着她。然而我们惊讶她的执着与坚韧。当得知丈夫惨死、小儿子坐牢、大儿子谎话连篇时，她挺过去了，并将希望延续着。她的这份坚守是村庄仅存的道德火种，是闪现的精神之光。大儿子的执迷不悟，她举步维艰的生活困境，昭示着坚守者的孤独与艰辛，前行的路依然很长、很泥泞。与此同时，将村庄的纯净交由这样一位屡遭不幸、自身难保的女性守护，更表明精神危机已经到了何等紧要关头。她是在期待，也在试图以自己的坚守唤醒儿子迷途知返。只可惜她还会继续生活在蒙蔽之中，游走于虚空的幻觉。黄登明则是一位觉醒式的人物，开始踏上了救赎之路。他因盗技低下、运气太差，不但难以凭偷盗致富，反而断了一条腿。对此，他对行窃失去了自信，开始反省自己的行为。他的自省并非出于内心的羞耻，只是因为前途受阻。而在为"我"帮助小姨子寻找被盗的档案过程中，黄登明在不知情的情况下为警察所用。警察通过黄登明获取了盗窃团伙的诸多线索，最终破了案，黄登明无意之中成了大陈庄的叛徒。从被老婆埋汰、被大陈庄人耻笑，到成为大陈庄的罪人，黄登明才真正开始自责与忏悔，继而努力地转身回乡。极具反讽意味的是，黄登明无意中帮了警察的忙，却生出了负罪心理，认为是自己断了乡亲们的财路。为了赎罪，他送出自己的血汗钱去弥补自己的过失。这表明黄登明所谓的精神返乡之路其实是不彻底、不坚定的，内心并没有真正澄明。黄登明精神和灵魂的返乡之路，异常崎岖，步履蹒跚，风雨飘摇，得不到大陈庄人的理解与认可，没有任何人施以援手。面对强大的大陈庄，他是那样的渺小。沉沦者大摇大摆，趾高气扬，弃恶扬浊之人倒偷偷摸摸，没有底气。这缘于人们已经全然抛弃羞耻之心，精神家园只有欲望的杂草在疯长。表姐茫然而无奈地守望，映出悲怆的身影；黄登明在无助地挣扎，似乎难以击破那些浓重的心灵污垢；黄强在父亲行窃掉楼惨死后，仍然鬼迷心窍；曾经单纯的二丫已经被污染得粗俗，不堪入目，却感觉良好。黄登明的儿子嫌弃母亲对父亲的诅咒，父亲的自省也未能净化他，他离开是一种逃离，更是一种自甘堕落。原本清醒的"我"也日渐迷失，坠入彷徨的沼泽地。面对大陈庄的沉沦，"我"泛起羞愧之心，为故乡的羞耻而痛心，可是"我"又是懦弱的。黄登明给"我"有关局长的秘密资料，"我"先是不以为然，认为局长是清廉的，后来有所怀疑，但终究没勇气打开那些秘密。在文化意义上，乡村本是精神的家园，对于“我”这样走离乡村进入城市的人，乡村是漂泊中的灵魂的安放地。然而乡村的美好已不再，只有羞耻在流淌。在精神上，“我”已经无法重回乡村，只能永远地流浪。而“我”单位的局长被“双规”，意味着“我”此地的环境也重度恶化。如此一来，“我”将何去何从？黄登明则感悟到“当我摆脱了以前的生活，才知道自己应该做些什么，不该做些什么……当我完全忘掉自己的家乡，忘掉自己的情感时，我才得到了一份心灵上的安宁”。忘记了自己的家乡，精神无根；忘掉了自己的情感，只剩行尸走肉。这样的“返乡”到底还有多少的生命意义？

所有这一切编织起生存的巨大困境，让人无处可逃。羞耻之乡，不再专指大陈庄，而成为我们生存空间的代名词。从这一意义上说，《羞耻之乡》更具广泛的现实视野和深度的现实关注。因此，我们完全有理由说，作家看似虚构，其实是真实地切入了生活。他不是打开了潘多拉盒，而是为我们提供了一个视角去审视现实中的潘多拉。

陈应松的《无鼠之家》（《钟山》第2期）是一部多主题合奏性的作品，指涉乡村伦理的诸多方面，将乡村以及人物置于绝境之中，放任其无序失道。环境恶化、信仰混乱、乱伦、弑父……《无鼠之家》几乎触及到当下乡村生活的所有尖锐问题。可以说《无鼠之家》是2012年度最让我们心痛又最值得我们深思的作品。陈应松竭力深潜现实生活，准确体检我们这个时代的精神创伤和民众的病态心理，值得我们尊敬。

阎国立十分精明，制鼠药技术高超，有一定的生意头脑，舍得花力气吃苦走村串户，一个人就像一个产销一条龙的企业。他所到之处鼠迹灭绝，这让他家境富足。他的儿子阎孝文则与他完全相反，生性木讷，为人胆小而厚道，是个侍弄农活的行家里手。父亲轻易地融入现代生活，儿子似乎还停留在较初级的农耕文明。这样的反差，很有意味。父亲能挣钱，自己老实本分，阎孝文当是乡村姑娘最中意的男人。阎国立以自己的眼光和精明，为儿子娶了燕桂兰这样的好媳妇。两家大人中意，小两口也都认为如获至宝。打破这原本美满平静生活的，是因为儿媳妇好几年都怀不上孩子。阎孝文和燕桂兰倒没太当回事，着急的是阎国立。传承了几千年的“不孝有三，无后为大”宗亲文化是一个原因，同时他觉得像他这样一个风光的家族，如果不能延续香火传宗接代，那是十分丢人的事。在得知儿子患上了脓精症无生育能力之后，阎国立觉得自己的这买卖做亏了。在“肥水不流外人田”的心念策动下，他代儿上阵与儿媳妇行了苟且之事。不料一发不可收拾，他与儿媳妇时不时就偷欢。燕桂兰生了儿子，阎家终于有后了，在相当一段时间里，阎家人的生活又很平和。阎国立与燕桂兰的交欢十分频繁，但都是秘密进行的，燕桂兰的多次打胎都是悄悄进行的。天长日久，燕桂兰患上宫颈癌。在求阎国立花钱治病无果的情况下，燕桂兰捅破了这一惊天秘密。结果令人扼腕叹息，燕桂兰撒手西归，阎孝文弑父入狱，好端端的一个家落得家破人亡。对于田地、庄稼和日常生活，老鼠是害，可这样一个无鼠之家，生出的是无数比老鼠更多更强的祸害。虽然环境的恶化与灭鼠的毒药有关，但并不能说灭鼠是错误的。同样，在发展经济时，我们也该重视如何保护环境，如何守护人性的美好。二者看似矛盾，但关键是我们要有自觉的调和意识与行动。这在阎国立身上得到最为鲜明的表现。阎国立是个能人，凭着自己的能力发家致富，他断了鼠害，但自己的内心有无数个小老鼠在爬行。家里许多的事，他不闻不问，比如女儿总是欺压儿子，老婆女儿信邪教。但传宗接代的事，他非问不可。花钱娶回儿媳妇，不能生儿传后，就是吃了大亏；自己再鲜光，阎家无后，是最没面子的事，从此会在人前抬不起头来。“自己花钱娶回来的儿媳妇不能就这么荒废了。有田不能不种，有种不能不撒。”所有的一切，是用钱来计算的。同时，他把传宗接代看得那样的重，认为是人生第一大快事。“有一天，当桂兰给他说‘有了’时，他差一点腾飞到云端里去了。有一种当皇帝的感觉。皇帝的幸福也不过如此吧。”帮儿子接种后，他又陷入了肉欲狂欢之中。狭隘的小农意识和无止境的利益诱惑，使得阎国立彻底丧失了道德底线。岂止是他，村里那么多的人疯狂信邪教，弄得信仰无本无源。就是燕桂兰这一凄惨的女人，也有着灵魂出窍的一面。母亲脑溢血瘫痪在床，她可以与阎国立忘我纵情。“灯拉开，他看到亲家那诧异的眼睛在看着他们：亲家公与她女儿两个人赤身裸体在电灯下白闪闪地拉锯战。底下的女儿哪还顾垂死的娘，尽情享受着活力迸射的肉体，奋不顾身，旁若无人。”如果不是身患重病，她很有可能会与阎国立继续乱伦下去。阎孝文因为受到农药的侵害，身上有股农药味，得了失去生育能力的脓精症。身体是病态的，精神是压抑的，处于弱势地位，但其生存能力很强，而且生存的手段也是近乎原始的环保。换句话说，虽然他的肉体略有损伤，但心地朴实健康，坚守着乡村乃至整个文化当有的道德伦理和文化精神。是的，他愤然弑父的行为突破了中国传统伦理的底线，也与法不容，但也是与强权挑战，在以微弱之力抗击整个社会的病态人格。

小说中的那个疯子一直在自言自语：“尊敬的中国农夫，我敢保证，你的儿子不是你的。”当道德、伦理、精神、信仰等灰飞烟灭时，迷茫是自然而然的，如此一来，《无鼠》之家其实是有关生存的一个巨大隐喻。外部环境在变化，自然的天敌被人消灭，但无数的毒药侵蚀着人性。扭曲人性的阎国立被自己的亲生儿子清算丧命，身有创伤而忠厚老实的阎孝文也将失去存在，恶与善同归于尽，那生活的未来在哪里？我们又当如何健康人性与生活，让世界充满阳光？

王跃文在官场小说里已经走得很远，步步生风，传神绘就了一幅幅权力与欲望下人性的斑驳图景。而今，《漫水》（《文学界·湖南文学》第1期）却是他完美的华丽转身。这是一部诗意荡漾、淡雅清新、灵动纯美的力作，从官场百态到乡野和美，王跃文从一个极致信步走到另一个极致，体现了一个作家的智性实力。语言、情境、风景、风俗、人性、人情……《漫水》可以称得上是2012年度最为纯美温情的中篇小说。

这是部典型意义的乡村叙事作品，呈现出我们精神家园式的品质。语言清雅质朴，一如村前流动的河水般富有灵性，乡村原生态的淳美自然和淳朴温暖的人性成为作品鲜亮浓情的底色。这里的乡野依旧是天然的本色，山清水秀，心灵与大地与民俗风情都可以畅然呼吸。看似是世外桃源，却是那样的亲切。这曾经是我们的家园，也将是我们永久期冀的家园。王跃文以大量的笔墨状写了乡村的风景与民俗伦理，鲜活作品的美感与生命力。这些悠久淳朴的风俗文化滋养着余公公、慧娘娘等人的生命与灵魂，也滋润着我们的阅读与向往。王跃文写乡间风俗民情，不是浓墨重彩，大肆渲染，而是随着乡亲们的生活自然呈现。显然，王跃文真正体验到风俗民情之于乡村人的意义。在乡村人心里，风俗民俗与文化无关，只是他们生活的组成部分，是与大米小麦一样的粮食，是他们脚下的路。比如年俗、丧俗，乡村人不会常问为什么，在他们看来，日子就该是这样过，不这样，这日子就不是日子。这是文化的传承，也是民族性的坚守。而这样的传承与坚守，已经内化为生命中的血液。这样的民俗文化滋养着他们的生命，活力着他们的人生，也在时时净化他们的心灵。作品最后部分细述了为慧娘娘出殡的情形，这是一个寓意深刻的细节。余公公关照过抬灵棺的丧夫，强坨也再三哀求丧夫把母亲安心送上山，可一路上丧夫们还是整出了动静。丧夫们在水塘边、水田边都不停地推棺，强坨从哀求到发誓报答。"灵棺抬过田垅，开始往太平垴去。上山的路很陡，空手走路都怕摔着。丧家最担心丧夫们在这条路上推棺，害怕灵棺落地。灵棺行到半山上，前面突然大喊一声，掉转身子就往后面推。……强坨吓得魂都没了……"强坨终于承认龙头杠是他与外人合伙偷的，他一定找回来。丧俗震醒了强坨，唤回了迷失的心，这让我们看到了民俗的力量。龙头杠本是漫水村精神的物化，失而复得，昭示着乡村依然还如同已经走过的千年那样一直走下去。

《漫水》的故事感并不强，没有太多的戏剧冲突，只是将余公公、慧娘娘等人的日常生活进行了浓缩性的书写，让我们在淡然中品味他们人生的韵味。平静之下蕴含无限的张力，这是王跃文叙事的艺术力，其实也隐含了生活与人生的哲理。余公公、慧娘娘是乡村精神的代表，也是传承者。身兼木匠、瓦匠和画儿匠的余公公是性情中人，热爱生活，机智幽默，对一切怀有大爱，为人豪爽仗义，但又爱憎分明。老伴逝去、儿子远在他乡，余公公却可以与一条黑狗将生活过得有滋有味、情趣盎然。他深得村人的敬重，这样的敬重源于他的品性。慧娘娘是个外来者，当妓女从良后来到漫水。因为慧娘娘识些字，又知道很多事，到漫水后，当上赤脚医生，先是学会了接生，漫水的孩子大都是她接的生。有一年，漫水替人妆尸的人死了，她主动为其妆尸。自此，慧娘娘干起了妆尸的事情，从不收费。一次，他男人有慧在外面被人笑话，回来同她吵架，说她不该给别人妆尸，问她得什么好处。慧娘娘反问："做事都要有好处吗？日头照到地上，日头有什么好处呢？雨落在地上，雨有什么好处呢？"她的这份善良是无私的，也是心性的外化。余公公与慧娘娘住得很近，彼此关爱。他们的为人处世息息相通，善良大爱彼此映照，一男一女是乡民的浓缩，一个是完全的漫水人，一个是后来者，他们共同撑起了乡村的文化与精神。可以说，余公公和慧娘娘就是乡村文明的化身。他们两家密切交往几十年，后来两人都失去了老伴，在他们随性亲和的相互关爱中，总让人觉得有些暧昧。可他们的情感是那样的浓醇又纯净，倒是我们的内心总挥不去世俗的浮尘。余公公、慧娘娘把自己的日子过得润泽瓷实，也在感染和悟化着他人。这是他们人性的力量，也是和美乡村文化精神的力量。时代在变，世事在变，他们的生命也在老去，可他们的心依旧如水一样明净，似山一样坚挺。

王跃文说："半个多世纪的中国，是非颠倒好几来回，人情冷暖若干春秋，余公公和慧娘娘们从未改变过自己做人做事的方式。外来政治暴力或许会暂时把乡村的人们压服，但流淌在他们血液里的正直善良的禀赋不会永久地失去。"如此一来，《漫水》是一种注视，更是一种呼唤。王跃文以《漫水》在寻找我们精神家园的存在，温暖我们的心性，更在与物欲横流、人性扭曲的现实进行柔和而又尖锐的对话。

三、 对成长困境的书写

成长是人生的重要阶段，而广义的成长一直伴随我们的生活，人生实质上就是成长的过程。之于文学，成长是一个永恒的最具魅力光泽的主题，可以彰显人的无限可能。非常态的人物处于非常态的环境之中，典型化中书写的是普遍性的意义。严格地说，其实所谓的非常态并不存在，因为我困境已经成为人类的生存常态。

陈继明的《灰汉》（《十月》第1期）是在写银锁这样一个傻子，但作品真正关注的不是一个有关傻子的故事，而是人的某种扭曲性的成长以及陷于困境之中的挣扎。

“灰汉”是一些乡村特有的称谓，该是一种职业，指专门替别人杀生的人，对其有特定的要求，必须傻、呆、弱、差。傻要傻得有限度，不是傻到底、不是白痴，还要不横、不赖、不骚（专指狐臭）、不臭（不脏）、不抢、不偷、不嫖，不令人生厌。一段时期内，村子里只需一个灰汉，而且必须经过认真挑选和严格认定。银锁本来不呆不傻，是个很正常的孩子，并不符合灰汉的条件。亲哥哥金斗的两次恶作剧，把银锁糟蹋成半呆半傻。这中间，银锁完全可以辩解或反击，但善良让他默默地接受了这一切。亲哥是血亲的象征，而村庄是宗亲家族的主体，又具有行政权力。可见银锁遭受的打击源于家族内部，属于他成长环境的最里层，也是在成长阶段最为重要的一层。在父亲去世、哥哥外出当兵，只有母亲在银锁身边时，担当保护的男性隐去，银锁已经失去了传统上的家庭保护，只能任由乡村处置。银锁被任命为灰汉，也就是自然而然的事。这是一种强制性的身份界定，哥哥对他的身体和人格进行了摧残，乡村则完成了对银锁的正常人性和身份的遮蔽与切割。村子里挑了三头不中用的牲畜让银锁宰杀，这是一次象征性很强的仪式。外在的强制力迫使银锁完成这一血腥，他无法强势反抗，只能寻求母亲的帮助。母亲无力援手，他只能不情愿地在人们威逼式的吆喝中完成灰汉必须完成的任务。他尿裤子了，这说明他并不傻，而且内心很柔弱，只是有些怯弱，唯有以这种隐秘的身体行为进行虚弱的反抗和自我宣泄。在走出村子远离众人的视线，银锁才会自由身心。当一只狗冲着他攻击的尖叫时，他的勇气被激发，“不信我是一摊稀屎！不信我是一个窝囊废！”在这咆哮中，他打死了狗。后来的一天，他又用刀杀死了一只狗，并在剥狗皮中享受到美妙的快感。到这时，他在外在行为上彻底接受了乡村强加给他的身份，其实也是认同了被动的人性阉割。他能做的只是向牲畜获取精神上的自慰，营造精神自救的幻觉。此后，银锁与傻女小娥结婚生子，享受着自己的快乐。这时的他，将外界排除在外，把自己的世界完全封闭。在自己的世界里，他是正常的，心智清明，对小娥对儿子都有暴力性的行为。这是没有力量反抗之下的选择，也是一种意淫式的对抗。小娥被大水冲走，尸体竟然出现在前夫家门口，那里有她的两个孩子。傻傻的小娥临死前神现出母性，两个村子的人都不理解，可银锁洞察了这其中的奥秘。在他获得决定权后，他让小娥的尸体留在了前夫家的祖坟里。母亲去世了，傻儿子莫名其妙地自杀了，哥哥淡漠了亲情，银锁失去了亲人，自己的那个世界也就完全坍塌了。而在城里的遭遇，点燃了他潜伏压抑多年的向往。在城里，他不会像在村里受到人们的唾弃，可以活得很自在。乘公交车，他投一块钱的硬币，就可以想在哪个站下车，车就会为他停下。“自己花一块钱上车，专门找很少有人下车的车站下车。一辆车只为一个人停下！这是何等美妙的感觉啊！银锁极为迷恋这种感觉，眼看着上瘾了。”这本是最为正常的事情，却让他体会到前所未有的快乐与尊严。就是在这样的情况下，银锁也未能勇敢地自救，只能借助复活这样的奇异之事走出困境。“银锁成了海棠的骄傲，一个被阴司抓错了的人，一个从阴间光荣归来的人，一个见过大世面的人，无论如何都令人敬仰……比原来会说话了，一举一动像镀过一层金，眼神和笑容里有了一种让人服膺的东西。一句话，银锁成了大人物，一个神奇的大人物。”即使是人们将他从傻子推向了神一样的人物，他完全可以正面展开反击，争取到他应有的尊严与生活。然而他悄悄地逃了，放弃自我拯救的机会。

作为一个傻子形象，一个处于灰色地带的人物，银锁的个性相当鲜明。陈继明以冷峻的叙述和有尺度的介入，铺陈人性的裂变，以及裂变之下的游移。内心在倔强地挣扎，但终究无法爆发成一种与世界对话的力量，在抗争中获取本该属于自己的一切。其实我们人人都可能是灰汉。人的生存总是会遭遇很多外界压制和扭曲，屈从于外界的角色划分和规约束缚，时时地地处于困境或逆境之中。这已经成为人生的常态，生活最为平常的底色。内心骚动反抗的情绪，只能自我压抑，至多也就是向弱者逞能和发泄。呐喊可以震天动地，但行动无声无息，最后在囚笼中怒吼地生活，任由命运摆布，抑或放逐于人生的荒原，留下苍凉的身影和悲哀的足迹。《灰汉》以一个傻子一个非正常的人物形象，指向了人的普遍性成长历程和生存状态，这是陈继明的叙述理想之向，也是作品最为可贵的品质。

邓一光的《你可以让百合生长》（《人民文学》第5期）意旨很明确，专注于一个叫兰小柯的女中学生的成长，讲述她是如何在不堪的生活中走到阳光地带的。邓一光悄无声息地走到当下中学生的生活中，以他们的口吻、语言和思维讲述他们的生活，对他们的人生进行了充分的保鲜。

小说有三条线索，也是兰小柯成长中最为重要的三个空间生活。一是她的家庭生活，二是她在校的生活，三是她在合唱团的生活。家庭是她生长的根，是她现在的过去；学校是她与社会接触的第一站，是她成为社会人的第一站；合唱团是拨动她心弦的手指，唤醒蛰伏于她内心的另一个自我。这三条线索其实也是人成长的基本构成的隐喻。兰小柯的家是噩梦的生产车间。她父亲被关在戒毒所强制戒毒，母亲一次次地找工作，一次次地失业，还有那个生活不能自理的智障哥哥。“现在有一个问题，请回答。一个14岁的女生，她有一个不断复吸因此老在去戒毒所路上的父亲，一个总在鼓励自己日复一日说大话缺乏基本生存技能因此不断丢掉工作的母亲，还有一个每天提出一百个天才问题却找不到卫生间因此总是拉在裤子上的智障哥哥，她该怎么办?”14岁的她在学校是一个很差的学生，可以骂所有的人，可以与所有的人打架。她遮蔽了女性所有可以遮蔽的特性，外化为一个男性在横冲直撞，口无遮拦。这是一个我们极为熟悉的现实生活中的人物形象，她的率真让我们惊慌失措，她的叛逆让我们胆战心惊。在家中，兰小柯完全排除父亲的存在，又与母亲的角度进行了互换。她在粗野的抱怨中支撑起整个家，尤其对哥哥的照顾更是用心用情地细致。她几乎与所有的人（包括父母）保持对立态势，只是把哥哥揽在怀抱里。看着她无论多么累，心情有多么的糟，嘴里的脏话是多么的难听，都会细心照顾哥哥，我们才发现，她其实是将自己柔软的心包裹了一层坚硬的壳。她是在以攻击的方式保护自己，是在以外在的无所顾忌守护内心的纯真。这是艰难的成长，我们触摸不到她的痛，但我们听到她的心被撕裂的声音。她在外愈加张狂，我们的心越为她硌得生疼。在音乐团，她遇上了义工指挥、著名音乐人左将，这样一个穷困潦倒、重病缠身、生命不能长久的人，却点亮了兰小柯的心空。左将是一个精神导师般的人物，他先是发现了兰小柯那智障哥哥的音乐天才，继而探测到兰小柯那隐藏在内心深处的音乐渴望。在他的引导下，兰小柯找到了自信，开始与周围的一切和解。左将虚弱身体中闪动的精神光芒，为兰小柯暖化了物质与精神的双重困境。他以自己心灵的春雨浇灌了兰小柯干枯的心田，让生命的百合花灿烂地盛开。

《你可以让百合生长》的价值正如“柔石小说奖”授奖辞所言，“体现了逆境中的力量、尊严与梦想。在生存与心理的双重困境下，小说探讨了如何重建自己与他人的关系，如何理解世界，如何从中汲取积极而明亮的意义。它同时显示出作为优秀小说家的邓一光那种持续而蓬勃的成长性”。我们很愿意把“你可以让百合生长”中的“你”做双向的解读，寻找成长路上最富质感的足迹。左将无疑是一个闪光的人物，也是兰小柯成长的神药。这是一个令我们敬佩的人物，他的肉体毫无生命力，精神却出奇地强大，情感旺盛着大爱。女友追了他6年，可为了女友日后不成为二婚，他一直拒绝。面对兰小柯这样一个野蛮女孩，一个混世魔王，他没有排斥，而是用心与其交流，用自己金子般的心研磨她的强硬尖锐，打开她如盾的心灵外壳，助燃那如萤火般弱弱的精神之光。他以自己的行动证明，顽石是可以点化的。左将在对我们说：“你可以让百合生长。”只要我们深怀大爱，对世界洒向阳光，我们都可以成为他人成长路上的保护者和引路人。当然，这样的示意，或许对我们的家长和老师的现实意义更大。左将又是在对兰小柯说：“你可以让百合成长。”这是在激发兰小柯的自信，也是在提醒兰小柯，她完全可以自己健康地成长。想一想，我们自己的成长之路还能比兰小柯糟糕到什么地步？兰小柯虽然看起来满不在乎，但心中依然有渴望。自己紧捂梦想没有示人，可精心呵护着。成长路上遍地荆棘，她伤痕累累，然而她内心的柔软安然无恙，精神支柱仍然悄然挺立着。她行为凶悍乖张，无心无肺，可内心情感充盈，扭曲之中保留着向往纠正的强劲冲动。

是的，只要我们有一份坚守，有不灭的渴望，我们就可以冲破成长的樊篱，踢开一切的绊脚石，让成长步入阳光地带，一路花香芬芳。回到自己的内心，动员自己的力量，自信昂扬地成长。在这一向度上，或许《你可以让百合成长》更具考量价值和审美动力。

四、对爱情与人生的思考

强烈的现实意识让作家们不再为写爱情而写爱情，而是将爱情置于文化和生存之中，爱情故事成为人生的一条线索，这给予了爱情叙事更大的空间和更深的意蕴。

何顿的《青山绿水》（《花城》第4期）忠实写出了社会生活的光怪陆离，多角度透视人性的复杂，最大限度保持了世俗生活的原貌。作品结构精巧，内容丰盈，具有多方向的审美张力。青山绿水，是原生态的，是纯净的，人类的精神家园何时才能回到青山绿水的境界？何顿书写黄志的爱情历程，也解剖了世俗的生活和纠缠不清的人性，这样的情感叙事有效地抵达了情感之于人性和人生的意义。

何顿的创作冲动源于真实事情。一位朋友的球友谈了一个女朋友，在一次外出游玩时，他的警察同学告诉他，他的女朋友曾经当过“小姐”。她女朋友要跟他分手，而他不愿意。这也确实成为作品基本线索，演绎了“妓女从良”的故事，区别是作品里是男性提出与女性分手。同时“大义灭亲”的情节也十分夺人眼球。然而当我们深度阅读后，我们会发现爱情是该作品的终极主题，一切的叙述都是在叩击爱情的脉搏。小说的叙述者黄志是位公安的基层民警，经由他的视角，公安基层派出所的众生相得到了一定深度的透视。所长与两个副所长是民警、官场人和平常百姓三者的综合，个性、情感常在这三者中摇摆，因而他们的人物形象富有现实质感。杨小玉这样的一个农家女为生活所迫当了小姐，后来与过去告别，自食其力地谋生。她将往日封存，然而现实残忍地撕裂她的伤口，骚扰甚至是阻止她追求新生活的步伐。杨小玉走出了人生的沼泽，但黄志无法面对她的过去。“妓女从良”是个社会问题，也是个体怎样从过失抑或污点中挺身而出的人生课题，更是我们每个人需要应答的一道如何包容他人的考题。这一次，黄志成为被考者。当然黄志还面临来自于他叔叔的重大考验。而杨小玉与他叔叔从两个方向测试着黄志的爱情观。黄志家境贫寒，是叔叔的资助才让他得以完成中学和大学学业，最终成为警察。换句话说，是叔叔给了他现在的这一切，他如果没有叔叔如父式的帮助，黄志不但得不到警察这个职业，还会在求生的路上挣扎。他对叔叔的为人和做事，有许多的不满，却也会请叔叔为他能提上副所长而找龙局长打招呼。他有基本的立场，但世俗生活时而会让他暂时性地丢失立场。这是我们许多人的生存法则，也是人性的复杂与凄凉。叔叔这样一个暴发户仗着自己有钱有势，把电视台的美女主持娶回家成为黄志的小婶婶。在黄志看来，小婶婶是弱者，叔叔的行为属于欺负弱者，这让同为弱者的他心生不满。“婶婶跟在他一旁，身材那么高挑、颈脖那么修长、胸部那么饱满且挺拔，笑容那么迷人。相形之下，叔叔显得矮胖、臃肿、疲惫、衰老。”黄志单纯从肉体来判断二人的差别，透露出他内心过于物质化的是非标准。与其说他同情弱者，还不如说他自卑自己的渺小和弱势。作品中黄志开始叙述时，他的父亲已经逝去，这意味着叔叔已经具备了“父”的形象。可是，当小婶婶的生命受到威胁时，黄志开枪误毙了叔叔，这几乎等同于弑父。“我没脸在黄家镇待下去了。关于我打死了我叔叔，镇上有几个版本，一个说我喜欢上了只比我大两岁的婶婶，趁着这个机会一枪击毙了叔叔。另一个版本说得更离谱，说我和婶婶合起来贪叔叔的财，那个电视台的男人是我和婶婶做的套。还有一个版本说得也没边，说我大义灭亲是为了升官发财。”显然这些流言蜚语都有同一个指向：黄志渴望强大。事实也是如此，在他被调到山区派出所后，他对盗砍林木者的强硬，一方面是他的职业使命感驱使，另一方面也是他释放压抑、欲望强大的体现。从小生活在社会的最底层，过度地压抑导致了他内心的畸变。他向往丰裕的物质生活，也崇拜权力与占有。他所谓的弑父，其实只是在那个瞬间，他将小婶婶幻化成了自己，叔叔已经不是他的叔叔，只是一种强势的象征。

这样的黄志进入自己的爱情婚姻生活，自然也就有不平常之处。杨小玉开了家小美容店，所在的区域正是黄志巡逻所管辖的。黄志一直没成家，与他家里穷有个傻弟弟有关。面对杨小玉，他的优越感产生了。黄志对杨小玉有感觉最初是从肉体开始的，直到婚后，肉体的杨小玉也是他痴迷的主要方面。他在美容店里对杨小玉的求欢，也是处于强烈攻击的态势。他对杨小玉最满意的，除了肉体的迷醉，还有就是她爱家会持家。黄志是站在男性理想立场审视杨小玉的，因而当得知杨小玉曾经当过“小姐”，他受不了了。我们承认，对于一般人，遇到这样的事，总是难以接受的。问题在于黄志的人生更便于他体味杨小玉的无奈、不幸与心痛，可是这个时候他爬到了道德和精神的高位俯视杨小玉，实际上也是在羞辱他的过去（其实也包括现在）。这与他既要请叔叔要乌纱帽又处处看不起叔叔的行为如出一辙。细细想想，我们何尝不是黄志？黄志最后顿悟，可无数个黄志依然在迷途之中。

陈谦的《繁枝》（《人民文学》第10期）是一部移民题材的作品，作品中的立惠、锦芯与作家陈谦本人都是移民，生长在广西，后到美国工作生活。然而这只是作品的外相，内部纹理却是有关两代人的爱情生活。他们有着相似的情感出轨，但最终的结局截然不同。一棵大树生长的枝条全然不同，这当是《繁枝》的真正寓意。

立惠的母亲与锦芯的父亲何骏一起到大山里搞“四清”，她向他学习毛笔字，她与他有了情感的冲动，也就有了立惠这个私生女。对此，两对夫妻与其说是讳莫如深，还不如说是尽可能地深埋在心中。当然，陈谦的讲述也采取了模糊性的策略，不做过于明显的强化，对立惠母亲与何骏那段相处，也没作过多的交代。两家人彼此在自己的轨道上生活，几乎不交叉。为了保护立惠，立惠母亲毅然放弃现有条件很好的工作远走广州。立惠的父亲严明全爱着妻子，也爱着立惠，毫无埋怨一起迁往广州。何骏只是在立惠上大学时去看望过一次，主要目的是送玉镯。这是锦芯的奶奶（其实也是立惠的奶奶）去世前留下的一对玉镯，何骏给立惠和锦芯一人一只。这就是那一代处理情感与婚姻的方式。何骏婚外生女，其妻“叶阿姨”是知道的，但理解和宽容了丈夫的出轨。同样，严明全一如既往地爱着妻子，对立惠有源于内心的真爱。这两对夫妻完美地跨过了爱情路上的雷区，相濡以沫一生。他们的隐忍、宽容和对于爱情的培育成就了真爱，也走出了美好的人生。锦芯的婚姻也遇到了挑战。她大一时在火车上与袁志达一见钟情，而袁志达立于风雪中的求爱也让锦芯激动不已。这以后，他们到美国上学、工作、结婚、生子。后来袁志达在回国发展时，与一歌手有了关系。面对袁志达的背叛，锦芯采取了与父辈完全不同的处理方法，她在努力拉他回头未果后毒死了他。锦芯从小要强，追求完美，与丈夫间也“不知不觉地养成了一种竞争的关系。凡事求客观，讲道理，彼此争议，不依不饶”。在得知袁志达搭上歌女，她没有考虑过自己在婚姻和情感上有什么不足之处，首先是觉得一个歌女怎么能和她比呢，丈夫也太没眼光了。而且试图修复夫妻关系时，她只想如何劝说，而不愿放弃自己的工作回到国内与丈夫一起生活。她注重的是女性要自强、要独立，并不认为两性需要和谐。作为婚外情，上一代人是在练习毛笔字中迸发的，而袁志达则更多的是生理的需要。锦芯也没有像上一代人那样去宽容对方，去经营婚姻。最终的杀夫，是报复，更多的是对丈夫的惩罚。

两代人四对夫妻，即使是移民海外，都有同一个文化根，更何况立惠与锦芯同在美国，是姐妹，但不同的情感理念，走出了不同的生活。立惠自小懂事，注重生活的情感内容。对上一辈，他汲取他们的文化营养；对下一代，她在起着启蒙与桥梁的作用。家对于她比什么都重要，中国文化中的家庭伦理是她生活的基础。锦芯则不然，她对父辈的生活不以为然，就连自己的父亲会写毛笔字这样的事，许多人知道，她却不知道。父亲会写毛笔字，这是一个富有象征意味的叙述点。书法是中国文化的重要代表和传承载体，锦芯的不知表明她在割裂文化的遗传。与立惠相比，锦芯更为坚强，对事业充满无尽的动力，事业也成为她人生最为重要的内容。人生有梦想有事业，给予实现人生价值带来无尽的可能，这本身没有错。只是锦芯是以过度抽空情感的方式来让事业占有更多空间。夫妻间快乐生活退位其次，彼此竞争成为主角。而一旦婚姻出现裂痕时，她只会去要求他人做这做那，从没考虑修缮自己的不足，用自己的部分付出去经营家庭。我们无意袒护袁志达放任欲望亵渎情感的举动，也不会以道德标准简单地分解性与情的相处关系，但我们绝不能像锦芯那样，漠视对袁志达关于为什么出轨的辩解。在他竭力为自己辩护的背后，或多或少也有对锦芯的埋怨，他的背叛也有出于情感包括肉体的正当诉求。锦芯将生活与事业对立起来，把自强独立和不能指望男人理解成，不需要进入男人的内心，温情地参与他的生活。陈谦借助移民这一题材构写了锦芯的迷失与悲伤，但个中的爱情、婚姻遭遇并非是走出国门才造成的。锦芯这样的人，包括男人女人其实就在我们身边。

锦芯留下玉镯让立惠转交孩子，是让自己的孩子回到原点；而把爷爷的书法送给立惠，似乎又寓示着她放弃了回归。锦芯可以有这样的选择，而我们似乎不行。我们需要思索，锦芯是如何走到这一步的？现实中的男男女女的锦芯们该如何自省？如何继续自己的人生？这不仅限于爱情与婚姻。当我们不把《繁枝》仅当作移民题材小说读，不再只叹息锦芯的命数，那么带给我们的收获，将一如繁枝一样茂盛。

钟求是的《两个人的电影》（《收获》第1期）为我们讲述了一个极度尊重人性、爱意浓郁长久、凄美悲情的爱情故事。昆生与若梅的爱情，是传统意义上的婚外恋，但他们不事张扬，越界而不放逐，以饱满的人性和柔韧的情感展现了真爱的力量。昆生与若梅对待真爱与生活的态度和举动，让他们的灵魂晶莹剔透，人生在平实中又十分的充实。因而这是一部震撼心灵的爱情作品，更是作家尊重人性、理解生活的宣言。

昆生是名小学老师，若梅在一家纺织厂上班，两人生活在一个大院里。若梅的丈夫是一名军人，婚后没几天就回了部队，若梅因为写信需要向昆生问字，一来二去，两人的接触多了。昆生喜欢若梅的善良与青春的气息，若梅则是因为与丈夫大奎很少有共同语言，而对昆生心生爱意。那年的7月30日，他们去温州城的五马电影院看电影时，因为没有旅馆需要的单位介绍信，两人晚上只能到中山公园里过夜。长久积累的情感在这个温馨的夜晚迸发出来，两人激情地亲热，不料被巡夜的抓了现行。昆生被以破坏军婚为名判了三年刑。在昆生服刑的最后一年，若梅来看过他一次，并告诉他，他们犯事的那个公园小山叫积谷山，而且当年的7月30日，她独自去五马电影院看了一场电影。两人商定，以后不再联系。昆生出狱后离开家乡到了昆城，并通过自己的努力从代课老师当上了民办老师。因为一场电影，当然也因为那次亲近，两人的心暗连在一起。这以后，他们每年的7月30日都会在中山公园的积谷山见面，都会去五马电影院看一场电影，一直持续了30年，一起看了26场电影。这中间，他们各自过着自己的生活，日子很平静，几乎没有发生什么大事，能说得上的也只几件事。有一年，因为电影院拆建，他们有一次完全的肌肤之亲。若梅得了肠癌的初期，他们之间有过一些短信往来。同样是在这时候，昆生要给些钱让若梅看病，若梅含着泪收下了，并说就这一回吧。30年，他们在自己的家庭中平静地生活，爱情和婚姻也说不上有多甜美，但他们爱家爱自己的另一半爱孩子。他们除了一年一次看电影时说说话，平常如同河的两岸，绝不联系。除了那一次的越界，他们肉身保持着距离；除了看病的那点钱，彼此间没有任何物质的往来；他们见面的交谈没有甜言蜜语，是那样的平实，那样的生活。

每年一次的看电影，是他们一年中最为期待的事，也是最为美好的瞬间。他们没有影响自己的家庭，没有偏离自己的生活。他们的情感算不上是最高纯度的，但绝对是干净的。在严格意义的道德层面上，他们背叛了自己的家庭，发生并绵延着不该有的感情。然而不管我们处于何等高位的道德层面，我们似乎又无从指责他们，更谈不上唾弃。我们反而敬重他们的这份感情，为他们默默地拥有这份漫长的爱情而感动。随着阅读的进程，我们甚至希望他们最终可以走到一起，至少多一些热烈般的情感交流。在这样执着而内敛、饱满而悠长的爱情中，道德在我们心中隐退，爱情的神圣与美好，在我们心中升腾。他们因为这份奇特的爱情，生活不再忧愁，人生不再负重。钟求是在创作谈中说“两个最普通的人，过着最普通的日子，但他们的生活比别人多了一点点东西，这就是每年两个人见一次面，看一部电影。因为有了这么一天在前头等着，他们的心里就有了一道秘密的亮光。这道亮光打在岁月里，岁月不再平淡，不再难熬。他们就这样走过了一生。命运真是大气又公平，命运给了他们苦难，同时给了他们安慰；命运给了他们最普通的生活，同时给了他们最独特的欢乐”。有着这样的创作冲动与理想，钟求是恰到好处地掌握着叙述的火候，在淡然稳健的书写中，显示了其高超的叙事能力。作品中的人物真正成为作品的主人，作家只是在忠实地记录着他们的生活。在昆生充满温情和自豪的回忆中，作家与我们一同在倾听他们的脚步声，他们的交流，他们的心跳，他们那如小河流水般舒缓而欢快的情感流动。

钟求是的写作再次告诉我们，只要我们深度进入生活，摆脱自己，善意而平等地走进他人的生活，那么写作就是一种自然的呼吸。一个没有扣人心弦，没有大起大落，没有激烈情感冲突的故事，经由钟求是老到的叙述，处处散发着生活的气息，烹饪出浓浓的滋味和丰满的意味。在这里，钟求是不仅仅是在写爱情，更不是企图让婚外情滋生合情合理的面容。他的目光注视着最为普通的人的最为普通生活中所闪烁的最为普通而又光芒四射的人性。这是一个有关爱情，有关真爱的故事，然而作品的力量又不仅在此。两人的爱情似乎又是一种象征。当我们心中永驻一种梦想与期待，阳光便会洒满生活；当我们坚守一种向往，并用心呵护这种向往，生活就会给予我们宽容的回报。

2012 年度的中篇小说所表现出的强烈现实感值得我们欣喜。作家们以提升精神内涵、点亮理想之灯为创作动力和叙事实践，当是我们前行的方向。

2013 年 1 月 24 日

2013 年《中篇小说选刊》福建作家专辑：

强烈的现实感与丰厚的人文关怀

2013 年的这一期的福建作家中篇小说专辑，向我们传达了这样一个信息：福建作家在中篇小说的现代性与现时性叙事上掌握了一个很审美而很生活的发力点，实践着艺术的人文精神与现实的世俗生活的真诚互动。我们欣喜地看到，成熟的作家与正在成熟的作家都对现实表现出浓烈的关注和深度解码的追求，怀着宽厚之心去体味生存的滋味和人性的颤动。

世象众声喧哗，在利益的滚滚红尘中，人们似乎已经无暇顾及或许也不在乎灵魂的喘息与呻吟。好在一些有良知的作家能够拂去裹挟现实的阴霾，冷峻而又充满激情地探寻众生心灵的呼吸与质感。而之于福建作家，更用力于世俗中的普通人，尤其是生活在底层的小人物的人性光芒和具有普遍性的灵魂形容。他们在时代的宏大话语中，以小说的力量书写那些我们朝夕相处的现实和随处可遇的人性，在物欲骚动中整理着我们的心灵。

青禾的《时代英雄》遍地人间烟火气息，叙事的表情与内里都浸染街头巷尾的生活气象，显现了作家很强的观察生活和表达生活的能力。阿狗这样一个青年，其实就生活在我们身边。我还是很愿意用“质感”这词来表述我对他的感受。他看似张狂无所顾忌，但内心也有许多柔软之处。那份潜于心底的善和血性的仗义，与其说他是时代英雄，还不如说我们的时代其实需要阿狗这样的真性情之人。

张漫青的《凡烟镇》看似是另一个世界，这个叫凡烟镇的地方，宁静中有些诡异，满天的浮尘下居然有清雅之气。就是这里，权力的爪牙同样在侵害善良无助的人们，甚至连小动物也不放过。这当是隐喻，普天之下，真正的净土已经不存在。而阿萝这样的姑娘，毒杀副镇长儿子的动因，不是他欺凌了包括她在内的许多女孩子，而是经常性地虐杀猫。一个美丽而柔弱的女孩，出于对生命的基本尊重，行杀人之事。我们在钦佩她的同时，又怀有深深的忧伤。

邱贵平的《堕落天使》中的涂小丫在成长之路变被动为主动，在无奈中极其聪慧地开始把握自己的命运。我们能够理解她出于生存的堕落，因为我们感受到她深藏于心的那份真爱。胡增官的《玉碎》中的爱情故事凄婉悲凉，但在叙事上与《堕落天使》有同构之处。晏巧巧一路泥泞，但心中那份真爱依然还在，只是长久被欲望所压制。我们对涂小丫和晏巧巧历经风雨之后依然可以唤醒沉睡的真爱，感到欣慰。然而我们陷入了迷茫，难道人生的成长都需要这样的曲折？都必经沉沦之后才能华丽转身。晏巧巧的初恋情人闫哲兴因痴爱而疯，可真正疯的不该是他。

杨少衡的《胆小如鼠》是一部与众不同的官场小说，或者说他真正做到了借官场小说这样的类型在切实写人。市委副书记丁茂盛，乍一看是那种我们习以为常的官员，看起来大胆泼辣，其实小心翼翼地行走在官场上，竭力避开与己无关或者可能影响自己前途之事。但对生命有着挥之不去的敬畏，并在一个瞬间敢于舍弃一切。杨少衡以从容叙述让丁茂盛很自然来到我们身边，没有一丝的做作。我们或许不会认为他是好官，但我们感动他那温暖的人性之光。

同为官场题材，黄荣才的《虚晃一枪》写得很阳光，与杨少衡的沉稳圆熟相比，黄荣才走得青春活泼。吴高仁事业上的一路高歌，让我们没有理由不振奋不歌唱。在阅读中，我一直以为所谓的虚晃一枪一定是黄荣才故意让吴高仁做了一个美梦，完成当清官好干部的虚拟言说。但黄荣才显然没有我这样浅显。吴高仁有当好官的愿望和能力，而且也做出了我们期望的成就。在我们以为其实当个好干部也容易之时，我们才发现吴高仁背后是有人的。换句话说，如果没有高人的支持，吴高仁连任要职的可能性都没有。在我看来，这才是真正的虚晃一枪。

陈希我的作品总能像针灸一样直刺我们的某个穴位，而他总能装作若无其事。《罪恶》中的对话量特别大，人物好像总在不停地说话。两个身处异乡人的人，还是女性，其实是以语言交流来抵抗孤独。欧阳无休止地诉说，并非是晾晒灵魂，而只是寻求她所向往的依靠。这与他向遥远的灾区捐款一样，用某种不切实际的方式排解内心的恐慌。欧阳的罪恶是不能正视自己的过错，只是想以高尚的举动来掩盖。而这样的罪恶岂止发生在欧阳身上，人性身体上似乎都有这样的毒瘤，这才是罪恶最可怕之处。

须一瓜擅长在日常生活中发现某些看似平常但具有相当意味的情节元素，并形成出人意料的生活寓言。《忘年交》中的老陶与小齐，这一老一少在成长期都经历过苦难，但之于他们人生的影响完全相反。老陶将苦难化为自豪，从而沉浸在一片荣耀中；齐小齐年轻、富有才华，还受到赏识、家庭幸福、讨女孩子喜欢，但背负着一份苦难总是放不下，最终被压垮。如实地回望人生的历程固然重要，关键我们当持有什么样的心态。生活中的许多压力虽是客观存在，但许多时候是因为我们过于在意它才危及到我们的身心健康。

施伟的《讨债记》写得出人意料，完全颠覆了我们的阅读期待。赵光荣在讨债的过程中，家庭破裂，孩子成了小流氓……生活完全陷入绝境。他对赖债不还的王约翰痛恨在心，真是杀他的心都有。周围的一切都在或暗示或怂恿他奋起反击，但他不由自主地关心起王约翰的女儿小丫头。这是本能性的父爱在涌动。他以这种方式在向自己的孩子忏悔，也是帮着王约翰补偿父爱。小丫头以一幅画表达了她本真的向往，恰如一把刀在割我们的心肺。生活富足的王约翰不关心自己的家庭妻女，人性扭曲；而被生活压得苟延残喘的赵光荣心中的爱非但没有熄灭，反而在更有力地烧灼。我们由最初对赵光荣的同情到最后对这个社会某些异化而痛心，而在这一过程中，施伟完成了一次超越小说本身力量的行走。

当下的人们，一方面自感很强大，另一方面又极度虚弱，常常是一根稻草就能将其击倒。赖妙宽的《仿佛硬汉》中的叶大明似乎就是这样一个人。他的人生因为与女记者一次意外的艳遇发生了重大转折，风光无限不再。不但事业上走下坡路，身体也出了毛病。表面上这是一个俗套的婚外恋的故事，但内在探讨着一个极为严肃的话题，我们能否张扬我们的本能？我们能否勇敢地把内心呈现在阳光之下？其实我们不需要故作硬汉，也无须过度掩饰我们该有的精神和向往。

现实的蛮横让我们喘不过气来，种种的困境束缚着灵魂的自然行走。我们需要融合我们那些破碎的心，也需要前行的动力和冲破压抑的举动。东方木的《栗色马》为我们提供了一种可能，那就是以穿越的方式给心灵一个放飞的机会。这是一部加入穿越元素的作品，实际上是"我"的一次虚拟旅行。白天上班，晚上与马出去溜达；白天在当下现实中，夜晚在历史的现场。"我"的双重人生，指向的是一个方向，那就是试图突破现实的桎梏。那象征意味特浓的栗色马纵身跳入了大海，是"我"梦幻的终结，其实也是在告诉我们，我们真正要穿越的不是时空，而是勇敢地穿越现实的厚盾。我们无法预知"我"今后的人生，但我们欣赏东方木的艺术探索。

在这个专辑中还有李集彬的《玉秀》和林朝晖的《唱支山歌给党听》，其共同之处是将历史与现实进行了有效的对接。《玉秀》有着沧桑的历史感和清澈的爱情力量，玉秀的善良和对爱情的勇敢，打破了那个时代的沉闷。而这之中，玉秀公公的豁达与开明，尤令我们动容。玉秀公公出场并不多，而那个让玉秀与心爱之人私奔的细节，让整部作品散发着古铜色的光芒。《唱支山歌给党听》是军旅题材的作品，讲述了两位军人的成长之路。当下的军旅小说常走两个极端，或过于崇高或过于世俗，唯独忽视了人性的真实。在这方面，《唱支山歌给党听》或许有些个性化的想法。两位年轻的军人有理想，也有世俗的人生目标，但这样的世俗让我们在理解的同时自发地尊重。与上一代军人纯粹的理想相比，两位年轻军人的理想更人性化。是的，他们都在唱支山歌给党听，虽然方式不一样，但其里的感情并没有变色。

2013 年 7 月 15 日

枪之话语

作为一种武器本身，枪是中性的，正义或邪恶取决于它的拥有者。枪的功能也十分的简单，消灭敌人，保护保存自己，因而枪是军人必备的。没有枪的军人，不能算个真正的军人，至少不是一个完整的军人。“枪，是军人的第二生命”的警语是最有力的佐证。我军在没有制造武器能力的那个阶段，从敌人手里夺枪是作战的一大任务。“没有枪没有炮，敌人给我们造”，是一种安慰，更是自豪的显现。

自从人类拥有了枪，数百年来，枪的造型和功能其实并没有多大变化。我军的枪的历史更短，变化更细微。战争文学少不了枪的身影，然而军人与枪的关系又有着一种奇妙的演变。（为了叙述的便利，将描写战争和描写和平营区生活两类作品分称为“战争文学”和“和平文学”。）

“战争文学”中的枪

枪是兵器家族中的小精灵，轻便、实用，不失火力，威力与那些巨型兵器相比，可谓小打小闹，由于这一特性，枪成为军人最常用的武器，也可能是杀伤生命最多的武器。对此，朱苏进在《最优美的最危险》一文中有过这样的推算——

世上最著名的轻武器当属苏制 AK—47 步枪，也即我国军队最常见的冲锋枪，它性能优良，原型与仿型在世界各国繁衍，先后生产了约 5000 万支……就算它每5 支杀伤过一个生命吧，也有1000 万条人命。我们还没有算进 AK 枪族的其他兄弟。核武器两次实战爆炸，只夺去了20

万条生命，和AK枪族的战功相比简直微小到可以忽略不计。

看似不起眼实质威力无限的性能和便于单兵作战的自由性，使枪成为军人最基本的武器。一枪在手，就有了生死予夺大权。“枪杆子里出政权”是对枪作为武器的从形而下到形而上的最好注释。枪的产生是功利化的结果，伴随它的是血腥、残酷。它负载着人类的正义和邪恶，美名和恶名集一身。同是一个黑洞洞的枪口，发射的可能是善良，也可能是罪恶，这一切取决于它的支配者。

枪与战争一样，在为人类创造一些东西的同时，又在摧毁一些东西。暴力是枪唯一主题。是人为枪涂抹上道德的色彩。

王老虎不慌不忙地射击着，枪不虚发，枪响敌人倒。他看见一个敌人军官，在一个矮墙背后时不时地伸出头，观察我军阵地，就说：“要瞧就瞧瞧吧，还能这么偷偷摸摸地瞧！”便“叭”的一枪，把那个敌人放倒了。

——杜鹏程《保卫延安》

这里的枪没有任何的意象和隐喻，只是消灭生命的一种工具。一把刀、一张弓箭，甚至是一把锄头，只要可能置敌于死地，是不是枪已无关紧要。枪已回到了最为原始的世界。

这是一场硬碰硬的肉搏战。双方杀红了眼，刺刀相交的铿锵声，枪托击中肉体发出的闷响声，濒死者的惨叫声，杀者性起的吼叫声响成一片……

——都梁《亮剑》

在战场上，枪制造的风景与上述刺刀的拼杀等值。只不过枪可以远距离击中目标，相对隔离了四溅的血液和撕心的惨叫。从这一角度讲，枪的发明是人类自我欺骗心理的张扬。它在达到消灭对方的同时，变相掩盖了残酷的本质，少了一些直视的恐惧。

作为科技进步的标志，枪罩着现代文明的光环，凝聚着人类的智慧。文明进程的脚步，总是以无情地踢开不少的灿烂的文明为代价。随着枪的智慧含量增加，勇敢、力量渐渐隐退，智慧——实际上是计谋，人类奸诈阴险的心机——堂而皇之地？上前台耀武扬威。没人能说得清，这是好还是坏。

就其本质而言，枪与农民手中的锄头没什么分别。战场上，枪的出现，总是与杀敌紧紧连在一起的。昔日的作者是这样看待，现在的作家仍然是这样。

李存葆在他的《高山下的花环》中对枪的描写很少，让人感觉到他懒得提起枪。一方面，由于武器的发展，枪已没有过去那样显赫的地位，沦为一个配角，战场上是炮等重型武器唱主角。另一方面，作为工具，写不出什么新道道来。在他的笔下，有关枪的话语与他之前的战争文学作品几乎没什么差别，纯粹是一种克隆。这并非是他对枪没有感觉，而是他真切地意识到，在战场上，军人手中的枪只能是工具，得发挥它最本能的也是最辉煌的作用。

作家的这一心理态势不因年代的变迁而变化。从《保卫延安》、《铁道游击队》、《红日》、《林海雪原》到《高山下的花环》，战争的样式发生了质的变化，战场上出现了前所未有的形势，枪的面目和实际功用也有了一个裂变的过程。一代又一代的作家更是层出不穷，但枪的形象依然如故——

> 他（楚云飞）手中的驳壳枪就连连响起，站在屋子另一角的李云龙和和尚也开火了，四支驳壳枪组成的交叉火力像一把铁扫帚将所有的鬼子汉奸都扫倒了。
>
> ——都梁《亮剑》

枪是存在的，但我们可以不看它，事实上我们也没有怎么看。枪所带来的人物关系、行动以及场面，才是我们所感兴趣的。是啊，枪就是铁扫帚一把，这实际上是看到了枪最本质的东西。因而枪没了子弹，就失去了枪之所以为枪的重心。李云龙的话把这一点说得再明白不过了："没有子弹的枪等于废铁。"李云龙侠肝义胆，孔武有力，人是人，枪是枪，一切都在人的掌握之中。

枪不单单是工具，也有道具的身份。枪是军人最佳造型所不能缺的。非但如此，在许多"脸谱化"极强的作品里，持枪的动作显影出人物的色彩，好人、坏人、英雄、狗熊……一直到人物的心情、性格无一不体现——

> 张培衣服敞开着，手里提着驳壳枪。他脸上汗水混着泥土，看来，刚强、威武、有力，动作迅速而机敏。
>
> ——杜鹏程《保卫延安》

军人在痛苦和兴奋时，举枪似乎是规定性的动作，这个时候，他们是在借枪这一道具抒发心绪——

> 他（张培）的话没落点，二班长马全有举起枪说："教导员！我们发誓，……我们发誓：我们战到最后也要收复延安！"
>
> 战士们纷纷举起枪，呼喊着……
>
> ——杜鹏程《保卫延安》

有了枪，就有了说话的权利。一个英雄人物，枪是最好的最上镜的道具——

> 周大勇举起驳壳枪，身子往后一仰，伸展左臂用力向前一挥，喊："上呀！"他跳起来，飞一样地率领战士们扑上去。
>
> ——杜鹏程《保卫延安》

叙述如同枪的构造一样简洁，本身就在表明枪之于军人的直接作用。阅读这样的文字，就好像亲眼目睹枪发射的全过程，瞄准、扣动扳机，子弹呼啸出膛，干净利落，丝毫无拖泥带水的感觉。

枪如此的陪衬，几乎是所有战争文学的模板，从而成为枪出场的一种程式。这样的文字，翻开任何一部描写战场上军人的作品，都可以一次又一次地相遇。

作为道具的枪，并没有多少可圈可点之处，它的效用和使用频率远不如军帽、武装带等物件，这多少使枪有些尴尬。这也使我们体会到军人凡事善于击中要害，对枪也不例外。枪就是用来杀敌的嘛，其他的无所谓。

茹志娟的短篇小说《百合花》中有一个颇有情趣的细节，通信员的枪管上插了一枝野花，这个细节曾被评论家们不厌其烦地说了又说。当然，它是值得一说的。这枝野花，或者说通信员在枪上插枝野花的行为，意义在于，枪所体现的血腥被弱化了，一种美好的向往或生活姿态浮现出来。

这种叙述是稀有的，也是难得的。一支枪和一朵野花便这样载入了文学史。当然，在《百合花》中，茹志娟是以道具取胜的，论效力，那床新被子、通信员衣服肩上的破处在枪、野花之上。看来枪仍是枪，除了它的最具个性化的特长，别的可有可无。

我们对神枪手总有种敬畏，不可知的神秘让我们只能仰望。流传在民间的有关神枪手的传说是那样的神奇，但到了纸页上，一切归于平淡，平淡得让人难以接受。《红岩》中的双枪老太婆算得上是个传奇人物——神枪手，但我们只知道她甩手一枪，别的什么也无从得知。无疑，对神枪手的描述是极为理性的。枪的动作性就是如此的简单。这种简单是由战场决定的，李云龙对神枪手的看法更说明了这一点——

> 真正的神枪手是用子弹喂出来的。打得多了，感觉就有了，眼到手就到，抬枪就有，弹弹咬肉，这就叫神枪手。

感觉仅仅来自肉体，熟能生巧式的条件反射，不掺杂生命、精神之类的神秘。

沉于现实之中，神话将不复存在。神话是对无法抵达的遥远现实的一种补偿，是对现实的幻化。而当我们置于现实中时，现实就是现实，从不会有神话的位置。

战场上，军人们在不停地使用枪，却不去关注它。“像爱护眼睛一样爱护枪”，闲暇之余或战斗间隙擦枪，目的只有一个，保证其正常发射的功能，因而我们看不到枪的风采，有的是军人的英雄行为。想起来，对枪真是太吝啬了，没有过多的目光，没有过多的文字，更谈不上目光的温情、文字的优美。在军人眼里，枪只有形状，准确地说，只有类别，比如是手枪冲锋枪还是机枪。类别的意义，在于它火力的强弱，能不能用，杀伤力如何，枪在军人那里，仅此而已。在李云龙看来，使枪还没有用刀够劲儿，他的豪气总是要依仗鲜血的刺激。与敌交上火后，枪没有了子弹，他抡起大刀，反而更为强悍凶猛。

物理特性占据主导地位、一切以实用为出发点，这就是战场上的枪。没有枪，军人将失去绝大部分的战斗力，难以在战场上一展雄风。枪不但维系军人的生命，更支撑起军人的荣誉，因此军人不得不备加珍爱它——

> 李云龙正抡着鬼头刀冲过来，看见了这一幕，不禁心疼起那支被砍掉枪托的步枪来，便怒骂道：“大彪，你狗日的真是个败家子，多好的一支枪让你毁了，你是砍人还是砍枪？”
>
> ——都梁《亮剑》

李云龙的话充满了感情色彩，但不是指向枪这一物件自身，而是从人出发。“多好的一支枪”，说明这枪本来完好无损，到了我军手里，可以杀敌立功。好，指枪的性能好，与枪的外形等属于美感的东西没有任何联系。这让我们想起农民磨镰刀，磨得快快的好割草，至于它那光彩照人的白光，谁也不会在意。只有那些不事农活无所事事的诗人，才会把镰刀意想成一轮弯月。

在那个时代，一杆枪的价值似乎与一名军人等同，枪可以使军人在冲锋陷阵时，多一份威力。在军人的理念里，靶子的十环只会是效用，不可能落到他处。

既然是武器，一旦无用时，军人视如朽木烂铁。在急行军等需要轻装时，多余枪的下场如同弃儿。不是完整的，四分五裂，被肢解到了极限。因为枪是中性的，那绝不能流落到敌人手里。这时的办法就是毁，毁得支离破碎，毁成万段碎尸。电影《狼牙山五壮士》中那个砸枪的场面，正是基于这一心理基础。你看军人在临跳山崖前，咬牙切齿地将枪砸得粉身碎骨，好像眼前不是枪，而是有着深仇大恨的敌人。在他们心里，这是壮举，是对敌人的藐视和痛斥。砸枪的场面被竭力地铺张渲染，成为凸显军人视死如归英雄形象重重的一笔。

人在枪在，人亡枪毁，这是战时的一条定律。也就是说，当枪不再为我所用时，就得让它永无利用价值。

“和平文学”中的枪

在军旅作家中，朱苏进、阎欣宁这两位颇具个性，他们对营区有超乎寻常的体察，人和物，全是近视效果。从营门到练兵场，从营区的样式到兵们的言行，从兵营风俗到立正稍息，视线辽阔而细腻，几乎没有留下死角。其细致和用心，丝毫不比法国新小说派阿兰·罗伯-葛里叶等人逊色。不同的是，朱、阎二人的目光和笔调都蘸满浓情。而这之中，他们对枪表现了莫大的热情。战场上的枪，形象多半模糊，只能知道枪的类型。可到了朱、阎这儿，枪清晰可见，从枪的型号着手，写尽了它的形容——造型、色泽、质地以及观者的情感，笔法之细腻，从具象到抽象，从物到情，这些是战场上的枪所没有的。朱苏进在《最优美的最危险》一文中有一段精妙的叙述——

一个人应当充满性感，一支好枪肯定充满性感。任何兵器，大至“星球大战太空武器系统”，小至女士防身用的袖珍手枪，只要它是卓越的肯定就是一件艺术品。北京国际射击场展室陈列着许多精致枪械，其中有两支礼品手枪，只赠送国家元首级人物。枪身是贵金属，枪柄镶嵌珐琅，通身闪射珍珠般光辉，它们卧在墨绿色礼品盒里，如同少女裸卧在大理石浴池中，活活的一个意境，令人心旌摇荡。但它们仍然是枪，至死能力丝毫不损，只不过美感已大于枪感了。卓越的武器握在手中，便感到诱惑在掌中乱动。准星呼唤你去瞄准，扳机勾引你扣压，枪管挑逗你射击……它整个嵌入你的手掌，撑开你的心窝窝，进入你的精神方式。

在这里，我们已经发现枪不再是简单直接的工具，已上升为艺术品。当枪的使用功能渐渐退化或者说在和平的营区里，它的这种功能得不到体现时，取而代之的必将是审美功能。其实世上的许多事物都印证了这一规律。

成为艺术品的枪，在作家的笔下如诗如画，精确到位的描写，让枪越来越面目清晰，我们可以描写枪上最细小的特征，一行行文字使枪像一张照片甚至让人有触摸之感。与此同时，枪被拟人化了，随着军人的意念“变脸”。即便是一笔带过，营区里的枪较战场上的也会生出耐人寻味的意蕴。

《追水营》中的追水营是座废弃的旧营房，20 年前，古烈宏、柳岩在这里创下了“古柳飞车三个九”的神话。他们的后来者刘大梦和小沙，一个摩托车手，一个射手，同是生死搭档，只可惜由于一次意外，小沙丧生，紧接着摩托车障碍越野射击赛取消，因而“古柳二人，铁马金戈唱大风的往昔岁月，飞车呼啸腾空而起，枪响一路，靶倒一路的无可匹敌的威风，成了最后的千古绝唱”。

细细一品，真正让古、柳二人骚动的是飞车中靶的快感。飞车与炮火中冲锋，同样生死不知，有着同样的兴奋源。在运动中射落靶子，靶子似乎在移动，好像有了生命。与上一代的军人比，古、柳二人手中的枪尚存一点野性。可叹的是，就是这一丝野性，已非由枪而来，只缘于他们的想象。就是这样没有实感的幻觉，到了刘大梦这一代军人这儿戛然止住，留下了对没有实感的想象的想象。古柳二人在想象上一代军人的壮举神话中飞车射击，演绎了建立在神话基础之上的另一种神话。刘大梦沉醉于这一神话，并被这一神话困守。他这个老兵常常来到小沙的墓前——

老兵把随身带来的冲锋枪斜靠在墓碑前，枪口朝上，看上去枪和碑如同一对倚肩而立的伙伴，虽非同质，却呈现着相同的姿态，这就令人产生某种必然的联想。

——阎欣宁《追水营》

说到底，枪与墓从物质的角度是一致的，“非同质”影射的是它们的功能和在人们心中的意象。那块石碑是一个年轻生命矗立的背影，是后人怀念的物质载体。

所谓睹物思人，凝眸枪这一物质体，军人想到了什么呢？

朱、阎二人对枪的熟知程度是惊人的，性能、诸元等枪械方面的知识无所不知，大可称得上作家中的“枪械专家”。即使与专职的枪械专家相比，他俩也颇有较劲儿的实力。他们作品中的人物对枪爱恋有加，夸夸其谈，许多专业性极强的术语张口即来。粗听，是在说枪的构造和性能，但这背后，更多的是无奈。想想，一个对枪了如指掌的人，却不能实施其最原始的本能，会是什么心理？

枪与军人开了个不大不小的玩笑。双枪老太婆对枪知道得不多，装弹、瞄准、扣扳机，足够了。在那种情形之下，她根本没有心思和时间去研究手中的枪，要求极为少，能打敌人就行。而今军人有枪用不上，一遍又一遍地肢解，一次又一次长时间地端详，枪的有关词语和数据刻在记忆里，说不定找点木头和铁就能造支枪。要说识别枪的体味，那更是没说的。结果呢，只能如此。

营区里的枪，因为“刀枪入库，马放南山”，使军人有了距离感。然而军人又不能没有枪。进入20世纪80年代以后，出现了大量的写枪的作品，许多作品的标题干脆就嵌进了“枪”字：《枪恋》、《手枪》、《寻找驳壳枪》、《枪圣》、《枪队》、《枪族》、《浸满枪油的枪》、《枪打一条线》等。这里还没有将军内众多的业余作者纳入，要不然这一定是个惊人的数字。可以毫不夸张地说，现在的军人笔下全都有枪，就好像有人命令他们作枪这样一个同题作文。虚构的小说如此，真人真事、真情实感的散文还是如此。

文学中的枪，成为军人眼中的风景，更被军人捏为生活化的灵动。军人的相貌、言行、性情，与枪联系在了一起——

> 副处长的手好像放在了仔旺的肩上，因为他触摸到了一副精瘦的肩骨，这副骨头是瘦小了点，但摸上去就像坚硬的自动步枪柄，可以作为多少万颗子弹后坐力的座基。
>
> ——张诚《军官预选队》

> 老牛看上去活脱脱如那步枪活塞筒里的活塞杆，亮亮的，沉沉的实。
>
> ——阎欣宁《牛马精神》

> 但精气神儿却跟个枪通条似的笔直，敲一下都有声儿。三位上校仅仅站在那么小的地面上，竟站出了那么大的气派来！令人想起了三枚弹丸站在一只弹匣上。
>
> ——朱苏进《咱俩谁是谁》

在平时的说话中，军人少不了枪语，诸如："你看你，追了这么些年，怎么就跑靶了呢?""他这人，不能信，尽放空炮弹。""这兵可了不得，站在那儿像杆枪。""从这儿到那儿，也就是手枪有效射程那么远。""一连到营部有一华里许，打一个特等射手半身靶的距离。"诸如此类的词语，我们在反映和平年代军人生活的作品中，真可谓耳熟能详。

这是一个不能忽视的现象。

在战争年代，枪就是枪，尽管军人与它日夜厮守，尽管它为军人立下了赫赫战功。军人看重的是枪的功用，木与铁的智性组合，增添了军人的勇猛，发射着军人的仇恨。枪因军人而锐气十足，军人因枪而所向披靡，这样的互动建立在军人的操作之中。

军人的情感总得有个载体，文学这个虚幻的世界是最好的去处。这里有干粮有烈酒，可以减轻军人的饥饿感。

上哨、执勤，军人有枪可用，到了实弹射击，过过枪瘾，乍一看枪还是原来的枪，还是担负着原来的使命。其实不然。一个兵当兵三四年，实弹射击的机会屈指可数，在这段时光里，是长时间的等待和引而不发。上了靶场，纸糊的靶子傻呆呆地竖着。有生命的目标失去了，眼前是无生命的靶子，枪的终极使命早已东流去，军人只凭发泄的本能麻木地举枪瞄准击发，命中的准确率唯有一组数字。这时的枪还不如儿时的弹弓，正义感、英雄感丧失殆尽。

然而不轻易放弃的天性催促军人重新开发射击的乐趣。也就是说，枪手射击无毁灭之能，只能在射击自身寻找快感——

> 开始，她的射速并不快，但节奏分明，两发两发的短点射清晰得如同左右手分别击鼓的声音，其中间隔的时间妙不可言。渐渐地，她开始加快了射速，仍然是两发两发的短点射，但间隔的时间越来越短，就像一个人激动起来，呼吸越来越急促。如此一来，整个弹匣里的30发子弹，就如同一首乐谱里的所有音符，准确而有秩序地从演奏者的乐器中流畅而出，形成一首完整而美妙的乐曲。
>
> ——阎欣宁《追水营》

> 枪声不紧不慢，犹如男中音很抒情、很浪漫的嗓子，在唱着一首本该是风急火烈的雄性军歌。
>
> ——阎欣宁《枪圣》

这哪是射击，分明是借枪在演奏。从杀人工具到乐器，血腥味儿烟消云散，动听的音乐纷至沓来。这是英雄的挽歌，是军人情感想方设法突围的战术。乐器是通向艺术的桥梁，暗示着枪成为艺术品的时代已经来临。尼采说过："艺术使我们想起动物活力的状态：它一方面是旺盛的肉体活力向形象世界和意愿世界的涌流喷射，另一方面是借助崇高生活的形象和意愿对动物性机能的诱发；它是生命感的高涨，也是生命感的激发。"

此种情况下，军人感觉到射击还有着另一层含义——

> 白小提忽然悟出枪手打枪，其实都是用枪弹表述着一个什么意思，有的时候替自己，有的时候替别人，这个“意思”可复杂了，功名、欲望、军人的荣誉以及居心叵测什么都可能包含在内……
>
> ——阎欣宁《枪族》

子弹吼叫着飞离火身口，向着白小提并不情愿的目标疾驰。淡淡的激情带来了稠稠的失落，无边的联想蹦跳出来。他重新审视枪，枪成为他的战友和代言人，射击已不再是机械性的动作，而是他说话的一种方式。

枪能开口说话了，军人有了一个新战友，一个可以倾诉交流的伙伴。军人与这样的伙伴相依相伴，彼此拥有对方，形影不离有了新的内容。这时候再看军人用枪——

> 看娜达莎打枪带有一种艺术欣赏的味道，她往射击地线上一站犹如女神一样光彩照人，这光彩不是出自那种咄咄逼人的铁姑娘、钢夜叉的凛凛威风，而是一种温雅纤婉的气度。娜达莎总是显得平静甚至带有慵怠之意，装子弹、举枪、瞄准、击发一系列动作漫不经心听其自然，超脱得很，亦迷人得很。尤其是她玉腕一抖，枪身微微一跳之后，她大小臂夹成90度角，收枪待发凝神伫立的样子，宛若雕像一般令人痴醉。
>
> ——阎欣宁《枪队》

很明显，娜达莎随心所欲的举动，使僵硬的操作化为乌有，支配的意识荡然无存，她已与枪融为一体，也可以说从她举枪开始，她迷失了自己，把自己迷在枪中。枪，哪里还有枪，有的只是她的恋人。恋人有自己的思想、性情，那么枪与军人自然是你中有我我中有你，互为一体中，又独立自身。

神枪手不因战争的逝去而灰飞烟灭，甚至更多了。营区里的神枪手和战场上的神枪手，枪法是一样的准，但对成为神枪手因素的理解大相径庭——

老牛冷冷一笑说，说人是枪上一把刀，先得有杀敌之心，心到了，刀才能到。枪是人、人是枪，人枪合一之后，除了灵魂之外，就有了两个心脏。

在阎欣宁那些有关神枪手的作品或作品里出现神枪手时，“人枪合一”这一命题总是如子弹一样跳出来。这里的枪已有了生命，至少有了与自然一样神奇的某种东西。人枪合一，就是将天人合一具体化了。一个枪手找不到这种感觉，那么枪法就一落千丈。此时的感觉，属于生命的感觉。

枪成为人身体的组成部分，这不仅仅是手臂的延伸。《枪队》中的吴寒水号称“天下第一枪”，本来他的枪号是“洞妖拐”（017），他愣是用胶布把“拐”遮住了，变成了“洞妖”。他只有使唤“洞妖”才能打得准，换别的枪他就玩完。而当“洞妖”莫名其妙地丢了后，他真的不行了。

再看看女枪王娜达莎——

开始娜达莎连向哪儿瞄准都搞不清楚，怎样瞄她懂，军队的女儿不懂“三点成一线”岂不笑话。但一涉及“弹道高”就犯迷糊，娜达莎什么都学会了唯独没有学会修正瞄准点，她使枪和吴寒水不一样，从不挑剔，只要“准”哪支都行。她的准的概念是无论25M还是50M，枪的弹道高必须归零，瞄哪儿打哪儿……

军人在寻找精神家园时，不自觉地泯灭了物我的分离，回到了物我浑融天人合一的原始境地，人在枪面前，不再以主人自居，而成为枪所象征的大自然的一部分。在这种人枪合一物我浑融的诗意里，枪的一切都表现为生命。枪这一生命，作为一个主体，可独立于军人而存在。军人与枪，平等了，成了战友。

女枪王娜达莎原是打手枪的，在一次被男兵激将后，端起步枪露了一回脸后，再拿手枪就没了感觉。还是说到恋人，当被他人横刀夺爱后，娜达莎怎可能对原先的恋人还存有纯情呢？纵然和好如初，伤痕、隔膜谁能拭去？

枪是军人的肢体，那么吴寒水失去了自己的“洞妖”，以另一支枪代替，等于是自己的手没了，被接上了别人的手，枪法大落水准是自然的。

距离产生美，距离也会使人们对不可及的事物化为虚无，神话便登上了舞台。军人开始膜拜枪，视枪为神圣之物。发展到最后，枪在军人心里成了一个生命体。可以想象让爱枪如命的吴寒水看到狼牙山五壮士自毁手中枪，定会气得吐血身亡。以他的心理，枪有血有肉，是自己生命的一部分，毁枪等于自戕，到了万不得已时，顶多与枪同归于尽。

军人与枪的关系不仅如此，事实上，军人对枪已进行了情感化的提取，让它蜕变为精神、信仰的精灵。黄涛的《寻找驳壳枪》集中地体现了这一点。林春和真正要寻找的并不是驳壳枪，而是军人的尚武精神、在战场上实现军人价值的可能。只不过这种可能隐伏在一支驳壳枪上。这种寻找的行为和情感正指向了当今军人的心灵世界。

进入和平年代，枪只是军人训练的道具，那种嗜血的本能因为和平而萎缩，军人在守望中追忆枪曾有的风光和神威。随着焦渴的加剧，军人手中的枪渐渐朦胧起来，意象随之产生。对军人而言，枪已具有了图腾的意义。

也就是说，枪这一实体附上了文化。精神分析家认为人类的精神是有遗迹的，这就是原型。原型又称“原始意象”，它是精神文物，是人类的种族记忆。往事虽成旧梦，但原型却以象征的形式贮存着往事。的确，意象展示着枪的审美蕴含，军人之于枪，就如同诗人对石头、钟声、森林、细雨、灯烛等意象，吟咏不辍，情有独钟。

当今的军人看不到枪的实用，这枪便从功用迈向审美，它承载着一部历史一个故事一段经历一方情感。隐喻性得到无以复加的强化，枪完成了它不该又不得不如此的命运。从形而下攀至形而上，具象的物体幻化为一个意象符号。

这何止是枪的命运，根本就是军人的命运。正如汪守德在《困境与突围》中所说——

它所具有的艺术魅力强烈地吸引着我们跟随其思路去观照和体验和平岁月里的军人命运和情感。似乎可以这样认为，和平岁月是军人用生命与鲜血编织而成的，它既是军人的荣耀，又是军人的某种精神泥淖，使之无法逃避地隐进去，在其中进行沉重而悲壮的挣扎。黄涛的《寻找驳壳枪》展示的就是这种精神挣扎。

是的，军人是尴尬的、矛盾的。他们抛头颅洒热血为的是摧毁战争这个魔鬼，高歌和平。可沉湎于和平之中，他们却期盼战争的到来。这并非军人好战，而是由军人的价值决定的。军人唯有在战场上，才能大写出军人。军人真的走进了一个怪圈，在可预见的未来，可能还得走下去，走得越来越不能自拔。

《浸满枪油的枪》中的宋兵是电影站宋站长之子，常到A集团军军史陈列馆去——

宋兵看枪看炮的目光十分的痴迷，类似于呆傻，目光直直的，如同从枪膛炮膛中穿透过去，受到一种规范化的局限，虽然射向遥远而未可知的未来，却是极小的一个圆。有时他可以在一支枪、一门炮面前站上半天，一动不动。那时小兵已经7岁。他停留时间最长的，是在那支尾数号码为5208的56式半自动步枪面前。

到了12岁时，宋兵偷走了这支枪，其理由很简单，因为这支枪是他父亲用过的，他想搬家时带走，他不认为这是犯罪——

那枪又不是军人扛着的武器，不过是陈列馆里的陈列品，就像那里的一面锦旗，一本书，我偷东西不对，可我要是拿走一面旗子或者一本书，那也是犯罪？

宋兵与父亲的一番对话，让我们为之震撼——

> 你知道盗枪是什么性质？枪就是枪，放在什么地方都是枪，是武器，可以杀人伤人，你连这个都不懂？宋站长吼叫着，气得浑身发抖，他这才知道，可怜的是自己而并非儿子。
>
> 宋兵这才害怕了，他吓得往墙角缩去，嘴里嘀咕道：爸爸，你不知道，那枪膛里塞满了枪油，就算真有子弹，也根本打不响。

军人不操枪弄炮，而是放电影，但角色仍然是军人，这里当然有嘲讽。生于1952年的宋站长，枪声还在耳边回荡，对军人在枪林弹雨中的冲锋姿势并不陌生。可以说他心中的枪还残存工具的意识。生在红旗下长在红旗下的宋兵就不同了。他血管里流淌着军人的文化和精神，这是一种生命的承传。12岁的少年，理性与感性交联在一起，在枪面前，一片茫然。枪是锦旗，是一本书，记录着军人曾有的壮烈，同时枪已不再是真正意义上的枪，只是供人观看的陈列品。

最终，他盗走了那支枪号与他父亲出生年月一样的枪。当然，他盗走的枪根本不是实体的枪，是一种超越物质的精神畅想。

枪在人们的理性之中轮回到了现实，于是宋兵被判刑了。宣判他是有仪式的，但这一仪式的背后，我们看到了对军人精神的一种祭奠，乌托邦的歌声在天空和心空回旋。

随着科技的发展，枪的体积越来越小，重量越来越轻，但军人心中的枪却日益沉重起来。枪里不再仅仅是轻轻的弹丸，军人的信仰、意念、灵魂都已压进了枪膛，日复一日，年复一年，得不到释放。林春和在寻找释放的机会和可能，宋兵连寻找的机会和可能都没有。其实军人又何尝不是枪。在枪一样的身躯和脊梁里，装填理想的子弹，豪情如扳机，英雄的故事是那扣动扳机的手。作家们发现，几乎所有枪的话语都能原封不动地转移到军人的身上。思绪一跳，想起了朱苏进的小说名：《醉太平》，《孤独的炮手》，《第三只眼》《凝眸》《炮群》，欲《射天狼》却《引而不发》；《四千年的闪击》

《祭奠星座》《轻轻地说》，《绝望中诞生》《金色叶片》。枪炮本是一家，照此联想……

王老虎手中的枪发出的是枪自身的声音——金属的撞击声、火药的爆炸声和子弹的呼啸声；我们却从白小提的枪声中听到了时下军人心灵的声音，看到了一代军人精神的画像。

至此，我们可以这样说，军人与枪的关系经历了这样一个历程：工具—战友—生命—灵魂。这一关系的变化所包含的精神秘密，对于当下的每一名军人来说，并不难理解。因为我们不能否认，中国现当代战争、“和平文学”中枪与军人的关系，原本就映照了现实生活中军人与枪的关系。

2001 年 3 月 23 日

后记 感性评论拥抱性感文学

无论是叫作品还是称为文本，一部小说抑或别的文学作品，都是一个自足的生命体。其是由作家的精神世界出发，生成的是相对独立的世界。我们的阅读就是感受这样一个个鲜活的生命体或世界，进行探询或者对话，有时还会以此来观照我们自身以及现实世界。也正因为如此，我们行走于文学中的姿势不尽相同，解读的方式丰富多样，读出的感觉和成果也如文学本身一样景象万千。所有的文学研究或批评或评论，其实无外乎两个方向，研析文学技术性的生成、思潮性趋势、在文学史中所起的作用及所处的位置。这一方向的力点打在作品是如何写成的，既是对特定作家写作行为的评判和研究，又试图影响和教育所有的作家。这是以理性的思维建构理论大厦，在做地道的学问，以作品的血肉之躯为起点，抵达纯理论的神性世界。另一个方向则是面向普通读者，与他们一同分享阅读的快感，欣赏阅读旅程中的斑斓风景。这样的评论者更多的时候是普通读者的导游或伙伴，以阅读的方式参与对文学的感性发现。让文学回到日常生活，帮助提升阅读的品质，推进文学与生活的互动。

我们都在一列火车上，理性研究者与乘务人员一同如何让列车更好地前行，感性评论者则与乘客们一道纵情观赏风光。

我不知道该怎样来表述我这样的文学评论者。

我没有接受过正规的系统的文学理论教育，没有读过文学研究之类的专业。我的本职工作不是文学评论，也不需要论文来获取职称。无学术理想，无职业要求，无任务驱动，“三无”之下，让我的评论成为一种纯粹的感性行为，有感而评，随性而论。我的阅读角色一直处于混乱状态，十分的不专一。有时，我是一个大众化的读者，一头扎进文学的世界，东转转西逛逛，左看看右瞧瞧，感受这世界的新鲜或陌生、神奇或诡异、浪漫或悲伤……体验现实中难以企及的某种生活或情绪。有时我是作家，溜进同行的家里，索要或盗取检验和教训。也有不怀好意的时候，比如以寻找破绽或硬伤为乐趣。有时我才是评论者，自信而大胆地窥视或侦察作品，与读者分享我的阅读收获和快感。

我真的很矛盾，我向往口若悬河地谈文学说作品，但往往又说不出太多的东西。或许是记忆力严重缺钙的缘故，许多作品，我可能细读过数遍，但过不了多少时日，只有一些画面和感觉留下了，其他的都已随风而去，我甚至想不起来作品的题目和作家的名字。如果要我谈论一部最作品，最好的方法就是让我先翻翻，哪怕只是三五分钟。我需要以这样的方式，唤醒那沉睡的记忆，激活那休眠的感觉。其实，我最初之所以在创作的同时会写些评论，最原始的目的就是增强我对作品的记忆。现在看来，这样的目的远没有达到。但我还是喜欢上在阅读之后写下一些评论文字，以延伸我的阅读思考。

是的，我特别好奇作家写了什么，想诉说什么。阅读是感受是欣赏是交流是学习，也是在挖掘秘密。以自己的阅读，与作家展开较量，是件很有意思的事。浓墨重彩的表达，曲径通幽的掩饰，东躲西闪的隐藏，费尽心思的玄奥等等，作家付出的是机智甚至还有狡猾。想要品尝作品的众多味道，只能以智慧去领会和发现。这样的阅读，还可以让我以作家作品为营养，充实丰满甚至是建构一个新的世界。这么说来，阅读好像就是一种感性行为。

我喜欢文学的性感，因而，我喜欢以感性的目光和思维去评论阅读过的作品。对我而言，这就如同面对鲜花，我只会诗性地赞美，尽情地品味，而不会用公文式的僵硬词语去评价，用手术刀式的眼光去肢解生长的原因和过程。由于职业、取向和兴趣等的诸多不同，人们可以选择各自的方式去研究或评点或体味鲜花。我只是在做我所喜欢的。

批评家当有独立的批评精神，从文学的本质出发，表明对一部作品的鲜明立场。说简单点，就是分清好坏，好就说好，坏就说坏，爱憎分明，明确优劣。不过，我好像做不到这一点。这与我的习惯有关。我不喜欢做裁判员，只想陶醉于运动员的精彩表现之中。更为私性的理由是，我也是一位写作者，我知道写作者是不容易的，每一次的写作都在挑战自我，试图有所突破。同病相怜，我过于心疼他们的劳动，甚至会丢开理性，完全回到感性。这其实并不好，但我实在无力改变自己。遇上不好的、不喜欢的作品，我可以扔在一边，不看了事。更多的时候，我坚信，再差的作品，也总会有闪光的地方。这和人是一样的。我坚信，每个人都有善念，区别只在于这样的善念有没有外化为行动，只在于这样的善念多还是少、稠还是稀、强还是弱。我偏爱发现别人的长处优点，在阅读时，我同样如此。当然，我们也不得不承认，品读出作品的好妙，尤其是咀嚼出别人难以察觉的作品之优，也不是件容易的事。

当把读者与评论者合二为一后，阅读，其实已经演变为探险的旅程。幸好，我喜欢这样的冒险。

在性感的文学中，领略诗性，在诗意荡漾中让感性拥抱评论，让评论洋溢感性。

正因为此，我把此书命名为《约会小说》。

2014 年 5 月 28 日于京北阳光堂

图书在版编目（CIP）数据

约会小说/北乔著．—北京：文化艺术出版社，2014.5
（中国现代文学馆研究丛书）
ISBN 978-7-5039-5418-4

Ⅰ.①约… Ⅱ.①北… Ⅲ.①小说评论—中国—当代—文集 Ⅳ.①I207.4-53

中国版本图书馆 CIP 数据核字（2014）第 083074 号

约会小说

著　　者　北　乔
责任编辑　吴士新
装帧设计　姚雪媛
出版发行　文化艺术出版社
地　　址　北京市东城区东四八条 52 号　100700
网　　址　www.whyscbs.com
电子信箱　whysbooks@263.net
电　　话　（010）84057666（总编室）　84057667（办公室）
　　　　　（010）84057691—84057699（发行部）
传　　真　（010）84057660（总编室）　84057670（办公室）
　　　　　（010）84057690（发行部）
经　　销　新华书店
印　　刷　国英印务有限公司
版　　次　2014 年 7 月第 1 版
　　　　　2014 年 7 月第 1 次印刷
开　　本　700 毫米×1000 毫米　1/16
印　　张　20
字　　数　30 千字
书　　号　ISBN 978-7-5039-5418-4
定　　价　42.80 元